U0884390

FANTASY LITERATURE

幻想文学 阅读与经典

彭 懿 著

二十一世纪出版社集团
21st Century Publishing Group
全国百佳出版社

图书在版编目（CIP）数据

幻想文学：阅读与经典 / 彭懿著.
-- 南昌：二十一世纪出版社集团, 2017.1
ISBN 978-7-5568-2077-1

Ⅰ.①幻… Ⅱ.①彭… Ⅲ.①科学幻想小说 – 小说研究 – 世界 Ⅳ.①I106.4

中国版本图书馆CIP数据核字(2016)第268789号

幻想文学：阅读与经典　彭懿/著

编辑统筹　林　云
责任编辑　邹　源
封面插图　张王哲
装帧设计　邓　楠
出版发行　二十一世纪出版社集团（江西省南昌市子安路75号　330009）
www.21cccc.com　cc21@163.net
出 版 人　张秋林
经　　销　全国各地书店
印　　刷　南昌印刷十二厂有限公司
版　　次　2017年1月第1版　2017年1月第1次印刷
开　　本　787mm × 1092mm　1/16
印　　张　22.5
印　　数　1~6000册
字　　数　380千字
书　　号　ISBN　978-7-5568-2077-1
定　　价　58.00元

赣版权登字—04—2016—810
版权所有，侵权必究
如发现印装质量问题，请寄本社图书发行公司调换，服务热线：0791-86512056

上部

远眺夕阳中的古堡

1 走近幻想文学

2 幻想文学的辉煌

中部

古堡里的精灵们

3 妖精

4 怪物、幻兽及妖怪

5 幽灵

6 吸血鬼

下部

构建古堡

7 时间

8 魔法与变身魔法

9 新神话

10　分身、迷宫及其他

附录及后记

上部
远眺夕阳中的古堡

我在黄昏时走近了古堡。

它耸立在悬崖之上。

爬过最后一丛灌木林，我终于看清了梦中的古堡。在暮色苍茫中仰望着这座孤兀的塔形建筑，一种难以遏制的冲动使我的双脚战栗不已——它在夕阳中是那样的辉煌。风擦过塔尖，发出凄厉的嘶叫。

我重新改变了一个角度，从外观上打量起它来。

……

幻想文学，就是这座最后的精灵古堡。

Concept
Development
Fairy
Monster
Ghost
Vampire
Time
Magic & transformation
New Myth
Replication & Maze

1 Concept
走近幻想文学

我的用心已是昭然若揭了：送你一个全新的幻想。

在我们转入全书最枯燥而乏味的几页之前，请允许我插入几句题外话。算是声明吧，我不是一个治学严谨的学者，仅是一个导游而已。一座笼罩在迷雾中的古堡横卧在你的面前，你将跟随在我的橐橐足音之后破门而入——走进一个未知的世界。

开场白：一个不再隐匿的声音

我们邂逅在门槛

开篇我就不得不承认，幻想是一个极端暧昧棘手的词汇。

当本书还在我的脑海里孕育时，我就不止一次战栗般地设想，我可否绕过语源及词义这两道晦涩的沟壑，找一条捷径直抵幻想文学之门。然而，作为一个失败者我不得不告诫本书的读者：你别无选择。我曾尝试远远地逃避开这两道鬼门关，可我在走上一条条荒草萋萋的死胡同撞得头破血流以后，最终还是无可奈何地回到了起点，再一次叩响了它的门扉。

我们站到了幻想文学的门槛。

本书的书名是《幻想文学：阅读与经典》(原名:《西方现代幻想文学论》)——细心的读者也许已经从中听到一个细若游丝的声音：世界的那一端……这里我只能把视线聚焦于西方，我们需要一个这样的范畴或是称之为界定。中国的幻想文学源远流长，不是限于篇幅忍痛割爱，而是我在它那数千年卷帙浩繁的资料面前显得是那么的束手无策，我只有喟然长叹。

既然我划定了一个疆界，那么我们就必须来探讨一下“幻想”这个词汇在西方语系中的语源及其词义了。

在这里以及以后的篇章中，我将千百次地重复“幻想”这个概念，但请你摒弃它本来的寓意及所指——我想，我痴心地妄想：至少在你阅读本书的几天里，我们赋予这个并不古老但却含混不清的词汇一种全新的意义，一种脱胎换骨的全新的意义。近代常有一些词汇从日本传来，比如美学，但我不敢凭空断定“幻想”这个词汇也是来自日本。据日本学者须永朝彦的推测和考证①，幻想一词在日本是明治到大正年间（即1868~1926年）作为英语fantasy一词的译语出现的。而现在，由“幻想”而衍生出来的“幻想文学”这个词汇在日本无疑是最具争议性的一个名词了。一方面，它成为众矢之的，被冠以“一个暧昧而陈腐混沌的概念”而遭到围剿。20世纪60年代初，以石井桃子为首的一群深谙欧美文学的年轻人愤怒地亮出了“泛达袭”这面旗帜②。它实际上是fantasy的音译，日语写做ファンタジー。它的标新立异之处在于它重塑了一个崭新的概念。他们的初旨是做一次反叛，打破沿袭多年的幻想文学的暮气，以

“泛达袭”这一称谓给幻想文学注入一股鲜活的亮色。恐怕连他们自己也没有想到，一句外来语的使用竟使幻想文学起死回生走出了泥沼，竟然为它在成人文学、尤其是儿童文学构筑了坚不可摧的地位。三十多年后的今天，泛达袭成为日本儿童文学中使用频率最高的术语之一，它铺天盖地而来，以至有人不得不哀叹：泛达袭是泛滥成灾了。而在另一方面，尽管对“幻想文学”表现出了迟疑和指责，却还在小心翼翼地使用着它，是留恋也是一种抗衡。事实是“幻想文学”这一用语没有寿终正寝，还在负隅顽抗，这更多地表现在成人文学上。

这让我恢复一个冷静而沉着的旁观者的立场。

我发现，我透过门外的裂罅可以从容不迫地窥视出一种走向。这就是：幻想文学这个词汇只是在日本的成人文学上苟延残喘。它是彻底地从儿童文学中销声匿迹了，取而代之的是泛达袭。它年轻且魅力无边，像块魔毯，只要一抖就会变幻出层出不穷的魔法。从接受美学的角度上来说，它具有一种令人耳目一新的冲击力。这使得不仅是儿童为它击掌喝彩，它的疆域甚至蛀蚀到了青年文学。以高中生为主的读物的扉页上，泛达袭是最有诱惑力的招牌。

在厚达310页、被赞誉为“期望的幻想文学论”的鸿篇巨著《幻想文学的秘密》一书中，作者肋明子一开篇就同我陷入了同样的烦恼。她曾著有《幻想的理论——泉镜花的世界》。这位毕业于东京大学的才媛以幻想的理论为轴，剖析了被三岛由纪夫赞为“言灵”的泉镜花那妖美、飘逸着浪漫幻想氤氲的作品世界。然而就是她，居然不得不接受这样一个残酷的事实：幻想文学大家的泉镜花，被泛达袭拒之门外。她的作品一律被贴上了“幻想文学”的封条。这使得她幡然醒悟，“说不清是什么原因，有这样一种倾向，即以成人为对象的被称之为幻想文学，而属于儿童文学领域的则一概被冠以泛达袭的名义。”③

我们没有使用外来语的习惯。

然而，我还是曾天真地设想过引进泛达袭这个靓丽的词语。我曾在一篇公开发表的译文前面大放厥词④，蛊惑不妨仿效一下日本，引入泛达袭这个全新的概念。直到本书开始写作时，这个蠢蠢欲动的念头还在苦苦地折磨着我。可我最终还是胆怯了。一个人，缺乏遥相呼应的效果。即便是泛达袭这个名词在本书中活了起来，当读者掩卷时它还是会被遗弃的。但令我感到欣慰的是，至少读过此段的读者受到了我的煽动。

我固执地相信，由于我偏激的叫嚣至少在这一瞬间你头脑中的幻想一词已发生了蜕变。也就是说，一个面目全非的幻想再生了。

这正是我的企图。

我的用心已是昭然若揭了：送你一个全新的幻想。

在我们转入全书最枯燥而乏味的几页之前，请允许我插入几句题外话。算是声明吧，我不是一个治学严谨的学者，仅是一个导游而已。一座笼罩在迷雾中的古堡横卧在你的面前，你将跟随在我的橐橐足音之后破门而入——走进一个未知的世界。

为了哗众取宠，也是为了制造一种称之为惊悸的效果，我不断地危言耸听，相信你已注意到了我的择词。不单这样，我还不停地故弄玄虚地把“我”强加给你，我之所以选用第一人称来叙述，是因为我不愿成为一个媚俗的附庸。我可以使用卑谦的语气，使用与你缩短距离的“我们”。然而我说No。科恩说近代学术著作中作者之所以屡屡使用我们，是“要强调所述事实的非个人性即客观性”，是“继承了传教士的言语传统，是同听众建立心理接触和争取听众的一种手段”⑤。而我不需迎合你以及与你的沟通，因为这座扑朔迷离的古堡以及躲藏在里头的精灵们对你来说是完全陌生的，我是主宰，我稔熟它的一切。

是我在命令你：请跟我来——

我矜夸是因为背后有一双大手擎住了我的腰。

一个低沉的声音送我上路。

冥冥中我看到了梭伦那对飘游在古堡门前的眸子，这些年来，在我气馁或是踌躇迟疑的时候，它们总是像幽灵一样闪现出来。上路吧，鼓足勇气上路吧，别忘了我那句话。他喝道：“雅典公民们，我比你们中间的一部分人智，比你们的另一部分人勇；我比那些看不出庇西特拉斯要当僭主的人智，比那些看出来而不敢说的人勇。”⑥

我似乎在与大多数学术著作的表达方式背道而驰，因为我狂妄得完全抛弃了谦和的假面。我是穷途末路了，背后是一大群虎视眈眈的幻兽，你也没有退路。我们只有走进还是漆黑一团的古堡。这时，你会在低矮的云层下面听到一个充满激情的呼唤：请跟我来——那是我的声音。而我相信，读一部激情的书，尽管这种激情多少会失之偏颇或者有点邪恶，但它给你带来的一个个不眠之夜的兴奋远胜于读十部苍白无聊的书。

“你拥有了一个空白的**幻想**。”

我在推开古堡之门时对你这样自信地说。

① 须永朝彦：《日本的古典与幻想文学》，载《幻想文学的手帖》，国文学临时增刊，1988年3月，日文版，学灯社。

② 石井桃子等著：《儿童与文学》，日文版，福音馆书店1987年版。

③ 肋明子：《幻想文学的秘密》，日文版，冲积舍1991年版。

④ 彭懿：《泛达袭的方法》，载《儿童文学研究》，1995年第5期。

⑤ 转引自曹文轩：《思维论》，上海文艺出版社1991年版。

⑥ 转引自刘东：《西方的丑学》，四川人民出版社1986年版。

语源

河边的一座听风的染屋

过去，湘西苗寨的河边常有一座染屋，一块白色的家织布经过漂洗就会被染上一种靛蓝的颜色。

——让我把你脑中的幻想一词染上一层靛蓝的颜色吧。

既然我把古堡暗寓为西方幻想文学，那么也就无须我再赘叙，我们这里所言及的“幻想”一词均是西方概念上的幻想。前面说过，日语中的幻想文学一词译自fantasy。

然而，在西方有关幻想的释义也是莫衷一是的。

譬如同样是“幻想”一词，英语的fantasy与法语的fantastique就是不尽相同的两个概念。英语的fantasy是指所有想象力的产物，它的包容性极强，文学作品、美术甚至音乐都在它的伞翼之下。而法语的fantastique一词所指的范围则相对来说要狭窄得多，它仅是一种文学体裁的专有名词。

这是由于fantastique一词与历史和文化休戚相关的缘故。在17世纪，这个词几乎没有被使用过。长久的搁置使它荒芜而成为了一个非常暧昧的词汇。这个词重见光明并被赋予全新的文艺学上的意义开始使用，是19世纪的法国浪漫派蓬勃兴起的时期。他们为了给自己那奔放不羁的文学样式寻找一个相匹配的词汇，搜肠刮肚，把蒙尘的fantastique一词找了出来。这时，fantasy已是妇孺皆知的一个定义十分清晰的用语了，它包罗万象；而fantastique，像是栅栏边上一簇原本没有色泽的小花，任你染色任你摘取，法国浪漫派独占了它并把它作为一种文学体裁的专有名词开始使用。

fantastique作为一种全新的文学样式呱呱坠地了。

不言而喻，对于幻想文学来讲，尽管它缘起于fantasy，但假如从词义的单纯性来看，fantastique比fantasy更贴切也更接近其精髓。

难怪20世纪70年代初，日本幻想文学的研究家止泽龙彦就在他那篇里程碑般的论文《关于幻想文学》①中提出，fantastique是一个与幻想文学更加贴切的词汇。十几年后，涤田知和基又在《法国幻想文学的综合研究》一书中进一步阐述了同样的观点。他写道，至70年代起，法国文学理论家、《幻想文学：构造和机能》一书的作者T.陶特罗的理论开始被翻译、导入到文化圈，fantastique作为一个世界共通的文艺用语已被当成名词来使用，这在今天，已是众所周知的了②。然而可惜的是，他们的真知灼见在日本的学术界很快就被湮没了，并没有引起人们的注意。

接下来，我们不再雾里看花，我们一起来把fantastique肢解一番，看看从这个词汇的词源上能发现些什么。

如果以拉丁语的形容词fantasticum为媒介，我们似乎可以在希腊语的动词phantasein身上追溯到fantastique一词的语源。成为fantastique一词源头的phantasein，其意思是“给予假象”“给以幻觉”。同时，在表达惊异现象时它还作为“显现”的意思加以使用。phantasia则是指出现怪奇现象或是出现幽灵。

而所谓的假象、幻觉以及怪奇现象和幽灵，又恰恰正是幻想文学乐此不疲的不朽主题之一。这样看来，法国浪漫派选择fantastique一词作为一种文学新潮流的代名词也并不是信手拈来，正是裹挟着它的那股子隐约可见的鬼气，使得他们一见钟情。在1831年法兰西学院编纂的一部辞书中，已经给予fantastique一词“架空”的注释。更让人感兴趣的是，1863年，这种语义在《利特雷》中得到了进一步的延伸和诠释。它将fantastique的释义归纳为两点：一是仅存在于想象之中，二是仅具有物质存在的外观。它对其中的第二项又做了更详尽的说明，言明是指短篇幻想故事，即妖精故事、幽灵故事。狭义上则是指德国人霍夫曼倡导流行的一类超自然要素唱主角的短篇故事。

一个分野的名词就这样被固定下来。从此走向辉煌。

这意味着，当我蹲在河边那座古老的染屋里，为你漂染你脑中那个空白的**幻想**一词时，是把fantastique作为染料倒进了染缸，而不是人们惯用的fantasy。这是因为，在张开双臂拥抱文学这个情人时，fantastique显得专一而贞烈炽热。相比之下，fantasy则像一个大众情人一样过于放荡了：不止是文学，音乐绘画以及面对任何一种艺术形式它都会来者不拒地撩起它那诱人的石榴裙。

这里我需要补充一句的是，尽管我对多情的fantasy一词横加指责，但英语圈的人们丝毫也没有歧视或是抛弃它的意思，他们宽恕了它的放浪，而在**言及幻想文学的时候仍旧把它作为一种文学体裁的专有名词加以使用**。这种申辩是重要的，因为我已听到了一片声嘶力竭的诅咒。我早就张扬在先，本书是一部带有极强个人色彩的论著，不能因我的偏执及蔑视而葬送了一个词汇的命运。说到底，它也不可能因我而夭折，我只是不想让它蒙冤叫屈，不想让那些惯于吹毛求疵的人如鲠在喉。书还是要一章一章地读下去的。

今后我们这本书中所提及的幻想文学，你可以把它看成是与fantastique同出一辙。

而留恋fantasy的人则完全可以固执己见。

本节结束之前，我不能忽略或是说隐瞒这样一个事实：在日本的儿童文学中，尽管偶尔也会有一两位有识之士振臂高喊几声“泛达诗替库”（即fantastique的译音），但是它太微弱了，就像是飓风咆哮而过之前老林的呻吟，霎时间就被湮没了。“泛达袭”被我行我素地广泛使用，并且已成定势。然而我也注意到了这样一种倾向：如果说fantasy原来只是一头随处可见的小鸟的话，那么从它被当作外来语“泛达袭”开始流行的那一天起，它已经获得了新生，是火中涅槃飞出的一只金凤凰——时至今日，**它完全丧失了其本来的语义，而是作为一个文化符号即代表幻想文学的文化符号出现在日本人的眼中**。

顺便啰唆一句：这也正是外来语的诡谲所在。

① 四方田犬彦：《幻想的论理》，载《世界神秘文学・幻想文学总解说》，日文版，自由国民社1991年版。
② 涤田知和基：《法国幻想文学的综合研究》，日文版，国书刊行会，1989年版。

概念

耸起一堵空白的墙

一位童话作家曾经虚构了这样一个情节：提供一堵残墙，可以任人随心所欲地信笔涂鸦。这给予我启迪，当然，我关注的不是宣泄的过程而是那堵墙所展示的一种可能——我在本节一开始就需要垒起这样一堵白墙。

我曾试图为幻想文学这个概念下一个明晰的定义，就像为红草莓下一个“蔷薇科草莓属，红色”那样简捷而直观的定义一样。然而，我很快就发现这是一种徒劳之举。首先，这是一个本质上异常暧昧的概念。这表现在它众说纷纭的解释上，比如，“究竟什么是幻想文学”就是一个困扰了人们一百五六十年的问题。其次，这一体裁的境界线漂移不定。它好似水中浮萍，忽左忽右，某一个时代被驱逐境界之外的作品，另一个时代又会被划定到境界之中，以至日本幻想文学的翻译家井迁朱美在她的《梦的装置》的卷首就惋叹道：幻想文学的定义太难下了。①

博格斯特说，康德有一句常被引用的话：美一般来讲是不涉及概念的。这一句话同样适用于艺术。②我不知道把它用来形容幻想文学概念的难以定义是否牵强附会，但至少有一点是不言而喻的：幻想文学不是一个无懈可击的物理定理，你不可能用三言两语把它描摹清楚。

在关于幻想文学的论著中，概念是喋喋不休争议最多的命题之一。

几乎没有任何一本书是相同的。

这时，我想到了墙。

不是童话中的墙而是现实中的墙，是街上那种被喷上了油漆的墙。我们何不砌一堵墙把人们关于幻想文学的概念一一刷到墙上呢。如果你从墙头走到墙尾，你就会对墙上的概念一览无余。

墙已横亘在你的眼前，让我来拎起油漆桶和刷子吧——

几乎是毫无例外，在所有最原初的对幻想文学定义的阐述中，理论家们念念不忘的总是诸如“如同肉眼所见”之类的字眼儿。这是因为，除了fantastique一词可以从希腊语中追索到幻想一族的熠熠血脉之外，稍加考证，就会发现它还有其他几个后裔，如英语的fantasy以及德语的phantasy的幻想一词，就也是同样源于希腊语“表现得如在眼前存在”一词。

接下来，我想依照儿童文学和成人文学的划分来分头罗列一下幻想文学的概念。绝对不是任何狭隘的门户之见在暗中作祟，只是我记起了古人关于循序渐进的训诲。因为在儿童文学中，幻想文学被解释得浅显易懂，而在成人文学中这个概念被人故弄玄虚地标榜得深奥晦涩，一如先锋派那些炫目而顾影自怜的口号——我不能让我的读者在古堡的门槛就望而却步。

这里我在趁隙楔入几句题外话。

不是我愤世嫉俗，数年来的研读使我惶遽而不安地察觉到一个奇怪的现象：国外绝大多数有关幻想文学的专著，无一不在一次抉择面前蹀躞而显得躲躲闪闪最终退缩。这个抉择就是他们论述的视角——单一而武断，要么仅仅是论述成人的幻想文学，要么仅仅是局限于幻想儿童文学，包括理论以及所使用的材料都是那样的处心积虑，所谓的泾渭分明，老死不相往来；而这一误区恰恰形成了两个互不相交的怪圈，人为地竖起一道樊篱把幻想文学分化瓦解成两个营垒。于是，我愤懑地看到，本该是同一条河里的河水硬被分成了两股……而我始终认为，幻想文学因其独特的本质是可以被比喻为一棵大树的，一棵老橡树或是山毛榉。如果成人的幻想文学是其树身的话，儿童的幻想文学就是满树舞蹈的一簇簇绿叶。它们是一个整体，无法分割，你不能想象一棵白骨残骸样的枯树在风中挣扎，那是冬日的萧瑟。这种破绽在成人幻想文学和幻想儿童文学的研究中显露出来，一方面是素材的匮乏而另外一方面是理论的贫瘠。找到了滥觞所在，我便惴惴不安地开始想进行一次尝试了：我将在本书中第一次打破这种墨守成规的疆界。

或许，我可能是过于野心了。

A: 左墙

我先从左墙开始刷起。

李丽安·H.史密斯于20世纪50年代出版的《儿童文学论》(又译《欢欣岁月》)，是一部儿童文学理论的奠基之作。

她在该书的第十章以一整章的篇幅论述了幻想文学。一开头她就开宗明义地写道：“如同诗歌一样，幻想文学在获取普遍性的真实时，运用的是称之为隐喻的方法。”她又接着解释道：“所谓幻想文学，诞生于独创的想象力之中。那种想象力是一种超脱了由我们的五官所感知的外界事物引至的概念，形成更为深刻的概念的心理活动。”[3]仅用了寥寥数语就道破了幻想文学的真谛。

有关想象力，我们在后面关于幻想文学的本质的章节中还要专题讨论——这里我所要提醒诸位的是，想象力在后面的定义中还会连篇累牍地登场。从想象力出发，濑田贞二则把幻想文学的定义阐释得更加缜密了：“幻想文学就是凭借丰富的想象力，虚构一个这个世界所不存在的不可思议的世界，在这个架空的世界里展开一连串的故事，这一文学样式称之为幻想文学。”[4]

在更多的定义中，都把“超自然”放在举足轻重的地 位。

说得最直截了当的是神宫辉夫。他在《现代英国儿童文学》中做出对詹姆斯·巴里的《彼得·潘》中出现的魔法，比如对长有一对薄如蝉翼翅膀的小妖精、永远长不大的彼得·潘等的背后是合理的世界企图抹杀非合理的世界的一种警告的分析之后，写道：这种“超自然的精灵们被文明所逼所逐，躲避到了残存的自然边疆里”的幻想文学的构思，竟被20世纪的英国儿童文学当成一种模式继承下来。[5]这里所提到的超自然，又被他在另外一个地方言简意赅地写进幻想文学的定义：“包含着超自然的要素，以小说的形式展开故事，给读者带来惊异感觉的作品。”[6]

《叙说之力——英语圈的幻想文学：中世纪至现代》是我手头最新出版的一部有关幻想文学的辉煌巨著，日译本的厚度超过了一块砖头，竟达661页之多。作者S.A.依非考给幻想文学下的定义是：

“幻想文学只是一种有意图地或多或少地破坏自然法则，并进一步超越它而使全篇变得引人入胜的故事。当然，这与超自然相关，也就是说，逾越自然的什么或什么人物，出现在实际上并不存在而是被创造出来的世界（第二世界），不自然地侵入现实世界并影响它（第二认识）。”[7]

B：石墙

我那攥住油漆桶把手的手在颤抖。

油漆变得沉重起来，似乎是整个星河的物质都凝聚到了桶里。我艰难地抬起手——与成人文学中关于幻想文学的概念相比，上述的定义犹如落在墙头的草籽，肤浅而任风飘零。在风暴把它们刮走之前，我想：没有单纯地拘囿于儿童文学来论述幻想文学，是一种上策。

我从刷子的纤毛上感受到了前所未有的惊悸。

这里不再是机械地去演绎一个概念了，除去语义的解析，定义不再是千篇一律的苍白沉闷，你能从那些毫无生命色彩的文字符号背后捕捉到一声声带血的嘶喊。我发现，成人幻想文学的概念充分显示出一种批判现实的意欲，一种十分雄性的呐喊。它不去粉饰荒诞和崩溃的现实，而是要挥起拳头砸破头上的桎梏。

例如，日本有一个叫今泉文子的文弱女子，就从一个极其独特的角度睥视了幻想文学。

她徘徊在晦黯里，向潜伏在都市里的狂气、欲望和战栗投去一瞥。最终她从光明走进黯黑，撕开了寄生在黯黑中的幻想的本质。她挺身站出，在《幻想文学空间》一书中愤怒地疾呼："都市化的进程将导致人类陷入混乱。立脚在混乱以及黯黑之上的幻想文学，就是要把混乱的都市的面貌和人类的欲望、恐惧逼真地反映出来。"唯恐自己的论断还不够力度，她又旁征博引，说著有《幻想的盛期》的R.凯罗就声称"与脱逸我们的世界而自立的童话（德语为Marchen）相对的是幻想文学，它以一种无秩序侵入日常外见的秩序之中。所以幻想文学是仰仗这种无秩序来重新评价日常的，绝不仅仅是娱乐"。⑧

今泉文子所提到的R.凯罗，是法国也是世界幻想文学理论的大家之一。他率先亮出了"妖精性"和"幻想性"两个概念，他的主要论点可以归纳为：所谓妖精性，就是如同童话以及传说中所看到的那样，在无限定的时空中，不破坏现实世界的秩序统一性、非现实就会出现，表达了在无法支配的自然之下的人们的朴素的愿望。它在19世纪被幻想性所取代。幻想性是非现实侵入现实世界之际所产生的龟裂断层的一种意识，进一步说，是某种特定的日常时空下突然出现的对不可能存在的一种惊异。

十多年后，纪田顺一郎继承了R.凯罗的衣钵，把幻想文学的概念梳理得焕然一新。他在一篇题为《幻想文学序说》的评论中把龟裂、惊异和幻想文学的概念结合得丝丝入扣。他把幻想文学定义为"以现实作为媒介，迫使读者进入另外一个世界。于是，不可能存在的情景在与现实的对峙中获得了实感。平板的现实竟出人意料之外地出现了龟裂，读者在窥视到异次元的一刹那，感到了惊异"。说到此，他似乎笔墨正酣，于是就又意犹未尽地写了下去，"幻想小说的作者透视现实背后的另一个世界，从而颠覆腐蚀现实"。⑨

不言而喻，从以上这些幻想文学的概念中我们已经可以对它干涉现实的指向略见一斑了。

在这以后，法国文学理论家T.陶特罗又站在构造主义的立场上，重新对幻想文学的概念进行了诠释。在他那部好评如潮的著作《幻想文学：构造和机能》中，他终于为一直暧昧不清的幻想文学这一体裁下了一个简洁而形象明了的定义："所谓的幻想，就是面对你眼前出现的一个女子，你必须从两种解释即她究竟是恶魔还是不是恶魔中选择出一个的时候，你会处于一种踌躇犹豫的心境。这种困惑，这种处于'惊异'和'怪奇'之间的悬疑未决的状态，就是幻想。不论你做出哪种回答，在抉择的一瞬间，你就会被紧密相连的'惊异'或者是'怪奇'吸收，这个危险的世界就是幻想文学。"⑩

我无法再在墙上刷下去了。

我遭遇到了抵抗。

我手中的刷子变得拙涩而沉滞起来，桶中的油漆凝结成块。这些前沿的理论显然是太生僻费解了，我不是在写一部专业论述。我无法容忍自己像早期小说家特罗洛普那样的暴戾专横："我写。让读者学着去读。"⑪ 我发现我们不知不觉走进了一条小巷。这是一条没有终结即没有止境的胡同。有雾涌来，我没有拾级而上，因为我发现这条小巷太陡峭了。

还是把它留给那些理论家们去攀登吧。

---

① 井迁朱美：《梦的装置》，日文版，NTTB出版1994年版。
② 博格斯特：《艺术判断》，三联书店1988年版。
③ 李丽安・H.史密斯：《儿童文学论》，日文版，岩波书店1971年版。
④ 吉田新一：《英美儿童文学》，日文版，中教出版1987年版。
⑤ 神宫辉夫：《现代英国儿童文学》，日文版，理论社1986年版。
⑥ 神宫辉夫：《儿童文学的主役们》，日文版，日本放送出版协会1989年版。
⑦ S.A.依菲考：《叙说之力——英语圈的幻想文学：中世纪至现代》，日文版，偕成社1995年版。
⑧ 今泉文子：《幻想文学空间》，日文版，阿利那书房1985年版。
⑨ 纪田顺一郎：《幻想文学序说》，载《幻影城》，1975年5月，日文版。
⑩ 高山宏：《幻想文学健语》，载《幻想文学的手帖》，国文学临时增刊，1988年3月，日文版，学灯社。
⑪ 转引自W.C.布斯《小说修辞学》，北京大学出版社1987年版。

本质论

小心翼翼地剥去蛋壳

常常会有恐龙蛋化石出土的新闻不胫而走。其实平心而论，如果一枚恐龙蛋滚落到大街上的话，十有八九会被行人当成煤球踢进路边的窨井里。它之所以价值连城，是在于那层亿万年前曾脆弱得不堪一击而今却坚不可摧的蛋壳里，有过一个美丽得叫人心碎的小东西。

然而，令我扼腕的是，从未有人设想过去剥开那层蛋壳。

幻想文学经常会与我们擦肩而过。今天我们喊住它，我们不能再带着一种缺憾凝望它那婀娜绰约的背影了。在了解了幻想文学的概念之后，我们需要掌握它的本质。“幻想文学的核心是什么呢？”我们不禁要这样诘问。

它站住了，在黄昏中蓦然回首。

本质是一种抽象的东西。在进入枯燥而空洞的主题论述之前，我试图寻找一个切入口，由表及里地突破到幻想文学的腹地。

我们约会幻想文学，是面对作品。说得直露俗白一些，就是作品是我们的初恋情人。我灵机一动——为了避免把使人昏聩不醒的本质论猝不及防地推到你的面前，我何不请出我们的媒人聊上一两句呢。作品是作者孕育的，后天涵盖作品的所谓本质，其实在作者孕育腹稿的时候就已经初露端倪。一名技巧高超的作家可以在作品中不露声色，即进行非人格化的叙述，然而你沉默也罢隐退也罢，幻想文学最本质的东西会像雨后蛛网上的光斑一样闪烁在作品的深邃。

我想，我找到了撬开蛋壳的工具之一：凿子。

凿了是锋利的，作家的剖白往往无遮无掩最接近本质。

幻想文学作家奉为圭臬的是“不信自发的停止”。S.T.科尔里奇的这句被认为是幻想文学第一法则的名言，可以说是最最接近幻想文学的本质了。面对超自然，面对漫无边际的想象力的产物，读者出于一种本能会抵御，会敬而远之，只有真实的幻想才能使这种“不信自发的停止”。这里所探讨的其实是一个想象的生命力的问题。毋须多言，肤浅的想象就犹如刮进瀚海荒漠的一片花瓣，结局是悲惨而凄凉的——只有干涸和枯萎死亡。所以，虚假的想象是幻想文学的一大忌讳。想象力的真实是幻想文学的基础。U.L.冈因支持上述这种说法并做了一个形象的比喻，他坚信不疑："幻想文学不是现实中某种看得见的混乱或是琐屑冗杂的模写，是对现实背后的一种秩序或是明晰的暗示……幻想文学是一次旅途，是无意识地踏上的一次旅途。"[1]

作家为了扑灭"不信"，可谓是不遗余力了。

他们把想象力视为生命，创造出一个又一个想象力恣意横流的世界。在这片被称之为第二世界的原野上金马铁戟的一员骁将，就是J.R.R.托尔金。他不仅著有风靡全球的厚达1500页的大长篇《魔戒》，还为我们留下一部被批评家称之为"幻想文学论"的长篇随笔式论文集《幻想文学的世界——关于妖精故事》——我在第三篇还会辟出专门一节来论述这位值得大书特书一笔的顶级人物——这是一部登峰造极的经典，日本绝大部分有关幻想文学的书籍中都要提及它。作者是语言学家，谙熟北欧中世纪的妖精学说，他在这部根据讲演整理而成的著作中以妖精世界为主题，阐述了"妖精故事"的本质、起源和价值，并探讨了"幻想"这个最根本性的问题。

在"幻想"这一章中，托尔金抽丝剥茧般地从语源到本质全面论述了想象力的可能性。尤其是他别出心裁地独创了"准造物者"和"第二世界"这两个不同凡响的新概念，震撼了整个幻想文学界。他认为，如果说神是一个造物者的话，作家就是一个准造物者。他充满信心地写道："故事的作者创造了第二世界，我们进入其中。我们对故事作者在第二世界中所说的一切都信以为真，服从那个世界的法则，然而仅仅是沉溺于那个世界的那一时刻对他所描摹的一切深信不疑。一旦不信死灰复燃，咒符立即就失效了，魔法、神技消失殆尽。这样，我们重新返回到了第一世界，从外侧朦朦胧胧而且是半途而废地遥望第二世界。"[2]这里，对幻想文学的读者的想象力也做出了要求。

想象力是幻想文学的血和乳汁。

我觉得蛋壳松动了：一个沉睡不醒的东西颤动了一下。

疲惫的我开始环顾四周，我想找一个驿站。有必要歇歇脚归纳一下幻想文学的本质了。

我从行囊中又一次翻出了李丽安·H.史密斯的《儿童文学论》。我一边拂掉尘埃一边狡黠地笑着，我实在是在做着一个悖谬的游戏——理论家们习惯于在儿童文学的某一论题陷入僵局而黔驴技穷的时候，求助于成人文学。一个新名词轰炸往往可以使一篇论文走出逆境；而我恰恰是逸出了常轨，在反其道而行之。因为我觉得有时捉襟见肘的成人文学理论不如儿童文学的理论来得爽直，一针见血。比如，在说到幻想文学的本质时，李丽安·H.史密斯就远比其他人要透彻，她把它总结为“独创的想象力”。这是她最乐意重复的一个话题 了。在谈到幻想文学的价值时，她也没忘记捎带着扯了想象力几句：“其价值就在于那位作家创造性的想象力和如何以独自的方法来表现那种想象……”③

① Ursula Le Guin, “From Elfland to Poughkeepsie” in The Language of the Night（New York：Perigee 1979）

② J.R.R.托尔金：《幻想文学的世界——关于妖精故事》，日文版，福音馆书店1973年版。

③ 李丽安·H.史密斯：《儿童文学论》，日文版，岩波书店1971年版。

本质论续一：想象

球状闪电和燃烧的大树

论及想象力，我们需要先从想象人手。

有时候一个朴素的诘问，却犹如一道天问一样难以回答。

比如，什么是想象？

想象是幻想文学的原驱。想象这个貌似简单的术语其实却是一个涉及人类思维的最本质的东西。

幻想文学说到底是一种虚构，想象是完成这种虚构的通天长梯。英国现代著名的哲学家R.G.科林伍德就把艺术定义为纯粹的想象。他在晚期的那部流畅易晓的美学著作《艺术原理》中就直言不讳地宣称："真正艺术的作品不是看见的，也不是听到的，而是想象中的某种东西。"①

远在艺术还仅是一个混沌雏形的时代，思想家们就试图来捕捉这个美丽得蛊惑人心而又像个幽灵似的闪闪烁烁的词汇的内核了。神话可谓是文明的源头，美国学者戴维·里明在他的一篇从美学角度研究"想象力"的论文中，就大胆推测道：用想象，"最早的神话诗人创造了第一个神话故事"。②想象是一眼泉水，滋润了神话以后的一切文学形式。所以，从西方文化开始萌芽迄今，想象一直是被津津乐道地重复研究的话题，源远流长。而当代西方哲学和美学更是把这种追寻推向纵深。如果我们沿着想象一词的内涵在西方文艺思潮走向中的递嬗踽踽而行，本节开篇的那道天问就会迎刃而解了。理论需要这种高屋建瓴，是方法也是一种必经之路——回顾一下理论批评史，通过对前人思考的发现加以总结和概括，我们能够直接贴近思想的最前沿。

我们走上了一道岪梁，在残阳如血的薄暮中我看到有一条关于想象的思辨之河穿越时间向我们逶迤而来。许多年的岁月逝去了，他们的坟墓早已被荒草所掩。然而，就在这样一个季节，当落叶飘起的时刻，我耳畔响起了长眠地下的一代哲人的细语。

倾听一下先哲的声音吧！

或许是不无裨益的。

想象这个术语曾被尘封了漫长的世纪。这是因为，艺术最开始是被解释为一种摹仿即对宇宙万物的摹仿。亚里斯多德在他的《诗学》中坚信这就是艺术的起源。它猖獗一时，连莎士比亚也对想象嗤之以鼻。他在著名的《仲夏夜之梦》中就曾这样奋笔疾书地诅咒道：疯子、情人和诗人／都是幻想的产儿……想象会把不知名的事物／用一种形式呈现出来／诗人的笔……他把沉湎于想象的诗人和狂妄之徒相提并论。

这种理论受到17世纪英国的哲学家霍布斯的迎头痛击。他认为想象才是缪斯之母。他在他那部极负盛名的《利维坦》中把记忆称之为“衰退的感觉”，正是从这种意象的空间里判断和想象发展了起来。想象“基本上是一种记忆形式，只不过这种记忆或多或少已摆脱了实际经验的束缚。想象能够搜遍堆放在记忆仓库中的感官意象，一旦为某种艺术的目的所控制就会把它们组合成某种新颖而使人愉悦的形式。当然，由于想象的材料完全来自感官经验，因而它不能创造出全新的东西，但它却能够超越历史事实的限制”。③

显然，这种关于想象的解释也是歧义丛生的。

在我们今天看来，霍布斯的理论同样陷入了迷津。他及他的后继者们对想象的创造性视而不见，把想象等同于一种复制或联想的才能。例如他的追随者德莱顿就把他的“想象等同记忆”的观点大肆渲染，德莱顿在《奇异的年代》序言中甚至这样比喻道：“作家的想象力……就像一只灵敏的猎犬在记忆的田野里搜来嗅去，直到它惊起追获的猎物。”④

18世纪的思想界等待着挑战。

直到19世纪柯尔律治的文艺理论像一道球状闪电划过漫漫长夜，想象的理论才像一株被雷电击中的大树一样又重新燃亮。

柯尔律治在1817年问世的《文学生涯》一书中对想象做了最充分的解说。尽管这部著作中充斥着离题而冗长的哲学论说，但其中关于想象的论述却是精彩绝伦，直到今天它仍显现出其昂扬的生命力。他认为想象不是记忆的摹写，是一种创造，是对创造力的一种朦胧的类比。想象是一种使我们能够把大脑和自然联系在一起的能力。

他的基本观点可以归纳为：想象是一种创造的过程。正如想象在知觉过程中把形式和秩序加于感官材料，部分地创造着它认知的对象一样，在艺术中想象也作用于经验的原始材料，赋予它新的形式和外表。要做到这一点，想象首先必须分解材料，然后才能重新加以创造，因为想象并不是一面镜子而是一种创造原则。艺术的想象能够创造一个新的世界；一个像我们每天都在知觉的世界，只是经过再组织而使它提高到一个具有高度普遍性的层次。⑤他还孜孜不倦地告诉我们，想象还可以细分为“第一位想象”和“第二位想象”。第一位想象人人都有，是不自觉的，是介于感觉和知觉之间的一种才能，是一切人类知觉的活力与原动力；而第二位想象是第一位想象的回声，也是一个创造过程。但它与自觉的意志共存，本质上是充满活力的，“溶化，分解，消耗，为的是重新创造”。⑥

在随后的岁月里，尼采在他思想的中期即狮子阶段也谈到了想象的创造力的问题。翻开他那本包含着他全部哲学思想萌芽的不朽之作《悲剧的诞生》，一轮新月在溟濛暮色中升了起来，尼采的思想如同月光……

尼采承认艺术是想象，极力鼓吹艺术家应竭力维护“诸如幻想，神话，含糊，极端，象征意义”和“创造行为”，他一针见血地指出：“实际上，优秀艺术家……的想象力是在不绝地生产着，产品良莠不齐，但他们的判断力高度敏锐而熟练，抛弃着，选择着，拼凑着”，“逐渐积累”，“严格地取舍”，进行“严肃刻苦地精选出的艺术构思”，“不倦地抛弃、审视、修改和整理”才形成杰作的，“并非一朝从天而降”。⑦这里所说的一切也都触及到了一个创造力的问题，而创造力恰恰是想象的一种高度凝缩。

我必须坐下来小憩。

尽管为了避免过分枯燥晦涩，我已经像剔鱼刺似的谨小慎微地除去那些令人望而生畏的术语，尽量说得平白易懂，然而这一连串的抽象思维还是够累人的。至少这一连续的奔波已使我累得气喘吁吁了。

我们找到了一个落脚点。

结束了想象的跋涉，我们去探讨一下想象力的问题。如果说想象是作品的生命的话，想象力则是作家的生命了。雨是住了，在依稀纷纷飘洒的雨丝中，我看到一只只红蜻蜓飞了起来。

①R.G.科林伍德：《艺术原理》，中国社会科学出版社1985年版。
②伍蠡甫主编：《西方文论选》，上海译文出版社1979年版。
③④⑤R.L.布鲁特：《论幻想和想象》，昆仑出版社1992年版。
⑥M.H.艾布拉姆斯：《镜与灯——浪漫主义理论批评传统》，中国社会科学出版社1991年版。
⑦朱立元主编：《现代西方美学史》，上海文艺出版社1993年版。

本质论续二：想象力

一只只雨后的红蜻蜓

当想象像一只只雨后的红蜻蜓，张开它们那轻盈闪亮的翅膀钻进我们的心扉时，便在意识的深层竖立起一种心象。

这种生成心象的能力，被泛称为“想象力”。

……一艘船被暴风雪围困，多亏一只信天翁把它引出了绝境。然而一个鲁莽的老水手却残酷地杀死了这只救命鸟。从此大祸临头，船被冻结在海面上，人人干渴难熬，远处鬼火点点。人们归罪于老水手，把僵死的信天翁挂在他的脖子上。这时，沉寂中开来一条只剩下骨架的鬼船，两个女鬼在玩着掷骰子的游戏，一个骰子叫“死亡”，一个骰子叫“死中之生”，结果后者赢了，于是船上除了老水手以外所有的人都死去了……

这是柯尔律治在一首长诗中所叙说的一个凄美的梦幻。这位素以想象力著称的湖畔诗人，以奔腾不羁的想象，把超自然的画面描摹得栩栩如生。他把想象力视为诗的生命，在上一节提到的《文学生涯》中他就公然宣称：“……诗的天才以良知为躯体，幻想为外衣，运动为生命，想象力为灵魂——而这个灵魂到处可见，深入事物，并将一切合为优美而机智的整体。”①

就像绝大多数种类的蜻蜓在进化途中惨遭厄运一样，想象力这个词汇也饱尝灭顶之灾，曾长期蒙受不白之冤。直到19世纪西方浪漫主义的异军突起，它才重见天日。浪漫主义的主将们纷纷为它而大声疾呼，弗利德里希·施莱格尔在他那本声名鹊起的《文学批判》中就这样写道：浪漫就是以想象力来描述情感。黑尔福德也在解释浪漫主义的时候，称它“敏感的想象力异乎寻常地发达”。想象力被复活，缠绕在想象力上的蛛网被扯掉了，它开始放射出瑰丽的色彩。

满天的红蜻蜓……

长期遭受压抑的想象力的复活，不但使浪漫主义席卷整个欧洲，也刺激了当时英语圈的儿童文学。发轫于想象力的艺术童话像一个襁褓婴儿一样发出了嘹亮而高亢的啼叫。它不再是一种对口头文学的整理和加工，而是融入了作家的想象力。“儿童文学逐渐扬弃过去的民间文学而不断成熟的过程，直截了当地说，就是想象力解放的过程……这就是想象力不受任何枷锁束缚的文学的出现，即近代儿童文学的诞生。”②这为我们今天的儿童文学铺平了道路。

J.R.汤森特在他那部脍炙人口的巨著《儿童书籍的历史——英语圈的儿童文学》（又译《英语儿童文学史纲》）的《想象力的复权》一章中是这样评价当时想象力对于儿童文学的作用的：“为了使幻想文学得到认同，需要一个和艺术童话得到认同完全一样的条件，即一种氛围——给孩子们一个不真实、现实当中不存在的故事，而又是无害无弊的。当这种理念得到默许时，儿童文学的作家的想象力终于获得了在天空中振翅翱翔的自由。”③

想象力不再被人们空洞地泛泛而谈，它重新回归为一个单纯而又狭义的专有名词，即一种所谓的形成心象的能力。

我必须要单刀直入了。

红蜻蜓愈飞愈高，我凝望着红蜻蜓消失在沉沉暮霭之中，追索着……我不禁扪心自问：作为幻想文学灵魂的想象力，究竟是一种什么力量呢？

仅仅是一种白日梦的机能吗？

厚厚的云层背后，一道犀利的光芒在孕育着。在它刺破灰暗的云翳时，我又一次看到了已遥远地成了一粒亮点的红蜻蜓。这道光是C.威尔逊点燃的，这位在小说中锲而不舍地探索“人生的意义和在变幻无常的宇宙中的价值观”、在畅销世界的论著《局外人》中表达了人的孤独的新的存在主义观点的小说家兼评论家，在《梦想的力量——文学和想象力》一书中，以全景式的展开论述了想象力的可能性，他自信而又雄辩地写道：想象力不是逃避现实，而是一种相信梦想的力量。

想象力常被人们讥讽为一种逃脱现实的自我封闭，是逃避主义的表现之一。在这部著作的终章部分，C.威尔逊得出了截然相反的论断。

他的主要观点是：

想象力绝对不仅仅是对某种无法满足的欲求的补偿。当心象与日常的现实缺少一根相连的纽带时，人们会套用“逃避主义”的批评。然而这也值得怀疑和商榷，因为想象力的活动是预见未来，扩大现在的意识，是一次相当长距离的预测，所以与现实脱钩不足为奇。

想象力可以支配肉体，是人意志的雷管，一旦与未来的目的连结就会唤醒意志。这种目的愈是遥远，想象力就会愈大。由此可见，想象力是一种依赖燃料来推进的机械，不安、惊异等等是它的能源。一个艺术家和普通人的想象力有本质上的不同，他可以产生大量的燃料来驱动想象力。

在人的三种意识即睡眠中也保持的肉体意识、进行观察的意识和对对象加以考察的意识中，最后一种最最接近我们所说的想象力。人还应当有第四种意识。它要比考察更加广大，因为考察必须要对“某种东西”进行考察，而这“某种东西”一般说来往往是自己身边的经验。考察就像在两根铁轨上的奔驰的列车，行进在过去通向未来的线路上。第四种意识是指第三次元上的意识，它还要伸展开去，它动用的是蓄积在脑细胞中所有种类的知识的记忆。想象力是三次元上的意识。这样定义下来，它就远远地超越了所谓的“逃避”的范畴。它和推理能力一样，是人类赖以生存的诸能力的一种延长。④

其实，C.威尔逊就在反复吟唱着一句话：想象力是作家灵感的根源。这种想象力即便是对现实逃避的一种空想，也没有脱离现实，它实际上是一种相信在头脑中描绘超越现实人生梦想的力量。

---

① 上笙一郎：《儿童文学引论》，中译本，四川少年儿童出版社1983年版。
② 邹纯芝：《想象力世界——浪漫主义文学》，海南出版社1993年版。
③ J.R.汤森特：《儿童书籍的历史——英语圈的儿童文学》，日文版，岩波书店1990年版。
④ C.威尔逊：《梦想的力量——文学和想象力》，日文版，河出书房新社1994年版。

本质论续三：游戏精神

小船穿过一片片苇塘浅滩

一个猎人在追踪一头穷途末路的麂鹿时，蹚过没膝深的沼泽，蓦地发现眼前竟是一片烧得火红的土地——静静燃烧的是煤田的一角。

在想象的火苗之下也有一条横亘绵长的矿脉，待人开垦和采掘。想象力是一种创造力，蕴藏其中的是游戏精神。这是幻想文学研究的一个盲点，称之为死角似乎更直观一些。极少有人会在游戏这个回归童年的口号面前驻足，偶尔有一两个人窥视也只是浅尝辄止。至少我相信：正是不泯的游戏精神哺育了幻想文学。游戏是一种创造，我们就是通过它和梦幻般的幻想走进了一个又一个超现实的世界。

让我在这块露头的矿脉上挖下第一锹吧。

说到底，文学是一种叫人痴迷、废寝忘食的游戏。日本的著名书评家风间贤二在他那部被媒介炒得沸沸扬扬、冠之为“去做读书游戏”的书评解说集《舞蹈的文学》中，开篇第一句话就直言谔谔地宣称：“我觉得，从根本上说来文学是一种知性的游戏。”①

文学展示了一个想象的空间，而游戏以及游戏精神恰恰为填补这个想象空间提供了最大的自由。所以它与幻想文学，尤其是幻想儿童文学更是密切相关。同时我也注意到，游戏这种“有关人类精神健全的高级社会活动形式”的结果，竟然与文学陶冶人的终极目的不谋而合。席勒早在1862年就强调了游戏在文化上的重要，在《审美教育书简》第十五章中他手擭鹅毛笔这样写道：“在人的一切状态中，正是游戏而且只有游戏才使人成为完全的人，使人的双重天性一下子发挥出来……说到底，只有当人是完全意义上的人，他才游戏，只有当人游戏时，他才完全是人。”

我们可以从读者和作家两个方面来诠释这种眷恋情结。

先撇开幻想文学的成人读者暂且不谈。因为，儿童读者群似乎更有利于成为我的佐证。班马说：“儿童的阅读，遗留并延伸了游戏的精神，可说是一种从身体的扮演（角色）走向精神的扮演。”②我以为，所谓的“精神的扮演”是一次嬗变和递进，即通过游戏这条凌驾在现实与虚构之间唯一的栈道，读者完成了由“虚构的物语”向“心的物语”的一种过渡。物语是日语，即故事之意，我之所以生搬硬套不加翻译地借用了这个词汇，是因为它裹挟着一股陌生而又让人驻足凝目的新鲜。相比之下，我们的“故事”则被蹂躏得毫无新意了。

日本的英美儿童文学研究学者谷本诚刚率先提出了这样一种假设，即潜藏在儿童心底的读者的“心的物语”，支撑起了被称之为儿童文学的作者的“虚构的物语”。

谷本诚刚从读者论的角度出发，以两部学术专著构筑了他这一理论的框架。两部著作分别是1988年出版的《儿童文学的关键词》③和1990年出版的《什么是儿童文学——物语的成立与展开》。④

在《儿童文学的关键词》这部不厚的锐意进取的论著中，谷本诚刚别出心裁地把四种童年游戏用一根绳索与儿童文学发生论襻连起来，即“秘密”“模仿……的游戏……”“颠倒”和“恶作剧”。他认为这四种游戏充分表现了儿童文学的母题，是破译儿童文学的关键词。他逐项解释道：“秘密”直接触及到儿童以及儿童文学的本质。“模仿……的游戏”和“颠倒”同属创造一种虚构的世界，但两者显露出相反的倾向。进一步说“模仿……的游戏”是以现实为发条转向自身的虚构，而“颠倒”则是摇撼、倾覆现实，同样是为了创造一个虚构的世界。“恶作剧”不但与社会中倍遭压抑的儿童宣泄本能的愿望有关，而且牵扯到儿童暴戾的一面。

这四种游戏也是儿童的“心的物语”。这种心的故事引申开去就是儿童文学的故事，他们正是在这种故事中来摸索自己可能的未来像的。

在《什么是儿童文学——物语的成立与展开》中他进一步发挥了这种观点，借鉴瑞士精神分析学家荣格的心理学理论，将它们与儿童文学的发生联系起来。他相信儿童有一种与生俱来的用心叙述故事的能力，他们以这种“作为幻想的故事”来充当认识世界的手段，天生就是故事的作者。而儿童文学所谓的“虚构的物语”就正是依赖了儿童这种日常性的“心的物语”才得以成立的。从本质上来说，他引用了J.布里唐的一个著名论断来作为一个结论：“儿童的白日梦与儿童所阅读的故事——像《爱丽丝漫游奇境》那样的故事——是同样羽毛的小鸟。”

“心的物语”是童年的一种游戏。也就是说，儿童最终是通过游戏这种形式来接受“虚构的物语”并进行重构的。

N.塔卡在《儿童与书籍》中也重复了同样的观点:"儿童们对于在文学中所遭遇的新的经验,显示出种种反应。那一瞬间他们会利用故事,把它作为一种确认头脑中已经熟悉的幻想、看法属于什么种类的东西的手段。而且,当他们懂得自己所拥有的幻想是一种可以适用于各种架空场面的性质的东西时,这一发现帮助他们的想象力朝其他方向扩展。也就是说,他们可以在脑海里,想象某一天成了古罗马人,某一天成了十九世纪的一名孤儿,某一天成了第三世界的孩子,自由地驰骋在没有终结的时间和空间里。"⑤

让我来清理一下思路。

幻想文学在孩子们的眼前构筑了一个"第二世界",也就是非日常的世界。所谓的游戏,就是体验这个世界的惊异。顺着"心的物语"这条隧道,一旦走进这个魔幻神奇的世界,孩子们就会发现已经超越了自己存在的现实而飞翔在一片想象的天空之上。这是一个用语言垒起来的世界,人们正是在这里惊诧地觉察到,自由已在日常生活中不知不觉地失去了。游戏就是要解放身陷囹圄的自由。至少,孩子们通过这种游戏可以唤醒沉睡在内心深处的人的一切可能性。

我们再从另一个相反的视角,来剖析游戏在幻想文学中的功能。

当视线挪移到作家身上的时候,我们惊愕地发现,这些"虚构的物语"的叙述者们也在进行着一场场方兴未艾的游戏。作品,特别是一些想象力恣意横流的作品,往往是作家童年游戏的延长线——在中断多年之后,伴随着一种强烈的游戏冲动,他们撑起想象力的扁舟重返童年。在这里,如果把游戏精神比喻为船夫手中的篙,是否恰当呢?手起篙落,小船穿过一片片苇塘浅滩,在红月亮还未升起之前就驶进了续起童年梦幻的宣泄的海……

这种游戏复辟,或是称之为卷土重来的现象,上世纪初即引起了弗洛伊德的瞩望。弗洛伊德对艺术一直持有一种亲昵的态度,尽管在众多涉及本质的问题上他沉默甚至闪烁其辞,但在论及作家的创造力与游戏时他却丝毫也没有吞吞吐吐。美国人杰克·斯佩克特在他那本"试图从一个理论发展的较高层次回顾弗洛伊德的艺术思想,为之勾勒一个清晰轮廓"的美学专著《艺术与精神分析》中承认,弗洛伊德深深地懂得"创作灵感依赖于艺术家通过回忆和认知去挖掘已失去的儿童期想象和灵感的能力。艺术家和诗人的得天独厚之处在于他们比大多数人少受文化中压抑因素的制约,因而具有这种能力。用弗洛伊德的话说，他们有‘压抑的塑性’，意思是艺术家更容易进入童年的宝库”。⑥

游戏像小船一样把作家载入了遥远不再的童年，只不过是用一种成人的幻想代替了儿时的游戏。

对于这种游戏冲动，汤锐在她那部以“成人——儿童”双逻辑支点为基础，论述现代儿童文学本质的著作《现代儿童文学本体论》中有这样一段阐述：“在诸多艺术创造活动中，文学恰恰是人类游戏冲动宣泄和升华的高级形式之一，可以说，利用想象的形式实现童年的梦想或宣泄在现实中受压抑的潜在欲望，或使性格的其他层面均有表现的机会，像孩子一般痛痛快快地游戏一番，往往是成年人介入儿童文学创作的诸多重要原因之一。”⑦

游戏为作家想象力的驰骋提供了一种可能。在介入之后，游戏没有隐退，依然在作家的作品中占据主导的地位。依靠游戏，作家才真正地创造出一个想象的世界。“作家正像做游戏的儿童一样，他创造出一个幻想的世界，并认真对待之。”这是弗洛伊德长年锲而不舍的一个课题，在他的论文《创造性作家和白日梦》中得到了更为详尽的讨论。“当人长大并停止游戏时，他所做的，只不过是丢掉了游戏同实际物体的联系，而开始用幻想来取代游戏而已。他建造海市蜃楼，创造出那种称之为白昼梦的东西。我相信，多数人一直到死都不时幻想。”⑧

综上所述，我们可以得出这样一个结论：不单单是在作品中，而且在读者与作家的身上，游戏是激溅想象力的火花。正是由于这种潜在的游戏精神，才使得作家那冬眠蛰伏的想象力得以复苏，产生创作欲望；才提供了读者的“心的物语”在作家的“虚构的物语”上延续的可能。而正是这两者的结合，使一部作品变成游戏，叫人不忍释卷。

在这里，我似乎是可以就此搁笔结束这一小节的论述了。然而，如果就此打住我将带走一种意犹未酣的怅惘。不能不这样说，我关于游戏的论述是太浮皮潦草了，我甚至不敢追问一句：

什么是游戏？

我不能带走这样的缺憾。

游戏精神的本质是一个深刻的命题。如果寻其根源，又是个文化起源的问题。我们对于游戏的研究一直徘徊在它的门外，探头探脑得像一群偷窥者。**我想走进游戏，走进游戏论的最尖端。**这时，我想起了在本节开头时我做的那个把游戏形容为矿脉的比喻。这或许是一个蹩脚的比喻，但是，我仍想一锹接一锹地挖下去——

游戏为我们提供了所有文明的雏形。它是文明的根源，是人类最根本的一种本能，统治一切的被称之为神圣的规则，例如艺术、政治、战争和祭典的规则都继承了游戏的精神。前面提到的法国文艺评论家R.卡伊瓦，不仅在幻想文学的理论上造诣颇深，而且在游戏论方面有独树一帜的见解。他的《游戏与人》⑨，就是一部通过对游戏所有不变的性质——“竞争・运・模拟・眩晕”为基点，对文化的发达进行考察的一部游戏论的名著。

他在这部著作的日文版的序言中声称，在这本书中他首次尝试了对游戏做一次体系上的分类，目的是探究一下游戏最根本的动机，也就是它的四个最基本的范畴——“竞争・运・模拟・眩晕”究竟在人类的文明史上残留下了什么样的痕迹，从而为游戏勾勒出一幅纯粹的图像来。

游戏不仅仅是透射出一种愉悦，而且它还包含着限制、自由和创意等多重意义。这从它的分类上也可以得到验证。“竞争”是游戏的原动力，是一种对抗。对于每一个竞争者来讲竞争都是以一种胜利为前提的，希冀以纯粹形态表现的个人能力得到承认。“运”包含着偶然及一赌输赢的意思，它与竞争截然相反，它不是游戏者的能力所能决定的，与其说是战胜对方不如说是命运战胜了对方，游戏者是处于一种被动的状态。尽管这种运的游戏是四种游戏中唯一人类所独有的，但儿童对它不屑一顾。而毫无疑问，“模拟”是儿童所为最热衷的一种游戏。虽然所有的游戏都可以称之为幻觉，但只有模拟是必须设定一个虚构的世界才能展开的游戏。它在一个完全架空的环境下进行，不是屈从命运，而是把自己也变成一个架空的人物。模拟是一种活动，是一种想象，是一种创作。最后的“眩晕”是一种破坏一时的知觉安定，使清晰的意识陷入一种官能的混乱的游戏。

从游戏的诸特征，即自由、被隔离、未确定、非生产、具有规则以及虚构的活动这几点来看，游戏与现实是针锋相对的，因为从本质上来说它是一种被隔离的活动。这甚至会引发游戏的堕落。同时需要强调的是，支配游戏的四种最基本态度“竞争・运・模拟・眩晕”并不是孤立存在的，而是可以自由组合的，从理论上来说，至少有六种组合：竞争和运、竞争和模拟、竞争和眩晕、运和模拟、模拟和眩晕。R.卡伊瓦的最大功绩，就在于他对游戏所做的分类。

限于篇幅，我在此仅能引用R.卡伊瓦《游戏与人》的若干摘要，而游戏与想象力之间的关系，还有待于人们的进一步研究。

①风间贤二:《舞蹈的文学》，日文版，自由国民社1993年版。
②班马:《游戏精神与文化基因》，甘肃少年儿童出版社1994年版。
③谷本诚刚:《儿童文学的关键词》，日文版，中教出版1988年版。
④谷本诚刚:《什么是儿童文学——物语的成立与展开》，日文版，中教出版1990年版。
⑤N.塔卡:《儿童与书籍》，日文版，玉川大学出版部1988年版。
⑥杰克·斯佩克特:《艺术与精神分析》，文化艺术出版社1990年版。
⑦汤锐:《现代儿童文学本体论》，江苏少年儿童出版社1995年版。
⑧弗洛伊德:《弗洛伊德论创造力与无意识》，中国展望出版社1986年版。
⑨R.卡伊瓦:《游戏与人》，日文版，讲谈社1990年版。

逃避的批判

毒汁四溅的红罂粟

逃避是幻想文学最基本的特征之一。

幻想文学提供给读者的是一个故事的陷阱，令人不忍释卷的三次元遐想的空间。说它是一种逃避文学，是因为它犹如一头冲破了桎梏重围的藏羚羊。

桎梏重围就是故事世界所谓的基本法则。在藏羚羊跃过高高的栅栏时，基本法则便一堵残墙似地訇然倒塌了——幻想文学最重要的特征就是颠覆基本法则，解除掉这道紧箍咒，使因基本法则而被迫强制形成的观点处于一片矛盾之中。这里需要指出的是，幻想文学对于故事世界的基本法则的这种反转，是建立在基本法则之上的，也就是说是以牺牲基本法则为代价的。形态心理学告诉我们，如果没有认识的基本法则，现实世界和故事世界也就不存在了。

首先提出“反转”概念的是美国学者E.S.罗勃金。他在《幻想与文学》一书中就明确指出：“所谓幻想就是当故事世界的基本法则180° 急反转时带给我们的惊异。”①

假设说基本法则是对人类精神的一种束缚的话，那么，为反转这种基本法则所提供给故事世界的幻想的逆转，就是心理逃避的最有效的方法。这里，我再借用E.S.罗勃金一句意味深长的比喻：空虚是 座心的牢狱，而幻想则是逃避那座牢狱的手段。

这就带出了另外一种陈词滥调的批评。逃避往往会使人产生误解，由它自身的缺陷而倍遭贬低。我们常常会听到一阵非难围剿的声音嗡嗡而起，“脱离现实”就是最为猛烈恶毒也最为典型的一种抨击。这种谬论甚嚣尘上，竟持续了长达几个世纪之久。逃避文学的逃避，明显地嵌有一种敌意和蔑视之意。它就宛如毒汁四溅的红罂粟，遭人唾弃。它至少造成了两种歪曲，一是逃避次于“严肃”文学的严肃，二是逃避拒绝任何一种秩序。就连托尔金那篇被誉为幻想文学理论经典的《关于妖精故事》，也没法回避这种批判的声浪。他在分析这种批判产生的根源时愤懑地写道：“我主张‘逃避’是妖精故事所具有的主要效用之一。然而尽管我不否认妖精故事的种种效用，但‘逃避’这个词语现在常常带着一股轻蔑和怜悯的色彩被妄加使用，则是我所不能接受的。在文学批判的疆界之外使用这个词语时，挟带的轻蔑和怜悯是没有任何根据的……这样使用‘逃避’这个词语的批评家们显然犯了一个选择上的错误。”②

逃避的批评不堪一驳，显然是草率和不负责任的。

有必要为逃避平反昭雪。

幻想文学的逃避，正如《幸福的约束——英国儿童文学的传统》的作者F.英格丽斯所说，是“逃脱现实而渴望钻进幻想文学的世界，即逃脱残酷而丑陋（指现实）的世界盼望进入一个温馨绚丽的世界（这里指的是非现实）”。③它不是一种麻木不仁的迷幻，而是精神上的憧憬。现在，完全到了应该洗净泼在“逃避”一词身上的污泥浊水的时候，有必要为它正名。

从另一层意义上来说，所谓对逃避的指责可谓是歪打正着，因为它一语中靶，逃避恰恰是幻想文学的一大特征之一，即托尔金所说的效用。效用是几十年前的讲法，稍嫌陈腐了一点。

现在的幻想文学的理论家们已不是逆风中的苇荡了，面对细若游丝的逃避现实的攻击，不再畏畏缩缩，他们像先驱托尔金一样挺身而出。风间贤二在一篇题为《梦的书物：现代幻想文学的世界——激荡人心的另一个华丽世界之旅》的论文中就直抒胸臆，半点也不为幻想文学被扣上“逃避现实的文学”的帽子、讥讽遭贬而感到羞耻。他潇洒得甚至有些大义凛然：“哪怕是幻想文学不容置辩地被斥责为逃避文学，我连眉毛都不蹙一下。为什么呢？因为幻想文学恰恰是这样一类作品。”接着，他又笔头一转慷慨陈词地辩解说，“不过，我在这里使用的‘逃避文学’不带一星半点的轻蔑和非难，一尘不染。不仅这样，而且是作为意味着一种英雄行为来使用逃避这个词汇的。也就是说——假如，当一个人明白自己蒙冤受屈被投进监狱时，他会尝试越狱逃跑，为什么要去蔑视他呢？为什么要因为他对看守和牢狱的大墙之外浮想联翩、说些更快乐的话而对他横加责备呢？任何一个有良心的人不是都会认为越狱逃脱是一件正当的行为吗？”④

文学意义上的逃避是幻想的逆转。一般说来，逃避被定义为“逃脱制约、挣脱束缚，获得解放”，但我们这里所说的从心的牢狱里逃避，远非那么简单。如果制约是深深地扎根于自我认识和世界观之中的话，就需要反转它。逃避在幻想文学中有着功不可没的积极意义，它是我们探究心灵背后一个谁也不知道的隐秘世界的一种手段。

逃避是借助想象力的翅膀得以实现的。逃避的现实意义暂且撂到一边，仅就想象力而言，逃避至少在激发创造性的想象力上起到了推波助澜的作用。况且，我们这里所说的逃避绝对不是一种消极堕落的沉溺，不是精神上的麻醉。幻想文学构筑的第二世界，哪怕是丝毫也寻找不到现实生活的影子，它也与我们这个世界有着千丝万缕的接点。我已经不止一次地强调过，幻想文学的价值在于它映照、重建或是说腐蚀我们的现实。它加剧了日常和幻想世界之间那道罅裂的扩展，体验与日常的断绝，从而达到重新认识现实的目的。

这样说恐怕是不言过其辞的吧：一旦读者了解了他所逃遁到的那个邈远而陌生的世界以后，他也就了解了他原来所在的那个世界。

除去逃避之外，托尔金还把“恢复”和“慰藉”并称为幻想文学的两大机能。陈腐以及习惯的惰性阻碍了人的视线，恢复就是指可以让变得污秽不堪的视野重新干净起来。而慰藉，则是来自于幸福结局的快意。

---

① E.S.罗勃金：《幻想与文学》，日文版，东京创元社1989年版。

② J.R.R.托尔金：《幻想文学的世界——关于妖精故事》，日文版，福音馆书店1973年版。

③ F.英格丽斯：《幸福的约束——英国儿童文学的传统》，日文版，纪伊国屋书店1990年版。

④ 风间贤二：《舞蹈的文学》，日文版，自由国民社1993年版。

价值

稻草人和红瓢虫

几经风雨，幻想文学早已不是一具一推就倒的稻草人了。

它巍峨屹立是因为它自身的价值。

幻想文学夺回了那些曾经属于我们的东西。比如，随着理性时代的来袭而丧失殆尽的自然与超自然本为一体的宇宙观就是一例。幻想文学中登场的神也好，魔女和龙也好，带来的是一种存在的真实。它们不是杜撰的产物，而是接触到人类自身的称之为宇宙部分的原型，宽慰了空虚，也把我们从绝望中拯救出来。即便是不再去相信神话是否真实了，但对永远的憧憬却再也不会失去。

幻想文学不单单是使我们寻回了已被忘却的宇宙根源，而且告诉了我们在这个世界所处的位置。漂泊在一个腥风血雨的魔法王国也好，敲开一扇门闯进异次元也好，故事的中心是读者。同时，因为清晰地窥见改变了姿态的自己，也把我们从自我中心主义中解救出来。这也是幻想文学的核心。所以出色的幻想文学的作家经常对主人公流露出一种特有的宽容和关怀，并且反映现实世界。真正的幻想文学的作家不是沉湎于描摹自己的乐园，而是去揭露世界的弊端，描写世界的纷争和崩溃，指出只有苦斗和牺牲才是出路。

优秀的幻想文学作品摒弃了令人生厌的说教，它使读者沉浸在故事的一种醍醐灌顶的兴奋之中。然而，叫人欲罢不能毕竟不是幻想文学的终极目的，它不是一口诱捕读者的陷阱，而是捕捉作家人生观的一口陷阱。幻想文学唤起的惊异，如果仅仅是让读者大汗淋漓地走上一条迷宫般的不归路，则未免有媚俗之嫌了。它在惊异中表现的是作家的“第三只眼”。所谓的第三只眼，就是构筑支撑想象力的心象，把我们的心和现实世界连接起来。

幻想文学超越一般文学的地方在于，它有一个深邃而熠熠闪耀的核，即“内宇宙”（Worldswithin）。幻想文学的作家突破现实主义的风景，不是旨在勾画一个我们肉眼可见的世界，而是要雄心勃勃地为我们奉献一个肉眼看不见的耸立在心灵或是精神深处的内宇宙。在这个内宇宙里，想象力可以开拓视野，加深对世界的认识。U.L.奎恩说过：真实是一个想象力的问题。事实与外在的世界相关，也与内宇宙相关。当幻想文学的作家在这个内宇宙中源源不断地构思作品之际，想象力的作用变得更强烈也更刺激。

我想再把视点收拢到儿童身上。

出于天性，儿童读者对于幻想文学有一种出自本能的酷爱。幻想文学遭到成人某种程度的抵御，是因为他们的想象力的衰退。可以看作是一种悲哀而老迈的掩饰吧。如果把话稍微扯远一点的话，这和蚊子的生长过程不无相似——当蚊子由蠕动的孑孓而脱离水面一跃蜕变为展翅飞翔的成虫时，浮游的本能丧失了。一片碧绿的沼泽成了死亡的禁区。

不能不说是一种愧赧和无奈，想象力的丧失可谓“成长的丧失”。

这种成长的丧失，被李丽安·H.史密斯形象而生动地比喻为第六感的沦丧。她提醒道，“幻想文学要求我们在阅读一般的故事时的精神准备之上，还要具有一种第六感那样的东西。但是，绝大多数的大人在脱掉儿童这层外衣的时候，把第六感也随手扔掉了。”①幻想文学要求这种第六感，是一种水和树的关系。离开了想象力它就会像干枯的樱花树一样落叶凋谢飘零。英国著名的小说家、文艺评论家福斯特在他那部被誉为“20世纪分析小说艺术的经典之作”的《小说面面观》中也表达了同样的看法：“故事要求读者的好奇心；人物要求读者有人情味和价值观；情节要求读者的智慧和记忆力；那么，幻想对读者有什么要求呢？它要求读者付出一些不属于上述范畴的东西，因此迫使我们非要适应新的情况不可，那是一种不同于对文艺作品所必需的适应，一种附加的适应。”②

而对于想象力过剩的孩子们而言，幻想文学无疑是一块魅力无边的魔毯。有关这点，李丽安·H.史密斯在她那部传世名作《儿童文学论》和保罗·阿扎尔的《书籍·儿童·大人》（又译《书，儿童与成人》）并称为“世界儿童文学者必读书”中也有大段精彩的论述。为了避免有断章取义之嫌，我们来直接引用一段她在这部书中的有关论述吧。

她用一种不容置疑的语调写道：“幻想文学所具有的特质，或许不会对取材于现实的虚构作品的特质做出妥协。但是，幻想文学的特质具有自身的法则、常规，如果我们以一种正确评价的基准来对待它们，就会充分地领会和理解。如果说孩子们为什么会容易接受幻想文学的话，就是因为孩子们具有想象力和惊异的天性。而当要求丧失了这种所有孩子共通的特质的成人，对远离现实生活、以纯粹的幻想为内容的作品做出认真的判断时，他们常常是显得一筹莫展。”③

幻想文学对于成长中的儿童来说，不是偶尔不经意地闯入他们视线的一只转瞬即逝的红瓢虫，仅仅是添上一道惊愕的亮色，它是一种精神食粮。这才是幻想文学的真正价值所在。不单是孩子，幻想文学也是“所有年龄层的人们不可缺少的心灵的食粮”。④它将孩子们从梦幻中解放出来，是迸发想象力的能源。可以毫不过分地这样说，真正获得孩子们狂热喜爱的，绝对不是扎根日常生活、最终不敢超越现实的雷池一步的现实主义作品，而是幻想文学。

这从日本的儿童文学理论家上野瞭关于儿童文学的本质的分析中也可以找到根据。

他在《现代的儿童文学》一书的终章中写道：“儿童文学的本质，即是给予潜伏在孩子身上的作为人的可能性以一种形状。”在此前提之下，他把儿童文学分为三个世界，即所谓的现实主义的世界、幻想文学的世界以及荒唐无稽的世界。他逐一加以解释说，现实主义的世界是“描写儿童的日常生活，在其中寻找人所应有的、可能有的姿态”；幻想文学的世界是“在日常生活的对面（或者是在日常世界的内部）构筑一个‘另外的世界’‘不可思议的世界’，通过描写这个另外的世界，追求人本应有的样子”；荒唐无稽的世界则是“将日常世界翻转过来，打破通用的既成价值观，创造一个荒唐无稽的世界，把人和世界的荒诞的一面暴露无遗，从而探索人本身的某种可能性”。⑤孩子们憎恶樊笼般的日常生活，渴望自由，常常凭借想象力把视线转移到另外一个世界。企图从现实中脱胎出来的幻想文学之所以受到孩子们的热爱和青睐，究其根源，恐怕正是孩子们自身不安定的存在所致吧。由此可见，幻想文学在孩子们成长的过程中扮演着何等重要的角色。

在结束这一章之前，我想把我在《儿童文学研究》上发表的一段译文作为本章的尾声：

“要是把近代幻想文学的潮流和时代的潮流对照来看的话，不难发现，幻想文学常常表现出了它所产生的那个时代。近代的大人们，经常把幻想文学当作一种‘脱离现实’的逃避文学，对由这样的文学支撑的儿童文学的世界嗤之以鼻。但是，这种看法实在是过于肤浅。像J.R.汤贞德在他的评论集《故事的感觉》中指出的那样，可以说，近代成人文学衰退的一个原因，就是成人把幻想文学扔给了孩子们从此不屑一顾的结果。没有任何一种文学的方法，能像幻想文学那样把每一个时代的弊病暴露无遗。此外，当现实主义的文学即便是在某种程度上认识现实矛盾，却因拘泥于现实而在寻求一条解决之路的问题上表现得苍白无力的时候，不受现实束缚的幻想文学则表现出了寻觅这条道路的可能。”⑥

①③ 李丽安·H.史密斯：《儿童文学论》，日文版，岩波书店1971年版。
② 福斯特：《小说面面观》，花城出版社1984年版。
④ 小原信：《幻想文学的发想》，日文版，新潮社1987年版。
⑤ 上野瞭：《现代的儿童文学》，日文版，中央公论社1988年第13版。
⑥ 猪熊叶子：《幻想文学的系谱》，载《英国儿童文学的作家们——幻想文学与现实主义》，日文版，研究社1977年版。

2 Development
幻想文学的辉煌

民间故事不仅是幻想文学的源头，也是儿童文学的母胎。

今天的幻想文学，兵分两路，一路蓬勃壮大发展成了成人文学中一支不可忽视的力量；而另一路，更是气势夺人铺天盖地而来，形成了当代儿童文学中的一股主潮。然而，涌动在它们体内的血脉则是同源于古老的民间故事。

起源说之一：巫术

一群闪烁飞舞的点点萤火

当我们走上大河之源时，脚下不再是奔腾咆哮的壮景。一股股细流逶迤而至，孱弱而单薄，完全看不出一点点日后那种气吞山河的磅礴气势。站在浅湾里，眼中甚至会划过一片疑惑：这就是一泻千里的大河的源头吗？

——幻想文学的源头又是怎样一幅景色呢？

让我溯流而上。

还是在混沌初开的太古时代，人类像一个呱呱坠地的婴儿刚刚从光明与黑暗中分娩出来，即所谓的摇篮期——幻想已经犹如一群闪烁飞舞的点点萤火，耀动在那个蒙昧而生产力低下的洪荒岁月了。

在一切都无法解释的太古，符咒就是人类抗拒天命、企图超越自身局限的唯一的一种信仰。这种巫术文化曾长期蒙尘，被贬为异端邪说而如同一幢遭人遗弃的废墟里的一片蛛网。然而，当我们今天跨越时间的阻隔，重新俯瞰人类黎明期的远古文化时，不由得蓦然一惊：就像看到蛛网在雨后的斜阳中熠熠闪光一样，巫术文化中竟然包藏着那么璀璨的东西——

“古代的巫术世界，是文学众多母题的源泉。而这种主题在近代文学以及现代文学中被无限制地反复演绎。”①这一发现无疑是震聋发聩的。至此，巫术文化不再仅仅是迷信、在黯淡的月光下鬼影憧憧的一种疯狂仪式了，它是底蕴深厚的一种良莠混杂的早期文化的胚胎。作出上述大胆推断的是日本比较文学的研究者私市保彦，他在那部试图追寻“从太古就生生不息的人类的最原初的梦想”的评论集《幻想物语的文法》中，冲破了世俗的偏见，为文学寻根：“巫术的世界，逐渐被轰赶到了文化的一隅。与此平行的是，‘传承’诞生了，不久之后它就作为一种‘讲述的故事’而得以自立，并在近代以‘读物’的形式获得了再生。”②

这样，我们似乎站到了一条文学的延长线上。这一端，是文学走向辉煌的彼岸；而另一头，则是飘零不定的原本不知起源于何处的断头。但是现在我们把它接上了——文学的母胎竟是巫术文化。

然而，这显然不是我所力图论述的目的。我要解读的是，潜藏在巫术文化中的幻想文学的暗码。

幻想在巫术中忽隐忽现，这在符咒上表现得尤其明显。符咒虽然是一种欠缺理性的产物，但它作为一种文化存在，却“蕴含着古人奇异而丰富的想象、强烈而经久的生命力、沉沦又隐现的古文化谜底”。③符咒是原始社会中人与自然、超自然之间唯一的媒介，寄予了原始部落、也就是人类最初级、最简单的幻想。我们如果在符咒这片荒凉得几乎很少有人闯入的处女地里兜上一圈，不难找到幻想文学雏形的痕迹。

在幻想文学作为一种文字的文学发轫之前，我们的祖先已经在符咒中讴歌幻想了。这方面的例子不胜枚举，让我借用一下法国结构主义的大师克劳德・列维・斯特劳斯在他的代表作《结构人类学》中所提到的一篇咒语吧。咒语是从一个印第安库纳人部落收集到的，这部长篇咒语原作18页，是在妇女难产时巫师吟唱的。我所兴趣盎然的，不是巫歌通过心理暗示对临盆孕妇所做的治疗，而是巫歌中的若干个反复出现的主题。比如说，歌词表达的一个要求就是：找回失去的灵魂。灵魂的归来要经过许多周折，例如，要克服许多障碍，战胜各种野兽，最后萨满和监护神还要借助嫫巫及其女儿们无法承受其重量的魔帽同她们进行一番激烈的较量。④

令人惊愕不已的是，在这篇代代相传的古老的符咒中所呼唤的灵魂，竟与迟到了数千年的幻想文学的一个主题不谋而合。灵魂是幻想文学最津津乐道的一个主题，魔帽也是幻想文学的主要道具。难道真像私市保彦所言，一个个源于巫术的同样的母题，在时空中飞翔了数千年之后，还在被我们今天的幻想文学一遍一遍地重复着吗？我只能俯首称是。

在那个文学还是漆黑一团的雾状星云时，已经有那么一束亮点穿透云层。

幻想就是那暗耀的流萤。

……

①② 私市保彦：《幻想物语的文法》，日文版，晶文社1989年版。
③ 刘晓明：《中国符咒文化大观》，百花洲文艺出版社1995年版。
④ 克劳德・列维・斯特劳斯：《结构人类学》，文化艺术出版社1991年版。

起源说之二：神话

十二块泥板和一个神的故事

有时，你在秋天的堤坝上极目远眺，河天相连间常会迸射出一蓬火焰般的湛蓝。走近了，拨开苇丛，竟是一簇美丽的带刺的藜蒺。

巫术本身就是一丛矛盾的藜蒺。一方面它是荒谬绝伦的，一种迷信，更是一种伪科学。然而稍稍改变一个角度来观察，它又是灿烂的——有些人类学家认为巫术是现代科学的雏形；同时它还是一种审美活动，与神话有着一条紧密相连的纽带，是文学的源泉。

在这里，让我来稽考一下巫术是如何演变成为神话的吧。

神话是幻想文学的源头，而巫术又是神话的源头。神话说到底是一种艺术创作，艺术和巫术彼此是对方的源泉。在谈到这种关系时，美国学者理查德·蔡斯用一句通俗易懂的话涵盖了这种变迁的过程。他在一篇题为《神话研究概说》的论文中这样写道："原始文化中渗透了巫术，当这种文学强调事物的巫术观，强调事物的振颤动态，并以世界上存在着的潜在而辉煌的巫术来强调人类自我时，我们便将这种文学称作神话文学。"①

神话由巫术移行而来。那么，我们要穷追不舍的是：在巫术兴风作浪的时代已初露端倪的幻想，那一束光斑，在神话中消失了还是更加亮丽了？

就像神话这个词汇本身一样，它裹挟着的幻想非但没有湮灭反而如同黄昏的瑰丽晚霞般占据了整个天空。提到神话，更多的人会联想到神祇、幻兽以及史诗般的虚构的幻想。在巫术中，只是想象出了某种能受人类意志力操纵的超自然力而没有想象出任何的神灵或神祇。这就是神话更接近于幻想文学的地方，神话的诸多母题，在幻想文学中得到了延续和重复，是一眼不枯的井。

神话展现的是超自然的力量，有人索性把神话定义为"将自然事物与超自然能力熔于一炉的文学"。②在另外一篇文章中，神话与超自然这种血缘关系又被阐述得更加透彻："当文学使得大自然中充满趋向某些目的的超自然力量时，当文学俘获世界上的超凡魔力时，当文学用这些力量来满足某些感情需求时，文学便成为神话了。"③在上一章有关幻想文学概念的篇幅中，绝大多数的定义都把超自然摆在首位，这使我不得不再一次翱翔在过去的时空之上。我看到，超自然的描写像一条绸缎样的丝带，从神话一直蔓延到幻想文学上。

并不是说所有涉及超自然的文学都隶属于幻想文学，但至少在这一个关键问题上它们是一脉相承的。

同时，神话的主题在几个世纪后的幻想文学中得以复述，毋宁说是复活吧。在我找到一个例证，来剖析神话与幻想文学这种藕断丝连的关系之前，我想，我们先悄悄窥视一下文艺批评学家的研究成果吧——这对我稍后开始的“幻想文学重复神话主题”的检证无疑是开了一扇窗户。

魏伯·司格特在他编选的《西方文艺批评的五种模式》一书中，介绍了一种全新的批评模式，即原型批评，它依据荣格的集体无意识理论，试图从文学作品中嗅到某种神话意识的涵义和象征，认为“神话是‘一种我们自身相传的信息，一种使我们能够处理内部事件像处理外部事件一样的密码’。因此，艺术家不是一个精神病患者，而是一个‘伪造者，神话编撰人，从自己的无意识中道出原始的真理”。④这从一个角度解答了我心存已久的一个疑窦：相隔数千年后，而且中间嵌进了一种称之为时间阻断的隔绝，近代或现代的幻想文学的主题还会与神话的古老主题惊人地吻合。原型批评相信有条看不见的链条从邈远混沌的太古森林一直延伸到现代，现代人身上仍然不自觉地保留着神话中的原始意识。换成我的话来说，就是“原始情结”未泯的幻想文学作家是在凭借一股先祖的血脉，来一遍遍地重复着一个个地老天荒的主题。

这倒可以作为为什么会出现主题重复的一种解释。

另外，是否也从一个侧面支持了我关于幻想文学起源于神话的观点？

除掉惊人般相似的主题之外，我们还可以从当代的幻想文学作品中易如反掌地找到神话的故事模式。

下面一段我将以一个事例来补述这种雷同。但是，请暂且容我和你们一起来反观一下神话的故事模式。与上面的原型批评相对立的，是以J.坎贝尔为代表的新神话学派，他们是掉过头来从原始神话中寻找一种模式。当然，他们的目的是为了证实这种失落的模式是现代生活所必不可少的。而我站在他们的背后偷窥，只是想不费吹灰之力地捞上一网子——借用一下他们的论点来弥补我研究上的一片残缺。J.坎贝尔抱着“真理是一个，圣贤用许多名称来说它”的宗旨，确信真理可以从神话中找寻。“他分析了许多神话传说，经过类比和附会，最后编造出‘单一神话’（monomyth），把它解释为‘标准的跨文化的英雄模式’（a standard cross-cultural hero pattern）。这个模式概括了神话英雄的奇遇或冒险（adventure），从受命开始，通过‘兄弟战争’‘人与龙的战争’‘夜海历程’等遭遇，接受帮助者的考验，完成‘神圣的婚姻’‘偷窃万灵药’等任务，最后获得再生，重新回复到开始的斗争中去。”⑤

这一模式有助于下面的分析。

现在我把世界上最古老的史诗《吉尔伽美什》抬了上来。

当一股久远的陈腐散尽的时候，我的眼前出现了一个硝烟弥漫的神话故事的尸骸。

这里，我不想回避这样一种反论，即《吉尔伽美什》不是神话而仅仅是一个故事。西奥多·加斯特就偏颇而固执地认为，神话起源于仪式崇拜，它用言语的方式表达了神话观念。“一个神话是或曾经是有价值、有用途的，而一个故事却总是街谈巷议而已……因此，如果我们把自己限定在古代近东的例证范围里，那么巴比伦的《吉尔伽美什》史诗就是一个故事，因为没有证据说明，把这些口传的英雄传奇收集起来，除了娱乐和教诲之用外还有别的用途。”⑥显然，这是一家之言。至少我觉得多少有点偏狭臆断的味道。不妨把话略微扯远一点，即便《吉尔伽美什》称不上尽善尽美的完整意义上的神话，但它的骨骼至少是神话的，是一首神圣的叙事诗。就是退一步，我们也可以把它看做是神话堕落——或是不用这样过激的字眼而改用蜕化这一平和的说法——为民间故事过程中的一块化石。前节提到的《结构人类学》一书的作者克劳德·列维·斯特劳斯，称神话在空间概念上消亡时会保留下来一种音乐家称之为旋律的东西。⑦《吉尔伽美什》全篇就回荡着这样一种激动人心的古旋律。

这部世界上最古老的史诗是用楔形文字镌刻在十二块泥版上的，它叙述的是半人半神的吉尔伽美什的一个冒险的故事。我感兴趣的，不是它扣人心弦的情节，而是它深藏不露的“标准的跨文化的英雄模式”。

首先，它是一个可以被称之为冒险原型的梦想。三分之二的神吉尔伽美什出生入死，经历了一场场杀戮而最终攻无不克，成为一个英雄。把它作为象征人心灵冒险的记号学来阅读，是令人扼腕惊叹的。深嵌在十二块泥版里的，其实正是人们一个永恒的话题即“进入未知领域的充满险恶的冒险”的原型和现代幻想文学所不断重复着的“心的冒险”的原型。

其次，我们还可以从中找到“兄弟战争”模式的投影。我异常关注这种双子神话的结构，不是对双子这一体现“对”的原始信仰有什么好奇，而是这实际上是幻想文学不厌其烦地更新的一个主题。我把它命名为“影子的发现”。

在《吉尔伽美什》中，为了遏制吉尔伽美什的残暴，安努神创造了一个神力无比的野人恩奇杜。这个恩奇杜可以看作是吉尔伽美什的分身，当他遭遇分身时，像一根藤上的两个瓜一样，他从恩奇杜这面镜子中窥见了自己——一个为鬼为蜮的自己。他震怒了，这时从自然到人、从肉体到意识的飞跃完成了，一个全新的英雄诞生了。他与自己的分身所向披靡，击败了怪物胡瓦瓦，走向故事的终结。

对此，私市保彦在《幻想物语的文法》中有整整一章的分析，这里我想再引用一下他的精彩论述。他细致入微地写道："击溃胡瓦瓦，是吉尔伽美什成为英雄必须经历的一种冒险。但是这种冒险的行为，是和他在恩奇杜身上发现了自己的影子而成为一个真正意义上的人的过程平行的。吉尔伽美什在战胜以胡瓦瓦为象征的混乱的自然的过程之前，已在心里通过发现自己而完成了内面的成长，凭借自己的力量克服了暴戾的本性。吉尔伽美什把自身的混乱和本性转至、或是说强加给恩奇杜，从而第一次得到作为一个人的精神和灵魂的升华。就这样，'对'的神话也是肉体和精神、影子和魂的分裂的神话。从这个意义上说，如果恩奇杜没有诞生或没有被发现的话，也就不必奢谈吉尔伽美什击退胡瓦瓦的冒险了。"⑧

我之所以在这里喋喋不休地引证《吉尔伽美什》中的模式，是因为4000年后的今天，诸如"影子的发现"这样的主题还在幻想文学中重复来重复去。这是一种继承，也是一种返祖。西方儿童文学界有一部影响极大的长篇巨著，气魄和规模稍次于托尔金的《魔戒》，但它成书晚，四部一气呵成的大长篇一推出就风靡了整个世界。它就是厄休拉·勒古恩的《地海传奇》，有关这部作品我在后面的章节中还要做专门的介绍。这里所要涉及的是它的第一部《地海巫师》（日译《影子之战》）：少年魔法师被一个影子逼上绝境，他奋起迎战，与来自身内部的敌人展开了一场死斗。发现影子，发现了另一个自我……这一4000年前的主题4000年后还在呻吟着。

《地海巫师》，Spectra

筋疲力竭地绕了好大一个圈子，其实只是想说一句话：

神话是幻想文学的源头之一。

如果说今天已成蔚为大观的幻想文学是夜的暗河的话，神话就是天幕尽头的几颗最亮最红的星斗吧。

①③ 理查德·蔡斯：《神话研究概说》，载《神话与文学》，上海文艺出版社1995年版。
② 华莱士·W.道格拉斯：《现代批评中“神话”的不同含义》，载《神话与文学》，上海文艺出版社1995年版。
④ 魏伯·司格特：《西方文艺批评的五种模式》，重庆出版社1983年版。
⑤ 郑凡：《震撼心灵的古旋律——西方神话学引论》，四川人民出版社1987年版。
⑥ 西奥多·加斯特：《神话和故事》，载《西方神话学论文选》，上海文艺出版社1994年版。
⑦ 克劳德·列维·斯特劳斯：《结构人类学》，文化艺术出版社1991年版。
⑧ 私市保彦：《幻想物语的文法》，日文版，晶文社1989年版。

起源说之三：民间故事

屋檐下一头羽翼未丰的小鸟

本章一开始的时候，我把幻想文学比喻为一条白浪飞溅的大河。然而，蹲在源头，还只能想象日后伫立在壁立千仞的岸边俯瞰大河时的激动。脚下的涓涓细流平静地淌着，千年不语……巫术和神话就这样不声不语地奔涌了不知多少个世纪。直到有一天，民间故事诞生了，大河才初现一泻千里的雄姿……

民间故事是幻想文学的上游。

让我再在源头滞留片刻，因为我沉重的双脚似乎还无法也不想从那摊泥沼中拔出——这里我想说，巫术和神话不是两座雪山的冰水，分头汇入我们的源头。它们一个在前，一个在后，就像雨后高坡和洼地的雨水纠缠到一起流进湖泊一样。不仅幻想文学可以从中找到源头，神话也从巫术中找到了源头。

这条溪涧还送来了民间故事。

民间故事起源于神话。关于源头的看法各相迥异，有人认为民间故事直接发祥于神话，也有人认为民间故事是神话土崩瓦解后的一堆残骸，神话随着时间的推移变得世俗化，格林就曾经认为世俗的民间故事是古代神话的瓦砾。持同样观点的还有赖恩，日本出版的《世界儿童文学概论》一书中介绍了他在专著《民间故事》中的阐述："民间故事是神话落魄的女儿。"这是民俗学者从信仰的侧面观察的发言，民间故事是人们从神话的秘仪信仰上后退而产生的，显示出对神的对抗、确保自由的愿望。①也有截然相反的意见，认为神话根据普遍的进化过程，是由民间故事发展而来的。而美国的一些学者干脆摒弃了上面的所有说法。博厄斯就声称："民间故事是文学的永恒而普遍的形式，通常被称作神话的东西实际上就是民间故事，只不过它们经过某些天才人物的加工而已。"②

一片聒噪声中，有一个声音脱颖而出，显得是那样的清晰有力而又肯定：民间故事与神话的渊源是分割不开的。

我记住了这个声音。

民间故事不同于民间传说，它是一种创作，而不仅仅是一种收集和记载。日语中也有这两种概念，即"昔话"和"民话"。虽然民间故事脱胎于神话，但它还在是一个襁褓婴儿的时候就已经开始离经叛道了："神话是原始哲学，是观念最单纯的直觉形式，是试图理解世界的一套法则，是对生与死、命运与自然、神祇与崇拜的解说……而民间故事兴起于愉悦需要并只为此目的服务。因此，它时空自由，还因此而强调那些看来能愉悦人的东西而去掉乏味的东西，在这里用此法，那里用彼法，每次都依讲述人的口味来变化。它是诗而非它物，是人类幻想作品中的精华。"③这里无非是在说，神话源于理性，所叙说的是一种真实；而民间故事则来自想象，纯粹是一种虚构的故事。

这昭示我们：民间故事更接近幻想文学。

不止这些，民间故事的愉悦性也十分接近幻想文学的本质。幻想文学说到底，不是一种严肃的纯文学，而是大众文学。上一章我在谈到幻想文学的要素时曾列举了"幻想、恢复、逃避、慰藉"四大特点，当时行迹匆匆，只是在"逃避的批判"那一节的结尾，像乘班车似地稍带着提了一句"而慰藉则是来自于幸福结局的快意"。

这儿，我有必要浪费些篇幅把它展开一下。J.R.R.托尔金所说的慰藉，不止是幻想文学，也是民间故事最重要、最具有永续性的要素之一。真正的民间故事，必定有一个快乐或是说幸福的结局。他在解释这种慰藉的作用时，这样强调道，由于这种出乎意料的好转，"无论故事中所发生的事情多么凶险可怕，所进行的冒险多么的险象环生，当故事终于接近尾声的时候，竖耳倾听的孩子和大人就会一怔，继而心潮澎湃，啊的一声落下泪来"。④

民间故事携带的慰藉，像刚刚砍伐下来的原木，顺流而下带着一股原始的野性。它的结尾几乎是毫无例外的，难免有人甚至把这作为一种民间故事和神话的区分方法："民间故事是具有快乐结局的叙述，而神话则是悲剧，神在其获得神性前必须死亡。"⑤心理学博士布鲁诺·贝特尔海姆在那部洋洋数十万言的被日本舆论界赞誉为"母亲及儿童教育者的必携书"的《民间故事的魔力》（又译《童话的魅力》）一书中，在论述民间故事和神话时，干脆使用了一个副标题：乐观主义对悲观主义。博士不容置疑地写道："神话是悲观的。与其相对的民间故事则不论陷入怎样可怕的绝地，也是乐观的。这一决定性的歧异，是区别民间故事和同民间故事叙述相同幻想内容的故事的方法。不管是主人公的美德还是出于一种偶然的超自然力所致，民间故事必定是有一个快乐的结局。"⑥

民间故事里的"慰藉"，要比今天的幻想文学表现得更本色，也更直露。

今天的幻想文学作品中，尽管仍能找到残余的“慰藉”的灰烬，但毕竟是被削弱了，要含蓄而隐晦得多了。我们看到，慰藉不再是一根脱缰的原木，它被牢牢地扎在了木筏之下。

幻想文学起源于民间故事，还可以从民间故事的幻想性上得到认证。这恐怕是没有任何异议的。

民间故事是一种魔法的文学。寒风凛冽的冬季，没有什么比得上围坐在火炉边上，听脸皱得像干苹果似的老奶奶用呼呼漏风的声音讲狼外婆的故事更叫人心驰神往了。它吸引我们的，是它的魔法——这是这种永不衰竭的“拯救孩子的梦想、摇撼大人的魂灵”的古老文学样式的精髓所在。肋明子把魔法比喻为是民间故事慑人心魄的一种道具，它带我们进入一片不可思议的、超自然的魔幻世界。她在《幻想文学的秘密》一书的第一章《魔法的复活》里就追溯了魔法在民间故事中的无穷魅力。她用的是一种近似赞美诗般的语调：被人“赞不绝口地称颂为具有‘其他种类的故事所难以凸现的透明度和明朗的光辉’的民间故事的魅力，是在赖于能率化和视觉化——即在如何以最简捷明了的语言进行广泛传承的长期摸索中获得的。基于这样一种认识，作为完成这一目的的最便利的道具的魔法，也就只能是魔法的道具了。即便是从狭义上来说，魔法不是一种不可思议的东西，但它也是使民间故事焕发出不可思议的迷人光彩的力量的真髓”。⑦

魔法的世界，是一个超自然的世界。

正是这个幻想的世界使我们心醉神迷。民间故事满足了人们的想象力，也刺激了人们的创造力。

民间故事是怎样构筑这个世界的呢？

继俄国伟大的形式主义学者弗拉基米尔·雅可夫列维奇·普罗普以他那部蜚声文坛的《故事形态学》引爆了西方学术界之后，是麦克斯·吕蒂的一部《欧洲的民间故事——其形式和本质》又一次打破了这种寂静。他的研究达到了一个后人未曾达到的辉煌的巅峰。他在解释民间故事的非现实性时的确独具匠心，我没有读过原著，但筑波大学教授小泽俊夫在《民间故事是什么》一书中对麦克斯·吕蒂的观点有详尽的介绍。

麦克斯·吕蒂认为，民间故事是一次元性的。它的一个重要的特质就是，通常的世界和超自然的世界之间没有一种精神的断绝。同时，它还是时间上的一个平面。魔法的超自然的世界，可以作为线在这个平面上加以设定。这是一条十分遥远、能够通向任何一个地方的线，尽管这种距离骇人听闻，但人必定能够到达。也就是说，它以距离的方式提示了普通人和超自然的差异。但精神是一次元的，现实世界和超自然的世界是沟通着的。⑧

这的确是一语中的。作为民间故事的听众在进入它的魔法世界时，几乎是没有任何抵抗的。

我们就像是在北极村乘上了一排雪橇，一下就滑入了那放射着蓝宝石般瑰丽色彩的极光之下。这当中魔法是一种道具，它如同雪橇一样载着我们往来于两个世界。这里还牵扯到一个时空的问题，往往在民间故事的开头，一条线就已经被设置在时间的平面上了。几乎所有的民间故事的开端都少不了一句"从前"或是"在很久很久以前"的冒头，这实际上就是一种暗喻。它提醒你说：我们将进入一个超自然的世界了。短短数语，意味着我们将暂时与现实分道扬镳。日本的语言学者外山滋比古在《修辞的残像》一书中专门对民间故事的这种导入部的作用和效果进行了研究。他开门见山地写道："实际上，大部分民间故事和童话在一开头的'从前，有一个地方……（Once upon a time there lived……）中，就已经毫不犹豫地把一切关于时间和空间的规定给甩掉了。超现实感正是由于民间故事的导入部而得到了确保。从这种意义上可以说，'从前，有一个地方……'是民间故事一个非常重要的框架和形式。另外，在故事的结尾，常用一句'两人又过上了幸福的生活'（And they lived happily ever afterwards）来与'从前，有一个地方……'遥相呼应，表示与现实性的隔绝已经完成。"⑨

民间故事的魔法，在幻想文学中得到了更加变本加厉的发挥。如果说在民间故事中它还仅是一个平面的话，在幻想文学中已是一个立体的迷宫了。有关魔法在幻想文学中的崛起和兴衰，我在后面的第三篇中将专辟一章加以系统的论述。

我思忖，这样一种说法是毫不过分的吧：民间故事不仅是幻想文学的源头，也是儿童文学的母胎。

今天的幻想文学，兵分两路，一路蓬勃壮大发展成了成人文学中一支不可忽视的力量；而另一路，更是气势夺人铺天盖地而来，形成了当代儿童文学中的一股主潮。然而，涌动在它们体内的血脉则是同源于古老的民间故事。

有风吹来，我听到滴雨的屋檐下有一阵啁啾。

是巢里的一只太阳鸟在叫。

幻想文学就要脱胎于民间故事了。它就像一只羽翼未丰的小鸟，探着头，渴望着飞上那飘满蒲公英小伞的天空。这日子显然是不那么遥远了。

①《世界儿童文学概论》，日文版，东京书籍1981年版。
②理查德·蔡斯：《神话研究概说》，载《神话与文学》，上海文艺出版社1995年版。
③威廉·巴斯科姆：《民间文学形式：散文叙事》，载《西方神话学论文选》，上海文艺出版社1994年版。
④J.R.R.托尔金：《幻想文学的世界——关于妖精故事》，日文版，福音馆书店1973年版。
⑤盖扎·罗海姆：《神话与民间故事》，载《神话与文学》，上海文艺出版社1995年版。
⑥布鲁诺·贝特尔海姆：《民间故事的魔力》，日文版，评论社1984年版。
⑦肋明子：《幻想文学的秘密》，日文版，冲积舍1991年版。
⑧小泽俊夫：《民间故事是什么》，日文版，福武书店1990年版。
⑨外山滋比古：《修辞的残像》，日文版，美铃书房1970年版。

冰河期

偶尔漂过的几块浮冰

19世纪到来之前，幻想文学还只是一片冰封死寂的河道。尽管来自源头的民间故事犹如一股股激昂的潜流，冲击着冰河期最后的沉睡，但幻想文学最终还是未能站立起来。的确，不时会有几声冰层的断裂声骤响，不过倏忽之间就又重归于静，丝毫也没有解冻的迹象。

充其量也就是河床里偶尔会有几块流冰漂起。

“追上去。”一个低沉的嗓音喝道。

是我自己的声音。

我凌空一跃蹦到了浮冰上——我不能放过本来就已经少得是凤毛麟角的幻想文学的作品了。

作品实在是少得可怜。天上覆盖着浓重而漆黑的阴霾，那不是一个幻想文学的时代。冰河期的终结还需要一段漫长的岁月。至少在18世纪之前，基督教统制了整个欧洲，狂热的清教徒们把幻想文学视为异端学说，予以彻底的禁锢。他们宣扬原罪思想，灵魂自救的叫嚣像一群黑色的乌鸦盘旋在每一个人的心头。在他们眼里，天国和地狱之间是一片空白，没有妖精，更没有幻想，他们甚至把在民间故事中登场的精灵、小矮人和巨人都看成是邪恶的魔鬼化身。我惊颤着想起了这样一幅画面——一个名叫爱丽莎的女人在倚墙长叹：如今连一个妖精也难觅了，过去和妖精碰面的地方，挤满了修道士……这是英国诗人乔叟那部未完成的《坎特伯雷故事集》中的一个让人心碎的情节。

然而，就是在这样一个令人窒息得快要发疯的年代，暗地里还是有一块块浮冰在蠢蠢欲动。

当我用手做桨在暗河里开始划动这些浮冰的时候，我的手一下子僵掉了。一座巍峨的冰山恍惚中与我擦肩而过。我拼命想要撵上去……《黄金之驴》（又译《金驴记》）是公元2世纪的一部古罗马小说。小说的大意是，主人公鲁巧浪迹希腊一个魔女出没的地方时，无意中窥见女主人作法行巫的一幕。他便羁留在这个巫术之乡。他向女仆福蒂黛求爱，终于寻找到了一个亲眼目睹女巫凭借魔法施展变身术的机会。谁知情人忙中出乱拿错了药膏，他非但没有如愿以偿地变成飞鸟，反而变成了一头毛驴。从此她受尽了磨难，相继服役于强盗、街头骗子、磨坊主的手下……直到最后得到埃及女神的秘诀才脱掉了驴皮。这部著作在沉默了1000多年以后，在14世纪突然走红起来，一时间模仿者鹊起。据称，后来的《木偶奇遇记》就是其追随者之一。

《黄金之驴》还不能被严格地定义为幻想文学，因为如果剔除了鲁巧变身的一段描写，它只不过是流浪小说的先驱而已。但它的“幻想”和“惊异”却是显而易见的，只是它所裹挟的惊异是以神话为准绳，即便是变身也没有违反理性世界的清规戒律。尽管它已远去，身影在迷漫大雾中依稀难辨，但我仍然还是看到了让我心旌摇荡的东西:《黄金之驴》上闪烁着幻想文学若干重要的主题。例如，超自然力量的出现、侵入现实的梦幻之力以及主体的种种变身。恐怕连著者阿普列乌斯本人当时也不曾想过吧，他的这部传世之作，不单单是为小说，也为幻想文学这种未来的文学样式保证了古老而纯正的血统。

让我收回目光，重新把话题扯回到那寥寥可数的几块浮冰上来吧。

在基督教支配世界的年代，虽然也露出了叙事诗复活以及信仰奇迹和恶魔的征兆，但“幻想”仍被一根沉重的锁链拴在暗无天日的地牢里。15世纪中期，总算有一线飘扬着尘埃的微弱的光芒照亮了沉封的塔尖——坡道欧等人编撰的《非常离奇的不可思议的故事》出世并开始流行。这当然谈不上是幻想文学，仅是出于一种对神秘的探求。他们记载种种不可解的超自然现象，尽管几个世纪之后的浪漫派作家从中吸取了不少养分，但这些给读者带来惊异的故事还是未能脱俗，最终它还是成了“一切不可思议均是神计划的自然”这一陈词滥调的证言。

我终于跳上了一块令人啧啧称奇的浮冰。

《天路历程》插图，Robert Lawson/图

它像是冰山一角，尽管绝大部分深陷在刺骨的冰水中，但还是足以显示出了它的峥嵘雄姿。这就是约翰·班扬的《天路历程》。

《天路历程》在儿童文学的发展史上处于一种非常微妙同时却又是十分尴尬的境地，它本是一本一个虔诚的基督教徒写的宗教读物，然而任何一部权威性的儿童文学史书中都会毫不例外地提到它。例如，J.R.汤森特在《儿童书籍的历史——英语圈的儿童文学》中就毫不含糊地告诉我们：是儿童文学选择了这部大人的书。①

它声名鹊起是在它成书之后的下一个世纪。17世纪后半叶，“儿童本性邪恶”之说猖獗一时，训诫性和带有宗教色彩的读物依然畅销不衰。狂热信徒詹姆斯·杰威在一部题名为《给孩子们的礼物》一书的序言中就这样写道：“守护你孩子们的灵魂没有价值吗？能容忍在孩子身上烫上地狱的烙印吗……不论多么幼小的孩子都会死去，不论多么幼小的孩子都会下地狱。”幻想被视为洪水猛兽，所有的儿童书中都充满了祈祷和拯救的呼喊。约翰·班扬的《天路历程》就是在这样的一片叫嚣声中出笼的。回顾这段往事，S.A.依考菲在《叙说之力——英语圈的幻想文学：中世纪至现代》那本书的第二章《潜入地下的妖精们》中这样辛辣地写道：“具有嘲讽意味的是，给自己年代之后的孩子们送去充满幻想书籍的，恰恰是最伟大的清教徒约翰·班扬本人。”②

我想撇开儿童文学的视点，从幻想文学的角度来确认一下《天路历程》的地位。平心而论，如果剔去糟粕，《天路历程》还是一部想象力汹涌澎湃的幻想小说。它描写了一个基督徒为找寻天国而历尽艰险的故事，征途上陷阱密布，不仅与长着龙翼熊爪的喷火怪兽撕杀，还与巨人魔女遭遇。而且其中的地名也具游戏色彩，比如吓破胆的沼泽、怀疑城等等。这在我们今天的幻想文学作品中也是屡见不鲜的。德国著名幻想小说作家米切尔·恩德的《永远讲不完的故事》里，就出现了一系列诸如嚎叫森林、悲伤沼泽之类的地名。

还应提上一笔的是，乔纳森·斯威夫特的《格列佛游记》也是一部想象力奔放不羁的幻想作品。

其实，随冰漂流的我已经感受到了一股鼓荡的春潮。脚下的冰块，不，是整个的冰河都开始了颤动。我觉得冰河期就要被击成一片齑粉了！资本主义的生产方式与封建统治者之间的矛盾不断激化，启蒙主义者也打破了古典主义的传统，浪漫主义正在孕育而生。

我已经听到了幻想文学的胎动。

黑黢黢的橡树林上空响起了19世纪的春雷。

它和冰河深处的轰响连成了一片。冰河开化

《格列佛游记》，Puffin

了，满目是一道道裂纹、一排排的冰山，冰河期终于在震撼人心的轰鸣声中结束了。

只是它漫长得有些太残忍。

---

①J.R.汤森特：《儿童书籍的历史——英语圈的儿童文学》，日文版，岩波书店1990年版。

②S.A.依考菲：《叙说之力——英语圈的幻想文学：中世纪至现代》，日文版，偕成社1995年版。

浪漫主义的大鳖下

遥远处，是一朵精灵般妩媚的蓝花

死气沉沉的地平线那一端，蓦然间绽出了一朵象征生命和活力的蓝花——19世纪的德国浪漫派诗人、爱夜爱荒诞和孤独的诺瓦利斯，一生都在寻找着一朵蓝色的花瓣：蓝花是一个神秘的象征，是种憧憬，包括了一颗憔悴的心所能渴望的一切无限事物，象征着充满整个灵魂的幸福——这朵慰藉心灵的蓝花未能出现，但浪漫主义的思潮却像一朵精灵般妩媚的蓝花，点燃了快要僵化掉了的欧洲。远远地眺望过去，她真像一个娉婷玉立的花妖。

海一样热烈和鲜亮的蓝色，是我最崇拜的颜色。

中世纪以来的桎梏被挣脱了。浪漫主义这股发生于18世纪末至19世纪30年代的文艺思潮，不但给当时龟裂干涸的欧洲大地带来了清流，而且在它退潮之后，还在滩涂上遗留下了难以计数的海星和贝壳——幻想文学的作品。

这才是我赤裸着双脚在海滩上一路狂奔，试图追上那股退却的潮流的真正原因所在。

浪漫主义（Romanticism）一词来源于中世纪作家、诗人们由拉丁文演变的方言（roman）所写的浪漫传奇（romance）。18世纪末的法国资产阶级革命，震撼了整个欧洲，开辟了资本主义在欧洲广泛发展的新阶段。这为浪漫主义的诞生奠定了基础。加上古典哲学、美学以及空想社会主义思潮的流行，更为浪漫主义提供了理论根据。它是“与当时的历史、流行的哲学观以及此前的文学流派紧密相连的……任何一个流派都不是孤立的，不管它与其前驱多么不同，在它里面都能找到其先驱的影子。浪漫主义也不例外，它是在其之前的新古典主义、启蒙主义以及前浪漫主义的基础上脱颖而出的新生儿”。①浪漫主义的观点也是旗帜鲜明的，《文学批判》的作者，最先把“浪漫的”一词引入文学领域的弗利德里希·施莱格尔就这样宣称过：“浪漫的就是以想象的方式描写情感。”

浪漫主义最早是发轫于德国，继而是英国。在德英两国的影响下，形成了法国的浪漫主义。

我必须搁笔了，我不想再耗费篇幅为浪漫主义歌功颂德了。我要把话题重新拉回到幻想文学上——冰河期也曾断断续续、“小荷才露尖尖角”似地涌现出过一些幻想作品，但未领风骚，只是昙花一现而已。真正使幻想文学获得市民权，并得到飞跃发展的还是德国的浪漫派大家们——我似乎又在唱赞歌了。

我还得拾起我的笔，但我绝对不会再离开幻想文学而去天马行空。

与英法两国的浪漫主义相同，德国的浪漫主义在文学上更致力于去发掘本民族的文学遗产。

继歌德之后，早期浪漫派的代表人物诺瓦利斯等人也把犀利深邃的目光投向了民间故事。民间故事的惊异、妖精世界和现实世界共存的特性使他们如醉如痴，但他们并没有对“幻想”这种形式深究。

歌德就曾遗漏了幻想，他的野心也就只是局限于借助于民间故事的躯壳来向人们叙述一个象征性的故事而已。与其说他是欲造成一个不可思议的文学氛围，还不如说他是用一个架空的故事来达到教训的目的。

诺瓦利斯似乎对民间故事情有独钟，这一倾向在《海因里希·封·奥夫特丁根》即《蓝花》中就表露无遗。诺瓦利斯是一个出类拔萃的诗人，丹麦人G.勃兰兑斯在《19世纪文学主流》的第二分册《德国的浪漫派》中有这样一段诗一般优美炫目的描述：“我们想走下去的坑道，就是德国人的心灵，这个坑道几乎像任何坑道一样深邃而黑暗，一样独特，一样富于贵重金属和垃圾。我们将会看到，这种心灵在浪漫主义时期具备什么性质，它在浪漫主义者中间那个首先称得上心灵诗人的人身上，即在诺瓦利斯身上，具备什么形式和气质。”②关于民间故事与诗，诺瓦利斯的见解代表了浪漫派的一致意见，他承认民间故事的普遍价值：“民间故事是诗的范本，概括地说诗必定是一种空想的东西。”③并对民间故事给予极高的评价：“真正的诗是童话的诗。一篇童话有如一片不连贯的梦境，童话的长处在于同真实的世界完全相反，又同它十分相似。”④后面这段话中的“童话”，其实指的就是民间故事——恕我揣测，G.勃兰兑斯的原著中的童话应是德语“Marchen”一词。日语中这个词被译为民间故事，如在权威的《大辞林》中第一种解释就写成民间故事。童话并不是误译，只是我们现在所使用的这个童话的概念与原来那个单纯、仅是指一类幻想故事的概念相差甚远了。我们的童话，已经成了幻想文学的同义语了。这我在本章的最后一节还要谈到。

可以这样说，《蓝花》就是诺瓦利斯这种追求的一部试作。它以梦幻般朦胧神秘的“蓝花”为象征，探讨浪漫派诗歌的价值和本质，想象丰富，中间穿插了许多民间故事。法国当代著名学者J.L.斯坦梅治在他那部被日文版译者中岛早织称为“幻想文学的入门书”的一本薄薄的小册子《幻想文学》中，说了这样一番意味深长的话：诺瓦利斯的思索“在他的作品《蓝花》和《詹易斯的弟子们》中以实例反映出来。前者是以长篇小说的形式，在叙说找寻一朵想象中的蓝花的故事时，民间故事如鱼得水般地鲜活起来。后者则是把民间故事穿插在一个为使风信子和玫瑰的花蕾怒放而举行的通过仪礼的故事当中，着实令读者吃惊。然而，诺瓦利斯懂得：这仅是一个教训之言，现实是无法接受这样一种虚构的”。⑤

其实，进入这一节之后，我一直像个忐忑不安的敲门人。

我站在一个伟大人物的门槛前。

但我却不得不一次又一次放下我迟疑不决的手。还需要时间，还要铺垫，一个诺瓦利斯还不够，我又牵起了路德维希·蒂克的手。

是路德维希·蒂克为我呼唤的那个大人物的登场拉开了紧锣密鼓的序幕。他和诺瓦利斯同属早期浪漫派，他具有一种“怕鬼而又喜欢闹鬼的阴沉气质，天生的几乎达到疯狂边缘的忧郁”，迷恋民间故事。他的世界是一个妖精的世界。功不可没的是，他创作改写的民间故事融入了个人的空想，即虽然是一种给人肝肠寸断的幻灭感的民间故事，所用的素材却是一种来自“惊异”故事中的传统的东西。所以从这些民间故事的身上，已经能够窥见一个身影正在从一种类型朝着另一种类型跳跃了。它们被糅进幻想，透露出幻想所具有的最基本的杂交性。《金发的艾克贝尔特》和《妖怪的杯子》等，就是这方面的代表作。

蒂克的幻想作品虽然取材迥异，但却有一个贯通的主题。往往是一个背井离乡的孤独的人，卷入到不可思议的旋涡之中。而且，随着主人公走进没有止境的大森林，弥漫着的怪异就更加浓烈了。在这块与世隔绝的腹地，遭遇妖精和精灵，非常世界在迷途人身上刻下一个一生都不会磨灭的痕迹。他虽然运用的是具有普遍性的神话要素，但我们却品尝到了一种特异的苦涩。这是因为他的民间故事是建立在一种罪恶感之上的缘故。这种罪恶感，就是已经窥视到、攥在手心的“惊异”结局却又丧失、已为欲望所掳的宝物重又被剥夺。《妖怪的杯子》里，主人公老朽为止，远远地躲开了曾经欣喜若狂地发现的那个杯子。《金发的艾克贝尔特》就更是悲惨，魔法所给予的幸福一刹那就消失了，面对一连串的破灭，主人公只能哀叹人生的无情了。

比起早期浪漫派，后期的青年浪漫派就更加垂青民间故事了。他们继承并发展了前期浪漫主义的审美趣味：迷恋过去、崇尚自然和纯朴、探究超自然领域，整理出版了大量的民间故事。

——我的心潮在涌动，我终于叩响了门扉。

门缝下传来了一阵橐橐的脚步声，昏暗摇曳的光影下，一个被称为与幻想两个字齐名、“一个被监视的梦想家，沉溺于半疯狂的鸦片幻境”中的最伟大的幻想文学作家正向着我们走来。

霍夫曼依门而立。

有一个人，比我还要兴奋不已，我从他那绯红的面颊和双眸中闪烁的光晕中可以看得出来。上面提到的《19世纪文学主流》一至六卷的著者G.勃兰克斯丝毫也不掩饰他的这种狂颠：“作家追求代表自己倾向的典型性的勇气，常常就是使他的作品产生美的关键。说得更明白一点，如果一种倾向，例如浪漫主义，拨动了幻想的琴弦，那么把幻想推向最危险的高峰的作家，我认为是最令人感兴趣的——例如霍夫曼。他越是恣意幻想，便越显得美，正如白杨越高越美，山毛榉越宽大越美一样。”⑥

面对一个真实、不加雕琢的霍夫曼，我不由得哑然语塞：一个与印象中截然不同的形象伫立在眼前。也许是因为幻想文学在我国是一片极少有人涉足的处女地，蒿草丛生，霍夫曼几乎沉溺在一洼洼被人遗忘的死沼里了。而在另一个飞满绒绒伞球的向阳山坳里，他的名字却常常被人挂在嘴边——他一直遭到儿童文学的绑架。几乎所有的儿童文学史书中，在提到童话时都会把他连拽带搡地推到台前，甚至有了一个专有名词：霍夫曼童话。

这不能不说是一种遗憾。

而在西方，霍夫曼这个如雷贯耳的名字是和“幻想文学”四个字分割不开的。在德国众多的浪漫派作家中，他是唯一一位享有国际声誉的作家。他那充满魔性怪异的作品，甚至影响到巴尔扎克、果戈理、陀斯妥耶夫斯基、王尔德和爱伦·坡等一代大师。一个多世纪以后，J.L.斯坦梅治在评价霍夫曼时还是有点手舞足蹈，语调中不时地飞溅出一种近似歇斯底里般的亢奋：“言及霍夫曼，无非就是在阐明‘幻想’本身。作品和人葛藤般紧密地缠绕在一起，而且是那样的完美无缺……天才帕格尼尼说霍夫曼是‘魔鬼附身’，这似乎有些言过其实，但用‘恶灵的代言人’来形容霍夫曼是一点也不过分的吧。不论怎样说，他那狂热激昂、梦幻般的性格，以及冲动的倾向和神经过敏，脱逸常轨的行动，外加无与伦比的音乐天赋，都极端巧妙地移植到了他作品里的人物当中。这些人物，责无旁贷地承担起了‘幻想’的引路人的职责。”⑦

无须赘言，霍夫曼是幻想文学史上一个里程碑似的人物。他的作品，才是当之无愧的幻想文学。这是任何人也诋毁不了的。

霍夫曼的作品，例如从处女作《卡罗特式的幻想作品集》到遗作《慕尔猫的人生观》，完全超越了民间故事的框架，一个虚构的幻想世界再也束缚不住他的手脚了，他的幻想浸透了整个现实。他凭借幻想之力，在让人焦躁疲倦的现实和熠熠放光的梦想之间撕开了一道裂口，带来惊异。他不是在现实生活以外创造幻想，而是深深地扎根在现实生活中。当然，这里的现实生活都打上了怪诞的烙印。在他眼里看来，大多数人眼中的现实只是现实的外表，而在这现实的背后存在着一种可怖的力量，或美丽的世界。

霍夫曼笔下的世界往往是一个幻想的神秘而阴森的世界。他热衷于描摹一些病态而恶魔似的人物，性格乖张而多重。比如，《金瓶》中有一个丑陋不堪的卖苹果的女人，可她同时又是户籍官家里的一个漂亮的铜门环。而户籍官有时竟以大魔法师的面目出现，有一次，竟然变成酒让人把他喝掉了。但霍夫曼不是在脱离现实写幻想，《德语文学简史》一书的作者引用了海涅的一段话来评价霍夫曼幻想文学的意义：“透过扭曲的形象，人们可以感到这个异常的世界与正常的现实之间的密切联系。海涅公正地指出：‘不过，说实话，霍夫曼作为作家要比诺瓦利斯重要得多。因为后者，连同他的那些虚幻的人物，一直飘荡在蓝色的天空之中，而霍夫曼同他的那些离奇古怪的怪脸，却始终牢牢地依附在尘世的现实。”⑧

霍夫曼的所有幻想文学作品中，《魔鬼的万灵液》（又译《魔鬼的迷魂汤》）是最让人心灵震颤的一部长篇。G.勃兰兑斯也说，它“给人的印象最深刻”。就其所编织的空间的复杂度而言，除去晚期的长篇《慕尔猫的人生观》可以与其相提并论之外，霍夫曼的所有作品都相形见绌。可惜的是，这部魔鬼分身的杰作在我国却鲜为人知，虽偶有几部西方文学史中会浮皮潦草地提到它，也仅是一笔带过，剩下一堆残简断篇般的梗概。恐怕这与主题的晦涩不无关系，它的第二部，犹如一个迷宫般令人费解，以至连法国很长一段时间里都没有一个完整的译本。身为法国人的J.L.斯坦梅治也不得不在《幻想文学》中这样自嘲道：也许是没有办法读懂吧。

以下是我根据日文译出的一篇稍微完整一点的内容梗概：

这是一篇吞噬了恶魔万灵液的卡普青派修道士梅达杜斯的手记——

我的父亲曾受恶魔的诱惑而犯下了不可饶恕的罪行。有一日，受神的恩宠从罪恶的渊薮中醒来，为赎罪而开始远行巡礼，踏上了普鲁士北面一块叫利特的圣地。苦行僧的煎熬使他不久就衰弱而死，但一个神的声音宣告说："如果一个男孩降生，就要偿还你的罪行。"当天，我呱呱坠地了。

我和母亲暂时寄身在修道院。一个苍老的巡礼者视我为掌上明珠，那是我一生最快乐的一段时光。

可不知为什么，那个老人却对一位远来的画家流露出了极端的厌恶，甚至大加侮辱。

我们开始告别利特，踏上了归国的征途。在希葡派的尼姑院里，院长嬷嬷一双眼睛悲哀地凝望着我，叮嘱道："到死也要有一颗善良的心。"我长到十六岁，禁不起司祭"早晚也是要入僧"的劝说，进了卡普青派的修道院。一天，我眺望着一个少女丰腴高耸的胸脯不由得血往上蹿，却遭到少女的嘲笑。一气之下，我决心和世俗一刀两断，削发为僧，以梅达杜斯这个法名当了一个修道士。

我奉命管理修道院里的圣遗物仓库。交接之际，前任把我领到一个装有恶魔灵液的小箱子面前，警告我说：这是圣安东尼的遗物，是他在荒野风餐露宿苦行时恶魔勾引他的万灵液，绝对不能擅自打开。我把它摆在了一边。

不知从什么时候起，我成了一个口若悬河的传教士，在城中出尽了风头。恍惚中我竟然有一种是神选择了我的感觉。院长和同僚们渐渐疏远了，我仍一意孤行。一天宣讲圣安东尼时，一个披着暗紫色斗篷的高个子的男人，似乎在用一双可怕的眼睛瞪着我……我乱了阵脚，失神地吼道："出去！我就要成为圣安东尼啦！"

一天，我遇到了一位年轻的伯爵，他从一个怪异的小箱里掏出灵液一饮而尽。我也跟着喝了，突然，体腔内充满了一种无法言表的快感，我觉出了生的辉煌。就这样，我梅达杜斯的名声几乎震撼四海了。接着，一个命中注定的日子来临了——在忏悔席上，一个年轻美貌的女人泪眼涟涟地对我说她爱我。我被欢喜和苦恼所困扰，但我终于拿定了主义：就是出卖了灵魂，也要把那个女人掳为己有。院长无可奈何地对我说："你去罗马吧。"

半路上，出于偶然我失手把青年伯爵维克多林推下了悬崖。于是，我就成了那个伯爵。我潜入到了当地一位男爵的宅邸，男爵的后妻欧弗蜜、儿子雷翁纳德和女儿奥蕾丽迎接了我的归来。而这个奥蕾丽，恰恰就是我在忏悔席上遇到的那个女子。妖艳淫荡的欧弗蜜是伯爵维克多林的情人，变成维克多林的我和她继续着这种恋情，而她却一点也没有察觉到这个变化。另一方面，我再也按捺不住对奥蕾丽的火焰一般炽烈的爱慕了。我仿佛被撕裂成了两半，对奥蕾丽的邪恶的欲望和愧疚简直要把我给逼疯了。一天，居心叵测的欧弗蜜煽动我说："把男爵也推到崖下摔死吧。"我吼道："悬崖下头的死尸就是你的情人。"她暗中下毒想要置我于死地，结果反而被我给毒死了。回来时我从奥蕾丽的窗外经过朝里凝望的时候，碰上了她那个怒火万丈的哥哥，一刀捅死了他。这样，我离开了男爵的城堡。

走到一个村落，风闻一个外国画家的画展好评如潮。中央悬挂着的一幅肖像，竟是奥蕾丽。再冷眼一瞟那个画家，居然就是在我宣讲圣安东尼那天遇到的那个披着暗紫色斗篷的男人。我暗忖不好：遭遇仇敌了！一个集会上，画家说起了男爵家发生的惨剧，指着我说："你就是凶手——"我夺路而逃。

我又在一个山林官的家中遇到了麻烦。我梦见自己分裂成两半，而这一带又恰恰有一个名叫弗兰次的卡普青派修道士，因为偷喝了灵液在服罪。更加骇人听闻的是，听说这个弗兰次就是在希葡派的尼姑院里长大的梅达杜斯。这是另一个我吗？我预感到是逃脱不出恶魔的魔爪了。

我投奔到一个侯爵的家里。这个侯爵的夫人就是那个尼姑院院长的妹妹。侯爵热情欢迎了我的到来，侯爵夫人却始终阴沉着脸。后来侯爵的私人医生把我带到一幅肖像画的面前，画上的人几乎和我一模一样！据说这是侯爵十分喜欢的一个名叫弗兰次斯考的男人的肖像，就是上面提到的那个画家的作品。

他又对我低声耳语道出了事情的原委：这个弗兰次斯考曾是一场恐怖事件的元凶——一切都是从侯爵的弟弟把一个名叫弗兰次斯考的德国人和一个画家带回侯爵家的那一天开始的。没几天，弟弟就疯狂地爱上了侯爵夫人，而弗兰次斯考则跪倒在夫人姐姐的石榴裙下。正当他们的爱欲干柴烈火时，一个与日月同辉的美丽的意大利公主出现在了众人面前。她是受侯爵之邀前来做客的。男人们争先恐后地向她大献殷勤，结果是侯爵的弟弟捷足先登，公主答应了他的求爱。然而一场悲剧发生了，婚礼之夜，他被一把银短剑刺死在血泊里。风波平息之后，弗兰次斯考又和夫人的姐姐重燃了中断的恋情。可在他们结婚的时候，身披着暗紫色斗篷的画家怒视着他，眼中在喷火。弗兰次斯考嚎叫了一声，拔出短剑扑了上来。这时，在另外一个十分遥远的地方，公主生下了一个男婴。人们管他叫做维克多林伯爵。而侯爵夫人再也不堪这悲凄命运的折磨了，逃进了希茍派的尼姑院里。她收养了一个来自利特的女巡礼的孩子……

凭一股直感，我猜到这个弗兰次斯考就是我的生身之父。就是他杀死了侯爵的弟弟。

这里是无法歇脚了，我只好决定朝罗马进发。正要走，无意中窥见了一张十分熟悉的脸：是朝思暮想的奥蕾丽。她成了侯爵夫人的贴身女仆。见到这个青春焕发的女孩，我陶醉在一种甘美的渴望之中，邪恶重新萌生了。然而我却不敢面对她，害怕她认出我这个杀害了她哥哥的刽子手。可有一天，我还是东窗事发被抓进了监狱，罪名是男爵宅邸惨案的嫌疑。我说我是一个名叫波蓝德的贵族，否认自己就是梅达杜斯。

在牢房里，快要疯狂了的我听到了一阵呻吟：“我是分身的梅达杜斯哟。”我好像是听到了自己的声音。这天夜里，单人牢房的几块石板被掀翻了，一个握着短剑的半裸的男人钻了出来，正是我自己，第二个梅达杜斯！

我终于被无罪释放——他们抓到了一个梅达杜斯。听侯爵的私人医生说，一个在山林官的管辖地犯病、被关进精神病院的男人，向法官承认自己就是梅达杜斯。他又说：公主生下的维克多林是弗兰次斯考、就是我的父亲的儿子。所以梅达杜斯还有一条罪状，就是从悬崖上摔死了自己的兄弟。这时，我又听到了我自己的呻吟声，“救救我，梅达杜斯！”

我重新返回到了侯爵的家里。在侯爵的提议下，我就要和奥蕾丽结婚了。一切都已准备停当的时候，街上响起了一辆囚车滚过街面的辚辚声。我惊愕地看到，一个蓬头垢面的修道士站在囚车上，他就是我的化身啊！这一刹那，恶魔又在我身上苏醒过来了，我又一次发作了：“我才是梅达杜斯——”我把奥蕾丽打倒在地，逃进了一片森林。

当我又一次清醒过来的时候，发现自己已经是在意大利的一家疯人院里了。痊愈后，一个卡普青派的老修道士挽救了我。我开始忏悔，并成了一名圣者。奥蕾丽也出家当了一名尼姑。一见到她，我还是激动得旧情难忘。可是有一天，一个半裸的男人把她刺死了，在场的那个画家嗫嚅了一句：考验终于结束了。

——补遗：奥蕾丽死后一年，修道士们听到梅达杜斯的房子里传来了一阵“我是分身梅达杜斯呀”的呼喊，冲进去一看，一个穿紫色斗篷的老人站在那里，轻声地说道：“结愿的时刻来到了。”梅达杜斯在院长的注目下闭上了眼睛。⑨

我之所以不惜篇幅和笔墨，来把一个有头有尾的《魔鬼的万灵液》的长篇缩写奉献到读者面前，是因为如果把有史以来的幻想文学作品比喻为一片繁星满天的苍穹的话，它就是一弦如钩新月。

整篇小说丝丝入扣，弥漫着一种令人撕心裂肺的惊栗感。霍夫曼通过想象，把一个自我分解得七零八落，在他看来，自我不过是罩在另一个假面上的假面。通篇被不可预测的神秘和恐怖所裹缠，G.勃兰兑斯也只能掩卷喟叹：本书神秘的恐怖气氛，要用三言两语描绘一番是不可能的：你必须自己去读它。梅达杜斯一次又一次的裂变，他目睹的一个魔鬼般残酷的自我，而正是现实分裂了这个自我。霍夫曼通过梅达杜斯的嘴来控诉黑暗的现实：我的自我，由于成为一种残酷而任性的偶然的玩物，被分解成奇形怪状的形状，便无止无休地漂浮在意外事端的大海上，那些事端像汹涌的波涛一样冲击着我。我再也找不着我自己了！霍夫曼笔下是一个翻转了的荒谬的世界，但故事的现实感并没有因此而削弱。霍夫曼的世界，不再是一个空中楼阁的民间故事了，他不想建构一个毫无意义的幻想世界了，那样的世界正如菲利普·汤姆森在一篇题为《论怪诞》的长篇论文中所讥讽的那样“反过来说，假如一篇文学文本‘发生’在作者所创造的幻想世界里，也根本不想与现实有任何联系，那么怪诞也就无从说起。因为在一个与现实无关的封闭的幻想世界里，你尽可以信口开河”。⑩

这种面对自我生魂的主题，几乎贯串了霍夫曼的所有小说，而在《魔鬼的万灵液》中达到了巅峰。他手里犹如攥着一把寒光闪烁的解剖刀，将一个人在潜意识中的那种邪恶与性的残虐一刀划开——我们每一个人都能够找到与自己相对立的一个影子，即被恶魔纠缠的另一个自我。在《魔鬼的万灵液》中，幻想是在宿命中产生的，通过一种梦游病般的行动而完成的。

在最后，我还想改换另外一个全新的视角来仰望一下霍夫曼这座丰碑。

霍夫曼所处的年代，正是欧洲一个风云激荡的世纪转换期。而中欧的柏林、维也纳、布拉格这些大都市，在猎猎飘扬的浪漫主义的大旗下，幻想文学犹如异军突起——这显然不是一个偶然现象。1972年意大利作家I.卡尔维诺出版了一部名为《看不见的都市》的虚构游记，他指出：都市本身其实就是一种混乱或者说是无秩序（希腊语khaos）。它建筑在欲望和恐怖之上，所以都市的近代化必定导致矛盾丛生。当19世纪的社会大变革风起云涌的时候，被压抑的无秩序好像是一片黑暗，开始向光明进犯。而幻想文学恰恰就在光明与黑暗较量的时刻登场了。这是因为，“伴随着都市的进化，人们就越来越陷入了无秩序的泥潭。立脚于无秩序或者是黑暗之上的幻想文学，就最最能够映出无秩序的都市的身影和人的欲望及恐怖。”接着，今泉文子在《幻想文学空间》中又写道：德国的浪漫派作家中，仅有两个人盯住这种“都市性”而没有撒手，其中之一就是霍夫曼。例如他的《卡罗特式的幻想作品集》就淋漓尽致地描摹了都市的种种混乱。⑪实际上，我们不正是为霍夫曼笔下的那些人物的欲望和恐怖而震颤吗？

……

当我们再一次蓦然回首的时候，篱笆下已经开满了灿烂的蓝花。它们多极了，如烟似海，和天边那朵湛蓝湛蓝的蓝花汇成一片。

幻想文学的世纪到来了。

---

① 邹纯芝：《想象力世界——浪漫主义文学》，海南出版社1993年版。

②④ G.勃兰兑斯：《19世纪文学主流》第二分册《德国的浪漫派》，人民出版社1988年版。

③⑤ J.L.斯坦梅治：《幻想文学》，日文版，白水社1993年版。

⑥ G.勃兰兑斯：《19世纪文学主流》第二分册《德国的浪漫派》，人民出版社1988年版。

⑦ J.L.斯坦梅治：《幻想文学》，日文版，白水社1993年版。

⑧ 高中莆、孙坤荣：《德语文学简史》，海南出版社1993年版。

⑨ 根据《世界神秘文学·幻想文学总解说》译出，日文版，自由国民社1991年改订版。

⑩ 菲利普·汤姆森：《论怪诞》，昆仑出版社1992年版。

⑪ 今泉文子：《幻想文学空间》，日文版，有名书房1985年版。

儿童文学的诞生

我再画上一条平行的线

在我滔滔不绝地叙述浪漫派如旭日东升映亮了19世纪的欧洲时，一个事实迫使我回眸顾眄——我猝然间发现，在成人幻想文学形成的同时，儿童的幻想文学也瓜熟蒂落了；而且，我可以在它们之间画上一条平行的线。一个结论是没有任何人可以推翻的：至少在19世纪，成人与儿童的文学一样如日中天。

我还有一个惊人发现：**一部儿童文学的历史，其实就是一部幻想儿童文学的历史**。这绝不仅仅是我个人的主观臆想。

有必要做些辩解。过去陈旧不堪的儿童文学史中，常常会出现一些叫人义愤填膺的遗漏——幻想儿童文学的一些最重要的篇章不是被裁掉，就是被塞在一个毫不起眼的犄角旮旯里，那些鎏金般光彩的东西总是不翼而飞。不是说我在写一部论述幻想文学的书稿，就在这里愤愤不平，我们的儿童文学史中的确是充斥着太多太多的现实主义的作品了，而其中不乏苍白平庸之作。"一部被扭曲的儿童文学史，"我曾目不转睛地凝望着苗家女手中翻飞的织梭，这样想，"幻想儿童文学和现实儿童文学就像她梭上的蓝线和白线，如果蓝线崩断了，一块本该蓝白镶嵌的美丽的土织布就变成一块白布了……"

我不能再愤懑，学术需要一种平和的心境。

让我来慢慢地解开这条被扭曲得面目全非的长绳吧。

浪漫主义是在春天一个风和日丽的日子开始的。而在此之前，是一个漫长的冬季。中世纪以前更是儿童文学冬季中的冬季。

18世纪中后期，卢梭发表的教育小说《爱弥尔》犹如冬日早晨的一颗启明星，首开教育读物的系谱。尾随其后的是一批趋之若鹜的贵妇人们，她们刮起了一股尘埃飞扬的飓风——如塞居尔伯爵夫人的《讨厌的小家伙》、仁里斯夫人的《教育书札》，等等。但如同当时欧洲的形势一样，这些理性主义的老太太们把想象力视为洪水猛兽，就连民间故事也叫她们不寒而栗。她们梦寐以求的，就是把孩子培养成为大人理想中的儿童。马克·索里亚诺在《儿童文学史话》中把这堆一闪即逝的陨石雨攻击得一钱不值："真正的艺术家和聪明的教育者，在攻击这些无聊的读物时逐渐认识到，如果要儿童读物发生教育作用，而不过分暴露它的教育动机，那就首先需要引起读者的兴趣，使读者爱不释手，简单地说就是需要一个真正的艺术品。”①

然而，这还不能算是真正意义上的儿童文学。是稍后到来的浪漫主义这个催生婆催生了儿童文学这个姗姗来迟的婴孩。没有什么比这个时代更激动人心了，日本的德国民间文学研究者野村泫在《德国的儿童书——与成人书相连的纽带》一书中兴奋地振臂欢呼：“浪漫主义的时代，是一个儿童书和大人书一致的时代。回首追溯德国的儿童书的变迁时，可以看到，当儿童书的倾向与大人书的倾向重叠时，就走向繁荣，反之则衰败，一蹶不振。浪漫主义的时代是一个儿童书兴盛的罕见稀少的时代。”②

我感到蹊跷的是，浪漫派的大家们怎么会低下头来顾及到儿童？

近代的一个重要特征，就是“儿童的发现”。在启蒙主义者的眼里，儿童是未成熟的、仅配称得上是半个人而已。

浪漫主义之所以对儿童文学产生了深远影响，就在于这种儿童观的嬗变。他们认为：儿童是一种同成年人相当不同的生物，而且那迥然不同的地方正是使人类更趋于完美的地方；成人们正在失去这些而渐渐地蜕变为非人。儿童的生活是行动性的，充溢着喜悦、闪烁着欢快。这是因为儿童没有失却成人已经丢掉的丰饶的想象力和感受性的缘故。功绩应归功于英国的浪漫派诗人们，正是他们发现了在此之前被大人们遗漏过去的儿童的价值。

英国诗人W.华兹华斯首先扭转了对儿童的藐视，他甚至流露出一种顶礼膜拜的虔敬，把儿童尊崇为人的原型。这位外貌冰冷僵硬，而内心却有着一腔凄美梦幻的诗人在一首题为《虹》的短诗中，轻声地这样吟唱道：“我的心跳荡，每当我目睹／彩虹横贯天宇／我生命开始时，是这样／我长大成人了，是这样／但愿我老了，也还是这样／否则不如死去／婴孩本是成年人的父亲／因而今后的岁月，我可以希望／贯穿着对自然的虔敬。”③

浪漫派诗人们虽然凭借诗人的直感，从洋溢着生命活力的儿童身上和他们那自由的、生机勃勃的行动中，发现了对于成人的意义，但生活在当时的现实中的儿童们，未必就像诗人们所描绘的那样自由自在、将充满欢乐的儿童天性发挥得淋漓尽致。多数的孩子们——本应是“为欢乐而出生的小鸟”——却是像威廉·布莱克所说的那样被关进了“樊笼”。

该是解放这些可怜的小鸟的时候了！

而实际上，德国的浪漫派们早已是捷足先登了。

被德国浪漫派的作家们大加推崇的是格林兄弟的《儿童与家庭的童话》。这一如今家喻户晓的传世名作，其实是与霍夫曼同属一个圈子的青年浪漫派作家布伦塔诺首先开始的。他与别人著有一部被称为“扬起了那种天然的音调，多少年来为浪漫派和后期浪漫派的抒情诗添加了新鲜的气息和响亮的和声”④的民谣集《儿童的魔号》，一共三卷，后两卷就是依靠格林兄弟的协力才完成的。它开辟了一条通往儿童文学的道路，布伦塔诺曾立志要搜遍德国古老的民间故事，可惜壮志未酬，多年后由格林兄弟完成了。

格林童话的意义已是妇孺皆知，我不想再多嘴了。还有一个震古烁今的名字，我也想一带而过——安徒生。**因为他是太阳光灿烂了。**格林之后，安徒生的童话传遍了整个世界。安徒生曾是霍夫曼的崇拜者，但他不狂热，不会沉溺在幻想中而不能自拔。同是丹麦人的G.勃兰兑斯就这样遥望着安徒生的背影长叹道：“想想安徒生当初亦步亦趋的霍夫曼，可以看出安徒生和他的第一个引路人相比，显得多么健康而又宁静啊！”⑤

这样，传统的民间故事在格林兄弟和安徒生的笔下复活了，并被注入了近代不曾有过的鲜活。

尽管格林童话和安徒生童话还不能称之为幻想文学，但正是由于屹立在这三位巨人的肩膀之上，后来的几员骁将才擎起了幻想文学的战戟。真正的幻想儿童文学即将出现，但是地点不是在德国也不是在丹麦，而是又回到了浓雾弥漫的英国。这是一个很耐人寻味的现象，对于儿童文学来说英国确实是得天独厚的。保罗·阿扎尔在《书籍·儿童·成人》中就十分佩服地写道：“我的心，朝着一个带给儿童书幸福的欢乐小岛在飞翔。不知在世界上寻觅了多少个地方，像英国那样在儿童书中镂刻着不灭的国民性的欢乐小岛，没有第二个。绝不是谎言，仅仅依靠儿童书，或许就能再建一个英国。”⑥

这绝非危言耸听。

事实是，不久，幻想儿童文学，也可以说是真正的儿童文学就在英国迎来了一个崭新的转换期。

在这个转换期里，涌现了查尔斯·金斯莱、刘易斯·卡罗尔和乔治·麦克唐纳三位作家。他们三个人的特色之一，就是不像格林兄弟他们那样依赖在“这个世界的时间之外”的虚构的民间故事里去寻找惊异了，而是自己动手去建构一个全新的幻想世界。查尔斯·金斯莱将当时给予社会以巨大影响的进化论和自己所信奉的基督教加以结合，再添加进自然科学知识，创造出了一个

“水孩子”的世界——《水孩子》。刘易斯·卡罗尔把作为能使近代市民社会的社会构造稳定、永远繁荣的支柱的常识打破，构筑了一个由非常识来支配的“不可思议的国度”——《爱丽丝漫游奇境》。乔治·麦克唐纳则描绘了发现一条当时偏狭的基督教不可能带来的真正的拯救之路的“北风后面的国家”——《北风的背后》。

也许有人不禁要追问一句，他们的作品与格林童话以及安徒生童话又有什么不同呢？

我不愿意把《水孩子》《爱丽丝漫游奇境》等称之为童话，是因为它们完全是一类不同的作品。朱自强在一篇思辩性颇强的论文《人类幻想精神的家园——论童话的本质》中，曾作过这样的归纳：“幻想故事作品之一翼的童话的发展史分为三个阶段。那就是民间童话（Fairy tale）、创作童话（Literary Fairy tales）、小说童话（Fantary）。民间童话即夏尔·贝洛、格林兄弟搜集整理的童话；创作童话则可推出安徒生的童话为代表；小说童话一般认为由卡洛尔的《爱丽丝漫游奇境》开先河……”⑦令人眼睛一亮的是，他第一次使用了“小说童话”这个全新的概念——当然，这仍是一个值得商榷的译法，我在下面一节将继续探讨这个问题——所谓的“小说童话”，实际上就是我所说的幻想文学。其实，朱自强的这种观点在他的另一篇论文《小说童话：一种新的文学体裁》中阐述得更加坦率：“将Literary fairy tales与Fantary暧昧地用‘童话’来囊括，就不可避免地要掩盖幻想故事型儿童文学作品的文学史的发展阶段性，不可避免地造成幻想故事型作品系列的评论中的概念混乱……我将Fantary称为‘小说童话’，主要是因为Fantary是一种以小说式的表现方法创作的幻想故事（这里的‘故事’，指叙事性作品），其母体是童话，但又吸收了现实主义小说的遗传基因。”⑧

我还是固执地使用幻想文学这个概念。

幻想文学把惊异引入了现实，“第二世界”不再与日常世界隔绝了。上面提到的三位作家无一例外，都是将现实中的孩子们送入到了他们构建的独特的幻想世界里。

查尔斯·金斯莱把在陆地上被榨干血汗的扫烟囱的小男孩汤姆扔到了水底，刘易斯·卡罗尔把礼仪至上的维多利亚王朝的典型少女爱丽丝带进了“不可思议的国家”，而乔治·麦克唐纳则让伦敦一个穷困潦倒的马车夫的儿子戴安蒙多窥见了“北风的背后”。对孩子们来说，一个与自己毫无关系的人的冒险故事，远不如自己伙伴之一的冒险故事来得更加有趣，他们显然是感觉到了这一点。三个人作为大人，是以批判的眼光来看待当时的社会的。查尔斯·金斯莱和乔治·麦克唐纳是有意图地进行批判，而刘易斯·卡罗尔则把批判精神隐蔽在了无意识之中。总之，使人感受到了三位作家内心深处试图创造一个能够将现实的扭曲及其矛盾充分凸现的世界的一种渴望。于是，脱离现实的秩序，构筑一个幻想的世界就开始成为可能。他们为儿童写作的必要所迫，通过创造一个非现实的世界，就能够把孩子们挣脱现实的拘束、获取自由的渴望与上面所说的大人的渴望调和起来。

在《水孩子》《爱丽丝漫游奇境》《北风的背后》三部幻想文学的作品当中，孩子们初次体验到了在现实中绝对不可能发生的惊异。在这个幻想的世界里，孩子们因惊异而得到欢乐，同时还把它作为一个能让他们认识自己生活的现实世界的龃龉和矛盾，并告诉他们如何克服这些困难的世界。

——小鸟们就是这样通过想象力的解放而飞出了樊笼。

必须指出的是，许多学者认为，真正的幻想儿童文学是从《爱丽丝漫游奇境》开始的。它就好像是混沌鸿蒙中的第一道曙光，预示出整个黎明的到来。猪熊叶子在《英国儿童文学的作家们——幻想文学与现实主义》中是这样评价它的："显而易见，《爱丽丝漫游奇境》是一部纯粹为放纵儿童（也包括成人）愉悦情感而创作的故事，它成功地将教训驱逐出去，使它获得了'近代儿童书的出发点'这一不可动摇的地位。这已是有目共睹的定评。"⑨同是日本的英美儿童文学评论家的神宫辉夫，也在《儿童文学的主役们》中重复了同样的激赏之词：《爱丽丝漫游奇境》确立了幻想文学的成立，"它一方面开拓了荒诞故事（Nonsense）这一分支……而另一方面，是大幅度地更新了儿童文学的本质"。⑩

这个故事我们已经是熟得不能再熟了，曾有无数个版本在我国流传，我没有复述的必要。它代表了近代英国儿童文学的传统，因此《幸福的约束——英国儿童文学的传统》的作者在谈到它经久不衰的魅力时，这样动情地说道："不用枉费心机去揣摩它是一本为儿童所作的书还是一本为成人所作的书，它的价值在于，恰如C.S.刘易斯那句不知被引用了多少遍、余韵无穷的话所概括的那样——'一部在五十岁时读起来和十岁时同样无聊乏味的书，那么在十岁就没有阅读的价值。'《爱丽丝漫游奇境》是一本其乐无穷的书。"⑪

它及续篇《爱丽丝镜中游记》，展现的是一个与日常秩序截然相反的世界。仅仅是这个混乱无序的世界就不知让多少人绞尽了脑汁，这个用荒诞和语言游戏堆砌起来的梦魇，为什么给孩子们带来了那么大的欢乐呢？周作人在一篇书评中就有精彩独到的分析：是在于有意思的“没意思”。站在它的延长线上，刘绪源在《儿童文学的三大母题》的《C章：顽童的母题》中又进一步把这一见解发挥到了极致：——整部作品，就是由一连串的小游戏组成的一场大游戏。儿童们在这场游戏中尽情地放松自己；但同时，这些平时总也玩不够的、处处受到管束的孩子，不仅在纯游戏性的审美中‘宣泄’了平时的压抑，而且从游戏的欢乐中得到了心灵的‘补偿’。这就是周作人之所谓‘无意思之意思’吧。”⑫

《爱丽丝漫游奇境》,Puffin,1998

《水孩子》我国已出过多种译本，相比之下，它所裹挟的宗教色彩以及教训性稍嫌浓了一点。当然，瑕不掩瑜，这不能动摇它和《爱丽丝漫游奇境》《北风的背后》并称为幻想儿童文学“三剑客”的位置。

最后我还想腾出一点篇幅，来研讨一下《北风的背后》这部作品的艺术特色。这是任何一部儿童文学史都必然要提到的经典作品，20世纪相当一大批幻想儿童文学的作品都继承了它的传统。

戴安蒙多是伦敦近郊一个衣不裹体的马车夫的儿子。

有一天，从他睡觉的陋屋窗户里，一个自称名叫“北风”的谜一样的妖艳动人的女人钻了进来，诱惑他去冒险。

他乘在她的背上在伦敦上空飞翔。而北风却常常改变自己的姿容，有时脸色铁青地呼风唤雨，有时又变成了一个恬静孱弱的小女孩，摇得树叶飒飒……然而，就是这个残酷而又柔情的精灵，渐渐地把戴安蒙多带进了一个迷人的世界。

父亲的雇主破产了，一家人搬回了伦敦。卧床不起的戴安蒙多开始在梦中穿越北风的身体，飞进一个“北风的背后”。那里没有一丝风，蓝天下是一张张和蔼的笑脸，不必开口心就可以沟通。离开了这个奇妙的地方，戴安蒙多蓦地发现自己心中总是回荡着歌声，身上多了一股不可思议的力量。人们惊呼道：一个天使降临了——他给饥寒交迫的人们带来勇气，挽救少女，还把一个失魂落魄的婚约者重新带回到他的情人面前……最后，父亲替一位绅士又扬起了马鞭。北风不断地一掠而过，他听到的都是“梦”“真实”之类的残言片语。一天深夜，他看到北风坐在小屋的窗口，他随她远去，永远地消失在“北风的背后”里。而这，则意味着他在现实的世界中已经死去……

北风究竟象征着什么呢？

它寓意为死亡；而北风后面就是所谓的天堂。《北风的背后》是一部描述死后魂灵的彷徨的幻想文学作品。乔治・麦克唐纳的生死观、人生观以及对社会的批判，通过戴安蒙多之嘴一吐为快。他表达了对永远的那种至善至美的憧憬，试图阐明这样一种观点：死亡不是人生的终结，而是一个起点，一个更加明媚的人生存在于彼方。与《水孩子》的作者查尔斯・金斯莱一样，乔治・麦克唐纳也未能超然脱俗，《北风的背后》渗透了基督教的神秘的渍痕。

但它作为幻想文学的作品，却获得了成功。三宅兴子在《英美儿童文学》中称《北风的背后》是20世纪幻想儿童文学的出发点。日本1995年出版的《儿童文学的魅力：现在阅读的100册——海外篇》，也把它选为世界一百篇经典中的一篇。

这是因为，作为幻想文学的遗产，它的影响一直波及到20世纪的90年代。乔治・麦克唐纳远不如刘易斯・卡罗尔的文笔优美，但他是一个神话作家。而神话不在乎词藻炫目，它的神髓在于其语言所构建的事件的形式、概念和相伴而来的感情。就是再怎样把它肢解，一组栩栩如生的人物像也是永不会消失的。《北风的背后》以及作者的另外两部幻想文学作品《公主和妖魔》《公主和凯里埃》，就从头至尾漂浮着相当于神话级的想象力。

它之所以脱颖而出，还在于它对现实世界和第二世界的设定的别出心裁。比如在故事的展开上，它的幻想和现实的交叉就和《水孩子》有明显的不同。

这是后来许多学者所津津乐道的话题。日本当代著名的儿童文学作家安藤美纪夫在他的三卷本《世界儿童文学笔记》中的第一卷《19世纪的世界》中，这样细致入微地分析道：“在《水孩子》里，这一侧的世界与那一侧的世界是以大地相连的世界，来往于这两个世界，比如缺少了跃入河中这样一环就无法完成。两个世界是异质的。而相反在《北风的背后》中，两个世界的国境线却不那么清晰。戴安蒙多不用经过任何的程序就能够自由地往返这两个世界。也就是说，现实世界和幻想世界连续不断地交替变化。媒介是梦想。”⑬具体地说，乔治·麦克唐纳设定的两个世界，一个就是维多利亚王朝伦敦贫民窟的世界；而另一个则是冒险的梦世界。两个世界是融合在一起的，如果一定要找出它们的界线，其实就是睡梦与醒来时的境界。

受乔治·麦克唐纳影响最大的，是托尔金的好朋友、剑桥大学中古文学的教授C.S.刘易斯。他在20世纪50年代推出的大长篇《纳尼亚传奇》，把幻想文学推向了一个登峰造极的地步。

又是一个暮色苍茫的黄昏。

静静地默立在查尔斯·金斯莱、刘易斯·卡罗尔和乔治·麦克唐纳三位幻想儿童文学的奠基人的坟墓前，我可以告慰这些已逝的魂灵：幻想儿童文学的黄金期已经是曙光微露了。

有风袭来，金黄的落叶像漫天飞舞的精灵……

---

① 转引自汤锐《比较儿童文学初探》，湖北少年儿童出版社1990年版。
② 野村泫：《德国的儿童书——与成人书相连的纽带》，日文版，白水社1991年版。
③ G.勃兰兑斯：《19世纪文学主流》第四分册《英国的自然主义》，人民出版社1984年版。
④ ⑤ G.勃兰兑斯：《19世纪文学主流》第二分册《德国的浪漫派》，人民出版社1988年版。
⑥ 保罗·阿扎德：《书籍·儿童·成人》，日文版，纪伊国屋书店1988年版。
⑦ 朱自强《人类幻想精神的家园——论童话的本质》，载《儿童文学研究》1994年第4期。
⑧ 朱自强《小说童话：一种新的文学体裁》，载《东北师大学报》（哲学社会科学版），1992年第4期。
⑨ 猪熊叶子等：《英国儿童文学的作家们——幻想文学与现实主义》，日文版，研究社1977年版。
⑩ 神宫辉夫：《儿童文学的主役们》，日文版，日本放送出版协会1989年版。
⑪ F.英格丽斯：《幸福的约束——英国儿童文学的传统》，日文版，纪伊国屋书店，1990年版。
⑫ 刘绪源：《儿童文学的三大母题》，少年儿童出版社，1995年版。
⑬ 安藤美纪夫：《世界儿童文学笔记I——19世纪的世界》，日文版，偕成社1977年版。

两点补充

让我再啰唆几句

照理说，我应该转入新的一章了，可我还有一种如鲠在喉的感觉。还是一吐为快吧。

我还是要死命地揪住童话这个概念不放。我之所以纠缠不休，是因为在绝大多数人的印象中，童话似乎就是幻想文学，而幻想文学似乎就是童话。我不得不声明一次：我们现在所接触的一些被称之为“童话”的作品，已远不是童话所能包裹得住的了。

这里我再引用一些国外的概念来澄清这种混淆。

J.R.汤森特在《儿童书籍的历史——英语圈的儿童文学》里是这样明确规定幻想文学的：“现代的形式，小说时代的产物。在现代的童话与幻想文学之间要想画一条线是相当棘手的一件事。我认为，即便是使用了童话的要素，也只有那些长篇的作品才能当之无愧地称之为幻想文学。”①日本再版多次的《儿童文学最初的一步》中，也有类似的注释：“用小说这种形式，把实际上根本不可能发生的事情像肉眼所见一般地描绘，这类文学的总称叫幻想文学。”②

一个影子紧逼不放：小说。

显然，这正是一道我所说的幻想文学与童话的分水岭。

不言而喻，这与我们所习惯的童话的概念是相悖的。与西方不同，我们的童话和小说是泾渭分明、井水不犯河水的两个概念；而用童话来涵盖以小说手法创作的幻想文学，显然是捉襟见肘了。

童话毕竟不是小说。我在论及民间故事时曾简略地提起过“一次元性”这个概念。与民间故事一样，童话也是一次元性的，而幻想文学是多元的。它的结构不再是僵硬一成不变，人物性格也更加丰满，故事的叙述形态也起了很大的变化，“童话是将人们心中存在共通的非现实部分原封不动地昭示于外部，以此为背景进行叙述”，而幻想文学“则是采取向作者一个人的内部世界进入的叙述方式”。③

最先被阻隔在大山之下的是朱自强。

他警觉地惊呼：幻想文学正在被“湮没与其性质有别的童话之中”。他在我国的儿童文学理论界首先提出了一个醒目而亮眼的概念：小说童话。所谓的小说童话，就是我所说的幻想文学。他以一种锐意进取的精神，先后以两篇论文《小说童话：一种新的文学体裁》和《人类幻想精神的家园——论童话的本质》中探讨了幻想文学的本质、产生的原因及其艺术魅力，带来一股强劲的新风。稍后，韦苇在一篇发表在《儿童文学研究》上的译文《西方艺术童话及其研究》中也使用了“小说童话”这个概念。

我对此表示异议。

朱自强意在提出一种既不同于小说又有别于童话的崭新的文体。这当然是对的，但“小说童话”这个概念是值得商榷的。因为我们对于小说、童话已经有了一种潜移默化、先入为主的既成概念，将两者捏合起来，拼凑成一个词汇，似乎仍然没有给人一种耳目一新的感觉。何况有些幻想文学的作品并不是同时具有小说或童话的双重风格。

最后所要强调的，则是成人幻想文学中的一个问题。

被列为现代派开山鼻祖的卡夫卡的作品，充满了荒诞变形的夸张，比如《变形记》就讲述了一个小职员一觉醒来变成一条甲虫的令人窒息的故事。阿根廷的博尔赫斯也以幻想构建了他的一座座迷宫，西方甚至有人发出了“其神秘与难以捉摸的程度犹如月光下草地上的波动的影子”的感叹。④意大利的迪诺·布扎蒂也与卡夫卡、博尔赫斯交相辉映，他的作品是现实与魔幻、情理与荒谬、神秘与写实、超现实主义与黑色幽默的交织。他们的作品以及拉美的魔幻现实主义的作品，均可以称得上是幻想文学的巅峰之作。

但是这些大师的著作，似乎更适合于划归为纯文学的圈子，我想，我还是一笔带过吧。幻想文学，毕竟是一种大众文学。

---

① J.R.汤森特：《儿童书籍的历史——英语圈的儿童文学》，日文版，岩波书店1990年版。

② 三宅兴子等：《儿童文学最初的一步》，日文版，世界思想社1988年版。

③ 朱自强：《小说童话：一种新的文学体裁》，载《东北师大学报》（哲学社会科学版），1992年第4期。

④ 博尔赫斯：《巴比伦彩票》，云南人民出版社1995年版。

中　部
古堡里的精灵们

风鼓动着古堡的大门。

然而，耸耳细听的我马上就意识到这不是风在作祟。这声音来自古堡的内部，一种迫不及待的骚动开始了！

门被撞得摇摇欲坠，没等我掏出钥匙，就已经被从里面撞开了——像破闸而出的洪水一样，挣脱了链条的古堡的精灵们破门而出。我闪到了一边，看着古堡的主人们逃向远方。

3 Fairy 妖精

J.R.R.托尔金是这样定义妖精故事的："妖精故事，不是一个关于妖精的故事，是关于妖精之国，即妖精存在的领域或是状态的故事。其中除了小精灵（Elf）和仙女（Fay）之类的妖精之外，还有矮人（Dwany）、侏儒（Troll）、巨人、魔女以及各式各样的生灵，如果人中了魔法也能进入那个世界。那里有海有太阳，有月亮有天空，还存在着大地，连水、石子和面包也不缺。把妖精作为主人公来叙述的故事并不是很多的，在那块'危险的领域'或是在那道模糊不清的国境上发生的人的冒险故事，才是真正优秀的妖精故事。"

失落的妖精

我像根锈船桩似地僵立在岸边

一个酷热的夏天傍晚，我在一艘停泊在河汊里的小船上，看到一片碎碎的亮点。迷蒙中，竟误以为是一只在如血残阳下翩翩起舞的妖精——我心底呼地泛起一股悲悯：妖精的故事已经是久违了——我颤抖的手伸向船舷，不想．捏在指尖上的却是一只祖母绿的蜻蜓。它静静地凝望着我，妖精一样的翅膀在风中化成了一堆粉末……它早已死去。我像根锈船桩似地僵立在岸边，眼圈是潮红的，天顶撒下一张黯伤而缱绻惆怅的网——我知道，明年夏天，又会有更多的绿蜻蜓飞翔在河面。但是，那些妖精的故事却是不会再来了！

一片片漆黑的暗云贴着河面涌来……

我打了一个战栗：妖精的故事怎么消失得这样彻底呢！连日本的超短篇小说大师星新一也在一篇文章中哀叹：我不明白，中国现在为什么没有妖精故事？

这里，我不想回避这样一个事实：妖精故事的渊源在西方。

我们熟知的那些妖精故事，只不过是一片又一片无根的浮萍：漂来又漂去……妖精故事，起源于西方的民间故事，但却又是一个迥然不同的概念。J.R.R. 托尔金是这样定义妖精故事的："妖精故事，不是一个关于妖精的故事，是关于妖精之国，即妖精存在的领域或是状态的故事。其中除了小精灵（Elf）和仙女（Fay）之类的妖精之外，还有矮人（Dwany）、侏儒（Troll）、巨人、魔女以及各式各样的生灵，如果人中了魔法也能进入那个世界。那里有海有太阳，有月亮有天空，还存在着大地，连水、石子和面包也不缺。把妖精作为主人公来叙述的故事并不是很多的，在那块'危险的领域'或是在那道模糊不清的国境上发生的人的冒险故事，才是真正优秀的妖精故事。"①

J.R.R. 托尔金言简意赅地道出了妖精故事的真髓：妖精故事必须带来恐怖和惊异，也就是说，它必须是一个"惊异的世界""另外一个世界"的故事。

提到妖精故事，就不能不提到英国，正像《英国儿童文学论——其传统和特质的探索》一书的作者吉田新一所说：总之英国是一个妖精的王国，在文学中妖精也是层出不穷。而在民间信仰和传承中，世界上更是没有几个国家像英国那样有如此丰富多彩的妖精了。大概是与英国是一个多民族不无关系吧。苏格兰、英格兰、威尔士、爱尔兰的妖精性格迥异，再加上以德文郡、伍斯特州命名的独特的妖精，种类和性质就更多了。”②

而最先在文学作品里出现妖精的，恐怕是16世纪文艺复兴时期英国的伟大戏剧家莎士比亚的《仲夏夜之梦》。这还不能称之为幻想文学，但莎士比亚首先在他的戏剧中塑造了一群全新的妖精形象，他一扫民间信仰中妖精的晦黯，以奔放狂野的想象力，把大地精灵刻画得栩栩如生。他笔下那些梦幻般美丽的妖精，成为后来幻想文学中竞相模仿的妖精的原型：

> 雅典的忒修斯公爵和美丽的阿玛宗女王再过四天就要举行婚礼，而少女赫米娅却违抗父命，爱上一个一贫如洗的青年拉山德，公爵命她四天之内悔改。她和拉山德逃进一片妖精的森林，尾随而来的还有赫米娅的女友海丽娜和赫米娅父亲为她选择的未婚夫。这时，妖精王正和王后反目为仇，派心腹小精灵迫克采撷来一种爱之花，它能让人醒来疯狂地爱上他第一眼看到的东西。偏偏迫克误把花汁滴到了拉山德的眼皮上，结果拉山德睁眼就炽烈地爱上了海丽娜……

① 转引自吉田新一《英美儿童文学》，日文版，中教出版1987年版。
② 吉田新一：《英国儿童文学论——其传统和特质的探索》，日文版，中教出版1978年版。

妖精学

如果相信妖精，请跟我一起拍拍手

Fairy即妖精的语源并不邈远，中世纪以前几乎没有使用过。它最初的语形是法语的Fay，而Fay则被认为是从意大利语Fatae发展而来的。Fatae隐寓着命运、宿命的意思。

妖精的概念从16世纪起就基本上没有太大的变化，日本的妖精学学者井村君江在《妖精与它的伙伴们》中，引用了这样一段陈陈相因的定义："想象中的生灵。外貌与人相似，能够依靠一种超自然之力随心所欲地改变外形，栖息地下或水中、出没荒野及森林，与人为敌或为友。"①这似乎与我们印象中的妖精十分吻合，格林以及安徒生童话中的妖精也大致上是万变不离其宗。

而相比起来，妖精的起源则是一个扑朔迷离的悬念。

往往是众说纷纭。有一个人试图挺身而出用一句话来囊括妖精起源的经纬——英国作家A.罗德威在散文集《来自妖精国的诱惑》中鞭辟入里地写道："我想，妖精是为强悍民族所逼而潜入地下的灵魂。"②这实际上是一个灭亡的民族的记忆，一个被征服的民族的记忆。

更多的人则倾向于妖精起源于死者。这种学说源远流长，远在基督教时代到来之前就已形成。民俗学者A.威尔士于1911年出版了《凯尔特圈的妖精信仰》一书，他以证据确凿的第一手资料，借威尔士人之口以一种不容置疑的口吻写道：威尔士人确信妖精是死者之魂。它们栖息在一个独自的不可视的世界，以一种看不见的灵魂形式而存在。③司贝斯在1946年发表的《英国妖精的起源》中，也旗帜鲜明地支持这种说法。他援引17世纪一种流行的观点辩解说：墓地附近多集中妖精之丘，那里宿居的是死者不散的灵魂。至于妖精的躯体为何大多不如一指长，他也找到了一种自圆其说的解释：从太古起人们就认为灵魂是人的一个缩小的态姿，酣睡或失神时就会从嘴里逃之夭夭。而一旦灵魂出窍，就往往是踏上了不归路，失去灵魂的人也就命丧黄泉了。④

上面提到的《妖精与它的伙伴们》的作者井村君江，是日本妖精学的半壁江山。她在专著《妖精之国》中对妖精的生成与派生有令人叹为观止的深入研究，她将妖精的渊源集约成五大类——除上述的古代灭绝的种族的记忆和死者灵魂之说以外，还有另外三种说法，即卑小化的古代诸神、自然精灵以及堕落天使。⑤

对于一个民俗学者来说，考察妖精的起源的目的不是为了寻求妖精存在的证据，而是为了追溯妖精信仰的起源。

也就是说，妖精是否是真实的存在，对民俗学者无关紧要，他们所关心的是讲述妖精的人是否相信妖精的存在以及如何找到构成这种信仰的基石。

在西方，妖精学是作为一门学问，就像英国天文物理学家史蒂芬·霍金研究黑洞理论一样来被悉心钻研的。英国的K.M.布里格斯就是世界上首屈一指的妖精学权威，她追溯妖精的起源，并对妖精进行系统分类，著有《妖精国的住民》《英国的妖精》《妖精Who's Who》等书，而在1976年编纂出版的《妖精事典》，则是她毕生心血的集大成之作。这部著作的日译本竟厚达600多页，四位译者耗费了十年时间才翻译完成。

K.M.布里格斯博士的建树之一，就是成功地对卷帙浩繁的妖精进行了分类。她把妖精分为四大类：

第一大类是“拥有自己疆土及伙伴的妖精”。这是一种十分笼统的说法，还可以再细分为三种类型：一种是“英雄妖精”——同人一般高大，它们多麇集在远离人烟的地方，像人一样狩猎舞蹈，只是它们的时间概念与人类世界不同。一般认为它们是爱尔兰人的祖先米勒族大举进犯时灭亡的女神塔纳一族。还有一种是“集群妖精”——这是一类善良可爱的小矮人，虽然它们和英雄妖精一样分封国王和王后，但性情温和，是一个载歌载舞的种族。偶尔会有一支偏系越轨，溜到人类世界来点小小的恶作剧。最后一种是“家事妖精”——它们与人为邻，朴素而又热情，有时甚至会把自己的婴儿托给人类喂养。

第二大类是“守护妖精”。它们责无旁贷地肩负着捍卫一个家族或一个家庭的任务。它们分为两派，一派不苟言笑，而另一派常常出格插科打诨。前者一旦家族有死亡的阴影降临，就会发出揪心裂腑的尖啸，嚎啕大哭。而后者除了为主人忠心耿耿地效力之外，也会干些叫人哭笑不得的勾当来。

第三大类是“自然的妖精”，它们绝大部分栖息在湖泊或沼泽里。

而第四大类，则是由自然的妖精衍生发展而来的，由怪物、魔女以及巨人等组成。⑥

那么，21世纪的今天，我们还能看到鬼魅的妖精吗？

距离爱尔兰的斯拉依哥一小时左右车程的牧场里，耸立着一座座千年不语的小山丘。这里就是传说中的凯尔特时代遗留下来的城塞，一个妖精出没的地方。凯尔特神话中充满了妖精，它曾给文学史上带来了一个短暂但却曳光弹般耀眼眩目、被日本幻想文学权威荒俣宏在《另一个世界的通信》一书中称之为“妖精到来”的辉煌期。⑦

夏夜，当青冈栎的叶片像一簇簇飞翔的树精似的飘起时，星星点点的光斑就会乘着它们四溅开去。是妖精，它们插着一对翅膀，在红月亮的光晕中穿梭……妖精国是一个令人向往的地方，它遥远却又近在咫尺，就在我们这个世界的水平线或垂直线的延长线的某一个点上。或许有一个多雾的黄昏，一群美丽的花妖会从你的窗口鱼贯而入，把你带入妖精之国——只要你永远也不丧失纯真、永远也不丧失朴素的感觉以及惊异的感受性，你心中就会永远地存在着一个妖精国。

妖精文学的杰作《彼得·潘》最初是作为一出戏剧在伦敦公演的。剧中有一幕妖精丁卡·贝尔中毒而死的情节，每当演到这个催人泪下的场面时，彼得·潘就会把脸转向台下的小观众：“你们要是相信妖精，就请拍拍手。妖精丁卡·贝尔就会重新复活的！”台下顿时就会爆发出一阵经久不息的拍手声。

《彼得·潘》，Modern Library,2004

戏剧改成小说以后，仍然保留了这段温馨而又叫人唏嘘涕泣的情节。每一遍读起，都让我找回一片失落多年的东西。我揩去泪痕以后总是默默地想：愿这掌声永远响彻，妖精就活在这些纯真的孩子们的心灵里啊。失却童心的大人们也给妖精腾出一席之地吧，一颗相信的心，就是妖精的食粮。

彼得·潘和小仙女叮叮铃从窗口飞了进来。

彼得悲哀地跪在她的身边。

每隔一秒，妖精的亮光就黯淡一层。彼得知道，一旦这道微弱的亮光熄灭，妖精就不复存在了。他的泪水滴落下来，她伸出美丽的手指，让泪水顺着她的手指流淌。

妖精已是奄奄一息了。彼得几乎听不出她的嗫嚅了。后来，他听懂了，她是在说：只要有孩子相信妖精的存在，她就能再生。

可这里连一个孩子也没有啊，而且又是深更半夜。不过，彼得还是试着呼唤起那些说不定正梦到永无乡的孩子们，他们或许就近在咫尺——穿睡衣的男孩和女孩，树上吊篮里赤裸着身子的印第安人的孩子。

“你们相信吗？”他大声疾呼。

妖精从床上跃了起来，屏气静听她的命运。“相信相信……”她仿佛是听到了肯定的回答，但又什么都没有。

“要是你们相信，就拍拍手。”彼得又冲孩子们吼道，“别让妖精死去。”

他听到了雷鸣般的掌声。

……

① 井村君江：《妖精与它的伙伴们》，日文版，河出书房新社1992年版。

② A.罗德威：《来自妖精国的诱惑》，日文版，福武书店1991年版。

③④ K.M.布里格斯：《妖精事典》，日文版，富山房1993年版。

⑤ 井村君江：《妖精之国》，日文版，新书馆1987年版。

⑥ K.M.布里格斯：《妖精国的住民》，日文版，筑摩书房1991年版。

⑦ 荒俣宏：《另一个世界的通信》，日文版，筑摩书房1992年版.

堕落的妖精形象

烂泥中，蠕动着一个衰败的巨翅老人

继莎士比亚之后，妖精在文学中大多是以一种美丽善良的形象出现的：安徒生童话中的美人鱼……以至想到妖精，月光下，是一排蝶一样款款起舞的小天使之类的溢美之词就会滑出唇外。妖精的确在西方的幻想文学史上刮起过一场狂飙，但是短命的。它们就像暗夜长河上的一粒粒星辰，太遥远，是那样的可望而不可即——最终还是遭人遗忘。

引颈翘首，脖子毕竟是要酸痛的。

恬寂的伊丽莎白时代，在理想之旗高扬的大背景下，一群群掠上树梢的妖精成了这个和平时期的象征。好景不长，它们在登上了顶峰的同时也开始在下坡道上踽踽独行了。17世纪，它们被诗人墨客们描绘得太细致太失真了，苍白虚假，再也不能和人的心灵沟通。原有的朴素和纯情丧失殆尽，成了一具具美丽腐朽的尸骸，妖精文学走进了一条衰退的死胡同。

是浪漫主义重振了妖精故事的雄风。

然而重新崛起的妖精故事，已是今非昔比了。复苏的迹象最先是在幻想儿童文学中显露出来的——它是伴随着一个辉煌的名字出现的：伊迪丝·内斯比特。伊迪丝·内斯比特在我国是一个鲜为人知的名字，而在西方，她却如日中天。她就宛如一颗长尾彗星，其光芒从19世纪一直横亘到20世纪的天空。日本出版的《英美儿童文学》一书甚至不忌溢美谀词之嫌，这样写道："伊迪丝·内斯比特不仅是英国儿童文学上第一个黄金时代的巨星，也是20世纪儿童文学的伟大源泉。"①她一连串让人眼花缭乱的幻想文学作品《不死鸟和飞毯》《魔堡》《护身符的故事》和被赞誉为"与20世纪揭幕相匹配的作品"②的《五个孩子和一个怪物》，为幻想儿童文学奠定了基石。

在伊迪丝·内斯比特的笔下，妖精不再是袅娜绰约的化身了，它们走出非现实世界，闯进了孩子们的日常生活。它们痛苦地脱胎换骨，妖精的魔法是大大地衰退了。

这在幻想文学上有着非同小可的意义。

如前所述，《水孩子》《爱丽丝漫游奇境》《北风的背后》的作者金斯莱、卡罗尔和麦克唐纳三人确立了将现实中的孩子引入非现实世界的幻想文学的类型，而伊迪丝·内斯比特的作品，则反其道而行之，是以非现实世界的人物来到现实世界的手法创作出来的作品。

这是在现实和非现实的契合中诞生出来的一个幻想文学的新品种。

伊迪丝·内斯比特尝试着一个实验：如果把本来具有惊异魔力的非现实世界的人物、东西移入到我们的现实世界当中来，将会发生怎样的变化呢？就像鱼儿如果离开水就会失去活力、最终死去一样，尽管能在非现实世界里大施魔法，一旦把他们移到了现实里，魔力便会慢慢地消失，结果酿成一场场悲喜剧。因为选择现实作为故事的舞台，原本存在于“这个世界的时间之外”的“其他的国度”的人物、东西，自身就必须驯化于现实的风土里。这样在现实和非现实的关系中展开故事的作家们，是让现实理论优势于非现实理论的。于是乎便出现了这样的作品：魔女垂头丧气地从扫帚上掉了下来；妖精施展的魔法，勉勉强强地维持了一天，没到黄昏就失去了效果；龙放弃了与骑士的鏖战竟成了诗人。

《五个孩子和一个怪物》
Wordsworth Editions Ltd,1993

这种魔力的衰退，导致了优秀而独特的作品大量涌现。同时，因为魔力的衰退，幻想文学本来的机能即创造在现实中绝对不可能玩味的惊异，却遭到了明显的削弱。但是，作为一种代价，作品的现实性得到了增强，更具有说服力，由此也引起了孩子们的兴趣。

伊迪丝·内斯比特的这种方法之所以获得成功，只能归结于随着时间的推移，重视现实的精神日渐强大的缘故。她作为先驱者开拓的这种幻想文学的方法，成为日后英国的幻想文学的一个根深蒂固的传统，并影响至今。《纳尼亚传奇》的作者C.S.刘易斯就是一例。

小宝宝去抓沙精，沙精往后一跳。
H.R.米勒/图

让我以她的《五个孩子和一个怪物》为例，看看妖精是如何堕落到现实中的吧。

故事是从一个搬家的日子开始切入的——

新居临海，四个孩子把在婴儿车里酣睡的小弟弟抛在一边，在一望无际的沙滩上挖开了。突然，从沙子底下钻出来一个怪物，一双蜗牛般凸起的眼睛，身上乱蓬蓬的毛像猴子一样。

它自称“沙地精灵”。

它的魔力引来了孩子们的欢呼，他们成了如胶似漆的好朋友。沙妖有一种魔力，就是能当场把孩子们的愿望变成现实。“把我变成一个美丽的公主”“我要山一样多的金币”……然而可惜的是，这魔法持续的时间极短，太阳一西沉就消失得无影无踪了。

尽管这样，孩子们还是争先恐后地提出一个个变身的愿望。一天天，愿望的实现和消失在轮回。从“不可能”进入“可能”，故事就在这种异质的时间与日常的时间里往来穿插的形式中收尾。

沙精再也没有出现……

有人忽略了这个蜘蛛似的妖精的存在，而是把它作为一篇变身愿望的故事来读，即通过孩子之口，说出的是人类共通或潜在的一种愿望。这种变身的渴求，也许是出自于生命体一种无意识的知觉：人生仅有一次，更换是不可能的。曾著有《战后儿童文学论》《现代的儿童文学》的日本著名评论家上野瞭就死死地攥住这一点不放，他在一篇评介《五个孩子和一个怪物》的短文中，倔犟而又多少掩饰不住心虚地喃喃道：可能伊迪丝·内斯比特并没有意识到这点，但“这篇故事有意思的地方正是在于：通过沙精而体验到一闪即逝的另外一种时间’的孩子们的形象。同时，这些也照亮了我们潜在的愿望”。

这种曲解未免有点太牵强附会。

《五个孩子和一个怪物》的真正意义，恐怕还是在于溅落在现实中的妖精本身。

这部发表于1902年的长篇幻想小说，是对因循守旧的妖精形象的一次反叛。妖精原始的那种神秘性和威严感在这里都荡然无存了。首先沙精的出场就是被逼无奈，一副失魂落魄的样子——它是被几双孩子的手硬从沙子里给掘出来的，这多少有点辛酸和狼狈。但它还打肿脸充胖子，一个孩子高声喝道：“求求你，快点出来吧。”它讪讪地爬出来：“哼，可是你们请我出来的……”除掉一点自尊心，妖精的神秘性似乎全湮没在沙子里了。

沙精不单长得像个丑八怪，而且魔法也所剩无几。值得注意的是，除去沙精的魔力被束之高阁、远远不如传统妖精故事里出现的妖精那样魔法无边之外，就是现实中的孩子在现实中与妖精碰面，而不是在妖精国。

我在上面说过，伊迪丝·内斯比特是在进行一种实验。

这实验就是：妖精的长途迁移。不是从寒冷的北方到千里迢迢的南方，而是在两个世界之间——这里就又牵扯到一个时间和空间两重性的复杂问题，稍后我在第三篇会有详叙——托尔金在他的经典论文《幻想文学的世界——关于妖精故事》中说过，妖精原本是存在于妖精之国的。而所谓的妖精之国，就是人们所有的愿望可以实现的惊异之国，那是一个远离人间尘嚣的地方。正因为妖精是这个每一隅都渗透着实现惊异的魔力的国土的住人，它才能共享魔力。而伊迪丝·内斯比特却改变了它。

妖精魔力的减弱或消失，可以概括为妖精的堕落。它们的光晕虽然黯然失色，但却走进了孩子们的世界。从另一个角度来反思，就像茫茫滩涂上一只正在蜕壳的螃蟹，妖精脱去的是神一般遥远的旧壳，而新换上的则是带着人性味的甲胄。所以安藤美纪夫对伊迪丝·内斯比特的尝试赞不绝口，他说："妖精的堕落不是儿童文学的堕落。与其说是妖精被插入了孩子的日常世界，还不如说，妖精开始大举进犯孩子的日常世界，是两个世界的相互扩张。"③

成人文学中的妖精，似乎退化得就更加惨不忍睹了。

加西亚·马尔克斯是拉美魔幻现实主义的重镇，长篇小说《百年孤独》更是震撼了欧美两大洲，曾引起"一场文学地震"。我感兴趣的是他在《百年孤独》出版的翌年之后发表的一个短篇《巨翅老人》——尽管它被《魔幻现实主义经典小说选》④等书列为魔幻现实主义的作品，但其细腻写实的风格与其他作品截然不同，更接近我所说的妖精故事。所以，虽然在上一章的尾声我曾有言在先：远离魔幻现实主义，这里我还是破一次戒，从妖精文学的角度来辨识一下《巨翅老人》。

这篇短篇中既没有出现荒诞不经的鬼魂，也没有任何神话的情节，只是极其写实而冷静，默不作声地描写了一个长翅膀的老头的经历：

> 大雨连续下了三天，贝拉约在院子里看到一个蠕动的老头。他嘴巴朝下伏卧在烂泥里，长着两张肮脏、已经脱掉一半羽毛的巨大的翅膀。她把他从烂泥里拖出来，同母鸡一起关进了铁丝笼子里。

俘获天使的消息不胫而走，短短的几个小时，贝拉约家就变成了一个喧嚣的地方了，游客排起了长队。巨翅老人忍气吞声，直到一个更具有刺激性的蜘蛛女的出现才使他解了围。贝拉约小小地发了一笔横财，盖起了一幢楼，但老人却在一个冬天里突然苍老，翅膀变得光秃秃的，人们以为他就快要死了。可十二月里的一天，老人却从一个被人遗忘的角落里飞上了天……

显然，这个巨翅老人比《五个孩子和一个怪物》里的沙妖更凄惨，不要说魔法了，连自己的生命都是朝不保夕，而且堕落到遭人戏弄、嘲讽咒骂的境地。然而正是这种堕落，才使我们感受到了一种文学的力量。

陈光孚在《魔幻现实主义》一书中论及加西亚·马尔克斯时，有这样一段话："'魔幻现实主义'的作家们虽然总是用讲故事的方法叙述情节的发展，从来都避免插入议论，但是他们并不是放弃在作品中表现自己的倾向性，他们的倾向性恰恰是通过怪诞的事物去无情鞭笞和讽喻不合理的现实。"⑤透过一个流落街头的妖精，作者为我们展示了一个闭塞贫瘠而又迷信的村落：人性在这里沦丧，利欲熏心。而妖精的绝望和无奈，更让人感受到了现代社会的窒息。

① 高杉一郎：《英美儿童文学》，日文版，中教出版1987年版。
② 安藤美纪夫：《世界儿童文学笔记 II——新世纪的幻想世界》，日文版，偕成社1976年版。
③ 猪熊叶子等：《英国儿童文学的作家们——幻想文学与现实主义》，日文版，研究社1977年版。
④ 柳鸣九主编：《魔幻现实主义经典小说选》，北岳文艺出版社1995年版。
⑤ 陈光孚：《魔幻现实主义》，花城出版社1986年版。

长不大的妖精

当铁皮鼓敲响的时候

妖精文学中还有另一类形象，即“长不大的妖精”。

它最早出自于英国戏剧家巴里的不朽名篇《彼得·潘》——它不再是一个堕落、魔力悉数尽丧的“半残废”，不再屈服残酷的外界现实而拱手投降。它声色俱厉地对咄咄逼人的成人社会说No，拒绝长大。这是一类敢于呐喊、敢于抗争而富有反叛精神的妖精新人类。

它不是天生的畸形侏儒或小矮人，而是自发地停止长大。

这源于一种悲愤，一种对污秽不堪的大人世界的憎恶或者说是罪恶感。它留恋童真，在对长大的希望像一个个肥皂泡似的破灭之后，便把满腔的积忧喷发出来——成长的发条断裂了，它永远地停滞在一个固定的躯壳里，尽管它的心会长大。这实际上更接近于一种惨不忍睹的“自戕”。

这就带来了一种悲剧的力量。

显然，它比堕落的妖精更具震撼力。出现在读者眼前的，不再是一个日薄西山的窝囊废了，而是一个刚直不阿的铮铮铁骨的妖精。如果说沙妖、巨翅老人表现的是一种被现实撞得头破血流之后的绝望，那么它所表现的则是一种觉醒了的叛逆。这是孩子们压抑了几个世代的愤懑：**我们受奴役的时代结束了**。也正是因为如此，《彼得·潘》一露面就赢得了一片喝彩声。是他们选择了《彼得·潘》。或许，这应了保罗·阿扎尔在《书籍·儿童·大人》一书第二章“面对大人，儿童捍卫自己”的一句话：“孩子们确信自己的力量而在不断地反抗。他们拒绝大人塞给他们的书，仅读那些自己喜爱的书，这是需要勇气的行为。是曾有过大人支配一切的时代，但这也是孩子们对大人的一次胜利……这些儿童文学作家的上帝会这样说，‘讲讲大人压迫孩子的时代怎么样，现在，孩子们压迫大人的时代

1913年版的《肯辛顿公园的彼得·潘》插图，Arthur Rackham/图

终于到来了。”①虽然《彼得·潘》里孩子们还没有真正地把大人当作奴隶，但至少是一次暴动。刘绪源的话也不无道理，他说:《彼得·潘》“公然以这种儿童的生活理想与成人的根深蒂固的生活理想相抗衡，发出了童年的顽强的呼唤。正是从这个意义上，我们将这部作品称为‘童年的独立宣言’”。②

伦敦一个门牌号是14的宅邸里，住着林达夫妇和他们的三个孩子：温迪、约翰以及迈克。然而，有一天这一切都被打破了，温迪他们随着一个叫彼得·潘的男孩飞出了窗口。

彼得·潘是一个拒绝长大的男孩，他憎恨大人甚至到了见到大人就龇牙咧嘴的地步。生后七天，就逃出了襁褓，与住在公园一隅的妖精为伍。他也曾回过家，可是从紧闭的窗户里看到妈妈怀里拥抱着一个熟睡的婴儿，那不是自己，他成了一个无家可归的少年。他树叶裹身，一口乳牙，每到夜幕降临就吹起口哨和一个叫丁卡·贝尔的美丽的小妖精四处飞翔。小妖精又嫉妒又爱恼火，但声音却像屋檐下吊着的风铃一样清脆好听，彼得说她是婴儿的第一声笑声的碎片变的。

人鱼的礁湖

他们一起飞向永无岛。

彼得说这个令他们魂牵梦绕的永无岛在一个“右手第二条路，一直往前走到天亮”的地方。在这座岛上他们与以彼得的宿敌胡克船长为首的海盗展开了搏斗，开始了真正的冒险……与这场厮杀平行展开的，是另外一条温情脉脉的线——彼得他们在树洞里搭出了一个家。温迪当妈妈，而彼得成了爸爸，于是故事里出现了这样温馨的场面：“妈妈，我太大了，不能睡摇篮了。”小弟弟迈克对姐姐说。可温迪放下针线，几乎是声

彼得·潘打开窗子，孩子们飞了进来

色俱厉地说道:“你是全家最小的一个，一只摇篮是全家最可爱最有家庭味儿的东西。”这时，上面响起了脚步声，温迪第一个站起来:“孩子们，我听见你们爸爸的脚步声了，他喜欢你们到门口去迎接他。”——是妖精丁卡·贝尔一手缔造了这个孩子们的梦中王国。而这个妩媚的小妖精，其实就是孩子们的梦的象征。

冒险固然动人心魄，而更令人感伤落泪而称奇、不落俗套的是它的结尾:

温迪重新回到了妈妈的怀抱，但彼得不肯回家，他被阻隔在窗外，他朝那种他永远也得不到的快乐投去轻蔑的一瞥，转身对妖精丁卡·贝尔说:“咱们可不要什么傻妈妈。”

然而，彼得还是每年都来看望温迪。后来温迪结婚了，男孩子们也全都长大，不再值得一提了。温迪生了一个叫简的女儿，她已经记不起小时曾飞翔过的事情了。一个漆黑的夜晚，彼得飞了回来，他不让温迪开灯——他还是一个满口乳牙的孩子，而温迪已是一个妇人了。他带走了简，温迪撑腮凝望着他们远走高飞的背影，伤心地叹了口气:“要是我能和你们一道飞翔就好了。”

简后来又生了一个女儿叫玛格丽特。

春天，彼得又会带她去永无岛……

巴里是要通过《彼得·潘》追回他早已逝去的童年。

除去妖精丁卡·贝尔，彼得·潘也是他儿时梦中的妖精吧——据说彼得·潘的原型是一个白颜色小鸟的故事，破窗而入，也是飞鸟传说的痕迹吧——也可以说，彼得·潘一半是人，一半是妖精，或者是人和妖精之间的一种存在。而正是因为这一特点，彼得·潘的时间次元与妖精又不尽相同，他年龄永远停留在生后一周这个时点上，但他同时却又是“相当相当老了”的一个老耄。

他是一个“关在外面的时间”的弃儿。他对成长的恐惧和对母爱的渴望交织在一起，一方面是逃避，一方面却又向往一个温暖的家庭。他曾“浪子回头”试图重返母亲的怀抱，可隔着铁格窗，母亲已经听不见他一遍一遍“妈妈、妈妈”的呼喊……一步之差，他就被永远地拒绝在日常的时间之外了。这扇铁窗，一生再也没有开启过。这是否象征着人类社会对一个叛逆儿的惩罚？彼得·潘拥有的是现实世界和妖精世界的双重时间。

而他的拒绝长大，是与俗不可耐的现实的一种对峙。巴里比他塑造的人物彼得·潘更清楚，彼得·潘走上的是一条没有退路的死途。所以，他就永远不能长大。对于妖精来说，成熟就意味着杀戮。彼得·潘就和温迪有这样一段对话："每一个男孩或是女孩身边，都跟着一个妖精。""真的吗？""只要有一个孩子嚷嚷我不相信妖精，什么地方就会有一个妖精躺倒死去。"而大人的世界，就是一个不再相信妖精的世界。这也从反面暗衬出大人世界的残酷无情。这也许就是巴里不希望彼得·潘长大的道理。

彼得·潘所流露出来的这种倾向，也是近代家庭危机的一种征兆。

日本的儿童问题专家本田和子在《作为虚构的儿童》一书中，阐述的见解十分独特而新颖，她把《彼得·潘》与家庭的解体联系到了一起。首先，她指出：彼得·潘是近代家庭神话的双面神。他是近代家庭意识的一种体现，其存在本身就是解体的预兆，他尝试逃脱，成为一个麻烦的叛徒。她接着又提出了这样一种观点，即从残缺不全的家庭的角度来看，《彼得·潘》是一个儿童失踪的故事。被束缚得喘不过气来的孩子渴望逃进一个异界，她把它称之为"被诱拐愿望"。某一天里，孩子突然从日常的世界中消失了，而帮助他们实现被诱拐愿望的恰恰就是彼得·潘本人，一个解体家庭的牺牲品。③

德国作家君特·格拉斯的长篇小说《铁皮鼓》里的奥斯卡，是继彼得·潘之后的又一个"长不大的妖精"的形象。

这是一部享有世界声誉的幻想文学的作品。

小说采用第一人称倒叙的形式。

许多年后，主人公奥斯卡躺在西德一所静谧的疗养院里追忆往事：

> 奥斯卡的外祖母是一位俊美姣俏的波兰姑娘，她救了一名逃犯并坠入情网，生下了奥斯卡的母亲阿格内丝。阿格内丝虽然嫁给了德国人马策拉特，但却剪不断与表兄布朗斯基的情缘。一次幽会不久，阿格内丝怀孕产出了奥斯卡。
>
> 这是一个魔鬼般的孩子，呱呱坠地时就已经具有了成人的智力。他断定不出谁是自己的生身之父，便把两个男人都看作假想父亲。三岁生日那一天，母亲送给他一只铁皮鼓。也就是在这时候，他窥见了成人世界太多的龌龊和狡诈，不愿长大加入那样一个望而生畏

的世界，毅然决然地“自我伤残”——故意从地窖狭窄的楼梯上滚了下去。这样他就终止了生长发育，成了一个不足一米高的侏儒。他发现，自己除去有敏锐的洞察力，还有一种特异功能，就是一旦长吼一声，成片成片的玻璃在一瞬间就会化为一堆碎片。

转眼到了纳粹时代。奥斯卡的母亲病故，而父亲则成了纳粹冲锋队员。奥斯卡这时已是十六岁了，但外表仍像一个三岁的孩童。他爱上了邻家一个叫玛丽亚的十七岁的女孩，并发生了性关系。父亲在这时却娶玛丽亚为妻，生下了一个叫库尔特的名义上是奥斯卡弟弟而实际上是他儿子的男孩。

纳粹像毒瘤一样地扩张，奥斯卡愤怒地敲响了他的铁皮鼓，但鼓声改变不了已经疯狂的一切。父亲被苏军击毙，在父亲下葬时他把铁皮鼓也一起扔进了墓穴。不料，库尔特的一块石头把他也给砸进了墓穴。奇迹又出现了，他开始长高，成了一个不堪入目的鸡胸驼背的怪人。战后他颠沛流离，终于彻底厌倦了现实，自己让人控告有杀人嫌疑，被送进一家医院监管起来。可谋杀案很快便真相大白了，三十岁生日过后不久他就将被无罪释放，然而他究竟想干什么呢？

一股无名的恐惧的阴影紧紧地尾随着他……

我们完全有理由把奥斯卡看成是一个不愿长大的妖精。虽然他不会飞翔，但他拥有种种魔力。然而，这是一个愤怒的形象。他不再是一个像彼得·潘那样的“永远的孩子”，不再逃亡异界，而是挣扎在扭曲的现实社会的底层，饱受凌辱，用他的铁皮鼓和嘶叫发出一声声微乎其微的呐喊，显然，奥斯卡比彼得·潘更具有现实意义了。

逃遁仅存在于幻想之中，在血流漂杵的现实面前是没有逃路的。《铁皮鼓》没有营造一个异时间的世界，它把奥斯卡这样一个妖精孤立无援地抛弃到现实当中，正是为了让他剥去现实的一层层假面。纳粹德国是一个畸形的年代，只有通过一个畸形的人才能透视它的腥风血雨。君特·格拉斯的这部力作，以强烈的批判现实精神，展现了一个错乱的世界，把纳粹法西斯的暴行刻画得入木三分，为我们一次又一次敲响了警钟。

同样是“长不大的妖精”这一主题，作为成人文学的《铁皮鼓》的艺术价值和震撼力远远超出了作为儿童文学的《彼得·潘》。

当然，《铁皮鼓》是一个例外，它是《彼得·潘》滑坠到悬崖峭壁边缘的一种异变。而在更多的幻想文学作品里面，那种萦绕着淡淡的伤感情调的《彼得·潘》式的母题，还是占了主流。确实，“长不大的妖精”成了第二次世界大战后人们最津津乐道的一个母题。它隐藏在许多作品之中，这是否也代表了人们一种晦黯的失望情绪呢？

这方面的代表作非《ET》莫属。

《ET》的中译本版本颇多，它又被译为《外星人》。它改编自名噪一时的同名电影，可以被看作是上世纪80年代美国版的《彼得·潘》：一个热爱地球、极其聪慧而又年迈孱弱的外星人陷入了美国官方的搜捕，在他痛苦、孤独的时候，十岁的小男孩依利奥找到了它……和《彼得·潘》一样，它的底蕴也是汩汩流淌着一层薄雾般的忧郁。我们看到，一个长不大的妖精——矮小、蜥蜴般怪诞的外星人又一次闯进了一个家庭，迷蒙中，让人想起破窗而入的彼得·潘。它形似侏儒，面对以追捕者为象征的成人社会只会瑟瑟发抖，然而，当它邂逅被冷酷的现实挤压得郁郁寡欢的依利奥时，一盏心灯却点亮了。万圣节那天，被装在自行车车兜里的外星人带着依利奥腾空而起，飞过银盘似的月亮，至少在一瞬间远离了大人的世界而逃向林莽——这让人情不自禁地想起了彼得·潘的永无岛。

我所说的长不大的妖精，其实也就是荣格所建构的儿童原型即“永远的孩子”。被称为“永远的孩子”的神话，隐匿在一个人的被称为孩子部分的人格中。它表现在幻想有一个永不中断的童年，而这又反映出对长大的拒绝和渴望时间中止的一种愿望。

《ET》引发了美国大众文化学者H.施库德的灵感，他在一部题名阴森恐怖的著作《体内之蛇》中，从理论上探讨了“永远的孩子”这个神话：象征权力、统治以及获得的“父”的世界使他们举足不前，对被吞噬、被扼杀的畏惧使他们逃之夭夭，以飞翔的幻想逃向“母”的怀抱。母是被爱所裹绕的地方，是自然，是成为莎士比亚戏剧中魔法森林的舞台的地方：绿的世界。“永远的孩子”的特征是，“孩子气”的特质（纯真、自发性、温柔、想象力旺盛），远比社会上作为成功的必要条件而获得评价的“成人”的属性（周到、决断力、实际性的思考方法、自制）更应得到重视。而充分体现了这一切的，就是《彼得·潘》。彼得·潘是一个贯穿“永远的孩子”原型的人物，他飞翔，是为了逃避世俗的桎梏，也是不愿长大成人的一种象征。“父”——这一黑暗的侧面（贪欲、强权、攻击性）是通过胡克船长来体现的。而他和妖精丁卡·贝尔则是一个没有长大的孩子才能进入的“绿的世界”，即“母”的使者。《ET》正是被《彼得·潘》中称之为“永远的孩子”的神话所支配，才取得了成功。④

① 保罗·阿扎尔：《书籍·儿童·大人》，日文版，纪伊国屋书店1988年版。
② 刘绪源：《儿童文学的三大母题》，少年儿童出版社1995年版。
③ 本田和子：《作为虚构的儿童》，日文版，新耀社1990年版。
④ H.施库德：《体内之蛇》，日文版，株式会社利普娄帕特1992年版。

最后的妖精一族

残冬的斜阳惨淡得像张巫婆的皱脸

我们正在接近妖精一族的末裔。愈走愈萧杀，残冬的斜阳惨淡得像张巫婆的皱脸，远处是黄昏中最后的一座村落了，满目的凋蔽颓败……妖精是辉煌不再，充满魔力和神奇的妖精一个接一个绝尘而去，留下的，只是一些没有任何魔力的妖精了——妖精在退化，被现代文明大潮冲击得丢盔卸甲。

星转斗移，50年代相继登场的几组妖精形象，就简直是与一百年前的妖精相差十万八千里了。

它们像鼹鼠一样避人耳目地潜伏在地下，苟且偷生，不要说魔法了，就连自己的性命也是朝不保夕。唯一还能够证实其身世的，仅剩下它们是小人这一项了。有人甚至酸溜溜地讥讽道：它们魔法、奇迹和超能力一无所有，恐怕只有存在的本身是一种不可思议吧。①

新一代的妖精——小人，就这样被推到了妖精文学的舞台前面。

而这末日妖精的出现。则是与整个时代的大背景息息相关的。愚昧无知的时代一去不复返了，自然不再是一个不可解的谜，于是妖精的魔力就遭到了怀疑。妖精是无可奈何花落去：被贬、衰退……这种妖精魔法的大面积滑坡，起源于上世纪初伊迪丝·内斯比特首创的“日常巫术”（everyday magic）式的幻想作品。《五个孩子和一个怪物》中的妖精，不就在现实世界显得力不从心吗？面对每况愈下的妖精一族，神宫辉夫在《儿童文学中的儿童像》一书中显得平静而从容不迫，他认为这是一种必然趋势：“产业革命和财富的倍增，生物进化论动摇了神学的宇宙观，这一切推动了追求现世幸福的倾向。妖精被认为是想象力的妄想，是不屑一顾、无力的东西。只有依赖人的力量才能改变世界、保障幸福。”②松田司郎又在《现代儿童文学的世界》一书中进一步补充了神宫辉夫的这一观点，他接着写道：“对于科学文明的这种光明的展望，带给儿童文学的，就是魔法的力量遭到削弱，魔法不过是满足孩子欲望的一种有趣的玩具的想法也就应时而生。”③

鼓槌擂响了一面羯鼓，小人闪亮登场了——

且慢，让我来看看是谁在敲响了这面继伊迪丝·内斯比特之后沉寂了许久

《借东西的小人》，Puffin Classics,2003

老房子的地板下，住着借东西的小人玛丽埃蒂一家。

他从床上站起来，真是又高又大，这回轮到玛丽埃蒂害怕了。

的大鼓，是一个名叫玛丽·诺顿的女人。在她出版《借东西的小人》这部以小人为主角的小说之前，还曾出版过《乘魔毯飞向南方的岛》《乘魔毯飞向逝去的国度》两部描写魔女的作品。不过，她笔下的妖精就更是叫人啼笑皆非了，伊迪丝·内斯比特的沙妖尽管魔力微不足道，但至少还能张口就来，而玛丽·诺顿的妖精简直就是丑态百出，不复习就无法施展法术。而她真正的问鼎之作，就是刚才提到的《借东西的小人》。这部被认为是战后英国儿童文学出发点的作品，使得她获得了卡内基奖。

《借东西的小人》是一部系列作品，一共有五部。第一部即《借东西的小人》问世于1952年，之后又相继有《借东西的小人在野外》《借东西的小人漂流记》《借东西的小人在高处》出版，最后一部《借东西的小人复仇记》在相隔了二十一年之后于1982年问世：

一座旧宅的客厅的一角，耸立着一架座钟。年久失修，底板上出现了一个洞穴。而没有人想到，它竟和一条蜿蜒几米长的隧道连在一起，一直通到厨房。

厨房的地板下面，悄悄地住着被称为“借用者”的拇指大小的三口之家。他们是波德和他的妻子，以及独生女儿玛丽埃蒂。这些寄人篱下的小人们，所有的东西都是趁人不备从人那儿“借来”的——比如，火炉是用一个榨苹果汁的废齿轮做的，黄铜漏斗支在上头当烟囱，把火柴杆铺在一层细细的石炭上当柴烧。再比如，挂在墙上的画像，是女王的邮票……

上面的老房子里只住着一个老妇人和厨子，他们一直没有发现小人的存在，他们和小人就这样井水不犯河水地平静地生活了许多年。

而有一天，这一切都被一个小男孩的出现给打乱了。是波德首先发现了他的到来。第二天，头一次与父亲一起去“借用”东西的玛丽埃蒂，就打破了借用者的规矩，和那个小男孩成了好朋友。他为小人搬来木偶的家具，玛丽埃蒂则为他讲述一个又一个故事……然而，这接踵而至的失窃，引起了厨子的警觉，这欢乐而温馨的日子再也没有了，小人一家逃进了危机四伏的茫茫原野。

诺顿为我们带来的小人，除掉小人本身之外是没有一滴妖精的血统了。如果不是矮小，他们几乎就是人类的一个缩影。因此，这是一类退化或是说进化的妖精，是正在接近人类的妖精。在《五个孩子和一个怪物》里，蜘蛛似的妖精尽管堕落，但还是来自另外一个时间次元的住人，而到了《借东西的小人》，这种边疆被彻底冲垮了，妖精的世界和我们的日常世界融合成了一个共同的次元。

就连小人的精神构造也与人类相差无几。玛丽埃蒂那种对自由的憧憬，对更加宽广世界的向往，完全是人而不是一个妖精，是一个人类的孩子的象征。诺顿为我们展示的是一个精致的模型，一个我们熟视无睹的自身的世界。

隐藏在地板下面的小人，虽然是虚构的妖精，然而一旦我们走进那个世界映入眼帘的，则是一个与现实世界万般无二的世界。完全可以这样说，诺顿所描绘的小人，是所有小人幻想文学中最接近人类的小人了。而作品中所表现的对现代社会的畏惧和对人的不信，更是发人深省。这部作品本身其实是一部受难剧，开篇诺顿就定下了一个基调：这些小人是因为一代代的恐怖而萎缩成为小人的。我们不禁要追问一句，小人们恐怖的到底是什么东西呢？

是人间社会让他们战栗而裹足不前。一个巨大的阴影一直罩在他们头顶，他们必须蹑手蹑脚地潜行，逃亡。为了追求和平，他们就只能踏上逃亡之路。表面上看，是妖精对人的一种不信赖，而骨子里透射出来的是人对人类文明的一种不信赖。这不能不说是一场悲剧——这场灾难的根源是，小人对现代文明的过分依求从而导致被现代文明所遗弃。作者是在暗示我们：丧失魔法的小人们在追求的是一种与人类一模一样的生活，而这恰恰正是痼疾所在，最终是毁灭。故事的结局是令人担忧的，小人一家走向完全陌生的原野，而孤狼出没的地平线的尽头，又有怎样的危险在等待着这最后的妖精一族哪！

咚咚咚，诺顿似乎是在为我们敲响警钟。

继诺顿之后，又有两部小人作品紧锣密鼓地登场了，它们是乾富子的《树荫下的小人们》和佐藤晓的《谁也不知道的小小国》。这两部作品均有中译本，内容为读者所熟悉。两部作品旋风般地在日本获得了极高声誉，然而有一个不能回避的事实：就是他们笔下的小人与诺顿如出一辙——魔法丧失殆尽，与人类有着千丝万缕的联系。至少，在小人的设定上他们原封不动地“剽窃”了诺顿的构思。但是在主题和思想深度上，他们则比小人的先驱者诺顿有过之而无不及。这恐怕是站在巨人肩膀上的缘故吧。

毫无疑问，在日本的幻想儿童文学史上，这两部作品是巍峨的丰碑。虽然在此之前曾有过昙花一现的“无国籍童话”，但倏忽之间就沉落在一片批判的浪潮声中了——它们是日本新幻想文学的出发点，也是陈腐的幻想故事的终点站。正是因为《树荫下的小人们》和《谁也不知道的小小国》的出现，幻想文学这面大旗才在日本真正被竖了起来。

《日本儿童文学概论》是这样评价《树荫下的小人们》的：“现代幻想文学的蒿矢之一，是一篇诞生于英国的小人和日本人一家交流的故事，而且日本风土孕育的人物也在妖精的世界里登场，有意使传统风土与欧洲文化去握手……”④与《借东西的小人》一样，乾富子在《树荫下的小人们》里也摒弃了双线结构，而是把幻想和现实合二为一为一个世界：小人巴伯一家被寄养在森山家里，后来战火摧毁了他们树荫下的家，小女孩百合拼死地保卫小人的生命……它与《借东西的小人》的差异表现在对主人公的设定上，前者的主人公是小人，而后者则是小女孩百合，小人不过是百合行为的一种象征而已，也就是人的内在价值的一种象征。如果说《借东西的小人》是小人们的受难剧的话，《树荫下的小人们》则是百合的受难剧。战争带来的是灭顶之灾，在这一严峻而积极的主题之下，乾富子把极限状况下的悲惨通过小人的命运逼真地表现出来。

在今天，乾富子这部获得安徒生儿童文学奖提名奖的作品，被人们谈得更多的是它对战争的反省，成了一部战争儿童文学的代表作。日本几乎所有的儿童文学史书中，无一遗漏了这一点。而在朱自强与人合著的《日本儿童文学面面观》中，《树荫下的小人们》也得到了这样的评价：“它以这种特殊形式的独具优势，在日本反思战争的儿童文学作品中，独树一帜，深刻地向小读者展示了他们未曾亲身经历的那场战争，曾经给人民生活带来过什么样的灾难，使他们深深懂得生命的美好与和平的珍贵，从而唤起他们对破坏和平、毁灭生命的罪恶战争的愤怒与仇恨。”⑤

《谁也不知道的小小国》，佐藤晓 著

佐藤晓的《谁也不知道的小小国》发表迄今，就更是被人从“控诉战争的罪行和渴望自由”的角度嚼烂了嘴皮。但这并不是它的真正内涵，西本鸡介在《儿童书的作家们——现代的儿童文学》中指出：“从这个故事中，有读出批判战争或是批判对自然的破坏的自由，然而，那并不是它的精髓所在。它的出色之处在于，写出了主人公精心培育童年时代的幻想，而最终成为小人伙伴的生存方式。”⑥

《谁也不知道的小小国》内文插图

他一如既往地继承了诺顿写实主义的衣钵，把一个妖精的世界刻画得没有点滴破绽。但不再是以小人的目光，而是从一个发现者——人的角度来对它加以描摹。这使得它多少跳出了《借东西的小人》的羁绊。作品中以“我”为主线，而小人的一条线则时断时续，犹如梦幻一般。

那时我还是一个小学三年级的学生。

那一年的暑假，镇上的孩子们当中，流行起用冬青树的树皮制作捕虫鸟的粘胶来了。为了寻找冬青树，我一个人朝镇外走去。镇外有一座山丘，爬上山顶，穿过一条幽暗的隧道似的通道，眼前就是另外一种风景了，不知什么缘故，这风的吹法都截然相反。

我发现了一座小山。

我用力拨开草丛，开始向小山上攀登。没爬多一会儿，我就突然来到了隐藏在这座小山上的一块奇特的三角形平地上。平地上有一眼清泉，还有两棵冬青树！

“这是我的山！”我立刻就叫了起来。

在那里，我遇到了西红柿奶奶，她告诉我，这山叫鬼门山，传说这山上住着一种叫小法师的小人，要是随便糟蹋鬼门山，就会遭受惩罚。我被小人的传说吸引了，我想如果这些小人还活着的话，就该还住在这座鬼门山上，说不定现在就藏在什么地方的草下面，看着我呢。就这样，这座鬼门山更加成了我珍贵的难以忘怀的地方。幸好，谁也没有发觉我知道这样一个地方。

那一年暑假快结束时，我在鬼门山上发现一个女孩儿坐在岩石上，像布娃娃一样一动也不动。那女孩子光着脚，她的一只鞋被水冲跑了，我替她追上鞋子的时候，发现小小的红运动鞋里有虫子似的东西在蠕动。但是，那不是虫子。我看见只有小指头那么点儿的两三个小人，冲着我挥着可爱的小手。

我惊得目瞪口呆，呆立着目送漂走的鞋子。

那是小矮人！

可当我抓起鞋子一看，里头却是空的。刚才看到的东西确实是人的模样。那肯定是小人。小人现在仍然活着。可是，会有这种事吗？小山上一共住了几个小矮人呢？我来过多少次鬼门山了，以前却从没有见到过。小人一定非常机敏。也许躲过我的眼睛本来就不算什么难事。我一接近鬼门山，放哨的小人就会通知大伙儿吧！我想，也许不久还会看见小人，所以只要有空儿，我就到鬼门山那儿去。可是，任我怎样费尽苦心，眼睛瞪得像铃铛，却再也没有看见过小人。

后来我们家搬家了，搬到离鬼门山很远的一个地方去上学了。

虽说我并没有完全忘记鬼门山的事，但随着时光的流逝，也就一点儿一点儿地不再那么留恋了。不久，我升进了中学。到了这时，我已经几乎想不起来鬼门山的事了。中学里的学习比小学要紧张得多，再加上新鲜事儿一个接着一个，已经顾不上鬼门山了。很长时间里，我没有去过鬼门山，日子就这样过去了。

我忘记了那些小人。

后来日本被卷进了战争的旋涡，战争越打越激烈，我父亲也出征打仗去了。在空袭开始的时候，他和船一起沉入了南方的海里。

当战争结束时，一个闷热的夏日，我站在被烧成废墟的城市里，就像浓云散尽了似的，小山突然浮现在我的脑海。让人怀恋的小山，从那以后，到底还是一次也没有去过的小山。它现在还和从前一样完好无缺吗？关于那座山，传说着有趣的故事吧。我突然想起了款冬的气味，让人怀恋的小山，我突然想起了让人怀恋的鬼门山。回去吧，我感到被挤在心灵角落里的记忆，发出声音在向外挣脱。

隔了二十年，在鬼门山上，我终于在一个有月光的夜晚又一次看到了小人。

就是被唤做“克洛勃克尔”的小人们。

……

作者循序渐进而又不动声色地把我们带进了一个小人的世界。这种转变，或许与他最初的创作追求不无关系。佐藤晓在他的理论著作《幻想文学的世界》中描写了他的这种心态：“当我心中的小小的魔物，转变成被唤作克洛勃克尔的小人的时候，是因为故事发生了质的变化，我以为对我自己来说这是很自然的一种发展。然而后来发现，这一变化对我是举足轻重的。它意味着不知不觉中，我已经离开了现实小说，而迈向了幻想文学的领域。”⑦这样，不带一点惊异，我们就滑进了妖精的世界之中。

所以有人说，《谁也不知道的小小国》的最大魅力是在于它编织了一个不是梦的梦。⑧

① 上野瞭：《现代儿童文学》，日文版，中央公论社1988年版。
② 神宫辉夫：《儿童文学中的儿童像》，日文版，NHK1974年版。
③ 松田司郎：《现代儿童文学的世界》，日文版，每日新闻社1981年版。
④ 日本儿童文学学会编：《日本儿童文学概论》，日文版，东京书籍1988年版。
⑤ 张锡昌、朱自强主编：《日本儿童文学面面观》，湖南少年儿童出版社1994年版。
⑥ 西本鸡介：《儿童书的作家们——现代的儿童文学》，日文版，东京书籍1988年版。
⑦ 佐藤晓：《幻想文学的世界》，日文版，讲谈社1988年版。
⑧ 西本鸡介 / 偕成社编辑部：《儿童文学的世界——作品介绍与入门讲座》，日文版，偕成社1992年版。

基因突变

不能沾水，不能光照，更不能半夜喂饵，如果破坏了这三条规矩……

在妖精一路萎靡不振走向衰退的同时，中途却窜出来了另外一支狰狞的血脉。这是妖精的一个变种。它们杀将出来，把世界搅得漆黑一片……但最后又总是殊途同归，一个个魑魅魍魉被一张大网尽收网中。

这是另一类妖精的形象。

它们形似恶魔，但实际上却是外强中干的小丑。我们没有忘记，妖精的一大秉性就是恶作剧——我们可以从消失了几个世纪的妖精身上追溯出它们的家谱，可以把它们看做是德沃夫（Dwarf）和科布林（Goblins）的混血儿。德沃夫是一种相貌奇丑、个子矮小的妖精，夜深人静的时候常会从钥匙孔里钻进屋去，干些恶作剧的勾当。概括地说起来，它们是一群住在地下、群居性的奇丑无比的妖精。而科布林则是一类残暴吓人的妖精，是具有敌意和恶意妖精的总称。形似侏儒，相貌可恶而怪异，常被人看成是一群有恃无恐的小恶魔。

它们被人从灵柩中掘了出来，一本正经地扮演起僵尸复活的角色。

严格地说起来，这一类妖精文学并没有什么现实意义，仅是一种娱乐性的大众文学而已。大众文学即俗称的通俗文学，是一种休闲——如果把话题稍稍扯开一点去的话，这类以娱乐为主要目的的消遣性作品，也并非一无是处。它情节生动，至少可以提高阅读能力。日本有人将儿童文学划分为两类，一类称之为文学或艺术的儿童文学，另一类称为大众儿童文学。不言而喻，后则是出于娱乐的目的而创作的。我的导师、儿童文学评论家根本正义教授就是娱乐读书的倡导者之一，他在《读书教育与儿童文学》一书中阐述了他的基本观点："说起来，前者是一种作为教养的读书，而后者是作为一种娱乐的读书。儿童与学生为何一定必须要阅读教养性的书籍？我想再一次强调的是，理解力和表现力是在娱乐性的读书中培养出来的。日常读书激发的想象力和幻想力的意义也引人深思。"①——再切入正题，这些起死回生的妖精伴随着一个个妙趣横生的故事扑面而来，叫人爱不释卷。

它们从另一个时间蹦出来，不过是增加点恐怖、增加点笑料，但能因而就把它们重新打入十八层地狱吗?

人们还是张开双臂拥抱了这些为非作歹的小妖精。

圣诞前夕，彼利从父亲手里接过来一个破旧不堪的小箱子。

打开一看，一个大眼睛的小妖精慢腾腾地爬了出来，彼利一把将它揽到了怀里。它叫酷毛尾，是父亲从一家神秘的商店里买来的。店主忧心忡忡地说：你必须保证不破坏三条规矩，才能卖给你，不然要闯下大祸的……三条莫名其妙的规矩是：不能沾水，不能光照，更不能在半夜12点以后喂饵。

可有一天，当彼利向好朋友炫耀妖精酷毛尾的时候，一滴水珠不小心溅到了它的背上。它发出一阵尖锐的嘶叫，把毛茸茸的身子缩得紧紧的。彼利惊愕地看到，像火山喷发一样，从它的脊背上一连射出了五个圆球。更加让人目瞪口呆的是，五个圆球竟变成了和酷毛尾一样的小妖精。哈哈，彼利发出了欢呼：原来妖精是这样繁殖的啊。而酷毛尾却痛苦地闭上了眼睛，它知道这是它邪恶的分身。

夜里。五个妖精饥肠辘辘地叫着，他不敢再违约了，可它们的叫声实在是凄惨。他睡眼惺松地瞥了一下电子钟：11:40。还好，还没有到12点。他从厨房找来一盘子残羹剩饭，结果被这群饿狼似的家伙一抢而光。彼利没有发觉，钟的电源插头已经被人拔掉了。

彼利上班去了，母亲听到楼上有一阵扑簌簌的声音，便蹑手蹑脚地摸了上去。定睛一看，险些一头栽下楼去——一个个墨绿色的虫茧似的东西布满了地毯。这下坏了，这些妖精正在进行可怕的变态，酷毛尾吓得逃进了地下室。怪物已经孵化了，简直就像一个个小魔鬼，龇牙咧嘴地把手中的盘子向她掷来。她抓住一个，手疾眼快地塞进微波炉，“轰隆”，怪物被炸成了一摊绿浆。等彼利赶回来时，剩下的怪物早已逃得不知去向了。

外面正下着大雪，在酷毛尾的指引下，彼得悄悄地摸到了一个游泳池的前面。他悚然站住了，他看到整个水面都在沸腾了，怪物在水中狂笑，而成千上万的圆球漂浮在波涛汹涌的水面上，把水都染绿了。

一座城市就要葬身在这些名叫酷林姆林的妖精的手中了……

这是一部根据同名电影改编的小说，书名叫《小魔怪》(Gremlins)。故事诙谐而又恐怖，自始至终贯穿着一种闹剧式的黑色幽默，它一波三折，叫人欲罢不能。这使我想起著有《洋葱头历险记》《假话国历险记》等作品的意大利作家姜尼·罗大里在他的随笔集《幻想文学的文法》中，曾为幻想文学的出发点做过这样的设定："如果……那样的话，该会怎样呢？"②《小魔怪》就正是沿袭着这一公式而发展情节的——如果三条约束被撕毁了，该出现一场怎样不可收拾的残局呢？它惊人的想象力给我们带来了一个痛快淋漓的故事。

尽管妖精在这里失却了往日的魅力，像一群没有生命力的线操纵的木偶，被幕后的超级娱乐大师彻底控制，但他们用妖精制造了娱乐。

这就足够了。

真正的妖精是永远地一去不复返了，然而我们不必悲哀。只要我们的想象力不枯竭不干涸，有一个月夜，当你从梦中醒来时就会看到一群飘飘欲飞的妖精在窗外徘徊……而那又正是一个樱花飞雪的季节。

妖精也可能会不请自来。

你打开壁橱的门时，黑暗中可能有一双绿森森的眼睛在凝望着你。它多半只是狡黠地隐蔽在鞋子里，可一旦它发怒，就会一跃而出，一个青面獠牙的妖精会把你吓得灵魂出窍。隔了一扇门，就是妖精出没的另一个世界。

所以，我从来不在夜里一个人打开壁橱的门。

尤其是月黑风高的夜晚。

---

① 根本正义：《读书教育与儿童文学》，日文版，双文社1990年版。
② 姜尼·罗大里：《幻想文学的文法》，日文版，筑摩书房1990年版。

4 Monster
怪物、幻兽及妖怪

怪物一走进幻想文学的门槛，首先带来的是一股毛骨悚然的恐惧。它如同挣脱了锁链的一头魔物，在黑暗中窥视着你。早期的幻想作品中，怪物就是意味着杀戮和骇异，它刺激读者的每一根神经，把人拖入一种懔懔不安之中。

怪物

它投下的巨大阴影几乎把我吞噬

当掀开这一章时，我听到了一阵混浊而老林咆哮似的喘气声：一头想象中的怪物从几个世纪以前的残垣颓壁中蹿了出来……狭路相逢，它咄咄逼人地扑腾着翼龙般的巨大翅膀呼啸而至，在我的头顶盘旋，它投下的阴影几乎把我吞噬。然而我没有战栗，相反，倒是一种难以遏制的惊喜鼓噪得我热血沸腾——我面对的是童年时代幻想的怪物啊，几十年后它依然是我想象中的那样硕大无朋。它愈飞愈低，通向废墟的羊肠小道在颤抖，而我却在狂呼：我终于和幻想中的怪物面对面地站到了一起！

怪物绝不仅仅是幻想中的产物，它偃卧在每一个人的心灵一隅，它是一种恐怖的集合。荒俣宏在《怪物之友——怪物博物馆》一书中，把怪物概括成为：恐怖视觉化的具体的形象。①怪物等于恐怖，恐怖恐怕是人类最原始的一种情绪了，婴儿惧怕黑暗，就是人类这种与生俱来的本能的一个最典型的例子了。一般说来，童年往往比成年更容易遭遇怪物。这是因为孩子更容易把恐怖这种抽象的情绪化解为一种形象的缘故吧？

怪物最早见诸神话之中。在作为人类童年遗迹的神话原型中，恐怖被形象地浓缩成一个又一个狰狞可怕的怪物。

格里芬，是希腊神话中一个鹰首狮身的怪物，宙斯守护北方黄金的猎犬。斯芬克斯，梯丰和厄客德娜所生的怪物，被描绘成一个长着女人的脸、狮身鸟翼的形象，嗜杀成性……美国神话学学者约瑟夫·坎贝尔在一篇题为《生物与神话：神话学导言》的论文中，这样写道："神话如梦如幻，而且像梦一样，它也是心灵的自发产物，它像梦一样也揭示了人的心理，从而揭示了人类的整个本质及其命运……"②神话不仅是对自然的一种解释，同时也是人的最深层创造潜力的一种表达。栩栩如生的怪物，正是作为创造性想象力外化的神话的产物。我们从神话所创造的怪物中，可以清晰地感受出人类早期与命运、自然抗争的悸动过程。

怪物是monster的译词，有关它的定义众说纷纭——譬如畸形的生物，拥有不自然的身体性质，凶猛残暴令人恐怖的超自然的怪兽——但归纳为一句话就是：来历不明的生物或物体，尤其是那些散逸着种种丑恶、不快和恐怖的存在的总称。

在今天，怪物多半被解释成为一类架空的生物，而在过去，怪物则是异变的畸形生物的代名词。怪物意味着异常。对于以秩序和齐一性为本质的自然界来说，怪物显然是一种离经叛道的反自然的存在。同时，怪物又暗示着一种异兆。怪物的出现，往往预示着不祥、危在旦夕。而实际上，作为怪物monster一词的语源的拉丁语monstrum本身就含有兆候和警告之意。所以，怪物是作为大祸临头的一种信号而存在着的。

西方有关怪物的记载始于古希腊、罗马时代，中世纪尤为盛行。大普林尼的《博物志》就是这方面的开先河之作，它描述了一支军队征战印度的途中所遭遇的种种怪物。3至4世纪，《中世纪动物寓意谭》在亚力山大风靡一时，它所叙述的独角兽和人鱼话题一直延续到14世纪马可·波罗的《马可·波罗游记》。进入15、16世纪之后，西欧陷入了宗教改革的混乱，人们于是便把目光转移到了预兆世界末日的畸形的诞生上来。C.Lycosthenes的《异兆及被确证的年代记》，就是一部探讨怪物诞生与异变关系的著作。然而，随着真正意义上的生物学的蓬勃兴起，出现了一批把怪物和畸形作为一种神秘的自然现象来研究的学者，比如著有《动物志》的K.Gesner、《关于怪物和畸形》的A.Parre和《自然的奇异》的G.Schott。在他们的著作中，大普林尼笔下的怪物是消失殆尽了，但带翅膀的怪兽、龙和人鱼还是作为实存的生物被遗留下来。架空的怪物真正从博物志中消除，则是18世纪后半叶的事情了。林内建立的分类体系中还残留着若干怪物，但在Buffon的《博物志》中已经如数把怪物从现实的生物分类中一笔勾销了。

我们再返回到开头的定义上——现在盘踞在我们四周的一只只虎视眈眈的怪物，尽管畸形生物的遗痕已所剩无几，但它们依然是一种恶的象征，是人类的不安和畏怖投影形成的一种象征。

只不过没人会相信怪物是地球上曾经一度存在过的生物了。

怪物，是幻想文学的一个重要的主题。J.L.斯坦梅治在《幻想文学》一书中就曾这样惊呼道："由于怪物的发现而使幻想达到了顶点。"③蛰伏在幻想文学深处的怪物，最集中地表现了幻想文学的打破秩序、带来恐怖惊悸的性格。

这个漆黑的夜晚，我们僵立在一幢弃屋的地下室的入口处，等待着怪物把我们一步一步地引入一个恐怖与原始的不安的内部世界。

我听到了牙齿的寒噤声。

①荒俣宏：《怪物之友——怪物博物馆》，日文版，集英社1994年版。
②约瑟夫·坎贝尔：《生物与神话：神话学导言》，载《神话与文学》一书，上海文艺出版社1995年版。
③J.L.斯坦梅治：《幻想文学》，日文版，白水社1993年版。

怪物经典

一种砭肤之寒传遍了我们的尾骨

怪物一走进幻想文学的门槛，首先带来的是一股毛骨悚然的恐惧。它如同挣脱了锁链的一头魔物，在黑暗中窥视着你。早期的幻想作品中，怪物就是意味着杀戮和骇异，它刺激读者的每一根神经，把人拖入一种懔懔不安之中。

长夜里，麇集的怪物开始蠢蠢欲动了。

我震悚地听到了门板的破碎声。

继近代幻想文学的鼻祖爱伦·坡之后，19世纪末至20世纪初，一直与幻想文学无缘的美国突然像划过一片流星雨似地涌现出了一个怪奇小说的作家群——他们步爱伦·坡后尘，在幻想与怪奇、疯狂与理性之间追求美的真髓，创造出一个从头至尾飘荡着宇宙恐怖的新神话大系。于是，门板被撞得四分五裂，一头头怪物如溃堤洪水般地向我们扑了过来。

纪田顺一郎在一篇题为《怪奇小说论序说》的评论中，把异军突起的怪奇小说与一般幻想小说加以区分，他强调怪奇小说是对“现实背后的另一个世界抱有一种猎奇的态度，为了获得固有的读者，更重视传达幻想与现实对立相克的技术”。①18世纪流行的博物学已经为世人所熟知，读者今非昔比，他们更愿意接受子虚乌有的怪物带来的恐怖而不是相信怪物的存在。这样，舞台就被推到了日常，怪物不再是出没在远古的泥淖中的一团影子了。读者摒弃了神的虚构，而转向人的非虚构，即由于自我的发现，他们渴望了解包围自己的世界。恐怖开始渗透到他们的身边，怪物步步紧逼……

这是一个孤立的作家群。他们与正统的幻想小说作家分道扬镳，独树一帜地给沉寂的幻想文学界吹来一阵寒气逼人的恐怖。H.P.洛夫克拉夫特就是其中的代表人物之一。在荒俣宏等人合著的《大众小说的世界——幻想怪奇·侦探·SF》一书中，H.P.洛夫克拉夫特被誉为“20世纪美国最杰出的怪奇小说作家”。②他生前怀才不遇，死后多年才获得至高无上的评价，一跃而成为现代怪奇小说的教祖。他继承了爱伦·坡的技法，同时又在作品中糅合进自太古以来人类所具有的最原始的恐怖，重新构筑了怪奇小说的框架，把一种异次元的感觉带进了作品。他曾这样为自己申辩道：“我写的所有小说，或许看上去毫无关联，然而实际上我是基于这样一种传说或者是神话而创作的，即这个世界曾经栖息过一个种族，他们施展黑魔术，遭驱逐而流离失所，但他们渴望要再一次夺回地球这块生息之地。”③他以一个庞大的作品群构建了一个被称之为“克苏鲁神话”（Cthulhu Mythos）的系列。而《塔尼基之怪》（又译《敦威治恐怖事件》），就堪称克苏鲁神话的经典之作。

故事的舞台是新英格兰岛一个叫塔尼基的荒凉村庄。

这是一个阴森可怖的村落。村外有一座峰巅耸立着无数根石柱的山岗，地底常常发出奇妙的轰鸣声，而村子里面则流传着许多荒诞不经的传说。

山脚下，住着一个被流言蜚语说成是黑魔术传人的风烛残年的老人和他的女儿。一天，这女儿生下一个名叫威鲁帕的私生子。叫人惊恐的是，这婴儿以惊人的速度发育生长，而且智力超群出众。但他却像山羊一样地遭狗憎恶。自从他呱呱坠地，老人就不断地一遍遍地莫名其妙地扩建房屋，引人猜疑。

更叫人惶惑不安的是，老人买的牛一头接一头不翼而飞。同时，一种怪声在村底流淌，村民们嗅到与山顶上一模一样的一股臭气。“有什么东西住在这里……”他们交头接耳地推测道。

老人似乎在向威鲁帕传授黑魔术，然而他不久就撒手人寰，紧接着他的女儿也命归西天。威鲁帕为了得到一部奇书《死灵之书》中的咒语，找到了一所大学里。但安特基博士却拒绝了他的请求，因为他发现这个年轻人一脸畏色。于是，威鲁帕决定铤而走险，趁一个月黑风高的夜晚去盗窃那部奇书，不曾想却被值班的狼狗撕成了碎块。闻讯赶来的安特基博士，在他散发着恶臭的尸骸下看到的是惨不忍睹的畸形的下半身……

在那之后，安特基博士成功地破译了威鲁帕的手记。他惊骇地掌握了一个可怕的事实：威鲁帕家潜伏着一头肉眼看不见的怪物，它在不断地膨胀！而且一旦它在仪式上喊出咒语，它的同类、那些太古的鬼魅们就会不期而至。博士决心与怪物决一死战，他解读了所有的咒语，并调配出一种能使怪物显形的药来。但这时怪物已经成长了，有两座楼高，它挣脱了束缚，扑向乱作一团的塔尼基村。

“……一个透明怪物……杀死了我的全……家……”一个村民要咽气前对着电话说道。

最后，博士追到了山冈上，他看到了显形的怪物——它像一堆紧紧缠绕在一起的绳子，全是眼睛，上面竖着一张巨大的人脸。博士勇敢地登上了一座古代的祭坛，大声地吟唱起书中的咒语来。只听到天地间一阵轰响，怪物发出凄惨的悲鸣倒地而死。事后村人告诉他，那个怪物是一个异次元生物的儿子，是威鲁帕的孪生兄弟。

这是一篇经典的怪物小说，在作者近乎冷血般的叙述中一种令人窒息的恐怖像一双魔手紧紧地扼住了我们的喉咙。你别无选择，只能一寸寸地滑入这片恐怖的泥沼。阴冷的雨雾，浸骨入髓般地把你带入一个异形的世界……这使我想起日本出版的一部《世界幻想作家事典》中对H.P.洛夫克拉夫特的赞誉，他被称之为“20世纪最后的恐怖小说家”。④这恐怕并非是溢美之词吧。作者的谋篇布局的老到固然叫人拍案叫绝，但更叫我们铭心镂骨的还是那个怪物的形象——这是一个邪恶、有点让人作呕的怪物，它是邪恶之神与人交媾的产物：上半身像人，下半身似邪神。而这就更让我们把恐怖与我们的自身联系起来。

小说中，博士在山巅上与怪物相峙的场面是最可怕的一幕。他看到的是一个半人半神的怪物，和他一样一瞬间一种砭肤之寒也传遍了我们的尾骨。怪物是恐怖的化身，而这种恐怖正是人类对未知的自身的畏惧。与其说我们看到的是一个怪物，不如说我们看到的是一个寄生在人类自身深处的另一个邪恶的自我。这才是怪物震悚的力量所在。

但H.P.洛夫克拉夫特所塑造的怪物，除了给我们带来恐怖的刺激之外，似乎并没有残留下多少引人思索的东西。他仅仅是醉心于一种恐怖氛围以及怪物外形的描摹，我们只是感到不寒而栗，只是为他的匠气而称道。但实际上，他距离恐怖的本质只差一步之遥了，他已经把怪物与人类自身的邪恶相提并论了，却又躲躲闪闪地止步不前，终因一层阴翳的阻隔而没有透视恐怖的本质，笔在他手中仅是一把雕刻刀而不是一把剖析灵魂的解剖刀，留下功亏一篑的缺憾。

《克苏鲁神话》中文版封面

正如批评家所批评的那样，H.P.洛夫克拉夫特“只是依赖一种对文明的厌恶和崩溃的感觉，借用早期科幻小说的技法，来专心描写所谓的宇宙感觉或者是宇宙的恐怖。这种毫无根基的幻想，最终只能陷入穷途末路的绝地，当他知道克苏鲁神话已被追随及模仿者拖进猎奇的泥潭时，便愤然折断了创作之笔”。⑤的确，H.P.洛夫克拉夫特似乎并没有意识到真正的恐怖不是来源于宇宙，而是源于我们自身。自封为“故事的守门人”的西班牙哲学家F.萨维特对恐怖有深刻的揭示，他认为威逼我们灵魂、使我们瑟瑟发抖的，正是徘徊在我们内部某一片黑暗里的怪物，只有在想象的次元上把它客体化、形象化，我们才能摆脱这种恐怖。⑥这种观点都包容在他那部题目为《故事作家的技法》的书中。

比H.P.洛夫克拉夫特更早的作家，还没能把恐怖抽象为一种具象的非人非兽的怪物，但他们却更直露地表达了恐怖的本质。他们干脆把怪物写成人，在他们看来，最邪恶的怪物是来自人类本身。这种观点显然是与把人视为恶魔分身的霍夫曼一脉相承的。

《弗兰肯斯坦》可谓是这类作品的一个范例。

英国北极探险队瓦尔东队长救起了一名已经濒临死亡的瑞士人，他叫弗兰肯斯坦。被捞起时，他已经奄奄一息了。

……他曾认为死人可以起死回生，于是动手把尸体拼凑起来，创造出了一个身长八英尺的巨人，并使它具备了智慧。不料这却是一个外貌十分可怕的怪物。怪物乘隙而逃，杀死了弗兰肯斯坦的弟弟威廉。噩耗传来，他匆匆赶到故乡，却在凶杀现场意外地发现了那个亲手制造的怪物。他意识到自己才是真正的杀人凶手而悲恸欲绝。

弗兰肯斯坦开始追踪怪物，想不到它却出现在他的面前。它叙述了自己的悲痛遭遇：它四处遭人拒绝，因此才燃起了仇恨人类的怒火。它请求主人为它制造一个妻子，作为保证不再杀人的条件。但弗兰肯斯坦担心怪物会繁殖，又终止了手中的实验。这一下激怒了这个怪物，盛怒之下，它杀死了弗兰肯斯坦的好友，又扼死了好友新婚之夜的新娘。弗兰肯斯坦决心把他的一生全部倾注在对怪物的复仇上，终于在北极的冰原上与怪物狭路相逢。不幸，却因冰裂而失足落水……

说完这些，弗兰肯斯坦就含恨而死。不久，瓦尔东队长发现那个怪物俯身在弗兰肯斯坦的遗体上，它说道："我现在已经完成了复仇，最后的牺牲就是毁灭我自己。"然后，它起身投进了冰河。

作者玛丽·雪莱是诗人雪莱的妻子，是一个深受显示欲和因习性之间矛盾所苦的女性。除了发表于1818年的《弗兰肯斯坦》，她还著有取材于意大利中世纪的《巴尔巴格——路卡的卡斯物尔王子的一生及其冒险》、以二十一世纪为舞台，描述人类灭亡的《最后的人》两大长篇小说。《弗兰肯斯坦》是英国产业革命大背景下的产物——我们暂且将它怪物主题的寓意搁置一边——它最具划时代意义的是，它史无前例地开拓出了"怪物创造"这一恐怖小说的新轴线，同时成为SF小说即科幻小说的先驱性作品。而这一人造人的主题，奠定了继往开来的SF小说的一个永恒、也是最普遍的主题。迄今，仿古效颦的玛丽·雪莱的后继者还是大有人在的。这一经典主题业已构成了SF小说的一道经久不衰的风景线，被视为现代作家想象力的一个回归点。

英国当代文学评论家B.W.奥尔丁斯在他那部被称之为"最初也是最出类拔萃的SF小说史"的《十亿年的飨宴——SF，其起源与历史》（又译《亿万年大狂欢：西方科幻小说史》）一书中，就是以玛丽·雪莱的《弗兰肯斯坦》作为源头，全面而系统地第一次展示了SF小说的全貌。他在第一章"种的起源——玛丽·雪莱"里，洋洋洒洒以近万字的篇幅追述了《弗兰肯斯坦》的诞生经过和它进步的主题。他不无激情地写道：就我个人而言，我认为《弗兰肯斯坦》的主题要比宇宙之旅更有现实感，也更引人入胜。为何这样说呢？因为人这样一个不可解的东西，扩展开去说就是生命之谜这样一个东西离开我们只有咫尺之遥……怪物消失在遥远的黑暗中，我们正在被亲手创造的恶魔所包围，我们无法逃匿。⑦

让我们结束游离，从SF小说的彼岸漂回到怪物的主题上来。

《弗兰肯斯坦》的灵感来自玛丽·雪莱的一段恶梦。在她未满月的头胎婴儿夭折的一个夜晚，她梦见婴儿起死回生了，尽管躯体冰凉，可把他抱到火炉边上竟然缓过气来。之后恐怖的梦魇不断，她又梦见一个个酷似人形的怪物蠕动着朝她爬来……这成为了一粒恐怖的种子埋在了她的心底。而怪物的根底，不正是漂浮着一片片恶梦般的恐怖吗？玛丽·雪莱所处的时代，是一个新旧社会交替、科学发现层出不穷的时代，这也在客观上为怪物的诞生提供了可能。

可以这样说，玛丽·雪莱在《弗兰肯斯坦》中所缔造的怪物是骇人听闻的。它的恐怖在于：鬼魅正是被扭曲了的人类本身。不能忽略的是，怪物是无遮无掩的恐怖，它的邪恶像阳光下的舞毒蛾一样一目了然。而往往被遗漏的恐怖恰恰是那些制造了怪物的人本身。弗兰肯斯坦不就是一个恐怖的牺牲品吗？《现代恐怖小说读本》有这样一段发人深省的诘问，我把它抄录如下："最让人望而生畏的怪物究竟是什么，恐怕是'被改造的人'吧？不论有否作为，无视人的尊严，通过科学手段改变其本质而诞生出来的'非人'，无疑是最可怕的。而无动于衷地制造了非人的人也同样令人战栗。"⑧

怪物尽管丧失了人性，但我们仍然把这个恶魔似的怪物看作是人的化身。所以，弗兰肯斯坦实际上是在同另一个自我在决一死战。而且，正是人类的这种创造力，又把社会拖进了毁灭的地狱——人类创造了怪物，而怪物的冷血和残虐，又把人类社会的秩序推向崩溃的边缘。这正是我们大惊失色的原因。弗兰肯斯坦是死了，但他留下了一个面目可憎的怪物。这个怪物没有名字，今天弗兰肯斯坦已成了怪物的一个代名词。

不能不说这是一种绝妙的嘲弄。

①纪田顺一郎：《怪奇小说论序说》，载《幻影城》一书1975年8月号，日文版，弦映社。
②荒俣宏等：《大众小说的世界——幻想怪奇·侦探·SF》，日文版，九艺出版1978年版。
③转引自《世界神秘文学·幻想文学总解说》，日文版，自由国民社1991年改订版。
④荒俣宏：《世界幻想作家事典》，日文版，国书刊行会1987年改订版。
⑤纪田顺一郎：《怪奇小说论序说》，载《幻影城》一书1975年8月号，日文版，弦映社。
⑥F.萨维特：《故事作家的技法》，日文版，美铃书房1992年版。
⑦B.W.奥尔丁斯：《十亿年的飨宴——SF，其起源与历史》，日文版，东京创元社1980年版。
⑧月刊奥帕斯编辑部：《现代恐怖小说读本》，日文版，创现社1990年版。

怪物小说的峰巅

“怪物”与“孩子”两大主题的总决算

我死死地攥住几乎要拔地而起的栅栏，狂飙正在远逝……这是我的视线停顿在《IT》(又译《它》)卷尾的最后一行字上时的感受。昏黄黯淡的光晕之外，早已被不知何时涌起的黑夜所吞噬了——一场浩劫真的过去了吗？我无法从恶梦中醒来。手心是一把冰凉的冷汗，除去战栗，我更多的是一种十几年未曾有过的激动：和主人公一样，我又一次看到了只有天真无邪的儿童才能窥见的怪物。

难以抑制的亢奋。

没有什么比得上它带给我的那种阅读的快感了。《IT》的日译本上下两册数千页，擎在手中远远超出两块砖头的重量。然而，我却欲罢不能，我跌进了鬼才斯蒂芬·金一手挖掘出来的那口陷阱之中……迷茫的地平尽头，拉成一道圆环的孩子们在宣誓：一旦怪物重现，将再一次与它决斗。而当二十七年以后，早已长大成人的孩子们又一次聚集在惨遭血洗的故乡时，怪物更加疯狂了……雾又重新锁起，他们的形象变得朦胧而模糊不清了，是我的泪水打湿了我的视线——他们的勇气和爱让我泪水涟涟。我不知道，是否还会有别的小说给我带来像《IT》一样的兴奋？

我不得不承认，我对斯蒂芬·金顶礼膜拜。

斯蒂芬·金是当代最伟大的恐怖幻想小说的王者，他的登场，在全世界范围内掀起了一场现代恐怖小说的风潮。他剜剔美国社会那病入膏肓的心脏，呼唤出一批又一批让人震悸的魔物，不知令多少人夜不能寐。《嘉莉》(1974)以青春期少女为题材，描绘了一个具有特异功能少女的残酷的复仇故事；《撒冷镇》(1975)把吸血鬼传说搬到了现代，数天之内，一个宁静的小镇四处是游荡的僵尸；《闪灵》(1977)则刻画了一幢幽灵旅馆如何吞噬一个管理员的灵魂，把他变成一个恶魔的过程；《宠物坟场》(1983)更是鬼气森森，一只小猫被埋到了印第安人的一块墓地里，翌日它竟起死回生。主人公的儿子惨遭车祸，痛不欲生的父亲想到了墓地……今天，斯蒂芬·金早已是名闻遐迩的世界级畅销书作家了。《恶梦的种子——斯蒂芬·金采访录》一书中引用了英国著名恐怖小说作家C.巴斯克这样一句话："一般美国家庭有两本书是必备的，一本是圣经，还有一本就是斯蒂芬·金的作品。"①

《IT》是斯蒂芬·金的呕心沥血之作，他花费了五年的时间才得以完成，初版就达到了86万部的惊人数字。

用他自己的一句话来概括："《IT》是处女作《嘉莉》发表以来的十二年间，不断叙述的两个主题——'怪物'和'孩子'的总决算。"这里，虽然我这本书的字数已被限定，然而我还是宁愿割舍其他的内容而要以数页的篇幅、尽可能详尽地来介绍这部集怪物之大成的长篇小说的梗概，以飨读者。

这无疑是20世纪最后一篇最精彩也是最荡气回肠的怪物故事了。

德里是一个邪魔的小镇。自从它三百年前创立以来，每隔二十七年，就会发生谜一样的事件。1741年三百多名居民一夜之间消失得无影无踪；1906年一家工厂的职工全员惨遭杀戮，八十八名孩子在爆炸中丧生；而最耸人听闻的是1930年，竟有一百七十个孩子下落不明。在惨遭不幸的孩子背后，总是出没着一个神秘的杂技团滑稽小丑模样的人物。

《IT》（上）日文版封面

《IT》（下）日文版封面

1957年的秋天，一个暴雨倾盆的日子，一个小男孩欢快地追逐着一艘纸叠的小船在雨水中奔跑。突然，小船掉进了路边的窨井里，他沮丧地正要离去，蓦地从下水道里传来了一声亲切的招呼……他被栖息在地下的怪物肢解得七零八碎。又一轮虐杀开始了！而勇敢地向谜团挑战的，是当时年仅十一岁的七个孩子。在地下密如蛛网般的下水道里，他们遭遇了一连串惨剧的元凶——怪物IT。

怪物被孩子们击溃了。然而这场恶梦并没有完结。

二十七年后即1984年的夏天，德里的一条运河里又漂浮起一具孩子的死尸，兽行重又袭来。第二年五月，七个孩子中唯一一个留在故乡、而今成为图书馆馆员的麦肯打出了六通长途电话：亚特兰大的会计师斯坦，旧金山的著名演员里奇，内布拉斯加的先锋派建筑家勃恩，纽约一家公司的老板艾第，芝加哥的服装设计师碧帕丽，以及住在英国的恐怖小说作家彼鲁。电话的内容是完全一样的：回到德里来吧，它又重现了。

六个人已经忘却的记忆又重新浮现在眼前。

1958年。七个孩子无一例外，是一群遭人白眼的弱者——弟弟惨遭毒手的彼鲁是一个结巴，酷爱读书的勃恩是一个肥胖儿，碧帕丽每天忍受父亲的虐待，艾第是一个离不开药罐的哮喘病患者，斯坦是一个犹太人，而里奇则整天喋喋不休。当地的不良少年集团的头目亨利把他们视为眼中钉，不断地寻衅闹事。迫不得已孩子们只好逃到河边一片被他们称之为“荒野”的洼地。

那一年的夏天，镇子里不断传来儿童失踪的噩耗，一时间人心惶惶。而就在这场风波中，一天彼鲁发现从弟弟的遗照上淌出了一股股鲜血。不止他一个人有这种恐怖的体验，六个孩子每个人都有一段叫人不寒而栗的体验：艾第在一幢荒芜的废墟里遭到一个腐烂的小丑的袭击；勃恩也曾在运河中碰到过这个小丑，它摇身一变成了一个木乃伊似的怪物，死追不放……凭着一种直感，彼鲁知道这个小丑就是杀死弟弟的凶手。彼鲁骑着自行车“银色号”，和里奇一起悄悄地潜入了那片废墟。他们刚一摸进阴暗的地下室，变成一头狼男模样的怪物就扑了上来，他们没来得及射出仇恨的子弹，就落荒而逃。

1985年。只有五个人返回了德里。

斯坦接到电话后，因极度的恐惧而自杀了。

这样，他们不得不在失去了一条臂膀的情形下与怪物展开决斗。而且，他们已届中年，少年时代的一颗纯真的心和想象力早已丧失殆尽，还能够击溃狰狞的怪物IT吗？麦肯告诉他们五个人：已经有九个孩子躺倒在血泊里了，怪物向他们发出了最后的挑战——凶杀现场出现了27年前惨死魔爪的彼鲁弟弟的相片，以及“回来吧”几个血迹斑斑的大字。他们战栗了，怪物IT的诡计是让他们七个人步入人生最辉煌的巅峰，然后再向他们复仇！

为了让27年前的记忆彻底苏醒，他们决定分头进镇搜索。勃恩去图书馆，艾第去打棒球的空地，碧帕丽去过去住过的旧房子，而里奇则把市政厅当作了目标……怪物IT分头袭击了他们，并发出了“不滚出镇子、只有死路一条”的警告。唯有彼鲁是一个例外，他好像被什么东西诱导着，从一间小屋中找到了过去那辆最心爱的自行车“银色号”。

同一时刻，27前被逮捕的不良少年亨利从关押的疯人院里逃走，怪物要借他那双肮脏之手去杀死它的对手。而与此同时，因吵架分手的碧帕丽的丈夫汤姆、忧心忡忡的彼鲁的妻子也分别向德里赶来。

麦肯是27年前最后一个加入到彼鲁他们一伙中的黑人少年。一次他冲破了亨利的围追堵截，逃到了彼鲁的身后。于是，两派少年展开了一场壮观的石头战。尽管被砸得头破血流，彼鲁他们还是打败了气势汹汹的亨利一伙。麦肯从六个孩子的嘴里，得知了小镇上一起又一起惨案的罪魁祸首是怪物IT。他也曾多次目击过小丑模样的怪物，在铁工场遗址还遭到来历不明的巨大怪鸟的攻击。一星期后，他拿来了父亲收藏的有关德里小镇的旧照相簿。在一张张延续到19世纪的发黄的照片中，他们看到了那个小丑。倏地，相片中的小丑一蹿而起，冲着他们吼道：试试吧，我要把你们一个不剩尽数杀光——

他们完全暴露在怪物IT的监视之下。

数天之后，决意与怪物背水一战的七个人，毅然决然地钻进了那幢意味着死亡和邪恶的废墟。他们用银弹击退了怪物，他们发现，所有的秘密都隐蔽在下水道里……

1985年。他们结束了各自的搜索，重新集合到麦肯的图书馆里。血从27年前他们发誓的手上淌出来，六个人拉成了一个坚实的圆环，像被雷电击中了似的，一瞬间那一天的记忆全都恢复了。危机正在逼近，他们决定撤出旅馆。可他们刚刚离开图书馆，在怪物IT的指引下，趁着月黑风高的掩护亨利摸进去把麦肯刺成了重伤。之后，他又潜入旅馆蹑手蹑脚地向艾第伸出了黑手，不料肉搏中反被刺死。生死攸关的最后时刻到来了，彼鲁他们朝怪物IT的老巢冲去。

27年前的那一天，亨利把匕首刺进了自己父亲的心窝，然后叫来另外两名恶少，杀气腾腾地向荒野扑去。他们要把彼鲁他们一个个剁成肉酱！彼鲁他们在野兽般的亨利背后，感觉到了怪物IT的一双喷吐着杀气的眼睛。彼鲁他们荒不择路地逃进了下水道，但已是无路可逃了。就在这时，他们听到身后迷宫一样漆黑的下水道里传来了亨利的悲鸣，他的两个同伙被怪物给撕裂了，只有亨利一人死里脱生。怪物幻化成各种魔物向他们扑来，但他们手拉手，终于以一种纯真的信念粉碎了怪物的阴谋。不久，他们爬到了一个废坑道的尽头，这里是一个空旷的空间。他们在墙壁的一角发现了一扇门：怪物IT的老巢！

1985年。下水道里，已经30岁出头，而且一个牺牲一个受伤只剩下五个人的彼鲁他们，沿着几乎与27年前同样的线路前行。途中，彼鲁竟然发现了妻子的东西，他想不到她也被卷入了这场灭顶之灾。紧接着，前方一丝昏暗中出现了弟弟的亡灵，但这时彼鲁那颗纯洁无瑕的童心已被夺回，恐怖的幻影破灭了。他们又一次摸到了怪物IT的老巢的面前。门还是过去那样。就在众人要破门而入的一刹那之间，已经彻底忘掉的27年前最后的恐怖又复活了。

……IT的原形是一头巨大的黑蜘蛛。彼鲁迈出了勇敢的一步，他迎着黑蜘蛛站了过去。他在与怪物IT进行一场精神上的对峙：他被抛进无边无涯的时间和空间，被它的死光所包裹。自诩为永恒存在的IT，却意外地没有经受得了彼鲁天真无邪的叫喊声，它遭到了致命的打击。皮开肉绽的IT一边惨叫着，一边开始逃往虚空的远方。灵魂重归躯壳的彼鲁，看到黑蜘蛛狼狈不堪地向黑暗中逃去。他们没有阻止它的逃窜。他们爬出迷宫，分手时拉成一个圆环起誓：一旦IT再次出现，就重新在这里集合。可在那之后关于这场恶梦的记忆却彻底丧失了。那一天，是1958年的8月10日……

为了复仇，IT足足等待了27年。当彼鲁又一次与它展开了一场惊心动魄的精神对峙时，里奇在怪物的巢穴里发现了被丝网紧缠的彼鲁的妻子，以及碧帕丽丈夫的尸体。IT欲把彼鲁拖进虚空中的死亡之光，但它是徒劳的，这次死而复生的不止是彼鲁一个人，还有里奇和艾弟。这使得IT惊慌失措。

《IT》中文繁体版封面

与此同时，地上是大雨滂沱，伴随而来的是地裂、运河泛滥以及此起彼伏的大爆炸，德里正在走向毁灭。

彼鲁和里奇的灵魂重新回到了肉体里，但艾第却被咬断了手腕而一命呜呼。大黑蜘蛛又像以前一样开始向黑暗中退却。但这次它是注定要覆灭了。碧帕丽救起彼鲁的妻子，而彼鲁和里奇、勃恩他们则在大黑蜘蛛的屁股后面紧追不舍。他们跳到了它的身上，终于把它打翻在地，怪物IT的心脏停止了跳动。他们爬出地面，而这时，小镇已毁于狂风之中。

1985年5月31日，德里和怪物IT一起被消灭了。

七个昔日的伙伴仅剩下了五个，他们围拢在麦肯的病床前头，这时关于与怪物决斗的记忆又开始淡薄了。他们握手告别，只有彼鲁没有离开德里，他要等待妻子的康复。一天，彼鲁骑着银色号载着妻子与风共舞时，妻子一声悲鸣苏醒过来。很久以后，彼鲁做了一个孩提时代的梦。虽然那梦并没有唤起他遥远的记忆，但他却同时感受到了童年与成年的魅力。他在被窝里辗转，他开始构思一个故事。②

这部气魄浩大的大长篇，以1958年和1985年两条平行交插的主线，构成了两个时代的激动人心的故事。更多的评论者认为，《IT》不仅是怪物小说的登峰造极之作，也是斯蒂芬·金的一部自传性作品。书中的主人公彼鲁与作者同岁，而且也是一个恐怖小说作家，这显然不是一种偶然的巧合。这部长篇，几乎耗尽了斯蒂芬·金毕生的心血。

正如他一如既往的作品中所贯穿的主题一样，批判现实仍是一把犀利的梭标。他没有停留在肤浅的恐怖描写上，一味追求血腥的感官刺激，他愤世嫉俗，他是在剜除一个个现代文明所带来的畸形的毒瘤。美国社会的种种弊端被他浓缩成一头怪物，它就潜伏在你的身边，叫你觉醒。他把所有的怪物，诸如僵尸、狼男、怪鸟以及巨大的黑蜘蛛……倾囊而尽全部投射到了IT身上。而丑陋无比的IT又是象征着什么呢？显然是一种末日情绪。我们能不从IT身上读到一种对社会的绝望和怨恨吗？连绵不断的战争、经济萧条以及街头的杀戮，使人人自危，它像一道阴影使人压抑得喘不过气来，它不就像是一头张开血盆大口的怪物吗？

斯蒂芬·金是留恋50年代的。他有着一个温情的童年情结，不止是《IT》，他的相当多的一部分作品都是以50年代为背景而展开的。对他而言，成长是一种罪恶，而童年才是一种无垢。但《IT》似乎冲破了这一桎梏，它打破了陈腐的“孩子对大人”这种一贯的构图，以一种全新的视点，让面向大人而成长中的“孩子”和欲重新确认孩子时代的“大人”这些角色同时置身于生死的旋涡之中。而最终，在小说螺旋似的叙述的最高潮，大人与孩子融为了一体。这恐怕是斯蒂芬·金所孜孜不倦地追求的一种理想吧。

《IT》从另一个角度折射了人的悲哀。如果切一个横切面，我们可以看出这是一个地上和地下的故事。地下是罪孽的渊薮，吃人的怪物……而地上的人却丝毫也不察觉。无疑斯蒂芬·金是在警告我们这些迟钝而早已麻痹的人们：警惕你们的脚下吧。

最让我感兴趣的是，《IT》中的怪物的最后形象竟是一头巨大的黑蜘蛛。这的确耐人寻味。蜘蛛这种飘浮在树枝上的节肢动物，靠一张丝网就能编织出一个诱人魂魄的迷宫，有人说它身上一到夜晚就会飘散出一种妖女的蛊惑。而当你中了它的圈套，它就会吸干你的血液。小说的结尾，彼鲁他们发现了黑蜘蛛的卵，这就使得这个故事变得意味深长了。日本幻想文学研究家高山宏在《它是周而复始——解读〈IT〉》的评论中抓住这个细节大做文章，他写道：“而且这个蜘蛛还是一个产卵的雌蜘蛛。在它迸发出‘永远的女性’的魅力时，彼鲁险些不能自拔。即使是击败了母亲而卵却依旧存在，这有点像《吸血鬼德库拉》。从而为整部作品画上了一个圆环……”③他说的这个圆环，显然是指的一种周而复始的循环。

天又暗了。

墙角垂下一根细丝，一头金色的狼蛛死死地盯住我。

我不知道它是不是IT的后裔。

①《恶梦的种子——斯蒂芬·金采访录》，日文版，株式会社理普兰特1993年版。

② 根据《IT》日译本缩写，文艺春秋社1991年版。

③ 高山宏：《它是周而复始——解读（IT）》，载《EUREKA》特集《斯蒂芬·金——恐怖小说的教祖》，日文版，青土社1990年第11期。

幻兽

它们在山脊背后窥视着我们

幻兽是怪物基因突变的一脉分支。

它们不再单纯是一种恐怖与邪恶的化身，这种想象中的生物被赋予了更多人性的魅力。它们走出恐怖的神话，像林莽中那些伸展开去的枝丫一样，把人的幻想延伸到一片前所未有的高度。艳阳高照，一团团萦回不散的噩梦消失了，一角兽、龙以及长生鸟在山脊背后窥视着我们。

与恶魔般的怪物不同，尽管幻兽也是想象中的产物，但它们多半是移花接木，而不是凭空杜撰出来的一个个凶悍的形象。

一大抹午后的阳光照亮了那片陡坡，它们登上了高坡。

就这样，我们和传说中的幻兽隔壑相望——它们活着，我甚至听到了它们血脉激昂的涌动声。它们身上绝少想象的斧凿之痕，完全不见怪物那些让人望而生畏的肢体，它们仅仅是一些我们熟悉的部分组成的生物，而不是子虚乌有的东西拼凑成的一个个大杂烩。它们那种完全有悖于生物学的组合，带来了剔除恐怖之外的种种惊愕。与希腊神话相反，幻兽不是像怪物一样起源于宇宙生成期的鸿蒙混沌之中，它们来自现实的剪裁。

山那边，一角兽在冲着我们发出嘶啸。这匹传说中的幻兽浑身雪白，头顶的一根利角直刺青天。远古信仰中，一角兽被尊崇为月亮的化身。它头似威武剽悍的雄鹿，身似马，尾巴近似野猪……一个时代它被人歌颂为高贵、智慧、纯洁以及和平的象征，而另一个时代它又被贬谪为狞恶、喧嚣和情欲的象征。一股股黄尘弥漫了整个山谷，是龙，一条巨大的龙腾空而起。在西方的神话传说中，它是蛇、鳄鱼以及蝙蝠的复合物，一双硕大无朋的翼翅使它所向披靡。它更是神圣的象征，呼风唤雨，在所有的幻兽传说中独占鳌头……

一切都化为永恒，风似乎凝滞了几个世纪，人就这样长久地与他们想象中的幻兽面面相觑。

这些诞生于神话传说、宗教和艺术中的幻兽们，一展绝对之美、恐怖之极，更是一个个世纪人类精神画卷的写照。幻兽绝不仅仅是人们想象之翼的拓展，至少在中世纪以前，它们甚至支配和左右了面对世界惘然不知所措的人们，构建了一种“生物神话”。今天，人们早已对它们不屑一顾了，然而它们却还活着，像影子一样紧紧地跟随在我们的身后。美国的刘易斯・托玛斯博士在他那部融入了一个生物学家对生命、人生、社会乃至宇宙的思考并获得美国国家图书奖的名著《细胞生命的礼赞——一个生物学观察者的手记》中，就注意到了幻兽的存在：“我们离开它们，日子可能就不好过。对于社会来说，它们也许跟神话本身一样重要。它们充满了象征。我们的集体无意识结构需要它们。如果列维・斯特劳斯的话对，那么，神话跟语言一样，是根据一种普遍的逻辑编造起来的。这种逻辑是人类的特征，就像筑巢是鸟的特征一样。关于这些动物的故事可能各不相同，但其深层结构无论何时何地总是一样的。它们像记忆印迹一样植根于我们的基因之中。在此意义上，动物神话是我们遗传的一部分。”①

《霍比特人》，Harper Collins.2008

《变成龙的青年》日文版封面

而实际上，正如刘易斯・托玛斯博士所说，这些人类幻想之翼的产物一天也没有抛下我们而远走高飞，在达尔文的生物进化论已成定论的今天更是如此。现代的作家们执着地在幻想文学中描述这些幻兽，大张其鼓地让它们走进“现在”这一大背景之中，与我们同呼吸共命运。

一角兽不再孤独地穿梭在远古的迷雾之中，而带翼的龙也不再口吐烈焰，守护在藏有珠宝的沼泽边上……总之，幻兽离我们不再遥远，它们可能就蛰伏在你的身边。在荒诞派小说的先驱卡夫卡的《变形记》中，小职员萨姆沙一觉醒来，发现自己变成了一只巨大的甲虫，棕色的肚子覆盖着弧形的硬片，无数条细腿无可奈何地挥动着……一个孤独的现代人，在冷酷无情的社会的压榨下，竟蜕化成了一头遭人唾弃的幻兽而郁郁死去。幻兽作为一种病态、消极和丑陋荒诞的审美对象，把现实扭曲打碎，演绎成一幕幕荒谬的悲剧。在卡夫卡的笔下，幻兽最后的一层古典意义的面纱被撕掉了，它们是一群控诉凄惨命运的小人物的形象，在现代社会最底层发出一声声细微的呻吟和反抗。幻兽不再是远古神话中降生的产物，它们就来自这个让人崩溃、让人窒息的现实世界。不堪重负的卡夫卡一直都在逃亡，他把皮囊扔给幻兽，而自己却孤身一人地逃向没有终结的心狱。幻兽是他绝望疯狂的一道心象，是冷漠、黑暗现实的牺牲品，等待它们的只有死亡。所以，池内纪在《话说幻兽》一书中称卡夫卡是“活在疯狂与文学之间的作家”②，一针见血地道出了卡夫卡的本质。

幻兽被卡夫卡从神话中强行拽进了残酷现实的断层，然而，他毕竟是一颗孤星，没人能超越他，再也没人能够像他那样在幻兽中写出人性的悲哀了。更多的幻想文学的作家，只是把幻兽当作一种神奇，使故事跌宕起伏。

J.R.R.托尔金的幻想作品中，就从来没有离开过幻兽，无论是风靡全球的《魔戒》还是早期的长篇《霍比特人》，叱咤风云的幻兽一直在书页背后虎视眈眈地怒视着我们。可以这样说，在托尔金以北欧神话“中间之国”为模型而构筑的“中土世界”中，如果缺少了幻兽，故事则如同一具横躺在沙漠中的尸骸而没有任何血肉之躯了！他的幻想作品是为了创造另一个世界，或者说是窥探另一个世界，而那个世界就必须要有幻兽。《霍比特人》是一种“成长”模式的故事：胆怯而追求安逸生活的彼尔博，在巫师的诱惑下，与十三个小矮人一起卷入了一场寻宝的冒险。而像一头大蝙蝠似的恶龙史茅革则是邪恶的象征，它喷出绿色和红色的火焰，企图把他们烧成灰烬，而最终它却被挫败了。故事进入尾声时，彼尔博已是一个勇敢的人了。

德国作家米切尔·恩德的世界级畅销书《永远讲不完的故事》里，小男孩巴斯蒂安的身边也出现了一条白龙，它帮助他一次次化险为夷。而特库森的《变成龙的青年》，则更是一部以龙为主角的荒诞之极的幻想作品。

> 失魂落魄的基姆是一个贫穷的青年，大学讲师的职位一次次落空，使他和女友安妮的婚事一拖再拖。一天，安妮突然失踪，他救人心切而误信了教授的谎言，意识竟飞进了中世纪的一条龙的躯体里，成了一条龙。而这时，安妮也被一条黑暗势力支配下的恶龙所掳，锁进一座不吉之塔。为了重返现代，基姆在光明与黑暗之间展开了一场厮杀……

余下来的篇幅中，让我们的视线来关注一下这一章中被冷淡搁弃了的儿童读者吧。

儿童才是真正的最热心的幻兽文学的读者。对于幻兽，他们有一种狂热的痴迷和挚爱。这是因为，幻兽对他们来说是一种抗争和自由的映现，是他们被压抑的灵魂的呐喊。他们在幻兽身上寄托更多的是一种释放，因此儿童文学中的幻兽的底蕴下面更多地流淌的是孩子不泯的天性：可爱而顽皮，藐视强大和霸权。

这方面，日本的新锐儿童文学评论家村濑学的见解颇有新意。他在一篇被收入《怪兽学入门》一书中的论文《儿童为何喜爱怪兽》③里，从心理学的箱庭疗法的角度也就是治疗的角度给予了全新的诠释。

他认为：在儿童的眼睛里，世界有“地上”及“地下”之分，他们对地上的自己有独特的感受。来自大人的近乎啰唆的教诲和威胁，使他们一刻也不敢偏离一个好孩子形象的轨道。而这种好孩子的形象，则是他们今后能否在地上存在的条件。在某一个时段，他们开始产生逆反心理，渴望潜入被称之为地下的世界。地下是一个无拘无束的世界，是一个可以任意变形的世界，在那里能够遭遇幻想中的幻兽。换言之，也就是说当孩子们遭到训斥或是谩骂而转身逃匿的时候，他们会寻找一块大人看不见的地方，变成幻兽钻入地下。同时，幻兽还是一种力量的象征，它拥有强大的攻击力和破坏力，儿童正是被它的这一力量而诱惑。在地上，儿童显然是一群任大人宰割和奴役的羔羊，因为地上是大人的一统天下。他们遁入地下，在地下搜寻他们的庇护神，而幻兽就责无旁贷地成了他们的坚强后盾。他们把自己变成幻兽，在他们看来无疑幻兽是力量的化身。幻兽一拳一脚就可以毁坏一个城市，孩子们为它鼓掌欢呼，是因为它破坏的是一个压得他们喘不过气来的地上。

他们需要这种痛快的发泄！显然，幻兽对于孩子们来说，在扮演着一个“作为治愈的形象”的角色——他们尝试变成幻兽，勇敢地迈出打破周遭环境的关键的一步。

1970年国际安徒生奖画家奖得主、美国的莫里斯·桑达克的作品《野兽国》，简直就是村濑学这一理论的图解。

这一作品自1963年问世以来，已经印刷了逾百万，在西方几乎是家喻户晓。

《野兽国》（Where the Wild Things Are），Harper Collins.2000

马克斯和野兽们闹腾起来了。

那天晚上，麦克斯穿上狼外套在家里撒野。妈妈叫他：“你这个野兽！”麦克斯却说：“我要吃了你！”妈妈不给他吃晚饭，让他去睡觉。

那天晚上，麦克斯的房间里长出一片树林，大海上漂来了一只“麦克斯”号小船。他扬帆起航，过了一夜又一天，过了好多个星期，过了几乎一整年，来到野兽出没的地方。当他来到野兽出没的地方，它们发出了可怕的吼声，露出可怕的牙齿，亮出可怕的眼睛，伸出可怕的爪子。“定！”他对它们施了魔法——盯着它们的黄眼珠一眨也不眨，它们好害怕，都叫他最野最野的野兽。它们请他做野兽之王。

“现在，”麦克斯大叫，“野兽闹腾开始了！”它们又是对着月亮吼叫，又是吊在树上，等闹够了，“停！”麦克斯不给它们吃晚饭，就让它们去睡觉。可是他这个野兽之王突然感到孤单，想待在有人最爱自己的地方。这时，从旷野四周远远地飘来好吃东西的香味，于是他决定不再当这个地方的国王。

可是野兽们哭喊着：“噢，请不要走——我们要吃了你——我们太爱你了！”麦克斯却说：“不！”野兽们发出可怕的吼声，露出可怕的牙齿，亮出可怕的眼睛，伸出可怕的爪子。但麦克斯还是上了他的小船，向它们挥手告别。

过了整整一年，过了好多个星期，过了一天，又回到他出发前的那个晚上，他发现房间里为他准备的晚饭还热着呢。

这部作品的魅力在于它的画面。麦克斯在想象中离家出走时，随着他的反抗情绪的高涨，画面逐渐扩大，当他和怪兽闹得天翻地覆、达到顶点时，已是整幅整幅的画面了，一种彻底的解放感占据了读者的整个身心。怪兽的造型更是奇怪得令人叫绝，一头头长着犄角，满头针一样的毛发，红鼻头，黄灿灿的眸子……一个彻头彻尾的、只有孩子们的心中才会存在的怪兽世界。我不得不惊叹作者的本领，竟把儿童那种渴望自由的心理传达得那样惟妙惟肖。

① 刘易斯·托玛斯：《细胞生命的礼赞——一个生物学观察者的手记》，湖南科学技术出版社1995年版。
② 池内纪：《话说幻兽》，日文版，讲谈社现代新书1994年版。
③ 村濑学：《儿童为何喜爱怪兽》，载《怪兽 学入门》，日文版，JICC出版局1992年版。

哥斯拉文化论

一个不朽的日本怪兽神话

一头虚构的怪兽，竟在日本社会独领风骚六十年。它长驱直入，横跨了将近半个多世纪，成为一代日本人回溯精神走向的参照。

哥斯拉是一头怪兽的名字，虽然它曾数度枯荣，但最终仍然是不屈不挠地活了下来。它在日本的声名远远超过了任何一位首相，经久不衰，以至关于它的研究书竟达数十种之多，成为一种文化现象的热点。我所孜孜以求的是，在哥斯拉这个庞大的怪兽身上，潜藏着什么样的日本人的深层心理呢？正像宗教学和民俗学试图从神话和民间传说背后找出一个民族的本质一样，我试图把握隐蔽在怪兽背后的一种东西。

哥斯拉的一个时代正在逝去。

小林丰昌在《哥斯拉的论理》一书中用飘荡着一种悲悯的语调写道：伴随着时间的远逝，的确有一种东西正在悄然失去。穿越这四十年历史的哥斯拉的存在，究竟是什么呢？在哥斯拉的遥远的风景中，还能看到什么呢？①

> 一场水下核实验，把一头在海底沉睡了二百万年的恐龙唤醒了。它变成了大户岛一代传说中的怪兽哥斯拉。身高五十米、体重二万吨的怪兽首先在大户岛登陆，接着朝东京挺进，冲破了警备队的高压电网、装甲部队的拦截，转眼间把一座城市变成了一片火海，让人想起东京大空袭时的惨状。古生物学者山根和一直紧追哥斯拉不放的海难救护员尾形等人一起，劝说科学家芹泽用一种破坏水中氧气的物质击溃哥斯拉。而这时，哥斯拉已经逃进了海里。芹泽担心自己的发明落入战争狂人的手中，但他目睹了焦炭般的东京之后，还是把怪兽葬身海底，自己也命断黄泉……山根预言说，第二头哥斯拉不久又会出现。

作家香山滋是怪兽哥斯拉的生身之父，根据他的原作改编的影片《哥斯拉》上映后取得了意想不到的成功，欲罢不能，1954年至今竟连拍了几十部，成为了一部超长寿的系列寓言。

哥斯拉的外貌恐怖狰狞，硕大无朋的躯体顶着蜥蜴一样的小脑袋，一嘴獠牙，浑身是粗糙的疙疙瘩瘩的墨绿色的皮肤。这样一个凄绝、让人不寒而栗的怪兽形象，为何能六十多年不倒而风靡市井呢？说穿了，一个是它的残酷，它充满了破坏性，带来一种文明毁于一旦的酣畅的愉悦；还有一个就是在它把一切都蹂躏成废墟之后，走向大海时那个孤独的背影，透露着一种不绝如缕的悲哀和苦寂。这是否符合了现代人的某种情绪呢？可以肯定地说，哥斯拉的意义完全超出了一个怪兽的概念。至少在20世纪90年代人们的眼中，它成了一个悲剧似的英雄。这似乎与它的祖型多少有些背道而驰。说到底，这样一个事实是不能够回避的，即《哥斯拉》一开始是作为反战作品而出现的。日本精神史学者赤坂宪雄指出：哥斯拉是可怕的核爆的幸存者的象征。或者说，是近未来可能爆发的核战争的可视化的象征。②但是我注意到了这样一种变化：**哥斯拉正在不断地变容——它变得日益强悍，也变得更加所向披靡了，几乎是战无不胜攻无不克**。我不由得在烈日下打了一个寒颤。

让我来对哥斯拉做一次回顾吧。

《哥斯拉——文明的破坏者还是异形的英雄》一书的作者在卷首语中说，现在已是讨论哥斯拉文化论的成熟期了。③哥斯拉是在日本战败后的第九年登台亮相的。它之所以一出场就迎得了一片喝彩声，是因为它吻合了当时的时代背景。50年代中期，日本虽然从一片残垣断壁的焦土中爬了起来，但战争带来的恐怖的阴影依然笼罩在人们的心头。惨败的悸痛还没有治愈，尽管有美国这顶核保护伞，但对核战的恐惧并没有减弱，而哥斯拉就正是这种恐怖的一道投影。同时，美国的强权政策也使得一种反美的情绪四下弥漫，人们在心底里呼唤着一种更强悍的力量，这也为哥斯拉的诞生埋下了种子。哥斯拉带来的是一种飓风般的震撼，也带来了一种毁灭。站在惨不忍睹的灰烬面前，人们只剩下了一缕缕绝望。但也正是这种绝望又复苏了希望的萌芽。正如小林丰昌在《哥斯拉的论理》中所阐述的那样：“伊索寓言以来，或者是从遥远的古希腊神话以前开始，动物的登场是最最基本的一种寓意的表现形式。哥斯拉是一种寓意，它带来的是一种绝望。但从这种绝望的寓意中隐约可见的是‘绝望是希望的表现’这样一个事实。绝望表现得愈完整，‘希望’的光明就连再微细的罅缝也能射进去。”④哥斯拉唤醒了人们对经济复苏的更大的热情。

在哥斯拉的魔爪和火焰面前，人只有仓皇逃窜，显得是那样的软弱和无力。它破坏一切，只有其他的怪兽才能够阻止它的行动。毫无疑问，破坏是哥斯拉的最大的魅力所在了。J.L.斯坦梅治在《幻想文学》中分析幻想文学的性格时，坦率地承认破坏是故事展开的一种行为，在“幻想”中占有举足轻重的位置。⑤这是人类一种潜在的欲望，岛田欲已把这种倾向归结为一种“世界没落愿望”，他在一篇题为《日本人为何仅凭自力打不倒哥斯拉》的论文中，称道：人们的心灵深处潜伏着一种世界没落愿望，企盼身边的世界在一瞬间崩塌下来。⑥

① 小林丰昌：《哥斯拉的论理》，日文版，中经出版1992年版。
② 赤坂宪雄：《哥斯拉为何不践踏皇居》，载《怪兽学入门》，日文版，JJCC出版局1992年版。
③《哥斯拉——文明的破坏者还是异形的英雄》，日文版，读卖新闻社1992年版。
④ 小林丰昌：《哥斯拉的论理》，日文版，中经出版1992年版。
⑤ J.L.斯坦梅治：《幻想文学》，日文版，白水社1993年版。
⑥ 岛田欲已：《日本人为何仅凭自力打不倒哥斯拉》，载《怪兽学入门》，日文版，JICC出版局1992年版。

妖怪

我攥住一根白骨般风化的枯树，喘息着……

一股刺鼻的野兽的腥气正在远逝……我站在山坳的风口，大汗淋漓地攥住一根白骨般风化的枯树，喘息着……死里逃生……终于逃出了怪物与幻兽的魔爪。然而，我突然又一个痉挛，四合而来的暮色中，有什么东西却又在悄悄地逼近，这种慑人心魄的恐怖犹如一道道箭镞，把我钉死在树脊上。

我动弹不得。

是妖怪。

它们瞪着一双双黄褐色的眼球，扼住了我的喉咙。

与怪物和幻兽不同，它们仅仅是活在人们的想象里。虽然怪物后来被人随心所欲地描绘成一个个青面獠牙的魔物，但它毕竟是有形的实体。传说中的幻兽就更没有破戒。至少在人类文明朦胧的早期，人们相信怪物和幻兽是一种畸形或来历不明的生物的存在。而从一开始，妖怪就被人们想象成为像灵魂一样的东西。

所谓妖怪的概念，日本的博物学者荒俣宏曾有过独到而精辟的定义，他在《世界大百科事典》一书的“妖怪”一项中这样写道：广义上来说，妖怪是一种肉眼看不见的自然力和灵力的视觉化形象。而狭义上它则是指让人感到恐怖的危险、不寒而栗的魔物。①这段文字后来收入了他的怪物学论集《怪物之友——怪物博物馆》一书中。妖怪首先是作为古人信仰对象的自然力的一种怪诞的拟人化，比如潜伏在深山老林里的妖婆，轻轻一挥手杖，水面立刻就会冰封三尺。另外，妖怪多半以动物的形态出现，如马幻化的妖怪经常会引诱旅人陷入泥沼，雷雨交加的夜晚会有狼群飞过天空。而当人变成妖怪时，突遭厄运的异常死则成为一个前提，而且他往往获得了一种超常的能力。

人们常常把幽灵与妖怪混为一谈。20世纪90年代初日本的畅销书彩色版《妖怪画谈》②中，幽灵就作为妖怪的一员堂而皇之地占据了一席之地。

而这常常是人们争论的焦点之一。

日本民俗学的奠基人柳田国男，在他的那部试图从妖怪生成的角度论述日本人的人生观及宗教信仰的《妖怪谈义》中就罗列了妖怪与幽灵的区别。他特别强调：一般来说妖怪出没的场所是固定的，如果想要躲避，你就必然绕开这个场所。而幽灵则不同，因为它是怨恨的化身，是从对面朝你扑来的，一旦被它盯上你就是逃到天涯海角它也会死追不放。妖怪出现并不选择对手，幽灵的对手则是限定的。通俗地说，妖怪重地盘而幽灵重人。此外，妖怪与幽灵出没的时间带上也有明显的差异。妖怪最活跃的时间是黄昏和黎明，幽灵的兴奋点是深更半夜。③近世国文学专家諏访春雄又进一步补充了柳田国男的学说，他在《日本的幽灵》一书中把妖怪与幽灵的区别浓缩为三点：即幽灵以人的形状出现、居住在埋葬死者的他界、产生祖灵信仰。但妖怪往往不是以人的形状而是以人以外的形式出现，属于异界，是自然神的产物。④

而妖怪的诞生，更是一个众说纷纭的话题。柳田国男把妖怪说成是神的沦落，这引发了一场旷日持久的辩论。这首先遭到了以文化人类学的方法研究鬼、妖怪等文化的“黑暗”领域而著称的小松和彦的挑战，他反唇相讥道：如果说妖怪是神的一种沦落的话，那么从一开始就是神存在而妖怪从未存在过了吗？他在《魔与妖怪》中这样质问柳田国男的神→妖怪的一元变化论。⑤他的主要根据是，在《古事记》《日本书记》等古文献中除了对神有描述外，均有对带来种种灾害的存在的描写，即魔的存在，它是与后世的妖怪一样的一种超自然的存在。而这样，它们与一直庇护人类的神不是并存在同一个天空下了吗？

争论归争论，柳田国男的看法还是相当根深蒂固的。更多的人还是接受这样一种观点，即妖怪是一种神灵的存在。

不言而喻，畏惧妖怪的民俗，起源于人类对于灵魂及不可解的自然威力的朴素的恐怖之心和虔诚的信仰之心。而这种民俗，伴随着近代产业社会的形成正在消失殆尽：人们不再在自然面前畏首畏尾，自然成了贪婪索取的一种资源……但妖怪并没有退出自己的舞台。历史人类学教授宫田登就有着一双敏锐的眼睛，他在《妖怪的民俗学——日本的看不见的空间》一书中，紧盯急速都市化的日本社会锲而不舍，从种种怪异现象和变化的民俗入手，寻找到一个个妖怪赖以生存的黑暗的空间。他真情地写道：我们这个世界与另一个世界是相错相交的，位于境界的空间，是一个必定被想象成妖怪变化出没的地方。能够找到这个空间的人，任何一个时代都会残留存在下来。他们加上不可思议的民间传说的累积，使我们在城镇以及都市区也能发现不可思议的空间，民俗学的采集不必再局限于僻远的渔村山乡了。⑥继他之后，又有荒俣宏的《日本妖怪巡礼团》一书面世，把目光盯住了妖怪可能出没的每一条大街小巷。

人们之所以对妖怪表现出强烈的关注，恐怕是源于一种最原始也是最基本的恐惧之心。人们把这种恐惧之心视觉化，于是妖怪就成了偃卧在未知与既知之间的境界线上的一种存在。

这的确是一种让人胆颤心悸的存在。

看不见的妖怪才是最可怕的妖怪。

① 转引自荒俣宏:《怪物之友——怪物博物馆》，日文版，集英社1994年版。
② 水木繁:《妖怪画谈》，日文版，岩波书店1992年版。
③ 柳田国男:《妖怪谈义》，载《定本柳田国男集》第四卷，日文版，筑摩书房1963年版。
④ 诹访春雄:《日本的幽灵》，日文版，岩波书店1988年版。
⑤ 小松和彦:《魔与妖怪》，载《日本民俗文化大系》第三卷，日文版，小学馆1982年版。
⑥ 宫田登:《妖怪的民俗学——日本的看不见的空间》，日文版，岩波书店1990年版。

摘下假面具的妖怪

你好，酒糟鼻子的红鼻头妖怪

妖怪作为一种文学中的形象，主要是出现在儿童文学中。不过，它们的命运发生了戏剧性的逆转——这些出没在日落黄昏的精灵，被一张网子罩住，悉数装进了作家的魔瓶。而当魔瓶再一次被打开时，夺路而出的妖怪们望着自己的影子，羞愧得几乎要惊叫起来：它们脱胎换骨，不再恐怖吓人了！

妖怪们颓唐地坐在儿童文学的门槛上，无地自容地叹息着。

除去变幻莫测的外形上还依稀残留一点祖辈的痕迹之外，它们已经是血脉丧尽，在那个小小的魔瓶中被麻醉、被彻底地整了容。尽管它们依然会躲在暗处张牙舞爪地吓唬人，但没有人会四下惊散，孩子们只是觉得这些妖怪有趣可爱。渡边惠的《哭鼻子妖怪》是一部屡次重版的低幼儿童文学作品，她塑造的一个妖怪形象，简直就是这种变貌的图解。

> 焦油妖怪是一个浑身漆黑的小妖怪，它胆子极小，还没把人吓倒自己倒吓得魂飞魄散。伙伴们总是欺侮它，嘲讽它是哭鼻子大王。但它却又一次次地用自己的行动证明了自己的存在……

日本儿童文学评论家野上晓，把这种令人啼笑皆非的蜕变称之为“妖怪的宠物化”，他在《日本儿童文学》杂志上以《禁止妖怪宠物化》为题撰文，痛心疾首地写道：不能再容忍妖怪宠物化泛滥下去了。可爱虽然是这个温情时代的产物，但它与妖怪的可怖、狂暴以及丑陋的天性相去甚远，不能刺激想象力。让妖怪那让人毛骨悚然的本色再一次复现吧，重新唤回诞生于祖先想象力之上的超自然存在所拥有的价值吧。20世纪末的黄昏，正是妖怪们最频繁出没的时刻了。①

尽管人们表现出困窘与无奈，但现在流行的就是这种可爱妖怪。

对此，著有系列荒诞作品《我是国王》的作家寺村辉夫倒显得从容不迫，他在评论这一现象时平静地说道：孩子们能够手不释卷地一口气把妖怪童话读完，是因为故事不可怕，压倒多数的是“可爱妖怪”。或许妖怪已成了他们心目中最喜爱的偶像了吧。②寺村辉夫对此表示赞同，恐怕是他并没有把妖怪看成是一种妖怪的缘故。在他的作品中，妖怪其实仅是一具徒有其表的稻草人，一种符号而已。这种符号完全等同于被夸张变形了的一个孩子的形象。这更便于他对日常生活中无法发生的荒诞事件的描写，造成一种可笑和游戏的感觉，其目的则是寻求精神的放逐即自由和解放。

野上晓的过激发言确实难以让人苟同。至少我觉得，妖怪的这种蜕化是一股锐不可阻的时代潮流。可以说是它的一种退化，但也可以说成是一种进化。在如今全球经济急剧腾飞的进程中，森林被伐，古老的村落不断地消逝……黑暗正遭到疯狂的吞噬——妖怪正在一点点地失去最后的伊甸园。而妖怪为了顽强地活下去，就必须改变生存环境，这也就是它们大举进犯儿童文学的原因。于是，它们撕毁了骇人的假面，变得稚拙而憨态可掬，演绎出一幕幕闹不完的笑话……连它们的外形的曲线也变得柔和起来。芬兰女作家、国际安徒生奖作家奖得主托芙·扬松，可以说是最早觉察到妖怪这种蜕变迹象的人了。在一个阒无人烟的深谷里，她发现了一个隐居的妖怪部落。它们原本是凶猛无比的巨人，现在却变成了一个性情温顺而又酷爱和平的种族，这些矮小的精灵叫“姆咪”。她画它们，凝练的线条把一个个妖怪勾勒得呼之欲出；她还先后出版了以姆咪为系列的十一部作品。扬松的作品中的妖怪已经完全摒弃了恐怖，它们正在和平演变。发表于1948年的《魔法师的帽子》，就为我们凸现了一个类似妖精世界的那样一个温馨的妖怪世界。

姆咪，托芙·扬松/图

一个春天的早晨，冬眠醒来的姆咪捡到了一项高帽子。它把帽子当纸篓，想不到蛋壳扔到里头却变得像羊毛一样，膨胀成了五朵彩云。姆咪妈妈无意中扔进去一团植物标本，帽子里居然爬出一根根青藤，把房子渐渐地变成一片森林……

《魔法师的帽子》中文版封面

阴森可怖的妖怪一去而不复返了。许多人都注意到了扬松的成功：不是她文学上的造诣，而是她笔下的一系列与众不同的妖怪形象。这使得后人趋之若鹜，一个个温文尔雅的妖怪新造型迅速走红。他们比扬松走得更远了，扬松笔下的姆咪还固守自然，多少还渗透出妖怪的那种不绝如缕的沉郁和不安，正如批评家索尼娅·哈盖曼所指出的那样“背后仍隐藏着类似安徒生那种哀怨而柔淡的讽喻”。③但后继者们则急转直下，毫无顾虑地写出了一个又一个欢乐的妖怪。

我们来选择一个更加典型的例子。

德国作家J.C.昆特的《红鼻头的妖怪》，没有一丝一毫恐怖的氛围，相反妖怪的出场反而更增添了极其浓烈的喜剧色彩。

> 一对调皮捣蛋的兄妹，在古堡的地下室里发现了一个洗衣机大小的纸箱子，上面贴着封条：内装妖怪！注意轻抬轻放！这是外祖父送给他俩的礼物。两人哆哆嗦嗦地刺了一个小洞，往里瞧去。突然，电灯熄灭了，纸箱子的裂口处迸射出一道耀眼的红光，一个没手又没脚的红鼻头妖怪慢悠悠地钻了出来。

然而出人意料的是，这个妖怪一出场就显得愁肠百结，一是因为孩子们一点也不害怕它，二是因为自己那个奇丑无比的红鼻头。它实际上是一个倍遭白眼的妖怪，二十五年前的一个夜晚，因为嘴馋钻进了一个酒鬼的白兰地酒瓶，不想却被插上瓶塞扔到了地下室，一呆就是二十五年。它逃出来时不仅变成了一个红彤彤的酒糟鼻子，而且被妖怪们痛斥为一族的耻辱。我们注意到，红鼻头妖怪竟是作为一种礼品而出场的，可谓昔日的辉煌早已不再！以后的故事，则有一大半是围绕着治疗妖怪的红鼻头而展开的。在现代的妖怪故事中，这种本末倒置的倾向更加明显了：不是人怕妖怪，而是妖怪怕人。

儿童读者热烈地欢迎了红鼻头妖怪的诞生。

角野荣子、松谷美代子的两个妖怪系列中的主角，就是与红鼻头妖怪一样的愉快的妖怪。它们除了能够飞翔、隐身以及从钥匙孔里自由地进进出出以外，妖怪的特征消失得一干二净。它们展开故事，使孩子们从日常生活里解放出来，在自由奔放的想象空间游戏。相比之下，角野荣子笔下的妖怪则更为深刻一些，它们多是一个孤寂的形象，寓意着一种家庭的丧失。而正是这样一种说不尽理还乱的愁绪，给作品蒙上了一层让人回味的东西。西田良子在一篇题为《“有趣”之分析——角野荣子〈小妖怪系列〉》的文章中借题发挥道：“当今，

‘家庭’以及‘家族’的状况正在发生天翻地覆的变化，舍弃迄今为止的旧家族观而以一种全新的意识，来描写‘家庭’以及‘家族’，是今后儿童文学最重要的课题吧。”④

妖怪尽管在儿童文学中轰轰烈烈地红火了一阵，但成人文学却一直把它排斥在大门之外。

然而，20世纪80年代末，却有一部温情脉脉的妖怪作品不知打动了多少日本人的心。这部名为《龙猫》的作品，最开始是以动画长片的形式问世的，出自导演宫崎骏之手，它甚至带来了万人空巷的轰动。它似一首清新淡雅的小诗，以怀旧的笔触，娓娓动听地叙述了一段正在远逝的故事，不知有多少成年人为它动容而泪水沾衣。

这是一个催人泪下的温情故事。

这是50年代的一段往事。

一辆三轮车穿过丘陵，载着一对小姐妹来到了她们的新家。这里是僻静的乡村，爸爸说，这里距离妈妈休养的结核病院很近。

有人说，这是一幢妖怪出没的房子。她们俩在阁楼上与一大群惊慌失措的黑煤球似的怪物不期而遇，四岁的妹妹厉声叫道：妖怪！然而，真正碰到了妖怪，还是在一片神秘的老林里。妹妹从一个陡壁滚了下去，跌到一个正在酣睡的毛茸茸的大妖怪的胸脯上。它叫多多罗，有点像一头吹了气的猫头鹰，只是还拖了一条膨膨松松的大尾巴。

一个下雨的日子，姐姐背着昏睡的妹妹在车站接爸爸回家。伞一歪，发现胖乎乎的多多罗头顶着一片大叶子也在候车。呀，是多多罗，雨水顺着它的身上淌下来。她把多余的一把伞递给了多多罗，可那把伞对它这个庞然大物来说简直像一个攥在手心的小风车。“车来了。”妹妹不知什么时候醒了过来。远处有车灯，一头巨大的妖怪猫呼啸着跑了过来。是猫巴士，它载着多多罗消失在漆黑的雨雾中。

第二天，姐姐一出门，几乎撞到了一把雨伞上。是多多罗还回来的雨伞啊，一片树叶里还裹着一包作为谢礼的种子。她们把它种在了田里。这天晚上，在如水的月色中，她们看到有三只多多罗无声无息地从老林里飞了起来，是一家三口。那一晚，种子发芽了……

放暑假了，小姐妹俩去病院看了一趟妈妈。转眼就是秋天了，一天，邻家的小男孩在一条田间小路上拦住了小姐妹俩：你们家的电报！展开一看，上面写着：请速联络！落款是结核病院。姐姐顿时就哭出声来，“妈妈死了吗？”妹妹抱着一穗大苞米脸都白了。原来是妈妈的病情恶化，临时出院的许可被取消了。没人注意到，妹妹竟一个人离家出走了：“我要妈妈！”

人们找遍了所有的地方，也没有找到她。

无奈，心急如焚的姐姐只好跌跌撞撞地冲进了老林，她要多多罗载着她去搜寻心爱的小妹妹。多多罗被唤醒了，它带着姐姐飞上了蓝天，正是美丽的黄昏。可夕阳晃得它睁不开眼睛，它唤来了妖怪猫巴士。猫巴士蹿上了电线，跃过了一片又一片的田野，姐姐终于在一条小路上找到了筋疲力尽的小妹妹。猫巴士又把她们送到了病院，她们在二楼的窗户外面望着妈妈，激动得热泪盈眶……

第二天，妈妈看到搁在窗台上的那穗大苞米，会猜到是谁送的吗？

妖怪正在卷土重来。

尽管它们的地盘在一寸寸被征收，但它们还在负隅顽抗。

我们在一片片残存的黑暗中，仍然能够听到它们的喘息声。

---

① 野上晓：《禁止妖怪宠物化》，载《日本儿童文学》1991年8月号，日文版，文溪堂。

② 引自《哭鼻子妖怪》寺村辉夫的解说，日文版，理论社1988年第十七版。

③ 引自韦苇：《西方儿童文学史》，湖北少年儿童出版社1994年版。

④ 西田良子：《“有趣”之分析——角野荣子〈小妖怪系列〉》，载《日本儿童文学》1991年8月号，日文版，文溪堂。

Concept
Development
Fairy
Monster
Ghost
Vampire
Time
Magic & transformation
New Myth
Replication & Maze

5 Ghost 幽灵

幽灵的魅力来自死亡，它把依旧留在这个世界上的人们的哀思和追忆化在一具闪烁不定的躯壳里，摆脱了死亡，或怨或恋地尾随着你，它是一片唏嘘是一团剪不断理还乱的感情,是一种美丽的腐朽是一腔悲愤——它来自一个也终将是你归宿的地方，却不像黑蝴蝶那样飘忽在彼岸的坡脊上，而是深嵌在你的命运里。

叩开幽灵之门

我最怕走过那条爬满记忆毒蝎的小巷

如血残阳中，我最怕走过那条爬满记忆毒蝎的小巷……一个永不长大的矮小身影眄视着我。他就湮没在那一片若有若无的光线里，像粒蒺棘刮进我的眼角。只要我一走近，他就会手里攥着一把猩红的枫叶，惨白着脸，蹒跚地向我一步步地爬过来："是你们逼死了我！"八岁那年一个秋寒乍起的日子，我和一大群孩子追逐着天上飘卷的树叶，涌出胡同。不曾想斜刺里窜出一辆运钢管的大卡车……他冲在最前面，而我就跑在他的后面。几十年后，我又一次站到了已经被推成一堆瓦砾的旧址上，也是黄昏，我以为他再也不会出现了，然而我发现他仍然站在那里，只是比过去更加虚弱更加稀薄了，眼光里少了些微忧怨……

人们年复一年地与他擦肩而过，没有人能够看见他的存在。

只有我。

而我心里明镜似地知道这不是幻觉。我邂逅的是一个哀伤的幽灵，我发现自己脚踩两界——横跨在一条现实世界与非现实世界的罅缝上。这种疚愧多年的缱绻，像一团秋风中的长藤，缠住我，让我一次次地遭遇幽灵。

幽灵的魅力来自死亡，它把依旧留在这个世界上的人们的哀思和追忆化在一具闪烁不定的躯壳里，摆脱了死亡，或怨或恋地尾随着你，它是一片唏嘘是一团剪不断理还乱的感情是一种美丽的腐朽是一腔悲愤——它来自一个也终将是你归宿的地方，却不像黑蝴蝶那样飘忽在彼岸的坡脊上，而是深嵌在你的命运里。没有什么像幽灵那样执着那样不屈不挠了，你无法拒绝幽灵。既然生时留下了一段情或仇，死后又怎肯了断，人死了但灵魂不灭。死仅是一种尸骸的淤腐，然而一根长长的茧丝一般柔软轻盈的长线却还魂系两端，情牵阴阳两界。正是活着的人的这种感情，才从死的虚幻中唤回了幽灵——你不愿它死去。

幽灵是一种迷信吗？

至少我认为它不是一种蛊惑人心的存在。幽灵其实是一种凄绝情感的拼写，它用幻想的假定延续了一段又一段不了情。幽灵是人类思维的极致，我们不能设想一头非洲蜥蜴的大脑中会产生一种幽灵的形象。那么，为什么还要对它嗤之以鼻或围剿呢？盖棺定论是简单的，然而幽灵的存在终究是抹杀不了的，我们不是相信天使和恶魔的存在吗？——幽灵其实就是那样的一种存在。英国著名的作家和评论家C.威尔逊，继轰动世界的表达了新存在主义的长篇论著《局外人》发表之后，一直孜孜不倦地试图通过对思想、文学以及精神分析学的考证，寻找出人类存在的种种可能。他在1981年问世的被称为灵界探险的《超常现象》一书中，就坦率而毫不怀疑地承认幽灵也是人类生命的一种存在。他说：我们不仅仅是这颗星辰上的唯一的一种存在，我们一直被看不见的灵魂所包围。①

关于幽灵的起源以及它的审美价值和哲学意义，我在后面的一节会有专门的论述。这里我想先简明扼要地叙述一下幽灵的基本概念。

在西方，幽灵即Ghosts不是一个模棱两可的混浊的概念，它所指明确：在生者面前显灵的死者，一种来自另一个世界的访问者或超现实的幻影。Ghosts出自于德语的Geist，它的原意是万圣节前夕所举行的仪式中所招回的先祖之灵。

《幻想文学》一书的“母题”一章里，J.L.斯坦梅治把幽灵进一步分类，他归纳为亡灵（spectre）、死者的再访（revenant）、死者的影像（ombre）、幻影、没有实体的假象（simulacra）和死者未必有关系的幻象（apparition）。他认为幽灵可能是人，也可能是动物以及物体，但无论哪一种幽灵的存在，都会把所谓的灵力的确实性放在与具体的现实对称的位置上。J.L.斯坦梅治对它们只是一笔带过，没有多加解释，他显然是有点操之过急了，还应当腾出篇幅来对他所列举的种种幽灵进行一点补记。例如，与Ghosts相比，spectre似乎就是一种更恐怖也更魔鬼化的象征，一种趴卧在高山之巅的漆黑的怪物Brocken，就被称之为a spectre of Brocken。

幽灵与我们所说的“鬼”还是多少有些区别的。鬼的包容性极强，一切魑魅魍魉都在它的范畴之内——顺带说一句，日文中的鬼的概念则是一个面目全非的概念，它变得歧义而狭窄，仅是指一类头上生角的狰狞可怖、有点类似夜叉的怪物——而甲骨文上的鬼则是人魂及灵魂的形状。筱田耕一在《幻想世界的住人们》一书中指出了幽灵与鬼的这种差异：“中国的‘鬼’与日本的‘幽灵’的根本区别在于，原则上所有的人都能成为鬼（不老不死的神仙除外），而日本的幽灵则是那些依旧留恋现世的人才会变成的。”③

死者作为幽灵而在世上阴魂不散，多半是因为生前遗留下无边的悔恨，他们饮恨而亡，即便是死了也割不断那卿卿我我的情和爱，也要向仇人复仇，这是一类怨魂。还有一类则是死前杀戮成性而死后依旧不愿放下屠刀的恶灵，所谓的死不悔改之徒。作家张抗抗在评论我的第一部长篇幽灵小说《与幽灵擦肩而过》时，就曾指出："幽灵的善恶，在各自生前早已规定。只是幽灵在成为幽灵之后，依然有责任把善与恶的搏斗，用幽灵独有的方式继续下去。这样，就诞生了可爱的或是狰狞的幽灵，行善作恶，咎由自取。"④

幽灵们有着广阔的生存空间。这是因为它们是一种他界的存在而不是异界的住人。他界与异界是有着微妙歧义的两个定义，他界是指一个可望而不可即的遥远的世界，即死后的世界。而异界则似乎离我们更近，是一个妖怪出没的非日常空间。由于自然遭到了毁灭性的破坏，异界的疆界正在一片片地向后退去，曾是人类畏怖对象的妖怪没有逃脱衰退的厄运。而作为他界住人的幽灵，却没有溃散，人总有生老病死，他界尽管千里迢迢，但它却是一个与我们日常生活空间重叠的非日常空间，它们完好无损。这就是幽灵与正在被淡忘的妖怪不同、任何一个时代都不会褪色的道理。

它们是人类的幻想以及信仰的产物，反映的是一个个现世的时代。

自从我开始尝试幽灵小说的创作以来，一直有人不断地问我：世界上真的有幽灵的存在吗？我一直回避谈及幽灵的真实，我只能推诿。我想，幽灵不是一片三叶虫化石，不是一丛浅浅的曼陀罗，哪怕连一具有着实体的铮铮白骨都不是，它只是一道倏忽即逝的光和影。看得见它的人终将看见，看不见它的人一生也不会看见。所以面对这种提问，毋宁说我更愿这样回答：

我相信幽灵的存在。

我在试图叩响紧锁的他界的幽灵之门，而实际上，幽灵也常常会不请自来。比如，我在《与幽灵擦肩而过》的"后记"中就这样毛骨悚然地写道："写完这部幽灵的长篇小说之后，常有一些月黑风高的暗夜，我的门铃会遽然响起——而门外却空无一人。我在战栗中思忖：或许，在我开门的一瞬间，一个个徘徊在外的幽灵们已与我擦肩而过……"⑤

---

① C.威尔逊：《超常现象》，日文版，青土社1991年版。

② J.L.斯坦梅治：《幻想文学》，日文版，白水社1993年版。

③ 筱田耕一：《幻想世界的住人们》，日文版，新纪元社1989年版。

④ 张抗抗：《探访幽灵——读彭懿小说〈与幽灵擦肩而过〉》，载《新民晚报》1996年7月6日。

⑤ 引自彭懿《与幽灵擦肩而过》的"后记"，作家出版社1996年版。

幽灵美学

一片摇曳着蓝色水草的藻海

当裹缠在一圈光晕中的幽灵朝我们慢慢飘来时，一种惊栗的感觉会首先向你袭卷而来，这就是恐怖。它破窗而入，死人一样的脸上一双惨淡无光的眸子把你牢牢地钉死在墙壁上……连你周身的血液都会凝固。

幽灵为什么会令人毛骨悚然呢？

在魂飞魄散的一刹那，最先感觉到的是肌肤之下的一种深刻的不安。美国的现象地理学家易复团在他那部“在恐怖风景中追索人类存在根源”的著作《恐怖博物志》中，首先抓住的就是这种感觉：“在亡灵面前瑟瑟颤抖，是因为人对未知的东西、异常的东西所拥有的不安。”①不安是人类的最原始最基本的情绪，恐怖幻想小说大师H.P.洛夫克拉夫特在一篇随笔《存在于文学中的超自然的恐怖》中也把不安当作唤起恐怖的引信，我仿佛听到他的笔在不安地抖动，他写道：“对人类来说最古老也最强烈的感觉就是不安，而最古老也最强烈的不安，则是对未知的东西的不安。”②

死亡恰恰就是这样一种未知的领域。

它是一片摇曳着蓝色水草、弥漫着一层薄薄的死亡气息的藻海，活着你就永远也无法涉过。死后是怎样一个世界？这是一个自从人类有意识以来一直纠缠不休的哲学命题了。没有什么比不期而至的死亡更令人可怕了，而且你只能想象这种可怕。德国当代知名的神学家兼哲学家R.谢勒尔在《向死而生》一书的引言中，为我们描摹了一幅可怕的风景：“死亡的氛围是沉默的，是无言的期待；向一团黑暗沉陷，一切知觉统统化为乌有；我们完全脱离生命的束缚；完全丧失自我支配的能力，断绝了同他人的交往……”③

正因为死亡是一片不可解的鸿蒙混沌，人们就怀疑死并不是一个生命的终结，那只是一个喘息的驿站，摆脱了累赘的躯壳，一个灵魂就会超越死亡而获得一个永恒的生命，而当这个依恋红尘的灵魂向我们走来时就是幽灵。因为它飘逸着一种死亡的淤腐和霉烂，使你不安，使你有一缕望而生畏的恐怖。

于是幽灵的传说便应运而生。

弗洛伊德也曾插足于这种不安的研究。他在1916年发表的论文《论令人害怕的东西》中就步入美学领域，并试图通过心理学与美学的联姻，来找出使人害怕不安的真正原因。他在指出残余在我们自身的泛灵论，即相信世界上布满人类精灵的宇宙观是导致恐怖的因素之一后，又特别强调了对待死亡的态度也是使人害怕的原因。他这样写道："既然我们实际上仍同野蛮人一样来思考这一问题，在我们身上就必定还存在着原始社会对死亡的畏惧感。这种畏惧感现在仍旧十分强烈，而且总是一有机会便冒了出来，我们用不着为此感到吃惊。这种恐惧感很可能还包括着这一古老的信仰：死去的人成了生者的敌人，而且总想把生者带走，同他一道分享新生活。"④

而幽灵文学的美学价值和哲学意义又在何处呢？

首先，幽灵文学这种取材于超自然的小说唤起了我们的惊异感觉。我们急不可耐地渴望窥视死后的世界，而优秀的幽灵文学就为我们轻轻地拉开了窗帘，让我们从缝隙中偷偷地看到了彼岸的一个个幻影。故事中的幽灵是使我们相信来世的一种象征。也就是说，幽灵不单单是生命这一生物学现象，而是意味着人类生命的目的，是超越这个世界的命运的象征。即便只是在短暂的阅读时间里，相信幽灵的存在也就足够了，因为你看到了一线希望，同时更重要的是，不知不觉中它也为你插上了一对想象的双翼。

正因为惊异，在一种骚动激荡的不安中神经末梢就愈发活跃。所以，在某种特定的条件下恐怖也是一种愉悦和刺激。这一倾向，在孩子身上表现得尤其显著。比起成人读者，儿童往往更加青睐叫他们汗毛倒竖的幽灵文学。我不知应该如何解释这一现象，但我想至少我们都有过这样一种经验：孩提时代曾对那些荒诞不经的鬼故事如醉如痴。黑暗里，常常是几个人战战兢兢地蜷缩在一起，心脏几乎都停止了跳动……J.布里格斯在《夜的访客》一书中回溯了童年体验之后，不无同感地写道：恐怖使孩子们产生一定程度上的兴奋，他们喜爱诸如幽灵列车、恐怖漫画……而且这种倾向即便是长大成人也还会残留下来。⑤

对此，日本的精神心理学博士中村希明独辟蹊径从精神医学的角度入手，不落窠臼地提出了一整套让人震聋发聩的见解。他的专著《怪谈的科学——幽灵为何显形》⑥一问世，日本的三大报纸《读卖新闻》《朝日新闻》以及《每日新闻》就连篇累牍地加以报道，使它在出版当年的那个闷热无风而幽灵又趁隙蠢蠢欲动的夏天迅速走红。

他的结论是：人们之所以喜欢幽灵故事，是因为在无意识的底层沉睡着一种始于远古时代的人类的记忆痕迹，即所谓称之为逃走的恐怖原初体验。

这倒是与西方的某些心理学家的看法不谋而合。譬如，在《英美儿童文学（体裁主题分类）》一书中谷本诚刚所撰写的《幽灵故事》的章节中，他就引述了这样一类看法：从深层次的心理学的立场来说，孩子们心目中的幽灵，是模模糊糊地从心底浮起的一种无意识的世界再现。⑦但这是怎样的一种无意识呢？限于字数谷本诚刚没有多加解释。

中村希明认为，人之所以对幽灵故事表现出一种近似偏执的挚爱，是因为从恐怖中得到了一种强烈的快感。

在心理学上，这种恐怖的感觉被归之为情动——大概是因为这种感情总是伴随着强烈的行动吧。情动所导致的行动，称之为情动行动。恐怖逼近，第一个反应即是逃跑，情动反应是动物在生命遭到威胁时的一种紧急反应。几乎所有的幽灵故事和怪谈里，都有一个逃走的共同主题，显然这是人类共通的原初体验。而这种原初体验的无意识就正是一把解开人们热衷幽灵怪谈的钥匙。

是荣格率先把目光投射到了弗洛伊德所关注的个人无意识之上。他发现在个人无意识的底层，还存在着人类共通的普遍无意识。荣格普遍无意识学说的建立，第一次使神话学接近心理学变成了一种可能。神话被认为是人类原初体验的一种折光，是一个民族从史前时代开始的记忆痕迹的集积。比如，龙的神话就可以看作是人对蛇恐怖的一种记忆痕迹。恐怖成为了一种遗传因子，经历了数百万年之后不但没有消失反而更加鲜明了。它们代代相传，就形成了恐怖的原初体验。正是这种人类共通的恐怖原初体验，使得各民族的神话惊人地相似。这样说起来，我们之所以这样喜爱带来恐怖感觉的幽灵故事，是因为在心灵深处的普遍无意识层中横躺着一种人类恐怖原初体验的记忆痕迹。

至于孩子为何比大人更喜欢幽灵故事，中村希明认为，这是因为儿童的心理远比成人更接近猴子等动物的心理。而基于人类的行动是动物行为的一种还原这样的说法，儿童再现了人类进化早期的种种行为。猴子对危险会有一种本能的恐怖，儿童也是同样，而且他们将克服这种恐怖当作一种游戏和不自觉的成长训练。

---

① 易复团：《恐怖博物志》，日文版，工作舍1991年版。

② 转引自池内纪：《话说幻兽》，日文版，讲谈社1994年版。

③ 贝克勒等著：《向死而生》，生活·读书·新知三联书店1995年版。

④ 弗洛伊德：《论令人害怕的东西》，载《弗洛伊德论创造力与无意识》一书，中国展望出版社1986年版。

⑤ 转引自《英美儿童文学（体裁主题分类）》，日文版，中教出版1987年版。

⑥ 中村希明：《怪谈的科学——幽灵为何显形》，日文版，讲谈社1992年版。

⑦ 谷本诚刚《幽灵故事》，载《英美儿童文学（体裁主题分类）》，日文版，中教出版1987年版。

幽灵小说的兴与衰

独木舟上的人说：苇荡之后才是海

民间文学中的幽灵传说，是幽灵小说的雏型。

所以它的源头甚至可以一直追溯到原始社会或更早，由来已久。以《看得见风景的房间》《印度之行》等著作而蜚声文坛的英国小说家E.M.福斯特，在他那部兴味盎然的讲演稿《小说面面观》中就逆流而上追寻过小说的基本面——故事。而故事，则是小说的雏形之一的民间文学繁衍不息的内核。一幅史前的画面在他的笔下清晰起来，他写道："故事在远古时代就已经出现，可以追溯到新石器时代，以至旧石器时代。从当时尼安得塔尔人的头骨形状，便可以判断他已经听讲故事了。当时的听众是一群围着篝火在听得入神、连打呵欠的原始人。这些被大毛象或犀牛弄得精疲力竭的人，只有故事的悬宕才能使他们不致入睡。"①

而我们可以猜测道，原始人所叙述的故事又多半是使他们惶惶不可终日的未知的自然，比如死亡、雷电及洪水猛兽。其实至少有一个他们不断唠叨重复的主题我们是可以断定的，即鬼魅，因为我们可以从神话及我们的普遍无意识中找到它那尚未腐烂的尸骸。

虽然E.M.福斯特把它美其名曰为故事，但这种对自然及生与死的畏惧充其量只能称之为咒术的一种变体。那是"一个曾经相信山河森林遍布精灵，曾经相信能和动物交感、互相变身，自然和超自然、生和死浑然一体的咒术的世界"。私市保彦在《幻想物语的文法》中肯定地说。但就是这种咒术的世界也很快就看到了自己的末日。用他的话来说就是："又渐渐地被丢弃到了一个文化的死角。那个咒术的世界被尘封在一种称之为传承的口头讲述中了。不久，口头讲述以民间传说的形式固定下来……而当它几乎被都市化和产业革命的大潮淹没的时候，被紧锁在口头讲述中的那个魔术的空间，已经在文艺复兴时期到18世纪之间作为一种读物再生了，成为文化里的一条激荡澎湃的支流。"②

如果说E.M.福斯特为我们找到了源头，那么私市保彦则顺流而下把独木舟摇到了入海口——我们已经嗅到了幽灵小说那扑面而来的悸动。

坐上东摇西歪的独木舟，我们才发现，距离真正的大海还遥远，还必须绕过一片又一片的芦苇荡。

哥特小说是幽灵小说的前身。

哥特小说又被称之为黑色小说，这是因为它总是漂泊着一层浓重的阴郁和恐怖的色彩。它诞生于18世纪的欧洲，黎明期的哥特小说常以荒芜颓废的古堡作为小说的背景，鬼魂似的人物加上故事中层出不迭的黑暗的丛林、染血的地下室、百年蛛网一样错综复杂的迷宫以及骸骨、雷雨和惨淡的月光，更是把小说的氛围渲染到了一个阴沉狰狞的地步。法国现代文史学家米歇尔·莱蒙在《法国现代小说史》的头几页里言简意赅地道出了哥特小说性格："总之，黑色小说是写强暴、迫害的小说……与此同时，那种老一套的恐怖情节侵入了19世纪初期的这类作品中间，到处都是鬼怪、古堡、暴风雨、受害的儿童。"③尽管哥特小说曾经大红大紫，但它遭到了后来的理论家的不屑一顾。然而，一两个世纪后我们再一次透过种种声嘶力竭的批判，还是能够找到它的一点积极意义的。

吴岳添在回眸审视早已变成一片落叶飘零的泥沼的哥特小说时，显得客观而心平气和，他在《法国文学流派的变迁》一书中公正地评价道："从某种意义上来说，庸俗小说的泛滥正是对长期以来理性抑制的反拨。这些小说本身只是昙花一现，无足轻重，但在客观上却对古典主义所提倡的理性起着极大的消蚀作用，为浪漫主义大军的出场打了头阵。"④

剔除它的消极意义，我们完全可以把哥特小说看作是灿烂阳光下一声不谐调的呐喊——17世纪后半叶开始的将近一个世纪的漫长岁月里，古典主义所带来的倦怠笼罩整个欧洲大地。而哥特小说可以看成是一次对这种压抑和倦怠的突破，它高扬的小说美学与即将到来的革命时代的感性一拍即合。它用怪异和暴力的主题，表示了对时代的叛逆。它与古典主义宣扬的秩序、调和及均衡等理念大唱反调，把恐怖与战栗也看成是一种至高无上的美，它鼓吹不整合、过剩、奔放、非合理以及野蛮和唐突。而这一切，我们都可以在以生命、死亡、爱情、梦境、废墟、坟墓和恐怖……构成的一幅色彩斑斓的浪漫主义的油画中找到痕迹的。浪漫派的作家不断地从哥特小说中汲取灵感，著有《巴黎圣母院》《悲惨世界》的一代文豪雨果的作品就明显地受到了哥特小说的影响。

哥特小说的开山之作被认为是英国作家贺拉斯·沃波尔1764年发表的《奥特朗托城堡》。它成为了哥特小说的一个辉煌的出发点，在该书第二版的序文中作者就公然这样宣称：它是由于启蒙主义的兴起，而使被压抑的非合理的东西得以用补偿艺术形式表现的排泄口。⑤

小说的舞台是中世纪的意大利。

> 曼夫雷特亲王因为害怕一个古老的预言会变成现实，所以匆忙决定让自己体弱多病的儿子与城堡主人的女儿结婚，以便获得后嗣维持对城堡的所有权。然而结婚当天，一个从天而降的巨大头盔却把他的儿子压碎了。而他竟异想天开地要娶那女孩为妻，来维持自己的地位和对城堡的所有权。但从此怪事不断，并遭到来历不明的百姓西奥多的阻止。这时，远征而归的骑士又在觊觎城主的宝座，局面混乱得更加难以收拾了。最后一刻，惨遭毒手的原城主的亡灵出现了，人们才得知百姓西奥多是城主的真正继承人……

它不愧为哥特小说的经典，不仅网罗了诸如古老的城寨、梦与亡灵、僧侣以及肖像、镜、雕像、骑士的铠甲等哥特小说的所有素材，而且独创了地下牢、螺旋通道、迷路等哥特小说扑朔迷离的地下空间，弥散着一股颓丧的尘埃。

但《奥特朗托城堡》却遭到了冷遇。直到1796年M.G.路易斯的《安布洛齐奥或僧侣》发表以后，才平地刮起了一股哥特小说的旋风。它后来甚至引起了超现实主义作家的注意。这部长篇作品可谓是哥特小说的巅峰之作，以凄美精致的笔触描写了一个破戒僧侣的精神破灭过程，一时间成为街头巷尾的话题。它的独创性在于写出了罪犯骇人听闻的性格，其本能的堕落导致了流血和疯狂的行为。其中与魔鬼撒旦签约而获得了奇异神力的安布洛齐奥和被幽禁在修道院地窖里的少女的命运都刻画得极为成功。

从《安布洛齐奥或僧侣》中我们可以窥见，哥特小说是把贴近描述对象的黑暗面作为一种逸乐的，这也就是哥特小说的构造原理。日本的批判家风间贤二曾在一篇题为《哥特，浪漫小说的系谱》的论文中论述过哥特小说的特征，这篇文章后来被收入到《幻想展览会I——新哥特小说短篇集》中。他把哥特小说的要素归纳为：1.密室监禁的恐怖与令人望而生畏的建筑；2.地底的追踪与性的危机；3.超自然存在的亮相以及对现实世界的侵入，比如幽灵、恶魔的显形等10余项。⑥不言而喻，这时的哥特小说还只是着眼于一种阴惨和无意义的恐慌。而真正使哥特小说走向本质性飞跃的，还是美国作家爱伦·坡。他第一个把目光投射到了人的精神层面，以飘散着“超自然的恐怖、神秘和死亡、残忍和宿命”的庞大作品群把哥特小说推上了一个登峰造极的顶尖。

爱伦·坡的相当一部分作品都以幽灵为题材，其中最为后人赞不绝口的要算是《厄舍府的倒塌》了。爱伦·坡的文笔细腻优美之极，他尤以不动声色地描摹恐怖氛围见长，这恐怕与他本身还是一名诗人有关。我国曾陆陆续续地零星出版过爱伦·坡的选集，但都难窥全貌，直到最近洋洋洒洒上下两大本近百万言的《爱伦·坡集——诗歌与故事》的出版，才使我们第一次如此清晰地走近了爱伦·坡。

> 在那年秋天一个晦冥、昏暗、廓落的日子，天低云暗，整整一天我独自策马而行，穿过乡间一片异常萧索的旷野；当暮色开始降临之时，愁云笼罩的厄舍府终于遥遥在望。不知道为什么，我第一眼见到那座府邸心中便充满了一种不堪忍受的抑郁。

作者以第一人称的叙述方式，只有寥寥数笔，就把我们拖进了一个恐怖的渊薮。在古厦里他与童年时代的朋友厄舍久别重逢，而厄舍似乎正处于身心交瘁的可悲状态之中。一天，厄舍沉痛地对他说，我妹妹玛德琳死了。他们一起把棺材放进地窖，又关上了铁门。然而七天还是第八天之后，他发现厄舍总是长时间极为专注地谛听着某种想象中的声音，而在暴风雨间歇中他也听到了一种低沉难辨的声响……她在砸棺材！门开了，血迹斑斑的玛德琳站在门外。

> 我逃了出去……就在我凝望之际，那道裂缝急速变宽——随之一阵狂风卷来——那轮血红的月亮一下迸到我的眼前——我头昏眼花地看见那座高大的府邸正在崩溃坍塌——接着是一阵久久不息的骚然迸溅的声音，听起来就像是万顷波涛在汹涌咆哮——我脚下那个幽深而阴沉的小湖，悄然无声地淹没了“厄舍府”的残砖碎瓦。

到了19世纪20年代，幽灵小说终于摆脱了哥特小说的窠臼，开始确定了自己的位置。

这是幽灵小说前所未有的黄金期。这一时期的幽灵小说不但找到了最好的表现形式：短篇小说，而且形成了一种固有的模式。它的显著特征就是将故事发生的舞台从遥远的古堡搬到了读者的身边，西崎宪在《怪奇小说的世纪第一卷》的解说中把这种回归概括为对“事实”的“听写”——短篇多以这种形态来结构故事，而为了完成向日常空间和时间的移行，往往以某某人的叙说或遗落的草稿为线索展开情节，其目的就是为了强调所谓的“事实”，从而达到增加恐怖色彩的效果。这几乎成了一个僵死的框架。⑦真实，实际上是幽灵小说这类体裁的血脉。为此作家们可谓是不遗余力了。小说家伊丽莎白·鲍恩曾这样袒露过自己的心声：一篇鬼怪小说的成功与否，就看它所描绘和叙述的内容是否生动翔实，似真似幻，“就差这么一点点，不然它就会成为一件完全真实的事情”。⑧

人们普遍认为，尽管早期也有中长篇幽灵小说像流星似地划过长空，但幽灵小说的精髓显然是在短篇小说。在英美，短篇的幽灵小说迎来了它的全盛时期，显然这与一些专登幽灵小说的杂志的摇旗呐喊不无关系。

如今，幽灵小说的价值正在得到重新的评说。

一方面，它为小说开拓了一个无限的空间。曹文轩在他那部涌动着激情和思辩的论著《思维论》中，提出了一个“第二世界”的概念——这个“第二世界”与前面说到的J.R.R.托尔金所说的那个“第二世界”不是同一个概念，托尔金的第二世界是指幻想文学中充满魔法的一个世界，借以区别日常毫无魔法可言的第一世界——曹文轩把精神性的，是人——只有人才能创造出来的文学艺术，称之为第二世界。他认为这是一个无限可能的空白世界，创造什么，并不是必然的而是自由的。⑨幽灵小说作为一种幻想文学，无疑是把第二世界的可能推到了一个极端。幻想为人们构建了一个巨大深邃的精神世界。正如曹文轩在为我的第二部长篇幽灵小说《半夜别开窗》所作的序文中指出的那样：“文学进入现代，似乎更倾倒于幻想，文学开始厌倦了对‘第一世界’没完没了的描述，它觉得这种描述是刻板的、毫无生气的，甚至觉得这种描述是徒劳无功的。古典式的描述早已废弃。各种主义、各种流派的产生，都企图改变这种描述，或变形，或时空倒错，或半真半假，幻想的成分在逐渐增加。到了后来，有些作家索性进行纯粹的幻想，试图创造一个完全崭新的世界。”⑩幽灵小说使读者得到的是一种幻想的收获。

而另外一个方面，即在读者的接受美学上幽灵小说也经受了检验。早在上一个世纪，著有《一间自己的屋子》等论著的英国著名女作家伍尔夫就曾把视线停顿在幽灵小说上，她的一番话使人们对阅读者的心理重新认识。她这样写道："人之所以喜欢从恐惧中得到乐趣，和我们之如此喜欢阅读鬼怪小说，两者之间有着密切的关系。"这是因为，"当我们知道自己处在安全无虞的环境之中的时候，恐惧之感就会成为一种让我们仔细享受和品味安全的乐趣"。人的内心深处有一种与生俱来的恐惧，他们必须设法消解这种情绪，以求得到平衡。而幽灵小说正是化解这种恐惧的一剂良药。

不管怎么说，幽灵小说是发展起来了。

它至今仍方兴未艾。

① E.M.福斯特：《小说面面观》，花城出版社1984年版。
② 私市保彦：《幻想物语的文法》，日文版，晶文社1989年版。
③ 米歇尔·莱蒙：《法国现代小说史》，上海译文出版社1995年版。
④ 吴岳添：《法国文学流派的变迁》，北京大学出版社1995年版。
⑤ 转引自《国文学临时增刊号：幻想文学的手帖》，日文版，学灯社1988年版。
⑥ 引自《幻想展览会Ⅰ》风间贤二的解说，日文版，福武书店1992年版。
⑦ 引自西崎宪《怪奇小说的世纪第一卷》的解说，日文版，国书刊行会1992年版。
⑧ 转引自《外国鬼怪文学名作大观》的"编译者序"，上海远东出版社1995年版。
⑨ 曹文轩：《思维论》，上海文艺出版社1991年版。
⑩ 引自《半夜别开窗》曹文轩的序文，作家出版社1996年版。

扛鼎之作

贝壳、始祖鸟残翼化石以及一具数十年悬案未结的骸骨……

幽灵小说之所以像乍暖还寒时北方长驱直下的寒流一样，锐势年年不减，给欧亚大陆带来一阵紧似一阵的太阳底下的寒噤，是因为这个世界的日益沦丧。它变得如雾般虚伪，物欲横流，罪恶、饥馑以及卑劣冷酷的人际关系使它弥漫在一层末日情绪里。而幽灵小说，则彻底撕下了这最后一片裹羞布，把扭曲的人类本性暴露在光天化日之下，任你鞭挞——它那根魔杖一挑，整个世界顿时变成了一个全裸的世界，裸露的人性裸露的灵魂裸露的爱与憎……你可以冷峻地伫立在现实世界的那道阴影里，看穿另一个遥远而又近在咫尺的非现实的世界。

我脑海里常常掠过这样一幅画面：大洪水过后，一切隐没的和不隐没的都暴露在沉渣泛起的地面上了：贝壳、始祖鸟残翼化石以及一具数十年悬案未结的骸骨……而没有什么文学体裁，更能像幽灵小说那样把人的一切隐没的和不隐没的东西一览无遗地呈现在读者眼前了。

上一节我曾说过，短篇是幽灵小说的精髓。这是因为短篇比中篇和长篇更容易烘托恐怖气氛，一旦达到高潮即戛然而止，而末尾那廓落而又让人惊悸不已的颤音却还在袅袅不绝于耳。

《猴爪》是一篇意味隽永的短篇幽灵小说，作者W.W.雅各布斯是英国小说家，这篇发表于1902年的短篇被认为是他最杰出的作品，曾被收入所有重要的选集。即便是在今天，重读它，我们仍能感受到淤闷在胸的一种喟叹。仓本鬼一郎等人在《幻想文学特集：英国幽灵故事》中著文说，《猴爪》是一篇让人哽泣、让人恐惧而又回味无穷的幽灵小说的巅峰之作。①

一个寒冷而又潮湿的夜晚，怀特先生和妻子及儿子簇拥在火炉边上，听一位远方来客毛利斯准尉叙述他在印度时的往事。

准尉掏出一节风干的猴爪，神秘地说："有个印度僧人在它上面作了法，对它施了道符咒，它能帮人实现三个愿望。"但他突然战栗起来，"还是让它烧掉吧。"他把猴爪远远地抛进了熊熊炉火中。

但怀特把它抢了出来。准尉走后，他想到了尚未付清的买房子的欠款，就半信半疑地对猴爪许愿道：我想要得到二百英镑。这时，老人一声惊叫，猴爪动弹了起来，像蛇一样扭曲抽搐着。可直到第二天儿子出门去上班，钱也没从天上掉下来。他觉得受了老兵油子的戏弄。

下午，有人敲门，是一个面色阴沉的人。他用低沉而又缓慢的声音说出了一个噩耗：你的儿子被卷进机器里去了。他接着又补充道，公司将付出一笔补偿金。”怀特先生好像明白了什么，恐惧地注视着那位访客，干瘪的嘴唇吐出了两个字：“多少？”对方回答道：“二百英镑。”怀特跌倒在地毫无知觉地缩成了一团。

他们把儿子葬在离家两英里外的一座公墓里。

一个星期后，怀特从睡梦中醒来发现妻子一个人站在黑暗中，她疯了一般地吼叫道：“那只猴爪呢，你再许个愿，让我的儿子回来重新活过来……”“可他已经死了啊。”怀特被逼无奈，终于又一次举起了猴爪。蜡烛熄灭了，外面响起了一阵微弱而又隐秘的敲门声。“是我的儿子啊——”老妇人冲下楼去，“看在上帝的份上，别让它进来。”老人苦苦哀求道。然而，思子心切的老妇人已经丧失了理智，朝着那扇被擂得摇摇欲坠的大门扑了过去。就在她拔下门闩，门外的那个幽灵要破门而入的一瞬间，老人摸到了那截猴爪，他慌不择词地许下了第三个，也是最后一个愿望。门被打开了，外面已是空无一人了，只有街对面的那盏闪烁迷离的路灯昏昏然地映照在一条巷道里。

一时的贪婪酿成了一杯无法挽救的苦酒。作者入骨三分地把人性的弱点在不足万把字的篇幅中表现得淋漓尽致，仅仅是一念之差，儿子惨死在父亲之手，而母亲却要唤回儿子的僵尸……一个几十年构筑的家庭一天之内就解体、分崩离析了，人类是多么的脆弱。一个爱和悔构成的旋涡经久不息地翻卷在我们的心隅。作者运用超自然的表现手法，使我们看到了一幕肝肠欲断的悲剧，也看到了一种无奈与宿命。这也让我们反思，人类的爱真是无疆无界的吗？显然人类的爱是有界限的。人们发自肺腑地呼唤至死不渝的人起死回生，然而，那一阵阵呼唤中透露出缕缕不绝于耳的惘然和恐怖——一旦从坟墓里爬出来的不是熟悉的那个身影，又有谁能够接受它呢？

短篇像一粒余味无穷的橄榄，可以让我们咀嚼。但它的容量毕竟太小，真正让我们领略幽灵小说那鬼影憧憧的魅力的还是中篇和长篇。短篇是一片低矮的灌木丛，而中长篇才是绵延数百里的张爪攫人的大森林。

那才是有去无回的禁地。

我们贴近了这道栅栏，透过随风摇曳的枝叶的罅叨，我们终于听到了从幽灵小说腹地迸发出来的鬼哭狼嚎。那里仿佛羁押了几个世纪的幽灵，叫起来，宛如地底发出的轰鸣。恐惧与兴奋，使我首先从栅栏下的一个窟窿里钻了进去。

我在猫着腰蹑手蹑脚地往前摸去。

最先看到的，是19世纪大文豪查尔斯·狄更斯笔下的一个光怪陆离的幽灵世界。狄更斯是一个化笔为戟的批判现实主义的作家，他与他那个“饥饿的40年代”同呼吸共命运，用作品当作大锤，无情地抨击了当时社会的种种弊端。1843年发表的《圣诞欢歌》是他五部圣诞中篇系列中的第一部，最为著名，小说中主人公的名字Scroge现在已成了英语中“吝啬鬼”的同义语，可见其影响之大。《圣诞欢歌》的主题深刻而简单，如金绍禹在该书的中译本的《译者前记》中所说的：对劳动人民寄予深切的同情，对富人的贪婪、自私、虚伪作了无情的揭露；同时又寄托了作者劝人为善的美好希望。②

《圣诞欢歌》并不是一篇晦暗而阴森恐怖的小说，三个幽灵只是三个跑过场戏的龙套而已，但它们却举足轻重：因为像是有一根长长的、隐身的风筝线攥在这些来无影去无踪的鬼魅手里，轻轻一拽，卑鄙无耻的主人公就走进了过去、现在以及未来三个时空。

斯克掳奇是一个远近闻名的吝啬鬼，即使是在风雪交加的圣诞前夜，他也只允许商号办事员燃着一小块煤。外甥来找他一起过节，这个执迷不悟的老头竟嚷道：穷人想过圣诞节简直是胡闹……这天晚上，他遇见了幽灵。三个幽灵带他兜遍了全城，终于让这个铁石心肠的人感化而痛改前非……

鬼魂的出现，使故事中时空的跳跃变得流畅而丝毫也不显得突兀生硬，它们本身就是一种超自然的概念。狄更斯可谓把鬼魂引进批判现实主义的先驱。而我更感兴趣的是，《圣诞欢歌》中三个幽灵的造型。第一个是“过去圣诞节之灵”，如果说它像一个小孩子，倒不如说更像一个老头子，因为通过某种幽幻的介质看来，它显得渐渐远离视线，而缩成一个孩子的大小。它的头发披在颈边，并且下垂到背上，仿佛因为年纪老而变白了；可是脸上却一丝皱纹也没有，皮肤上还显出最娇嫩的红色……而且它忽明忽暗，有时有两条腿而没有头，有时是有头而没有身体。那些消失了的肢体都融入了浓黑的夜色里，一点儿轮廓也看不出来。相比之下，第二个幽灵即“现在圣诞节之灵”有点像神话中的欢乐之神，一点也不带鬼气。直到最后一个被称为“未来圣诞节之灵”的幽灵登场，才重有一股鬼气逼来。一个庄重严肃的幻象雾一样地飘来。它全身裹在一件深黑色的衣服里，把头、脸和身体都包住了，什么都看不见，露出的只有一只伸出来的手。

一百多年以后我们回过头来再看这部作品时，不难看出它主题的直露和局限。我们不禁要怀疑，一个残酷冷血的商人能在一夜间转变成一个宽厚慷慨的人吗？还是英国的评论家说得一针见血：狄更斯在通往革命的道路上只走到了一半。但如果作为一部幽灵小说来看，它显然是名垂青史的。戴恩・昆次在1989年美国出版的《幽灵世界》的后记中这样追述道：历史上最出类拔萃的幽灵小说还是要首推狄更斯的《圣诞欢歌》。这篇小说四处飘荡着幽灵的嘶叫以及直抵脊背的一股冷嗖嗖的寒气，但狄更斯在这个故事里想要传达给读者的却是——爱、同情以及对人类的希望。《圣诞欢歌》掘取的正是埋藏在所有幽灵小说底层的这些要素，把它们推向故事的表面，作为一个主要的主题。③

不止是狄更斯一位大师级作家问津幽灵小说，长篇现代派意识流小说《尤利西斯》的作者、爱尔兰血统的詹姆斯・乔伊斯也曾闯进鬼魂的世界，为后辈留下一部至今争论不休的著作《拧紧螺丝》。

翻译家萧乾在《序（尤利西斯）中译本》中用“叛逆、开拓、创新”六个字概括了乔伊斯的创作精神，④乔伊斯的确是这样一位巨匠，他从不肯驾轻就熟，总是在开辟一条独往独行的小路，他的作品总是让人殚精竭虑。爱尔兰文学研究者陈恕在《尤利西斯导读》中就曾这样半是感叹半是喟叹地写道：“乔伊斯的《尤利西斯》所以具有这样大的吸引力，原因不是别的，正是因为对它的探索会花费我们毕生的精力，这是一种无穷无尽的喜悦。因为在那里总有一些新的东西等待人们去发掘，这就解释了为什么人们要一遍又一遍地去读它。毫无疑问，这是我们时代最重要的一部具独特想象力的巨作。”⑤而他的幽灵小说《拧紧螺丝》，也同样是一部让人费解的作品。它自1898年发表以来，一直成为人们喋喋不休的众矢之的。对它的解释层出不穷以至出现了两个极端，一开始人们试图用弗洛伊德的理论去诠释，而后又尝试运用图腾式即原型批判的方法来考察作品中的原始意识。总之，《拧紧螺丝》引起的批评完全超越了幽灵小说的范畴。一百多年的时间里，这部并不像《尤利西斯》那样晦涩难懂的中篇却也使人陷入了一个泥坑。诚如高桥和久在《幻想文学的手帖》上一篇解读《拧紧螺丝》的短文中所说的那样：阅读《拧紧螺丝》，也使我们的认识扭曲起来。⑥

《拧紧螺丝》以心理分析见长，很难用三言两语来概括它的内容。

故事的开篇是幽灵小说常见的老套。寒风呼啸的夜晚，一个名叫道格拉斯的人开始宣读一个二十多年前死去的女人的手记——

我是一个穷困潦倒的牧师的女儿，受聘于一位英俊潇洒的单身绅士，去乡下做两个父母身亡的侄子和侄女的家庭教师。来迎接我的，是管家格罗斯太太和一个天使般光艳照人的小女孩弗洛拉。两天后，我又从驿站把迈尔斯接了回来，可我无论如何也不明白学校为什么会开除这个纯洁无瑕的小绅士。

我好像着了魔一样，对孩子的迷恋使我有点飘飘然。然而这平静中似乎潜伏着什么。一个黄昏，我在古堡顶上看到了一个让人恐怖的男人。几天后，我又撞见了他，他正站在阳台上朝屋里窥视。我不知哪来的勇气冲了过去，这个男人却像空气般地消失了。从格罗斯太太的嘴里，我知道他叫奎特，曾是主人的贴身仆人。可格罗斯太太脱口而出："他已经死了啊……"难道我看到了幽灵？格罗斯太太说他一定是冲小迈尔斯而来的。可怕的事情接踵而至，我和弗洛拉在湖边又和一个穿黑衣服的女人不期而遇。这又是一个幽灵，是以前的家庭教师杰塞尔，她想把弗洛拉霸为己有。最可怕的并不是幽灵，而是孩子们知道它们却又在竭力掩盖。

我终于查明了事情的来龙去脉。家庭教师杰塞尔生前是一个邪恶淫荡的女人，和那个厚颜无耻的仆人奎特勾搭到了一起，而且这种罪恶甚至玷污了孩子们的心灵。我想制止他们的恶行，可我慢慢地发现：孩子们天真烂漫的外表之下隐藏着的是一颗狡诈的心。我在纯朴善良的格罗斯太太支持下，与"恶"展开了一场精神上的搏斗。然而，结局却是出人意料的——在杰塞尔的亡灵面前我挽救弗洛拉的计划流产以后，格罗斯太太带着她出走了。而当奎特的亡灵最后一次出现时，我紧紧地搂着小迈尔斯，正在为战胜了魔鬼而万分欣慰时，却发现小迈尔斯那颗小小的心脏，被夺走了的心脏已经停止了跳动。

评论家对《拧紧螺丝》表现出的持之以恒的热情，显然是醉翁之意不在酒。尽管它被赞誉为恐怖小说的上乘——小说在气氛的渲染和悬念的设置上的确卓有成效，但单就情节而言，或是说如果只是单纯地把它作为一篇幽灵小说来看，它不过是退潮后裸露在海滩上万千贝壳中的一片而已，不胜枚举的产生“可怕魅力”的幽灵小说足以把它湮没。

在收入《西方文艺批评的五种模式》一书中的罗伯特·赫尔曼的论文《〈拧紧螺丝〉的诗意》里，作者在卷首就开宗明义地指出：“对《拧紧螺丝》的持久热情那是很难用寻求刺激来说明的。这种热情的意义事实上在于它的鉴赏性……半个世纪以来，敏慧的读者深深感到，这个故事的魅力远远超过了那些挖空心思编造的神秘故事。”⑦乔伊斯的作品素以难解而著称于世，《拧紧螺丝》同样显示了多样的解读方法。神话原型批评的学者遵照“蕴藏最深的思想——超过了某种作品乃至许多作品的思想，必须在原型象征物中去寻觅”的认识，在乔伊斯的笔下找到了一个神话般的主题：正义与邪恶、沉沦与拯救。这里幽灵不是一两具用来吓唬人的幌子，它们代表着罪恶。于是为了升华这个再也不能古老的主题，乔伊斯用高度暗示性和象征性的语言，从小迈尔斯和小弗洛拉两个儿童的心灵中去揭示一种堕落的罪恶；从他们所象征的人类童年中，找到可以导致其自身毁灭的一切种子。

《拧紧螺丝》之所以远远超过了一般幽灵小说而成为一部永垂不朽的作品，是因为它描绘了人类的本性。正如罗伯特·赫尔曼在同一篇文章中所阐述的那样：“故事暗示我们：美可以变丑，光明可以变为黑暗，天真无邪可以变为世故圆滑，春天可以转到秋天，青春会逐渐衰老，伊甸园可能遭到死亡的打击，天使可能变为魔鬼……人类不仅逃脱不了不知不觉地走向衰老和堕落的进程，而且总是在形式上内容上刻不容缓地从一个极端走向另一个极端。在这首关于罪恶的诗里，青春即是老年。”⑧

风在悲凄地呼嚎，我发现我们已经被恐怖的森林吞没了。

这是一片恐怖的中心——最后一点惨淡的月色也完全隐去，树上猫头鹰鬼火一样的眸子迸射出绿幽幽的寒光。风从脚底吹上来，残烛挣扎了一下熄掉了，四周墨一样的黑暗像亿万只章鱼的爪子一下掐住了我的喉咙。可我还是甩掉了它们，要用嘶哑的嗓音为你描述几篇恐怖得叫人透不过气来的幽灵杰作。

必须声明的是，这仅仅是娱乐意义上的杰作而已。

又是那个斯蒂芬·金踮着脚站到了我的面前。他像一个巨大的妖魔，用力抖落了手上蒙着的一块白布，呼啦啦，两头怪鸟振翅飞上了我的肩膀——上一章我曾介绍了他的大长篇《IT》，这里我还要介绍他的另外两部作品《闪灵》和《宠物坟场》。

《闪灵》是斯蒂芬·金1977年发表的第三部长篇小说，被评论家称之为斯蒂芬·金初期作品群的一个辉煌耀眼的顶点。出版社也正是从这本书开始把他标榜为“恐怖小说的旗手”，曾荣登纽约畅销书榜的第八名。而这部幽灵小说并不是作者闭门造车的产物，它的灵感来自斯蒂芬·金为搜集这本书的素材时的一次经历。那一年的深秋，他住在一幢因冬天来临而即将闭锁的旅馆里，那里除了他们夫妇之外阒无人迹。就在那时他感觉到了幽灵的存在，而决定选择旅馆为背景，作为一个类似典型的哥特式恐怖小说中的古堡、山庄似的舞台。

恐怖小说的王者斯蒂芬·金通过超众的叙述方式，在读者面前缓慢地展现了一个被暴风雪所围困长达数月的极端的物理闭锁环境。在这个与世隔绝的世界里，主人公在失业、酗酒、即将崩溃的婚姻的多重压力下，终于走向疯狂，和麇集在旅馆里的恶灵纠集到一起，以自我毁灭而告终。整个故事的魅力在于：在不知不觉中，我们从一种习以为常的日常的不安中，急骤地滑进了超自然的恐怖深渊。不能说深刻，但这部作品至少从一个侧面反映了资本主义社会风雨飘摇的现实。正因为它针砭时弊，所以才成为常销不衰的幽灵小说。

失业的教师杰克在冬季来临之前，谋求到了一个旅馆管理人的职位。在近半年大雪封山的极限状态下，他将和妻子温特以及五岁的儿子达尼住在这座高山之巅的旅馆里。

杰克把这看成是一个改邪归正的机会。幻想当一名作家的杰克，曾一度陷于酗酒而不能自拔，还有过一次在癫痫发作中掰断儿子手指的沉痛记忆；而最近对学生的暴力事件又使他遭到免职处分。这一切，使他和妻子温特的关系也蒙上了一层阴影。他想通过一个漫长的冬季，与妻子重归于好并再一次拾起蒙尘的作家梦。

戏的重场在他儿子达尼身上。这是一个非同寻常的能与心目中的幻想人物对话的孩子，他能看透人心。一到旅馆他就有了一种不祥之感。在关闭旅馆的那一天，一个与他同样有着超能力的黑人厨师长告诉他，这种能力叫闪灵，他会不断地在旅馆里遭遇可怕的东西。“一旦发生了意外，就呼唤我……”黑人厨师长忧心忡忡地说完这句话就下山去了。

大雪中的旅馆像一座孤岛。三口之家刚刚出现了复原的迹象，怪事发生了：一天晚上，达尼看到了恐怖的闪灵和一行谜一样的文字“REDRUM”。而这时杰克也在对锅炉房的例行点检中，找到了一本有关旅馆的剪报。他渐渐地被这座旅馆过去的丑闻所吸引，昏了头，竟把自己的发现打电话告诉了旅馆的支配人，遭到一顿愤怒的谩骂。杰克变得烦躁不安，几天后在院子里他竟觉得被修剪成动物形状的灌木丛像活过来似地朝自己扑来，他怀疑自己快要精神崩溃了。

旅馆与外界彻底地隔绝了。

一个意外的事件发生了，达尼无意中推开了黑人厨师长曾警告过他不要接近的217号房间紧闭的房门。一个张牙舞爪的女亡灵向他扑来，达尼惊恐万状地从她的一双枯手里逃脱，但脖子上留下了一圈血痕。温特愤怒了，她误以为是丈夫的老毛病又发作了。苦闷的杰克孤独地坐在空无一人的大厅里，他身后，曾经是大厅里的翩翩舞客的幽灵们复活了，阴冷地微笑着。

达尼从极度的恐怖中恢复过来，对父母说：我看到了一个鬼魂。杰克后来虽然也在217号房间目睹了一个醒过来的幽灵，但他却误以为是幻觉。温特再也按捺不住内心的恐惧了，叫道：我受不了啦，我要离开……这无疑是雪上加霜，使已经在精神崩溃边缘的杰克顿生恨意，“我要杀死你们……”他一个人咬牙切齿地嘟囔道。翌日，他捣毁了下山的唯一的交通工具——履带式滑雪车。这下，三人被魔幻般的怪异逼到了死亡的隘口。达尼遭到了灌木丛变成的动物的袭击，电梯开始自动升降，舞会的音乐也响了起来……旅馆中邪了！出现在达尼眼前的闪灵也更加清晰了，反射过来的

"REDRUM"变成了醒目的"MURDER"——杀人！达尼幼小的心里知道是危在旦夕了，他运用意念，向远在佛罗里达的黑人厨师长发出了求救的呼唤。

温特把疯狂的丈夫轰出门外，死死地锁上了门。"酒、酒、酒……"杰克又一次跌跌撞撞地冲进了大厅。这里正在举行一场华丽而盛大的舞会，杰克被灌得酩酊烂醉，他满耳朵里都是一个声音：杀死你的妻子。他完全成了盘踞在旅馆里的恶灵的俘虏。直到第二天早晨，温特才在大厅里找到了烂醉如泥的杰克。杰克醒了，但他完全变成了一个怪物，他瞪着血红的眼睛朝温特扑来，被温特打昏。她把他拖进粮食储藏室里，又加了一把大锁。但不依不饶的恶灵们却又把杰克放了出来，他挥着木棍，追了出来。被逼无奈的温特把一把尖刀刺进了杰克的后背，可浑身血迹的杰克还是在后面紧追不舍——这已不是原先的那个杰克了，而是一具彻头彻尾的恶灵附体的活僵尸了！

赶来营救温特和达尼的黑人厨师长遭到了灌木丛变成的狮子的伏击，身受重创。而这时杰克已经把温特堵死在浴室里了。杰克听到了履带式滑雪车的声音，调转身，暂时放下了温特而扑向破门而入的黑人厨师长。他一棍砸下去，黑人厨师长连哼也没哼一声就倒在了血泊里。

下面开始轮到达尼的戏了，旅馆真正想要掳夺的正是达尼，还有他的闪灵。达尼和那个闪灵在走廊里末路狂奔，身后是一群魑魅魍魉，而冲在最前头的就是高举大棒的杰克。走投无路的达尼尖叫了一声，一瞬间，爸爸的表情返回到了杰克的脸上，但马上就又换上了一副恶灵的面孔。这时，达尼突然想到杰克今天早上没有给锅炉减压，马上就要爆炸了！恶灵们夺路而逃，一窝蜂地朝地下涌去，然而已经来不及了，锅炉炸裂了！熊熊大火包围了整个旅馆，恶灵在烈焰中哀嚎着分崩离析了……而达尼、母亲还有黑人厨师长却侥幸脱险。他们一起来到了佛罗里达，重新开始他们的人生。⑨

而《宠物坟场》则是一部与《猴爪》有异曲同工之处、取材僵尸复活传说的恐怖小说，是斯蒂芬·金1983年发表的与《闪灵》并驾齐驱的长篇大作，一问世就好评如潮。

与他以往的作品略有不同，他并没有着力渲染一种超自然的恐怖，而是紧紧扣住日常一个我们谁也不能回避的问题：死亡以及它所引起的不安。现实中是一连串的死亡——墓地、猫之死、邻人的死亡以及爱子之死，在这种随处可见的意外和意料之中的大自然不可抗拒的规律面前，他把一个爱的母题呈现出来。尽管写的是幽灵，但超现实和怪异部分的描写只占了相当少的篇幅，全书411页中只有后40页用来营造一个非现实的空间。这在斯蒂芬·金的作品中是罕见的。

《宠物坟场》不带有通常幻想作品所裹挟的那种逃避，它直视现实，就像半夜三更一头拦路的野兽在炫目的车灯下直视我们一样，目不转睛地凝望着现实。通篇飘荡跳跃着一种淡淡的死的哀愁，把人对命运的无奈和一种刻骨的骨肉亲情通过一个父亲的形象表现得绘声绘色。表面上是在诉说死亡，而在骨子里流露出来的却是对生的不安，一种现代人的悲哀就这样凸现出来。而这部长篇小说的创作灵感也是来自现实：1979年斯蒂芬·金曾任教于一所大学，全家随他而搬到了大学附近的一个小镇子暂住。与故事中一样，他们就住在一幢紧挨路边的房子里，终日载重大卡车的轰隆声不绝于耳，而且屋后就真的有一片宠物坟场。一天，他女儿的一只小猫惨死在车轮之下，他和女儿一起把它亲手埋藏在宠物坟场里。三天之后，他有了这部小说的全部构思。

年轻的医生路易斯，偕妻带子搬到了任职的大学附近的一个乡村小镇。

女儿爱丽丝五岁，而儿子肯西还是一个蹒跚学步的婴儿。当他们开始习惯这里的一切时，住在对面的一对老夫妻已经成了他们的好朋友。一次野游中，老人指着背后的一片森林说：里头有一块宠物坟场。爱丽丝立即担心起她的小猫来。通过墓地她第一次意识到了死这个概念。路易斯主张女儿应对死有一个正确的认识，但遭到了妻子的反对，妻子曾有过年幼丧姐的痛苦经验。

路易斯头一天当班，一个交通肇事的青年人就不幸死在手术台上。临死前，他一直在喊着那块宠物坟场的名字。更加奇妙的事情发生了，那天深夜，死了的青年突然出现在路易斯床边，把他带到那片宠物坟场，还留下了谜一样的片言只语："……无论出现什么样的情况，也不能再往前走。里头隐藏着一种超越想象的力量。破灭正在逼近你和你爱着的人……”路易斯以为是一场恶梦，可第二天睁眼一看脚上沾满了泥浆。

不久他们就迎来了一个假期，妻子带着孩子们去看望父亲了，留下路易斯一个人看家。想不到，小猫却被一辆疾驶而来的卡车碾死了。不知女儿该怎样悲痛欲绝呢，他把小猫埋到了比宠物坟场更深的印第安人的墓地里。可第二天，小猫竟无声无息地活着回来了，但它身上散发出一种死亡的气息。直到这时，邻居老人才告诉了他关于那片墓地的秘密：它能起死回生。

一场谁也没有意料到的悲剧和春天一起降临：儿子惨死在车轮之下。绝望中，路易斯产生了把儿子埋进那块坟场的念头。老人对他发出了警告并披露了一段心酸的往事：曾有人为了让战死的儿子复活，而把尸体葬在了那座坟场。但活过来的却是一具邪恶的僵尸，不得不把它杀死。但爱子心切的路易斯已经完全听不进去了。他趁着妻子和女儿回娘家的一个月黑风高的夜晚，把儿子从棺材中掘了出来。而同一时刻，他的妻子感到了一种前所未有的恐惧，她察觉到了即将有什么异样的事情要发生，立即从千里迢迢之外朝家里赶来。

接到她的电话，邻居老人立刻告诫她说：千万别回自己的家，首先来找我。他后悔把一切都告诉给了路易斯，他想制止一幕悲剧的重演，可却被来自坟场的一股邪恶的东西催眠了。

路易斯赶在天亮之前把儿子的遗骸埋进了坟场。回到家里，头一栽倒便陷入了深深的睡眠之中。黎明和路易斯的儿子肯西一起归来了，但那已不是一个天真烂漫的小男孩了，而是一个邪恶的存在。他残酷地杀死了老人，又一刀捅死了母亲……当路易斯在刺眼的阳光下醒来时，他觉出了罪恶。他冲进老人的家里，看到儿子正站在躺倒在血海中的母亲身边狰狞地微笑，他杀死了儿子，又一次把他送入了永恒的睡眠。

作茧自缚的路易斯疯了，他失去了所有的爱。他一把火烧掉了那幢血流成河的房子，然后抱起爱妻的遗体，又一次向着那片坟场走去。而就在那天深夜，他妻子一个人摸了回来，用一种让人不寒而栗的声音朝他喊道：我回来了……⑩

风停雨住了，而精疲力竭的我只想说一句话：这不仅仅是一篇幽灵小说，它还是一部爱的颂歌爱的挽歌。

我们正是为它的爱而泪流满腮。

---

① 仓本鬼一郎等《情迷幽灵小说》，载《幻想文学特集：英国幽灵故事》，日文版，幻想文学出版局1993年3月。

② 引自金绍禹《圣诞欢歌》中译本《译者前记》，上海译文出版社1988年版。

③ 引自戴恩·昆次《幽灵世界》的后记，日文版，新潮社1994年版。

④ 萧乾：《序〈尤利西斯〉中译本》，载《尤利西斯》，译林出版社1994年版。

⑤ 陈恕：《尤利西斯导读》，译林出版社1994年版。

⑥ 高桥和久：《解读〈拧紧螺丝〉》，载《幻想文学的手帖》，国文学临时增刊号，日文版，学灯社1988年版。

⑦⑧ 罗伯特·赫尔曼：《〈拧紧螺丝〉的诗意》，载《西方文艺批评的五种模式》，重庆出版社1983年版。

⑨ 根据《闪灵》日译本缩写，文艺春秋社1990年版。

⑩ 根据《宠物坟场》日译本缩写，文艺春秋社1992年版。

儿童文学中的鬼魂：爱与治愈

门被訇然一声推倒了

幽灵小说不是大人的专利，正如谷本诚刚在《英美儿童文学（体裁主题分类）》一书中的《幽灵小说》一节中所说的那样：自古以来幽灵故事就是大人与孩子共有的东西。①他们所流露出来的那种走火入魔的痴迷，较之大人有过之而无不及。但儿童文学中的幽灵形象，却与成人文学相差甚远。

首先，传统的阴森可怖的幽灵在这里遭到了抵御——它们缴械投降，像一个个四面楚歌的中世纪武士一样被扒掉铠甲，狰狞的假面也被击成了粉齑。尽管这些幽灵还拖着一截恐怖的影子，但它们已经彻底脱胎换骨。于是乎，我们在儿童文学的不大的舞台上，看到悄然但却风风火火地出现了这样一种嬗变：一边是老掉了牙的民间故事还在老调重弹地讲着吓人的传说，而另一边创作文学中已开始有一批新鬼魂初露端倪。

到了本世纪初，它们终于孕育而生。

就在这些新鬼魂呱呱坠地的瞬间，门被訇然一声推倒了：有股微乎其微的霉腐飘了出来，接着，有人小心翼翼地从里面探出头来。我们知道它们是幽灵，然而我们却丝毫没有感到畏惧；相反我们还伸出手，热泪盈眶地想攥住这些早已脱离了躯壳的灵魂……思念、悲戚与亘古不变的爱使生者和死者紧紧相拥。儿童文学中的幽灵，不知何时起变得煽情了——它们走近儿童的日常，在现实与非现实的壕沟之间搁上一块木板，只要你大着胆子踏过去，你就能直面人生，从它们的低声絮语中重温到一种失落的爱。至此，幽灵小说不再是叫人汗毛倒竖的冰块，它们更像是冬日刮过梢头上的一蓬蒲公英，倏地让我们泪水涟涟地想起某一个早已逝去的温馨的下午……

当我是一个耄耋老者的时候，一段儿时的记忆却反而更加鲜明起来。

我父亲有一座磨坊，水车的上游有一道闸门把河水拦住，闸门不光保证了磨坊的用水，暴雨季节还能泄洪。除了一大群姐姐之外，我还有一个哥哥，我整天跟在他的屁股后面转。他已经是父亲的好帮手了。

没有第二个人像他那样疼爱我了。他领我钓鱼，有一回调整完闸门，还纵身跳到激流里冲我招呼道：来呀，我教你游泳……那是我一生中最快乐的时光了。可好景不长，第一次世界大战爆发了，哥哥被应征入伍。村里不断有年轻人在前线战死的噩耗传来，有一个月夜，我懵懂地看到母亲跪在哥哥的床头祈祷他平安归来。哥哥没有死，他竟回来度假了。但他沉默寡言地好像变成了另外一个人，总是一个人神色恍惚地走上堤坝；而且他嘴边总是挂着一句话：那是地狱啊。

哥哥在雨季来临之前返回战场了。

那场雨大得惊人，父亲担心堤坝决口，不顾母亲的拦阻一个人冲进黑夜的狂风暴雨中，向闸门方向摸去。趁乱我也紧随其后。他发现了我，但没有把我轰回来，而是把一盏油灯交给我。可风刮得人几乎直不起腰来，父亲怎么也打不开闸门。这时我看到一个熟悉的身影从雨雾中窜了出来，和父亲同心协力打开了闸门。茫茫黑夜里，我不知为什么能看到那个影子，他沿着河岸重又消失在雨帘中……我看到从没哭过的父亲眼眶里噙满了泪水。

第二天，哥哥战死的讣告送到了父亲的手上。

通篇没有一处恐怖的描写，除了哥哥那个默不作声的幽灵以外，几乎是完全脱离了一般幽灵小说的窠臼，它更接近我们所熟悉的现实主义的小说风格。前面一大段手足之情的铺垫，是为了营造后面一种失去亲人的悲哀；是战争夺走了一个无辜的年轻人的生命，默默无语的幽灵像雷电一样控诉着战争的罪行……我们在震颤，我们在一个幽灵无声胜有声的呐喊中看到了人性遭到了怎样的摧残；而在这背后，是一个爱的世界擎起了一个巨大的框架。

作者菲莉帕·皮尔斯是英国屈指可数的著名女作家，她的长篇幻想小说《汤姆的午夜花园》曾获1958年卡内基儿童文学奖等多顶桂冠。这篇题名为《闸门下》的短篇收入在她1977年发表的短篇集《看到的十个幽灵故事》一书中。透过这部作品，我们看到的是她一双冷峻地注视现实的眼睛。人生无情，尽管太多的悲欢离合让她的瞳仁蒙上了一层苦涩的翳雾，但却永远耀动着一种爱的光芒。这种爱不仅仅是浅尝辄止地停留在一种对骨肉至亲的眷恋上，而是更博大的一种人类之爱。掩卷阖目时，好像有一双温暖的臂膀紧紧地搂着我们。

到这里，幽灵小说已经是彻底地跑味了。

旧瓶装新酒，和过去的幽灵小说一样它想叙述的仍然是同样的道理：在我们人生的某一片阴影里存在着一种超自然的东西，但它更贴近生活，也更人情味了，以至使我们忘记了它是一篇幽灵小说而把它当作一篇爱情小说（我这里的“爱情”不是狭隘的男女之情，而是使人类血脉延续的一种神圣的东西）来读。菲莉帕·皮尔斯本身就是一个磨坊主的女孩，所以她描绘起磨坊、闸门起来也就特别得心应手。正因为这种真实，才使我们能够敞开心扉，接受那个连死后也要赶来最后助父亲一臂之力的幽灵。

幽灵小说的这种转变，首先发生在英国这个多雾的国家。从传统来看，英国人是一个比起理性来更服从本能的民族，他们相信幽灵的存在天经地义，所以这里是最容易滋生幽灵故事的地方。金原瑞人在杂志《幻想文学特集：英国幽灵故事》中以《儿童文学中的幽灵们》为题撰文说：“英语圈的儿童文学里之所以恐怖故事流行，是因为英国18世纪曾有过哥特小说发轫的历史……”② 而后，这种风化愈演愈烈，不光是爱被诉之于幽灵小说的表面，而且一种称之为“治愈”的走向也愈来愈清晰明朗起来。

所谓的“治愈”，即把人在现实中无法愈合的伤痕交给幽灵去缝合。

我泪如泉涌，一个二十一岁的女孩在清冽的早上嘤嘤哭泣。

我的名叫“公爵”的狗死了，我忘不了它那双灰色的眼睛。

电车上有人给我让座，是一个十九岁左右的英俊少年，他凝望着我，我竟不再抽噎了。我们一起下车，又一起走进咖啡馆，一起游泳，一起去听一种叫落语的单口相声……公爵最喜欢听落语了，一个人会守着电视听到半夜。

黄昏时，我们站到了路口上，还有两个星期就是圣诞节了。

少年说：今年就要结束了，我一直过得好开心啊。

他望着我，好熟悉的一双眼睛啊。

他吻了我，一个和公爵一模一样的吻！

“我好爱你啊，”他又说，“我就是为了对你说这句话才回来的啊……”我立在那儿，一遍又一遍地聆听着远处飘来的圣诞歌曲，看着夜色降临。

这是一篇含蓄隽永的小说，乍一看，淡而无味，然而当你的眼睛定格在最后一行字上时却已如同柠檬在口，余韵无穷了。一条死去的狗变成幽灵只是为了向主人说一声“我好爱你啊”，这至死不渝的爱情怎能不让女孩泪如雨下。一切都发生在一个寒冷的冬日，但却似有把火暖了我们的心。尾声中，女孩已没有了眼泪，不再悲伤，她会重新融入夜色里开始新的生活。城户典子在《作为常见的主题和表现手法的“相遇”和“治愈”》一文中这样评论这篇名为《公爵》的小说：“与其说它是爱犬向少年的‘转生’，不如说是选择了另外一种身姿来对‘爱’做一次确认的故事，一个治愈丧失痛苦的故事。”③作者江国香织是日本儿童文学中一个异色的存在。她是一个感觉型作家，作品总是以一种透明的色彩淡淡地勾勒出一个凌驾在现实之上的幻想空间，而那种凄婉和美丽，又是任何人所不能比拟的。

一个江国香织显然是不够的，这里我还想通过另一位女作家——我猛地下意识地悟到，创作这类幽灵小说的作家竟大多数是女性，菲莉帕·皮尔斯是女性，江国香织还是女性。这或许是女性的触角更容易伸进梦幻、更容易把一个女性的柔情融进幽灵故事里吧——一位名叫佐佐木赫子的女作家的作品来延伸我们的讨论。佐佐木赫子的作品不少，但引起我关注的只有一本名为《消失在月夜里》的短篇集，这是一部描写非日常的作品集，其中的《遥远的声音》就是一篇极为出色的幽灵小说。

我亲眼目睹了表弟的死。

春假的第一天，我把鱼钩绑到自行车上正要溜出门，妈妈从厨房伸出了脑袋：你就不能学学正彦嘛，都六年级了还就知道玩。正彦是我的表弟，他被他妈妈逼着每天要坐一小时的电车去上升学辅导班。

我正要偷偷地横穿公园，突然瞅见正彦在路边打电话。我正想冲过去吓他一大跳，一辆违章的汽车把我给撞倒在地，正彦则惨死在车轮下。在我昏迷过去之前，我记得他正对电话里说：“……玩……好呢？”出院以后妈妈告诉我，那天是正彦妈妈记错了升学辅导班上课的时间，结果正彦白跑了一趟，回来给家里打电话时遭遇了车祸。

可难道玩一会儿也要请假吗?

两个月以后的一个星期天，正彦家的电话铃突然响了起来。正彦妈操起了话筒:“喂喂……”她脸色铁青地栽倒在地:是正彦，是正彦打来的电话……是因为思念过度引起的幻听吧。然而两个星期后的一个星期天，她又接到了正彦的电话。而第三次，是正彦爸接的电话，他听到的正是死去的正彦的声音。

正彦家怀疑是我在恶作剧，因为正彦有一次来我家玩时，我们曾录过一盘录音带。可我怎么会干这种缺德的事呢!暑假里的一个星期天，为了证实我不是犯人，爸爸妈妈把我带到了正彦家。电话又响了，最后一次是我抓过了话筒，声音若有若无，像是从另外一个星球飘过来的声音:“……我玩什么好呢?”我咽了一口气，果然是正彦的声音。“……我玩什么好呢?”我突然开了窍，正彦遭遇车祸前在电话里不正是说的这句话吗?

正彦在等着答案。可怜的家伙，一直到死都还不知道玩什么游戏好。我对着电话里说道:去找小伙伴，和小伙伴们一起踢足球、骑车……我听到对方轻轻地挂断了电话。我眼含热泪地望着窗外的灿烂阳光，好像在梦中一样。好半天我才转过身，对着正彦的爸爸妈妈说道:“放心吧，再也不会有电话打来了，我已经告诉他了。”

从那以后，电话再也没有响过。

儿子不幸罹难，在父母心头留下了一道爱的疮疤。即便是时间会用双手慰藉它，让它慢慢地结痂，但一道瘢痕却是永远地留下了。本以为是一篇苦涩的故事，但随着幽灵电话的出现，情节又急转直下，我们看到有一只手，无情地撕裂了那一道道本来已经开始愈合的伤口:一个孩子在向摧残儿童天性的教育制度发出血和泪的控诉!一个更深刻的主题雕刻般地凸现出来。我们必须无奈地面对这样一个事实，爱无边但却不能回天，它有它的界限，尽管父母悔恨交加，但终究是无法挽回儿子的生命了。

我们希望欲哭无泪的大人在作品的最后能得到慰藉，走出阴影，感谢佐佐木赫子没有让我们失望，她没有让那个死去的幽灵再折磨父母那一对破碎的心。我们看到了我们希望看到的结局——一切都水落石出，正彦的父母从悲痛中坚强地走了出来。用我在这一节引进的那个术语来说，也就是得到了治愈。但我也注意到了一种倾向，就是虽然还是由幽灵出面完成了这一治愈，但显然与江国香织的作品不同，幽灵的功能被削弱了，“我”即现实中的人的作用得到了强化。如果不是“我”的强行介入，那个遥远的幽灵显然是难以收拾这一盘残局的。人是主体，所以就这篇作品而言，它的侧重点已不是治愈，而是把砝码放到了人本身。死人毕竟是死去了，活着的人还必须脚踏实地地依靠自己的力量生活下去。

写到这里，我想从这条小巷中抽回脚来。

儿童文学中对幽灵的刻画，不仅仅是为了赢得我们一掬同情的泪而局限于一个爱的主题，它还有许多幽深昏暗的胡同。你摸摸这条胡同的墙壁，厚厚的青苔似乎足以说明它的古老和历史。这是一条通往过去的隧道，别回头，在前面那一片微蓝的光线中已经有什么东西在蠢蠢欲动了。有人在晃动着手中的一盏灯，跟上去！

等待我们的是另一类幽灵。它们属于过去，站在历史的延长线上向我们招手。这一类作品相当多，比如菲莉帕·皮尔斯的《汤姆的午夜花园》、L.卡夫路特的《少年鼓手》、L.M.博丝顿的《格林·诺威的孩子们》等等——这类作品牵扯到幻想文学中一个重要的概念“时间”，我在稍后的一章中将进行专题讨论。这里只是从幽灵文学的一个视角对它们做一番蜻蜓点水似的审视——上述作品中的主人公无一例外，都走进了纵向延伸的过去而遭遇了过去的幽灵。细心的读者可能会注意到这样一个变化：人主动起来了，转守为攻而不再是被动的客体，他们积极地去寻找幽灵。这是因为这些小说已经跳出了一般幽灵小说那些恩恩怨怨的圈套，幽灵与主人公们无怨无仇，它们只是想叙说历史。

这种矗立在坐标轴上的“过去”时点的新鬼魂形象，让我们看到了幽灵小说的另一面。

主次关系的颠倒，使幽灵丢掉了访问者的饭碗，现实世界中的人摇身一变成了过去的访问者。J.阿姆斯特朗在一篇论述儿童文学中的幽灵形象的论文中指出：“这一类幽灵小说，与让人不寒而栗感到恐怖的一般鬼故事不同，它以扩展人的心怀和启蒙为基本特征。如果把仅营造恐怖氛围的幽灵小说称之为通俗幽灵小说的话，这类作品就可以冠以纯粹幽灵小说的名字。”它们混淆甚至是打破了我们惯常的时间概念，无非是为了把我们送上一叶时间之舟，穿过历史的暗河去直面历史。日本的著名英美儿童文学专家吉田新一在一篇题为《英国幻想小说的源流》的文章中也曾涉及这个话题，他强调了一种连续，他写道：最想传达给孩子们的，就是这样一种连续感、历史感——从过去到现在、未来的展望的思考方式。这样一来，过去就不绝如缕地与今天联结到了一起。而正是幽灵做到了这一切，所以我们说幽灵不是一具具僵尸，它们生气勃勃地活着。

《格林·诺威的孩子们》是英国女作家L.M.博丝顿——又是一位女性！我不得不愕然这种巧合——在1954年发表的“格林·诺威”系列的第一部，这部长篇出版时她已经是一位六十二岁的老媪了。1961年发表的“格林·诺威”系列第四部《格林·诺威的客人》更使她声名鹊起，获得了当年的卡内基儿童文学奖。L.M.博丝顿的幽灵小说中充满了一种慈爱，你就像偎在一位满脸的褶皱如同皱苹果一般多的老奶奶怀里，听她娓娓动听地叙说一段她少女时代的故事一样，不会有一点点恐怖——而不知不觉中，历史的帷幕已被拉开。

在《格林·诺威的孩子们》中，主人一开始就是作为一个访问者出现的，不过这时他还只是一个对一座深宅大院的访问者。

> 七岁少年特利一个人在长途车上颠簸着。父亲和继母远在缅甸，把他一个人孤零零地留在英国住读。今年寒假，他的生母已逝，从外祖母处寄来了一封邀请信，请他去伦敦郊外的一个叫格林·诺威的古宅做客。老人和房子一样的古老，满身皱纹，而且萎缩得比自己还要矮半个脑袋。但她却分外慈祥，没几天特利觉得自己就像是格林·诺威的孩子了。

小说从这里才切入了主线。在他脱掉了一个访问者的陌生和警戒感之后，他不再被拒之门外了，一双双一直凝望着他的眼睛放出了光彩，三百年前的一群孩子的幽灵热情地迎接了他的到来。

他们才真正是格林·诺威的孩子们。

幽灵没有马上显身，他们留下“我们在这里哟”的记号，和特利捉起了迷藏……直到特利觉得自己的血脉和他们相通时，才渐渐地看到了他们的足迹，听到了他们的声音，终于在一个雪后初晴的日子，特利在紫杉下看到了他们……伴随着一连串的努力和紧张、希望和失望、喜悦和悲伤，特利终于攥住了过去那些孩子们的手！而在这一过程中，特利初尝了人生的苦涩。不但是挫折，而且即便是在最欢乐的顶点，他也必须面对这样一个残酷而悲伤的事实：这些孩子已经死去了！ L.M.博丝顿无非是想让小读者们在这个梦与冒险、友情的故事里，过早地体验真实的人生。

在今天，过去鬼魂出没的那些黑暗的空间正在减少。有人说，现代是一个黑暗消亡的时代。孩子们不再害怕那些少得可怜的黑暗的空间了，他们对黑暗的感性变得愈发迟钝起来。

他们恐惧的是人类精神以及文化负面里的黑暗。

这又给儿童的幽灵小说留下一个新的课题。

① 谷本诚刚：《幽灵小说》，载《英美儿童文学（体裁主题分类）》，日文版，中教出版1987年版。

② 金原瑞人：《儿童文学中的幽灵们》，载《幻想文学特集：英国幽灵故事》，日文版，幻想文学出版局1993年3月。

③ 城户典子：《作为常见的主题和表现手法的“相遇”和“治愈”》，载《日本儿童文学》1991年6月号，日文版，文溪堂。

幽灵：幻想文学与魔幻现实主义之争

我不再一味躲避

我以上所谈及的幽灵，均出自幻想文学的经典。但我始终感到有一片嘈杂聒噪的声音在困扰着我，让我耿耿于怀——我一直置拉美的魔幻现实主义作品中的幽灵于脑后而不顾，这显然不是我的疏忽。其实，在本书的叙述中我一直小心翼翼地回避着魔幻现实主义，这是因为我认为它与幻想文学有着本质上的差异。

看来，一味躲避毕竟不是长久之计。

我也不想在结束本书之前就让这个问题束之高阁。尽管这是一个概念嚼概念的沉闷而乏味的问题，但我还是想利用本章结束前的最后一点篇幅，来尽可能地澄清两者之间的区别。

鬼魂是魔幻现实主义的杀手锏。在被称之为“拉美爆炸文学”的两位中流砥柱的胡安·卢尔福的《佩德罗·帕拉莫》（又译《人鬼之间》）和加西亚·马尔克斯的《百年孤独》中，鬼魂作为主角，几乎贯穿了整个情节。《佩德罗·帕拉莫》打破了生死界限，实际上整篇小说从头至尾都是鬼魂的自述；而在《百年孤独》中，被用标枪刺穿喉咙的幽灵竟然在一个清晨来到仇人卧室，促膝相谈到东方发白……可以这样说，鬼魂是魔幻现实主义的一个重要特征。

既然幽灵同时出现在幻想文学和魔幻现实主义之中，为什么我们不能视它们为殊途同归的一对兄弟呢？

《新日本文学》杂志1991年夏季曾出版过一期特集《另外一种幻想文学——民众想象力的系谱》，其中介绍了国外的一些研究者的意见。他们认为，幻想文学和魔幻现实主义的区别在于：幻想文学中是一种“超自然的东西”的介入——它们突如其来地闯进故事，令读者惊异。我们认为根本不可能的事情却发生了，不止是鬼魂、怪物、精灵、吸血鬼纷纷出笼，而且空间和时间也自由自在地收缩、扩大、消灭以及诞生。梦和现实境界也互相侵蚀、融合。而在魔幻现实主义中则主要是“奇异的东西”在起作用——以此为标榜的故事里，所有的人、事件都被看作是合理的。但为了给读者一种奇异感，故意去无视那些合理的部分，而不给予说明。魔幻现实主义位于“现实的溶解（魔幻）与现实的模写（现实主义）之间”，“所发生的一切既是现实，又产生非现实的幻觉”。①拉美是一片奇异而神奇的土地，那里的现实本身就是奇异。这就注定了它与西方幻想文学的差异。

① 转引自《新日本文学》1991年夏季号《另外一种幻想文学——民众想象力的系谱》，日文版，新日本文学会。

6 Vampire 吸血鬼

幻想文学中，没有什么像吸血鬼那样令人恐惧而同时又令人心旌摇荡了。一摊猩红的血，是生命是死亡是暴力也象征着罗曼蒂克，而来往于只有一线之隔的虚幻和真实之间的吸血鬼，不仅仅是一个古老寓言，更是我们内心世界对永恒生命的一种渴求与惊颤。它生生不息，飞翔在漫漫黑夜里寻找着生命……在它身上我们看到了一个绵长永生的神话。

吸血鬼幻想

一个嗜血的怪物，幻化成一群吸血蝙蝠朝我们扑来——

还在本书是一团蠕动的茧蛹似的腹稿时，我就胆颤心惊而本能地拒绝这一章的到来。我曾几次踌躇着企图把这一章稿纸撕毁揉碎，然而我不能！如果删去，幻想文学就像一朵被剜去花蕊的鲜花那样一夜凋零——而且，我不用回头，凭感觉我就知道一个黑影正蜷缩在百叶窗后面，它的黑斗篷在夜风中鼓荡。有什么东西灼伤了我的眼，是它那对獠牙的反光，上面还沾着一滴殷红的血！我……我不能拒吸血鬼于门外……

一个嗜血的怪物，幻化成一群吸血蝙蝠朝我们扑来——

幻想文学中，没有什么像吸血鬼那样令人恐惧而同时又令人心旌摇荡了。一摊猩红的血，是生命是死亡是暴力也象征着罗曼蒂克，而来往于只有一线之隔的虚幻和真实之间的吸血鬼，不仅仅是一个古老寓言，更是我们内心世界对永恒生命的一种渴求与惊颤。它生生不息，飞翔在漫漫黑夜里寻找着生命……在它身上我们看到了一个绵长永生的神话。

我有点像在写一首赞美诗了。

尽管东方公元前就有关于吸血精灵的传说，但这些精灵还不是我们定义中的吸血鬼，真正的吸血鬼是欧洲文明的产物。

吸血鬼Vampir这个词汇在欧洲被统一起来固定使用，还是十八世纪初头的事情。我们从语源学上稍微进行一点考证，就会发现，它的生成相当复杂而且迷雾重生。日本的吸血鬼学研究者、德国文学专家种村季弘在专著《吸血鬼幻想》中，就丝毫也没有掩饰自己的束手无策：“关于近代欧洲流传甚广的吸血鬼Vampir一词的语源学的由来，曾经众说纷纭，直到现在也没有一种盖棺论定的说法。”①这是因为吸血鬼迷信覆盖的地域一度曾达到耸人听闻的地步，几乎欧洲的每一个角落都留下了它暗夜徘徊的身姿，而东欧尤为猖獗。据推测，今天的吸血鬼Vampir一词是以俄语及乌克兰语的upyr、波兰语的upior和斯洛伐克语upir为母型而演变过来的，或多或少带有一点飞翔的意思。虽然有点牵强附会，还是难免让人想起吸血蝙蝠的传说。

吸血鬼是血和鬼的复合体。

而这个“鬼”，显而易见地与我在上一章所叙述的幽灵截然不同。幽灵是轻盈无形的，它摆脱了累赘的躯壳而超越了死亡。但吸血鬼却要拖着一副沉重而日渐衰败的躯壳，出没于茫茫夜幕，一旦这具僵尸有一天土崩瓦解化为一把腐土，它的生命也就终止了。吉恩·玛理格尼在《吸血鬼——暗夜里寻找生命》一书中把这种区别写得就更加一目了然了：“鬼魂和吸血鬼不一样，鬼魂是不再有肉体躯壳的幽灵，因而对人无害；吸血鬼则是附体的鬼魂，是被炼狱里跑出来的灵魂所侵占的躯体。”②

它们与幽灵还有一个致命的差异：幽灵有善恶之分。而那些让我们倾心爱怜的多是一些含怨而死的善灵，它们原本是红颜薄命或痴情殉死的善良人，即便是死了变成了鬼魅，也依旧是江山易改本性难移，还是一副善良的模样，不会大开杀戒。它们只是为了前世的一段不了情而在这个世界上流连忘返。而吸血鬼一族则无一例外——全部是恶魔化身。它们涂炭生灵仅仅是为了延续那几具浑浑噩噩的尸骸而已，是一种令人发指的邪恶和罪孽。

吉田八岑在他那部“从古今中外僵尸复活的实例、吸血鬼传说的史实出发，力图描绘出一幅吸血鬼的原像”的实录性著作《吸血鬼》里，开篇第一句话就是：“恶魔学的三大主题，即扮演主角的恶魔、魔女和吸血鬼。这三者无一例外地被中世纪欧洲教会的教义视为大敌，斥为异端。作为黑暗的支配者，尽管遭到十数世纪的迫害，依然不屈不挠地活了下来。而其中最具幻想色彩的，又恐怕要算是吸血鬼了。”③在基督教中，吸血鬼属于恶魔的范畴，所以这些宗教的产物非常惧怕圣水，因为圣水在圣经中被说成是生命之源；十字架更令它们敬而远之。

吸血鬼的魅力在于那一滴一滴的血。

血是生命力的象征，远古神话里祭神的血是返老还童的灵药。古希腊史诗《奥德赛》第十一卷里，就有一个希腊勇士尤里西斯用祭献绵羊的血来召唤英雄亡灵的描写。而在宗教的教义中，血更被披上了一层神圣的光环——整个肉体的灵魂，就是它的鲜血。而依我看，我们之所以对它顶礼膜拜，还是在于我们对一种超越死亡的生命的渴望——血似乎是唯一能实现我们这种欲望的源泉。尽管吸血鬼狰狞可怕，但它让我们看到了一个从远古时代就开始躁动的梦想：不老不死。这才是我们对吸血鬼又憎又爱的根本原因。吸血鬼淋漓尽致地反映了我们当代人最隐秘的这种欲望。然而，这却是建立在杀戮上的一种延续，如果吸血鬼不夺走另外一个生命，它就不能苟延残喘。清楚地知道这一点以后，我们便开始颤抖了。正如路易·沃克斯在那本薄薄的、却将幻想的本质与历史阐述得极其透彻的《幻想美学》中所说的那样："……这种欲望在自己的体内涌出时，我们不寒而栗；我们将它一股脑儿地掷向体外那个怪物一样的东西里头去。"④

说到这里，我还没有给吸血鬼下一个简单明了的定义。

请你记住吧，第一，吸血鬼不是幽灵，它是一个附体的鬼魂；第二，吸血鬼晚上从坟墓里爬出来吸活人的血，以便延续还魂后的生命；第三，被吸血鬼残害后的人，死后也会变成吸血鬼。

……我不能再写下去了——有一头倒挂在屋檐下的黑蝙蝠似的东西飞了起来，又是一个黑夜。

我怕一个人待在黑暗里。

---

① 种村季弘：《吸血鬼幻想》，日文版，河出文库1992年第13版。
② 吉恩·玛理格尼：《吸血鬼——暗夜里寻找生命》，台湾时报出版1995年版。
③ 吉田八岑：《吸血鬼》，日文版，北宋社1990年版。
④ 路易·沃克斯：《幻想美学》，日文版，白水社1987年第18版。

吸血鬼的起源

她黑色的大眼将魔鬼隐藏在阴暗的深处

这一节，我从民俗学和文学这两个角度来探讨吸血鬼的起源。

在吸血鬼成为宗教里的撒旦之前，它是作为传闻在某些偏远孤冷的山村里不胫而走的——十一世纪，有了一个被除籍的骑士的尸骸离开坟墓的传说。不列颠群岛也是吸血鬼迷信的发祥地，十二世纪英国出版的编年史中，类似的记载已经屡见不鲜，而且更骇人听闻：死人夜里会爬出棺材来杀人，而掘开坟墓，却发现尸体完好无损，嘴上还沾着血迹。

而吸血鬼迷信的蔚然成风，还是借助了瘟疫的肮脏的翅膀。

十四世纪，瘟疫犹如魔鬼那黑色的斗篷无情地扫过欧洲大地，一时间尸殍遍野。因为怕扩散传染，一些还没有断气的人也被仓促掩埋，他们在墓穴里拼死挣扎而血流满面，以至被人们误认为是吸血鬼，其实是一批屈死鬼。这种干柴烈火的吸血鬼迷信到了十六世纪，反而愈演愈烈，连教会也承认了吸血鬼的存在。这股风潮直到理性主义占了上风的十八世纪，还一息尚存。

吸血鬼迷信终于在十八世纪后期迎来了它的末日。工业革命为欧洲带来了新的生机，愚昧无知的迷信是彻底地偃旗息鼓了。然而，就在人们几乎已经把吸血鬼这个词汇忘到脑后的时候，它又悄悄地复活了——一个大白天里就那么堂而皇之地登上了文学的殿堂！在《血的图饰——吸血鬼读本》一书中，作者须永朝彦也对此啧啧称奇："十八世纪后期的欧洲，是一个被称之为'伏尔泰时代'的理性万能的启蒙主义占主导地位的时代，吸血鬼遭到了伏尔泰义正词严的否定。而穿过它，吸血鬼却第一次在文艺的世界里复活了，吸血鬼甩掉土俗的风姿，在浪漫的虚构中再一次获得了新生。"①这里有一个大背景的问题。尽管哲学家伏尔泰对吸血鬼迷信深恶痛绝，却不能阻挡人们对它浮想联翩——一旦人们抛弃了从前的信仰，便会产生幻想的作品。十八世纪末兴起的浪漫主义思潮，对理性主义进行了大胆的否定，放纵幻想，他们甚至提出了"回到中世纪"的口号——于是，吸血鬼便死灰复燃了！

但这一次它不是作为迷信，而是作为一种艺术形象走进了缪斯女神的神殿。

十九世纪初，浪漫主义诗人的作品里出现了吸血鬼。但它们不再是一批面无血色的僵尸了，诚如吉田八岑、远藤纪胜在他们合著的《吸血鬼学入门》里所指出的那样："在虚构中登场的吸血鬼，无一例外都是令人仰慕的绅士、婀娜多姿而又有着高贵血统的妇人，是一群极有魅力的角色……"②的确，在诗人的笔下，吸血鬼一改往昔的邪恶和丑陋，它们往往以俊男美女的形象出现，从此就被染上了一层情欲的色彩。然而，诗歌的读者毕竟寥寥无几，吸血鬼再次走红还是靠的小说。1819年，一个名叫波里道里的人盗用大诗人拜伦的名字，在一本杂志上发表了一部题为《吸血鬼》的中篇小说，一炮打响，在法国掀起了一股吸血鬼的热潮。

而吸血鬼文学中真正称得上里程碑式的经典作品，还要算是1871年出版的勒·法努的《卡蜜拉》和稍后在1897年问世的史托克的《德库拉》。后者的影响远远地超过了前者，成为一个不朽的神话。今天，德库拉（dracula）在世界上已成了家喻户晓的吸血鬼的代名词。

这里有一个插曲。

两部吸血鬼小说如出一辙，其中塑造的吸血鬼形象都取自历史上曾有过的吸血暴君，只不过是一男一女。

十七世纪初的匈牙利，一支骑兵队冲进了位于重峦叠嶂的喀尔巴阡山中的一座古堡。有消息说，城堡的主人巴托里伯爵夫人嗜血成性，从四处抓来的无辜少女像被送进了屠宰场，被伯爵夫人放血豪饮。她被人描绘成一个恐怖的象征："魔鬼进入她的身体，她黑色的大眼将魔鬼隐藏在阴暗的深处，面容因中魔鬼的毒素而变得苍白，嘴像一条游移的小蛇般扭曲……"③就在古堡沦陷的那一刻，巴托里伯爵夫人还在里头进行着血腥的杀戮，至少有数百人惨遭迫害。虽然她不是一具吸血僵尸，但她至少是一个丧失了人性的衣冠禽兽，据说她在喝别人的血时异常快乐，还用血来沐浴以永葆自己的青春。

勒·法努在《卡蜜拉》中构思了一个名叫卡恩斯坦的伯爵夫人，又名卡蜜拉。他把她描绘成一个残暴而又淫荡的女人，而这显然是以巴托里伯爵夫人为原型的。作品的血腥味并不浓，相反倒飘荡着一种梦幻般的感觉。

故事的叙述者是一位叫罗拉的女孩，她和曾是军人的父亲一道隐居在德国东部的一个古堡里。一天，一场意外的马车事故，一个谜一样的女人卡蜜拉被送进了古堡。虽然卡蜜拉从不谈自己的贵族经历，但罗拉还是被妖艳的卡蜜拉迷住了，每次卡蜜拉都紧紧地拥着罗拉，吻她，接着她感到脖子被勒住了，便在可怕的痉挛中失去了知觉。连续三个星期里，她开始出现了脸色苍白、瞳孔放大的病兆，但她还相信自己健康如初。一天夜里她从梦中惊醒，看到卡蜜拉就站在她的床边，睡衣上还沾着鲜血……而就在那些日子里，邻近的村子里开始蔓延一种怪病，一个又一个女孩不治身亡……随着一位曾有着被吸血鬼夺走爱女的惨痛经历的老将军的登场，人们注意到了卡蜜拉的存在。他们掘开了卡蜜拉匿身的坟墓，看到了一具可怕的吸血鬼。

小说表现了惩恶扬善的主题，在故事的结尾，罪恶终于在上帝的力量下溃退。而且引人注意的是，作者将心理学的要素导入了吸血鬼小说，不是单纯地把吸血作为一种肉体的暴力来处理，而是用它象征人的精神。还要提一笔的是，他在作品中描写了一种倒错的性爱，即吸血鬼卡蜜拉与叙述者罗拉的暧昧关系，这在当时显然是脱离常轨的。

比巴托里伯爵夫人有过之而无不及的，是十五世纪一个绰号叫德库拉的杀人魔王的血腥暴行。

传说中的德库拉简直宛如吸血鬼的化身。他是多瑙河的一个叫瓦拉奇的公国的督军，本名叫弗拉德。德库拉（dracula）即魔鬼，是他的一个别称，他还有一个更加毛骨悚然的绰号特普（tapes），意思是旋木桩刑的刽子手。他凶恶成性，为了作乐而把成千上万的人用小木桩戳死。而据考证，这显然是一种夸大的说法，在中世史学者N.斯道依齐斯库的《德库拉伯爵——罗马尼亚流传的正史》④以及历史学者马克纳利等人合著的《德库拉传说——寻访吸血鬼的故乡》⑤的著作中，作者还以一个弗拉德本来的面目，他实际上是罗马尼亚的民族英雄，曾率众打败过来自奥斯曼帝国的入侵者。

但蒙在他身上的污名是洗不清了。四百年后，一个叫史托克的英国人选择了他，以这个传说中的人物为模特创作了长篇吸血鬼小说《德库拉》。

史托克为了制造一种逼真的氛围，采用了新闻体的写法。而且他把《德库拉》的主要场景——那座阴森可怖的城堡，放到一个类似塔特拉山脉的环境中。而塔特拉山脉就是喀尔巴阡山的最高峰，这让人想起那个吸血魔王巴托里伯爵夫人的罪行。他继承的是哥特小说的衣钵，但使用了十九世纪末的大量的医学资料，从而诞生了一个历久不衰的吸血鬼的形象。

小说一方面继承了民间传说中的吸血鬼的某些特点，比如没有镜像、怕大蒜和十字架等，同时又首开先河，创造了一个白天潜伏在棺材里、晚上出来杀人吸血的僵尸。这后来成为了现代吸血鬼的一个特征。小说之所以取得了巨大的成功，还在于它迎合了当时社会上弥漫的一种颓废主义的空气。小说被称为"本世纪最美的小说"，直到今天仍在世界各地不断地再版，成为二十世纪的一个神话。我们今天所说的吸血鬼，其实都来自史托克的《德库拉》。

这部现代吸血鬼传说的奠基之作讲的是一个什么故事呢？

为了一桩购买土地的业务，英国青年哈克奉命千里迢迢地来到了委托人德库拉伯爵位于崇山峻岭之中的古堡。

他抵达这里时已是阴风呼啸的深夜了。森林里传来阵阵狼嚎，马车绕过悬崖峭壁，在一个身着黑衣的人面前停了下来。借着微弱的烛光，他看清这是一个有着鹰钩鼻，脸孔苍白得吓人，鲜红的嘴唇下一排牙齿分外尖锐的老人。哈克觉得奇怪的是，德库拉伯爵从来不和他一起吃饭，而且这座残破不堪的城堡里似乎只有伯爵一个人。最叫人胆寒的是，德库拉伯爵在镜子里没有映像。那天正当他刮脸时，一声招呼吓得他把下巴划了一个口子，是德库拉伯爵站在他的身后，可镜子里却只有他一个人！见到他脸上的血迹，德库拉伯爵的眼睛里闪出一抹恶魔般的光芒，然后一把抓住了他的脖子。要不是哈克胸前的十字架……

他被囚禁在城堡里了。半夜，他看到德库拉伯爵在城堡的外壁上爬行，好像一头壁虎。这个德库拉伯爵究竟是什么呢，是人还是怪物？一天，哈克终于在一大堆日记和信件中发现了一个秘密：德库拉伯爵是一具僵尸，一个夜间从棺材里爬出来吸血的吸血鬼。

他发现古堡的墓穴里堆着近五十个大木箱。这些木箱即将运往英国，他掀开其中一个，发现德库拉伯爵躺在里面，看上去比活着的时候要年轻，苍白的脸上一张红唇格外恐怖，嘴角还渗出一滴鲜血。他没法阻止这批箱子漂洋过海，后来他从报纸上得知：一艘客船被一场飓风刮进了港湾，但船上却空无一人，船长死在舵把前面，只有五十个装满泥土的大木箱子。

这时哈克也追踪到了英国。但是已经是太迟了。吸血鬼向他未婚妻米娜的女友露茜伸出了毒手。露茜奄奄一息了，医生发现她的颈动脉上面有两个小洞。露茜死后也变成了一个吸血鬼。哈克在赫尔辛教授和美国人莫里斯的帮助下，与吸血鬼们展开了全面的决战！德库拉伯爵又把米娜变成了他的俘虏，他一边吸她的血，一边阴险地狞笑着："我和你血肉交融了，当我用感应呼唤你的时候，你要立刻穿越大地和海洋，来到我的身边……"为了挽救昏睡的米娜，也为了向德库拉伯爵复仇，哈克他们一行死追德库拉伯爵不舍。

德库拉伯爵向古堡逃去，就差一步了。装着吸血鬼的木箱子眼看就要被运进他的老巢了，就在太阳落山之前，哈克他们拦下了马车。箱子被撬开了，德库拉伯爵躺在箱子里，脸色惨白犹如一尊蜡像。他两眼通红，露出一种凶残无比的目光，他看到残阳如血，眼中不由得闪过一线获胜的希望。可就在这一刹那，莫里斯的匕首刺进了这个老吸血鬼的心脏。一个奇迹发生了，他的整个身子化成一团尘埃消失在夕阳里了。⑥

① 须永朝彦：《血的图饰——吸血鬼读本》，日文版，贝遥套陆工房1993年版。
② 吉田八岑、远藤纪胜：《吸血鬼学入门》，日文版，社会思想社1993年版。
③ 转引自吉恩·玛理格尼：《吸血鬼——暗夜里寻找生命》，台湾时报出版1995年版。
④ N.斯道依齐斯库：《德库拉伯爵——罗马尼亚流传的正史》，日文版，中央公论社1985年版。
⑤ 马克纳利：《德库拉传说——寻访吸血鬼的故乡》，日文版，角川书店1975年版。
⑥ 根据《德库拉》（日文又译《吸血鬼德库拉》）日译本缩写，东京创元社1991年第22版。

现代吸血鬼小说

有一只手把它从泥沼中捞了出来

如果墓穴里的那些十八世纪之前的吸血鬼有灵，它们一定会为吸血鬼一族在二十世纪的兴隆而瞠目结舌的。

一时间西方的暮色黄昏充满了吸血蝙蝠，它们像黑色的雪片一样遮天蔽日，血红的夕阳失去了光彩，继吸血鬼小说的经典《卡蜜拉》和《德库拉》之后，新的作品铺天盖地而来，有的书评家甚至失声叫道：一个吸血鬼的时代开始了！这些狰狞的黑蝙蝠之所以会长驱直入，是因为人们敞开窗户欢迎了它们的到来——一个巨大的读者市场悄然形成。

许多年过去了，人们还是为吸血鬼而狂热地陶醉。蓦然回首，我们发现尽管吸血鬼已是两鬓染霜了，但它们还是那么顽强地屹立在号称金字塔之作的《德库拉》的光影下，旧貌如初。它们还是在月圆时伸出枯枝般的手向我们走来，带来一种朦胧而甘甜的永生的臆想；它们还是在腐朽和苦寂中孤军奋战……这时的吸血鬼，至少在文学意义上，已成为了一种偶像。我们仍然可以用神话模式来解释这种现象：成千上万的人为吸血鬼而怦然心动，为吸血鬼而趋之若鹜，是由于我们在吸血鬼文学中仍然可以破译一个人类原始的梦幻，这就是不死的愿望。

直到近几十年，古典的传统才被打破，吸血鬼才有了一点离经叛道的变化。不只是形象，作品的主题和涵义也更加深刻了。这种新的突破表现在：不再是一味而不厌其烦地强调永生的渴望了，人类生存的意义在吸血鬼文学中得到了讨论。例如《饥饿》中就细腻地展现了另外一种悲哀：女主人公作为一个不死者，就必须与爱人们的尸骸相守几百年，在无边无涯的黑暗中孑然一身地与永远的孤独搏斗。这样的永生还有意义吗？而在《我是传说中的吸血鬼》中，更是把锋芒直逼人类的本质和现代文明的弊端：主人公突然发现，除了自己，这个世界上所有的人都是吸血鬼。在这里吸血鬼和人来了一个彻底的大对换，吸血鬼变成了寻常的种族，而人则成了一个异常的怪物。这不能不让我们思考许多问题。人类究竟应该怎样生存，才能不堕落为一个被星球抛弃的可怜虫？

到了20世纪70年代，诞生于欧洲的吸血鬼开始了一场大迁移。

它们厌倦了欧洲这块刻板而毫无生气的土地，投向了美国人的怀抱。美国人无拘无束的幻想，使穷途末路的吸血鬼们看到了一线生机。又是几十年过去了，如今，吸血鬼在美国已深入人心。它们早已抛弃了阴森森的古堡，混迹于现代大都市的街头，用吉恩·玛理格尼的话来说，就是吸血鬼“已是‘美国生活方式’的一部分，这则传说也几乎随美国文化传遍世界各地”。①上一节提到的须永朝彦也在《血的图饰——吸血鬼读本》中无可奈何地摇头哀叹道：“……美国人成了世界上最狂热的吸血鬼迷，几乎可以说德库拉在美国已成了一种英雄。”②

而其中最引人瞩目的作品，则又是出自恐怖幻想小说的王者斯蒂芬·金之手。

《撒冷镇》是斯蒂芬·金介于处女作《嘉莉》与被誉为恐怖小说的顶点的《闪灵》之间的一部作品，是他的第二部长篇小说。在他染指吸血鬼这个快要老掉了牙的题材之前，吸血鬼已是风雨飘摇了，它们一遍又一遍地被炒着冷饭，毫无新意，热情一落千丈的美国人开始唾弃这些正在溃烂的僵尸了。正如永井淳在《撒冷镇》的日译本的“解说”中所表示的怀疑那样：浓雾弥漫的城堡、一辆穿行在灰暗的林子里的马车以及闪烁着鬼火般灯火的小村落……以这种古典背景展开的吸血鬼故事，似乎再也不能对现代人的心灵构成威胁了。于是，吸血鬼、恶魔们便背井离乡地离开了老巢，无奈地在二十世纪的新英格兰的农庄小镇和纽约的摩天大楼之间颠沛流浪……在这样一个时代，还能像史托克的《德库拉》那样再一次给读者带来战栗吗？③

就在饥寒交迫的吸血鬼快要溺死的一刹那，有一只手把它从泥沼中捞了出来。**是斯蒂芬·金挽救了濒临绝境的吸血鬼一族**。他给它们注入了现代的血液，使它们重振雄风——于是我们身临其境地看到了这样一个故事：现代美国的一个小镇，有一天突然充满了死亡的血腥，一个现代的噩梦就从我们熟悉的一天开始了……小说充满了现实感，而这种我们习以为常的现实感中却闪耀着一种不安与恐怖，我们就这样被斯蒂芬·金拖进了那个被吸血鬼污染的小镇，眼睁睁地看着它慢慢变质，走向崩溃。

斯蒂芬·金是怎样想到让古老的吸血鬼在现代复苏的呢？

在《恶梦的种子——斯蒂芬·金访谈录》这本书里，斯蒂芬·金这样回忆道：我曾在高中教授过史托克的《德库拉》，为它的魅力而感叹。一天晚上，和一个朋友聊起了这个问题，我说：如果德库拉在现代复活了该是怎样一幅局面呢？我妻子说，它首先要获得入境签证，然后便会被出租车碾死。而我的友人却说：要是它选择内陆的一个小镇上着陆呢？比如，当你穿过这样一个小镇时，即使它是一个死镇，你也不会察觉到任何蛛丝马迹。④

斯蒂芬·金就这样有了一个初步的构思。在《撒冷镇》中，他果然把舞台搬到了现代，但他却没有太离谱，没有置德库拉的崇拜者不顾而走到另外一个极端，还是让吸血鬼保持了原来的传统和本色——诸如惧怕阳光、蒜及十字架，一夯便能让它一命呜呼……也不去解释吸血鬼存在的合理性，而是把所有的笔墨都放到了对现实的日常生活的描写上。而正因为这种叙述，才使我们感到不可能存在的吸血鬼就存在于那里。斯蒂芬·金的吸血鬼是民族化的，它就扎根在美国的现实的风土中，等于为我们打开一扇窗，让我们窥见一个活生生的美国社会的横断面。

同时，斯蒂芬·金在书中还塑造了一对至死不渝的男女主人公。作品需要激情，需要让读者一起去同呼吸共命运。世界悬念大师希区柯克在《希区柯克论电影》中就说过："对我来说，神秘往往不包含悬念。例如在Who did it '谁杀的'（推理小说或神秘小说）里，悬念是不存在的，而只有一种知性上的疑问。所以它只能引起一种缺乏激情的好奇；而激情正是悬念所必不可少的因素。"⑤斯蒂芬·金当然明白这一点，我们不是被吸血鬼，而是被一对男女主人公的爱情悲剧而紧张而心碎。日本著名作家、《挪威的森林》《寻羊冒险记》的作者村上春树，在一篇题为《斯蒂芬·金的绝望与爱》的文章中就把斯蒂芬·金的魅力归结为这样一种激情。他在阐述了良质恐怖小说的本质之后，写道：用一句话来概括斯蒂芬·金所思考的恐怖就是"绝望"。斯蒂芬·金的小说中登场的人物，都是一边在绝望的阴影里颤栗，一边追求一种暂定价值观下的解脱的生活。这多是男女之爱和家庭。开始似乎一切运转正常，然而绝望这种无法抵抗的超自然之力很快就降临到了他们头上。爱也无能为力，因为从呱呱坠地起身上就被刻上了"绝望"两个字。反过来说，就是他们只能透过绝望来叙说爱。……比如在《撒冷镇》中，男主人公和少年只有把变成吸血鬼的情人、父母杀死，才能把爱留在心中。⑥我们正是被这种凄绝悲凉的爱而感动。

作家勃恩为了创作一部新的长篇小说，回到了童年的家乡。

这是一个偏僻乡村的小镇。

马斯特恩公馆还完好如初地屹立在那个能够俯瞰整个小镇的山坡上。这里曾发生过残酷的凶杀案，被人称之为“鬼屋”。一看到它，勃恩又想起了幼年时代一幕可怕的情景：一次他偷偷地钻进屋去，却遇到了自杀的主人的亡魂……在勃恩返回故乡的同时，一个自称史崔克的谜一样的男人买下了这座公馆。这个秃头绅士在小镇上开了一家古董店，和一个不露面的叫巴洛的人共同经营。

当勃恩和一个叫苏姗的姑娘坠入爱河，并开始习惯上了小镇的生活时，一系列不可解的事情发生了。

一对兄弟在前往少年麦克的家时，途中在森林里不知遭到了谁的袭击，弟弟下落不明，哥哥达尼被找到时已奄奄一息。勃恩和镇子里的老教师马特不约而同地感到这与马斯特恩公馆有着某种联系。数天之后，伴随着达尼的死亡，一种异变在不安的现实中蠢蠢欲动。镇子里的死者在急剧增多，而且遗体不知消失在什么地方。就在这时，守墓人的僵尸扑向了马特，马特由于惊吓而心脏病发作；另一具僵尸、被埋葬在墓地里的达尼也出现在少年麦克面前。尽管这些龇牙咧嘴的怪物被十字架击退了，但整个镇子已是四处晃动着吸血鬼的影子了。

侥幸逃过了死神阴影的马特，在病院里喃喃地对主治医生说，镇子正遭到吸血鬼的进犯……医生半信半疑，决定和勃恩守在一具死尸旁边。太阳一落山，死尸就在他们的眼前坐了起来，变成了一个青面獠牙的吸血鬼。他们和吸血鬼展开了一场死战，最后吸血鬼和十字架一起炸得粉碎！而另外一条线上，有勇无谋的苏姗为了查明真相，竟然一个人钻进了马斯特恩公馆。在这里，她碰到了少年麦克。想不到两人却落入了史崔克的魔掌。原来他还只是一条走狗，而那个巴洛才是一个具有永远的生命的吸血鬼。凶相毕露的史崔克把少年麦克捆好，就把苏姗拖到地下室里，送给了巴洛。少年麦克从绳索里挣脱出来，杀死了吸血鬼的帮兄史崔克，正要去救苏姗，但已经晚了，黄昏降临，苏姗没有逃过大吸血鬼巴洛的毒牙。这一天的晚上，又有更多的人变成了吸血鬼。

第二天，镇子沉陷在死一般的寂静中。

勃恩强忍失去苏姗的悲痛，和少年麦克、医生以及神父一起潜入了马斯特恩公馆。然而巴洛早已不知去向，只剩下变成了吸血鬼的苏姗。没有别的办法，勃恩只好把一根尖锐的木桩砸进了苏姗的心脏。这天晚上，少年麦克的双亲惨遭毒手，神父也没有逃脱厄运。

整个镇子上仅剩下三个人了。趁着太阳当头，勃恩他们搜遍了镇子上的每一个角落，最后在勃恩借宿的屋子下面发现了一个地下室。医生死于暗箭，但勃恩他们终于找到了吸血鬼们的棺材。当他们掀开巴洛的棺材时，正是红日西沉的一瞬，说时迟那时快，一把锋利的木夯钉进了他的胸膛，轰的一声，这个吸血鬼化成了一堆灰土。

勃恩和少年麦克逃出了这个吸血鬼的小镇，开始流浪天涯。一年后，他们回到了这座已经变成一片废墟的小镇，一把火把它烧得干干净净。⑦

继斯蒂芬·金在1975年推出了《撒冷镇》之后，1981年F.P.威尔逊和R.R.麦肯蒙又推出了两部畅销世界的吸血鬼小说《城堡》和《它们饥渴难挨》。后者与《撒冷镇》并无太大的区别，只是规模更加浩大，描写了军警与企图占领大都市的吸血鬼一族的血战。日本的书评家风间贤二在《现代吸血鬼小说的系谱》一文中，将吸血鬼小说分为两大类，即“侵略型”和“浪漫主义的苦恼型”。⑧而《它们饥渴难挨》就是侵略型的代表作。《城堡》虽然也可以归于这一大类，还没有摆脱对“由吸血鬼构成的恶魔一族征服世界的欲望和失败”的描写，但它是一部迥然不同的异色作。作品的舞台是第二次世界大战中的罗马尼亚，德军在攻克了一座五百年的城寨之后，发现墙壁里镶嵌着16807个近似于“T”字的十字架……故事就从这里揭开。作品中出现的不是德库拉似的吸血鬼，而是一种恶灵，它们的诞生远在人类文明之前，是地球还是一片混沌的光明和黑暗时代的产物，它们以人的不幸为食……无疑，这是对吸血鬼的一种崭新的解释。

而“浪漫主义的苦恼型”的代表作，则要首推女作家安·莱丝的大长篇《夜访吸血鬼》了。

《夜访吸血鬼》完全跳出了一般吸血鬼小说的模式，不再徘徊流连于表面，第一次将笔触伸进了吸血鬼的本质，对生命进行了一次哲理性的思考。它不是一部通俗的恐怖小说，而是一部纯文学作品。

小说没有采用一般常见的写法，而是采用了现实感更强的采访录的形式。因此有的评论家说，这其实是一部吸血鬼的自传。

旧金山的一个寒冷的冬夜，在一幢破旧衰败的房间里，一个俊美潇洒的吸血鬼向一个少年记者叙述整整两百年的悲欢离合。这自十八世纪开始的延续了近两个世纪的凄美哀婉的故事，超越了我们的想象，随着他冷峻的叙说，我们看到了一个吸血鬼的支脉的爱与恨，看到了另一个沉暗狂迷的世界。小说的一开始，是这样描写这个具有凡人感情及善良特质的吸血鬼的：那个吸血鬼看起来异常的洁白光滑，好像是用漂白过的骨头雕镂出来。他的脸孔如雕像一样，毫无生气，除了两颗闪着耀眼绿色光芒的眼睛，宛如骷髅头里的火焰……他讲述的是一个怎样的故事呢?

1791年，二十五岁、朝气蓬勃的庄园主路易斯还没有从弟弟的死亡阴影中摆脱出来，就遭到了吸血鬼黎斯特的袭击而变成了吸血鬼。

黎斯特不知已在世上活了多少年，他英俊而冷酷。然而路易斯却怎么也无法抛弃凡人的感情，他也杀戮吸血，他永远也忘不掉黎斯特割开手腕让他吮吸时的感受和刺激——在吸血的时候，我只看到光线，接下来是……声音。起先是沉闷的隆隆声，然后变成擂鼓的声音，愈来愈大，好像一个巨大的怪物慢慢地穿过黑暗怪异的森林，沉重脚步宛如巨大的擂鼓声。接着出现了另外一个鼓声，仿佛在它之后几米又出现另一个巨人。而两个巨人各自发出自己的鼓声，不管别人的节奏如何。这些声音愈来愈大，直到不只盈满了我的听觉，似乎也塞满了我的知觉，在我的嘴唇、手指、太阳穴及血管里震动……一个鼓声是我的心跳，而另一阵鼓声则是他的。

杀戮使路易斯重温了生命。他在二百年后这样对采访他的记者说：杀戮不是平常的行动，不只是把血吸得饱饱的，那当然是体验到别人的生命，也常是体验到那个生命经由血液而慢慢地消逝，那是一遍又一遍重演我失去自己生命的体验，那个在我吸黎斯特手腕的血、感觉他的心与我的心一起跳动时的经验，因为对吸血鬼而言，那是最极顶的经验。

但当时路易斯极少杀戮，他多半靠动物的血为生。

他和黎斯特在庄园里开始了同居的生活。路易斯渴望知道吸血鬼的一切，然而黎斯特只是把他看作一个奴仆，路易斯决定早晚有一天要离开这个恶魔，一个人去探求真理。黄昏又来临了，感觉敏锐的黑人奴隶们终于发现了破绽，把庄园围得水泄不通。两人杀出一条血路，逃到了一个叫钮奥良的小城里。

在一间破房子里，路易斯看到一个形容憔悴的小女孩爬在母亲的死尸上哭泣，他再也按捺不住生理上像火一样的饥渴了，他扑向那个女孩——他已经四年没尝过人血了，他又一次听到了人、确切地说是一颗儿童心脏那快速、执拗的跳动。小女孩拒绝死去，她的血差点要了路易斯的命。为了拴住路易斯，黎斯特杀死了这个只有五岁的小女该，又把她变成了小血鬼克劳蒂亚。

一转眼几十年过去了，尽管路易斯深深地爱着克劳蒂亚，每天搂着她睡在一个棺材里，但克劳蒂亚却开始变化了。她发现自己永远也不能长大，而心智却早已不是一个五岁女孩的躯壳所能容得下的了。她继承了黎斯特的残暴，但也从路易斯身上学到了智慧。经过了这么多年，黎斯特多疑凶险的脾气丝毫也没有收敛，克劳蒂亚和路易斯再也忍受不了这个暴君了，他们决定出逃，去欧洲寻找“我们究竟是什么”的答案。但黎斯特追踪而来，克劳蒂亚一刀切开了他的喉咙。

在巴黎，他们找到了一个名叫“吸血鬼剧院”的吸血鬼的老巢。在那里，路易斯被一个绅士气十足的吸血鬼阿曼所吸引；而克劳蒂亚也把一个叫麦德琳的女人当成母亲……但他们一点也没察觉厄运正在悄悄地逼近，黎斯特没有死，他和剧院的吸血鬼把路易斯强行装进棺材，埋了起来。而当阿曼把他从死亡中解救出来的时候，克劳蒂亚和麦德琳已惨遭毒手——麦德琳可爱的红发夹杂了克劳蒂亚的金发，金发在风中搅动闪耀。但是，原来活生生的东西都被烧毁了，没有烧掉的是头发，是空荡荡的丝绒长衣裳，是有白色花边的染血小衬裙。那个曾经是麦德琳的黑焦枯干的东西，还带着她脸孔的痕迹，抓着孩子的手也完整得像木乃伊的手。但那个孩子，那个古老的该子，已经变成了灰烬。

为了复仇，怒不可遏的路易斯一把火把吸血鬼剧院烧了个精光……

美国的评论界认为，安・莱丝站在吸血鬼一侧，细致入微地刻画了一个吸血鬼的精神世界。我们曾盲目地渴望获得一个永不枯萎的生命，而当真的变成一个不老不死的怪物以后，又是怎样的空虚、孤独和悲哀！我们惊叹安・莱丝怎么能那么形象而又生动地描绘出吸血鬼的种种感受，宛如她曾经是一个吸血鬼。

而其中最让人牵肠挂肚的是那个永远也长不大的小吸血鬼克劳蒂亚，她美丽又聪慧，我们可以看出安・莱丝在她身上倾注了相当多的感情。安・莱丝曾有过一个童年早逝的女儿，人们猜测，她在克劳蒂亚身上寄予了对女儿的思念。

现代吸血鬼文学带给我们新的思考。但它仍和那些古老的传说一样，依旧体现的是我们人类对鲜血、永恒不朽的生命和黑夜的追索。

①吉恩・玛理格尼：《吸血鬼——暗夜里寻找生命》，台湾时报出版1995年版。
②须永朝彦：《血的图饰——吸血鬼读本》，日文版，贝遥套陆工房1993年版。
③引自《撒冷镇》日译本永井淳的“解说”，日文版，集英社1991年版。
④《恶梦的种子——斯蒂芬・金访谈录》，日文版，株式会社理普兰特1993年版。
⑤弗朗索瓦・特吕弗：《希区柯克论电影》，上海文艺出版社1988年版。
⑥村上春树：《斯蒂芬・金的绝望与爱》，载《现代恐怖小说与美国——斯蒂芬・金的研究读本》，日文版，北宋社1985年版。
⑦根据《撒冷镇》日译本缩写，集英社1991年版。
⑧风间贤二：《现代吸血鬼小说的系谱》，载《舞蹈的文学》，日文版，自由国民社1993年版。

可爱的小吸血鬼

试试看

西方的儿童文学中，吸血鬼题材的作品并不少见。但它们与成人文学中的狰狞可怕的吸血鬼相差甚远，往往被异化而成了一类可爱的形象。

德国儿童文学作家A.S.博德波克在1979年出版了一部面向少年读者的吸血鬼小说《喜欢推理小说的小吸血鬼》。

> 阿特一个人孤零零地被留在家里，无聊透了。换上睡衣，钻进被窝捧起一本吸血鬼的书看了起来。这时，窗台上出现了一个披着黑斗篷的真正的吸血鬼……只是这个名叫留德卡的小吸血鬼和孩子一样的矮小，而且还惧怕黑暗，整天幻想着和人类的孩子交朋友。它的妹妹安娜也是一个小吸血鬼，连牙齿也没有，还要喝牛奶……

小说就描写了这样一个没落了的吸血鬼一族与人类孩子之间的友谊，幻想中带着一种淡淡的恐怖。

想不到一出版却大受孩子们的欢迎。结果欲罢不能，作者干脆辞去了原来教师的职务，专门从事儿童文学的写作。仅是“小吸血鬼系列”，一共就出版了十部之多，被译成多种文字在世界各地出版。它的日译本还被列为“全国学校图书馆协议会选定图书”“日本儿童书研究会选定图书”。

我们何不打开紧闭的窗户，迎接这些有益无害的小精灵的到来呢？

试试看。

……只是窗子早已是锈迹斑驳推不开了。

下　部

构建古堡

我走进空无一人的古堡。
天已黑了下来。我点燃了一根蜡烛，小心翼翼地顺着墙壁朝前摸去。
长长的影子投射在过道上，我在尽头找到了梯子。直到我爬到古堡的最高点，我才发现这是一座多么令人惊叹的建筑啊。它由一块块石砖垒成，我想象不出工匠们是如何在这山巅之上筑起这座雄伟的古堡的。
几百根蜡烛亮了起来，我环顾四周……

7 Time 时间

时间真的像一个妖艳的鬼魅，宛如是来自宇宙深渊的幽灵——请原谅我又一次使用了这类鬼气森森的词汇，我有点陷得太深，似乎还没有爬出前面几章那片鬼魂的泥沼——它抽象而又具体，无形而又有形，一路狂奔带给你生命却又催魂索命地“噗”的一口吹灭了你的生命之灯。

两种理论：擎起时间之舟

我们可以说 NO

在记忆中的某个残叶飘零的初冬，我曾瞅见一个小男孩蹲在地上为他的小麻雀垒起一座坟茔。他伸起脸，泪眼蒙蒙地问大人："小鸟再也不能像过去那样飞翔了吗……"——他接近了一个一直迷惑着人类的古老命题：时间过去了就不能再回来吗？默伫一边的早已不会悲伤的大人摇摇头："它死了……"男孩最后的幻想像一个鱼鳔一样被无情地掐碎了。这时，一轮晦暗的太阳更加晦暗了，那个冬天他再也没有见过太阳。那个小男孩就是我，而我就是在那个寒冷的冬季第一次心酸地懂得——过去，就是一去不复返。

我们习惯了顺时：一个婴儿从呱呱坠地而日渐衰老走向坟墓……然而假如时针倒转，我们则会惊愕而畏葸地看见另外一幅画面：一具骸骨从墓穴中飘然升起，血脉贯通而一步一步地走向襁褓……这其实已经牵扯到了时间的一个最重要的概念，即时间的方向和它的不可逆性。它犹如一枚箭镞，甩下一大片尚未荒芜的过去而射向空白的未来。

过去一旦与我们失之交臂，我们就无法掉过头再走一次。

时间真的像一个妖艳的鬼魅，宛如是来自宇宙深渊的幽灵——请原谅我又一次使用了这类鬼气森森的词汇，我有点陷得太深，似乎还没有爬出前面几章那片鬼魂的泥沼——它抽象而又具体，无形而又有形，一路狂奔带给你生命却又催魂索命地"噗"的一口吹灭了你的生命之灯。正如彼得·柯文尼和罗杰·海菲尔德在他们合著的那部关于时间的理论专著《时间之箭》中所说的那样："象征时间的老人，代表死亡的骷髅收割者，同样带有一把镰刀、一瓶沙漏，这不是偶然的：时间到了谁也逃不过那把镰刀。"①

这让我们绝望：我们就这样永远地与过去诀别了吗？

这时，快要被浊浪卷走的我们突然攥住了斯蒂芬·霍金抛来的一根稻草。这位坐在轮椅上的当今世界继爱因斯坦之后最杰出的理论物理学家，在他的那部发行量达到1000万部、被译成40余种语言的名著《时间简史》②中提出了一个虚时间的概念。他在《霍金讲演录——黑洞、婴儿宇宙及其他》中以更通俗易懂的语言阐述道：你可以把通常的实的时间当成一根从左至右的水平线。左边代表早先，右边代表以后。但是你还可以考虑时间的另一个方向，也就是书页的上方和下方。这就是时间的所谓的虚的方向，它和实时间夹直角。③霍金引入的虚时间，是为了解释他的宇宙学。这个虚时间既没有开端也没有终点，这个“虚”也不是指的想象，虚时间是一种用来表达物理方程式的美丽的数学观念。

恐怕霍金不会想到：实时间和虚时间的理论却在另一片宇宙中引起了共鸣。

在幻想文学的领域中，人们早就对实时间和虚时间的存在深信不疑了。当然这仅是文学意义上的实时间和虚时间。一般又把它们称之为水平时间与垂直时间，也叫柯罗诺斯（chronos）时间和开罗斯（Kairos）时间。柯罗诺斯是希腊神话中的时间化身，是一个一手拿钟一手捏蛇的巨人；而开罗斯则是机运之神。水平时间就是我们平常所说的时间，如果左面意味着过去的话，右面就是未来，而垂直时间则是垂直其上的，如同一个十字座标轴。这个时间又被帕修拉鲁在《瞬间与持续》一书中称为“诗的瞬间”。这个时间存在于我们的内心深处，在那里过去和未来都是可逆的。虽然霍金的理论完全是另外一码事，但至少它让我们欢欣鼓舞地看到：这个世界上真的可能存在着另外一种时间。

我想，现在我们可以说No了。

现在我们可以对时间不可倒流的陈辞烂调大吼一声No了。

我们可以回到过去。幻想文学的理论轻而易举地就撑起了时间之舟，把我们送到昨天或是更遥远的过去……

必须在这里附加一笔的是，远在这种理论流行之前，科学幻想小说（SF）的作家们就已经在杜撰有关“时间机器”的作品了。

H.G.威尔斯是科学幻想小说的一只始祖鸟，他的长篇处女作《时间旅行者》就描绘了一个人乘坐时间机器自由地往来穿梭于过去和未来的情景。但我不想多对科学幻想小说妄加评说，因为在本书中我没有把它纳入幻想文学的范畴之列。不是限于篇幅，而是我不愿意把它们混为一谈——借用风间贤二在《舞蹈的文学》中的一句话来说，就是“科学幻想小说是扎根于现实的土壤，是把故事构筑在现实的科学、物理、生物学的延长线上的一种可能性的虚构。而幻想文学不是以现实世界为基础，它用自明的法则来描写超自然现象和实际根本不存在的生物，是一种非现实的虚构”。④

① 彼得·柯文尼、罗杰·海菲尔德：《时间之箭》，湖南科学技术出版社1995年版。

② 史蒂芬·霍金：《时间简史》，湖南科学技术出版社1995年版。

③ 史蒂芬·霍金：《霍金讲演录——黑洞、婴儿宇宙及其他》，湖南科学技术出版社1995年版。

④ 风间贤二：《舞蹈的文学》，日文版，自由国民社1993年版。

时间的旅人

蜜虫被凝结在鹦哥绿一样的水面上

早在本世纪初，就有人觊觎着时间那一大片月光撩人的水域了。拨开碍眼的蓑草，过去还有未来的水面犹如一个蒙着面纱的少女……时间的岸边上喧嚣开了，人们砍倒一人多粗的老树，凿成一艘艘独木船。这船还相当粗糙，带着一种原始味十足的刀劈斧砍的痕迹，但跃跃欲试的人们还是纷纷把它们向水边拽去。

第一个把独木船推下水的，是英国的伊迪丝·内斯比特。

伊迪丝·内斯比特是一个喜欢冒险和标新立异的女人，这时她已经是暮年初老了，然而她还是毅然决然地一个人下水了——四年前，也是她打破常规，连推带搡地把从格林兄弟时代就隐藏在非现实世界的妖精带到了孩子们的日常之中，一部《五个孩子和一个怪物》开辟了所谓的"日常巫术"（everyday magic）式幻想小说的新形式——眼前就是那片从未有人涉足过的水域了，无波无纹，独木船停在它的当中，像一头蜜虫似地被凝结在鹦哥绿一样的水面上。

渔网抖开，她给我们送来了《护身符的故事》。

1906年发表的《护身符的故事》，被后人称为时间幻想文学的开先河之作。用我们今天的眼光来重新审视，它已经让人打不起精神来了——故事不再新鲜，就好像是荒草丛生的后院栅栏下那个快被泥土埋没的长颈瓶。

父亲远行，母亲住院，雪利四兄妹被寄放在奶妈家里。一天，四个人在城里一家动物商店里发现了一个妖精。妖精的魔法早已丧失，但它让他们去古董店买回一块石头的护身符。可护身符只剩下了一半，"必须设法找到另外一半，"妖精说，"一块完整的护身符，才能逢凶化吉。这半块护身符能把你们带到任何想去的地方。"二楼住着一位考古学者，他们请他辨认护身符上的字，他刚读完，那半块护身符就变成了碎块。考古学者告诉孩子们：要想找回那块完整的护身符就一定要返回到过去。他们念着护身符的名字，竟然真的潜入到过去，来到了八千年以前的埃及……

这类故事现在早已是屡见不鲜了，可如果我们把它捧到阳光下，揩拭掉长颈瓶身上的积尘和青苔，我们还是可以多少辨别出一点它当年的熠熠光彩的。首先，伊迪丝·内斯比特头一次把时间旅行的概念引进了儿童文学，这在当时无疑是一种大胆的创举；而且整部小说写得情趣盎然，难怪《纳尼亚传奇》的作者C.S.刘易斯当年对《护身符的故事》是一片激赏，他认为这是一部老少咸宜的作品，甚至得出了儿童文学的一条基准："仅仅是让孩子们喜欢的故事是不良的儿童文学。"①

一百多年后我们再回眸过去，伊迪丝·内斯比特的那艘独木船早已遁入时间之雾中了。可是我们仍能清晰地看到：她撒下的一把把水浮萍的种子，却萌发成了一片又一片绿叶向我们的岸边飘来……

阿莉丝·安特丽的长篇小说《时间的旅人》，是继伊迪丝·内斯比特的《护身符的故事》之后又一部精彩绝伦的时间幻想小说。

1995年日本出版的《儿童文学的魅力——现在阅读的100本（海外篇）》一书中把《时间的旅人》推举为世界一百部最优秀的儿童文学作品之一，可见它的影响之大。然而我国的读者却对它寡见少闻，这不能不说是一个遗憾。阿莉丝·安特丽活到九十二岁，她与世长辞时留下了大约一百部左右的儿童文学作品。有意思的是，她写《时间的旅人》时也是一位白发飘飘的老媪了——不知是否人到了暮年才对时间格外的敏感——阿莉丝·安特丽显然是略胜伊迪丝·内斯比特一筹，她接过了前者抛来的时间之球，却没有把它单纯化，而是在二重构造的时间中营造出了一个扑朔迷离的现实与历史交叉的故事。

这部发表于1939年的作品，至今重读一遍也依然让人觉得新奇。

在伦敦出生的佩内罗普是一个喜欢终日沉湎于幻想的少女。一天，身体孱弱的她被家人送到了一个空气清新的农庄。

这里过去曾是一个领主的别墅，她独自一人徜徉在这个古树连天的地方，尽管过去了几百年，还是能够看出它往昔的巍峨和气派。不久，她在屋子里的墙壁上找到了一扇秘密的门，穿过去，竟意外地发现自己站在十六世纪伊丽莎白时代的一个厨房里。从老用人的嘴里，她知道了英国历史上一个有名的人物巴比特恩曾是别墅的主人。

从那一天起，佩内罗普常常走进另外一个时间的世界。

她很快就发现了一个触目惊心的事实，苏格兰的女王美阿莉就被关押在附近，而巴比特恩正为了解救女王在日夜不停地掘着一条地下隧道。而她作为一个二十世纪初的少女，已经从课本上学到了巴比特恩营救计划败露而使女王惨遭杀害的历史。她恐怖无比，想扭转女王的命运，但没人相信她的忠告。只有巴比特恩的弟弟相信她来自未来……她最终也没能够救得了女王。因为不论怎样努力，她也无法超越横亘在她和巴比特恩一家之间那堵厚厚的时间之壁……

二十世纪的少女佩内罗普，不断地走进十六世纪的时间世界。而这时，她的手表的指针就停止了走动。在这两种时间的交叉带上，展现了一个女孩子的丰富的内心情感世界，她的悲情和绝望，无一不唤起了读者的共鸣。对我们来说，时间幻想小说也是双重之旅，一方面与主人公一起经验他们的那个世界，而另一方面又在他们的引导下走进故事中的另一个世界——过去。

阿莉丝·安特丽的《时间的旅人》没有满足一种对时间的造访，而是在把景深推向更加深远的历史的同时，把主人公的命运也交织在两种大背景中。她把细节描绘得栩栩如生，所以让人对主人公在这样一个荒谬不经的故事中的感情变化丝毫也不觉得突兀，我们为她捏汗，为她扼腕。在这类时间的幻想小说中，另一个时间界面的现实感是极端重要的。稍有懈怠，就会露出破绽而影响了故事的真实感。

阿莉丝·安特丽的另一个高明之处是，她没有让少女改变历史，而是始终把她作为一个旁观者。正如《时间的旅人》的书名所示，这是一趟旅行，所谓的旅行就是有一个归宿点的出发。这个归宿点就是现在的故事，少女佩内罗普从这里出发，又回到这里。这后来几乎成了时间幻想小说的一个模式。

在《时间的旅人》问世的同时，有一部取材于时间的成人幻想小说《珍妮的肖像》轰动了整个美国。

我之所以要提到它，是因为我在下面一节要叙述到一部最重要也是最为人津津乐道的作品《汤姆的午夜花园》，与它有着某种形式上的雷同。两部作品的相似之处是：**两种时间不仅进行垂直的相交，而且其中一方有平行方向的伸**

展或是退缩。

《珍妮的肖像》的中译本的译者周煦良提供了该书的成书背景：劳勃特·纳姗的这部小说实际上是受了三十年代英国J.N.邓恩时间学说的影响。邓恩把时间看成和空间一样，过去和未来都摊在那里，现在的人在某种情况下可以与过去和未来的人相遇。他接连发表了《一个时间的实验》《连续的宇宙》，一度受到欧美思想界的重视。劳勃特·纳姗就是从J.N.邓恩的时间学说中汲取灵感写成了《珍妮的肖像》。②

《珍妮的肖像》打破了我们惯常的时空概念，没有把一种时间切入到另一种时间之中，诸如现在进入过去，而是把两种时间建构在一个平面上。时空变得朦胧，整个故事如同一幅光线斑驳的印象派油画。梦幻及浪漫，构成这部哀婉的爱情悲剧的艺术风格。所以又有人把它称之为抒情幻想小说。

我第一次读到它时，曾为它柔美隽丽的文字所打动。

我是一个穷愁潦倒的画家。除了饥寒，我还遇到了心灵的冬天，一个人的才气和灵感都陷在死的季节里了。

一个冬天的傍晚，在公园那飘浮着湿雾的林荫道上，我第一次碰到了那个自称叫珍妮的小女孩。她说她的父母在游艺场搭班走绳子。可我记得我还是个小孩子时那个游艺场就已经拆掉了。那天晚上，我忽然莫名地感伤起来，像是有人刚告诉我一个古老而凄凉的故事一样。

我凭印象画了一幅珍妮的速写，画店的老板竟如获至宝地买了下来。他嘱咐我替她画一张油画。

两三个星期之后，我在溜冰场里又看到了珍妮，我发现她长大了一点。我们偶尔见面，我预备了一张画布开始为珍妮画像。这时她已是一个十四五岁的亭亭玉立的少女了。我站在那里低头望着她，你是谁？我心里说，什么风把你吹到我这儿来了？一个孩子，一个陌生人，迷路而孤独，是不是古代一个故事里的？我们隔开一道鸿沟互相望着——不是空气的鸿沟，而是一道古今从没有人跨过的鸿沟。两星期后，珍妮又来了，穿着一身女学生的制服。她已经俨然具有一个丰满少女的影子了。我心想……我得赶快把我的画像画好，不要赶不及了……

我们相恋了。

她走了，给我留下一张纸条：有一天我还会回来的。可不在最近，大约是在春天。我打电话到她的学校，对方说查无此人。我怕这种孤独、空虚快要把我逼疯掉了，空虚就像提琴没有拉曲子时的木头壳子一样。只要有一个音就会使它活起来，可这一个音就是不来。直到春天我才又一次见到了珍妮，她吻了我，她已是一个年轻的女人了。我们开车来到了田野，享尽春光，那恐怕是我一生最幸福的一天了。这天晚上很晚的时候，房东来敲我的门了。我一世也忘不了那种声音——有朝一日死神最后到来，敲门预告凶兆时我想也就是这种声音了。她指着珍妮说：滚出去！我说：别理她，但珍妮摇了摇头：太迟了，话已经说出来就无法收回了。她走到门口转过身来望着我——双眼充满渴望、情意和信任，宛如一只手在我的脸上抚摩。

我搬了出去。珍妮说过，非到能永远在一起时，决不回来。夏天过去了珍妮也没有回来，但我一点也不觉得孤独，我觉得世界和我和珍妮是一个整体。这年的秋天来了一场飓风，海水向岸上冲来，这时我看到有一个人在水里挣扎，是珍妮！她回来了！我冲进水里拼命把她往高坡上拽，我听到她说：我们在一起了……然而最后她还是被大浪卷走了。当我康复后，我看到了事故当天的一张剪报：邮船拉坦尼亚号的一位名叫珍妮的乘客在飓风中失踪。她在国外羁留八年，这次刚刚返回美国……

这部作品的绝妙之处在于，“我”所在的现时点的时间没有丝毫诡谲之异，冬、春继而是夏天……而少女的时间却被拨快了，半年之内她竟长成了一个风姿绰约的女人。两种时间被铆合得是那样丝丝入扣，几乎辨不出接点来了。我们知道少女是来自过去，从某种意义上来说她其实是一个幽灵，可由于整篇作品洋溢着一种迷迷茫茫的梦一般的氛围，使人完全忘记了时间的概念。

《珍妮的肖像》还有一个重要的突破，它没有像一般时间幻想小说那样设置一扇通往另外一个时间世界的大门。比如，《护身符的故事》里的护身符、《时间的旅人》里的墙壁上的门。说是大门，打个更恰当的比喻是一块魔毯。只有坐着它，我们才能走进过去的时间里。但《珍妮的肖像》却没有在我们面前玩弄这种哄孩子的伎俩，两种时间被融合得是那样的水乳交融，不带一点生硬。我发现劳勃特·纳姗就像是一个揉陶土的高手，两块不同颜色的泥土在她翻飞的手掌下一会儿就变成了浑然天成的同一块泥巴。

尽管这部作品留下了许多的缺憾，但它无疑也留给了人们相当多的启示。

在今天，时间幻想小说依旧还是把触角伸向过去，但已不再是为了表现一种惊异的时间。过去与现实都不再是断裂的断块，互相弥补，而且出现了时间跨度越来越短的倾向。这样，故事中的过去靠拢了故事中的现在，使一度遭到削弱的现实感得到了增强——诸如《护身符的故事》那样类似阿拉伯天方夜谭的神话已不再流行了。这就对时间幻想小说提出了更高的要求：必须降下云层，贴近生活，在幻想中写出更加真实、更加立体的现实。

应该这样说，今天的读者是苛刻而挑剔的，他们渴望看到的是一类新意迭出的高于现实生活但又源于生活的幻想作品——现代人的确很难伺候，既想有一扇看得见遥远风景的窗户，又不想爬得太高。但真正优秀的小说就应该以这样一种面目出现，十九世纪的英国著名女作家弗吉尼亚·伍尔夫在《一间自己的屋子》中就说过这样一句话："小说就像一个蜘蛛网，总是四角附着在人生上的。虽然也许永远很轻地附着，时常这种附着几乎看不出来。"③这是王还的译文，而在收录于《论小说与小说家》的《弗吉尼亚·伍尔夫的小说理论》一文中，作者瞿世镜则把其中的"人生"两个字译为"生活"。④人生似乎是一个纵向的概念，生活则更趋向于平面。人生也好，生活也好，指的都是一个现实的世界。

加拿大女作家K.碧阿森的《地板下的旧怀表》就是一部现实感极强的时间幻想小说。

K.碧阿森是一家图书馆的馆长，《地板下的旧怀表》是她在1987年发表的第二部长篇小说。小说出版的翌年也就是1988年，便获得了加拿大图书馆协会奖儿童图书奖。小说一开头，作品沿袭的依然是伊迪丝·内斯比特开辟的"假期历险记"的套路。

漫长的暑假开始了，十二岁的少女巴顿莉西娅离开了双亲，一个人来到哥特基湖畔的叔母家。有一天，她无意中推开了一间小屋的门，发现七翘八裂的地板下面有一个暗洞。

故事从这里开始峰回路转。

> 她掏出了一个布裹着的东西。打开一看，竟是一个金色的老式怀表。不可思议的事情就从这里开始了。只要上紧了发条，十二岁时的母亲就会出现在身边，而且和自己一样也是一个孤独的少女。那是一个过去的夏天，她看到妈妈在那个青春期的入口处和自己一样烦恼，把秘密深藏在心底……她还第一次看到了妈妈的眼泪。

其实，少女从过去这面镜子中看到的是另一个自我。从母亲与家庭的对抗、不被理解中，她看到的是今天的自己。小说以金怀表为主轴，将过去和现在用一根线串联起来，把过去和现在的母与子的深刻危机充分地反映出来。它的主题含而不露，让我们和两个少女一起慢慢地咀嚼即将迈入大人世界的那颗迷惘、苦涩而又多感的青果。

在强调现实感的同时，当代的时间幻想小说也开始尝试表现一些更加深刻的主题。比如，日本的一批有正义感的儿童文学作家就在挖掘人性、正面表现那场摧残人性的战争上迈出了积极的一步。曾获国际安徒生奖提名奖的松谷美代子，继描写战争悲惨遭遇的《两个意达》引起巨大反响之后，1988年又推出了“直树与勇子的系列”的第四部作品《阁楼上的秘密》。这是一部表现臭名昭著的731部队在战争中令人发指罪行的长篇小说。

> 惠理子最爱的爷爷死了，他留下了一句遗言：“花姬……书房……不要烧掉……”为了解开这个谜团，惠理子和勇子一起来到了大雪封山的花姬山庄。在这里，一个雪地精灵似的女孩子出现在他们中间。一天晚上，勇子听到门外响起了一连串的脚步声，那个女孩子站在灯影下。她有一个中国人的名字，她带着勇子走进了过去那段阴惨的岁月，勇子看到了731部队的焚尸炉……最后一切水落石出，惠理子的爷爷竟是731部队的一个杀人不眨眼的刽子手，而那个幽灵般的女孩就是他们的牺牲品。

作品不只是叙述了一个凄惨的故事，而是试图用现在这一视点来反省过去的那场战争。作者没有回避战争的责任，砂田弘说这是一部“祖父辈没有偿还的罪行，由孙子世代自己接受下来的故事”。⑤正视过去的历史是需要勇气的，正像书中的惠理子在知道了真相之后所叫喊的那样：“我爷爷不是那样的人！”“我不想知道，我为什么非要知道爷爷所干的事情？和我又有什么关系？”这的确是年轻一代所面临的一个严峻的问题。我们听到了作者的声音：战争的罪责是不能推卸的，后辈必须正视上一代人的罪恶。

日本的另一位著名作家、我们熟悉的《教室205号》的作者大石真，也曾尝试过运用时间的双重构造来表现战争的悲剧。电梯停在了根本就不存在的地下二层，走出去一看，竟是一个战火纷飞的小镇。死亡、哭嚎饥饿的儿童以及呼啸投弹的敌机……《街上的小红帽》谈不上是一部力作，但作者用两种时间的反差来表现战争与和平，还是颇费苦心的。

① 转引自高杉一郎《英美儿童文学》，日文版，中教出版1987年版。
② 引自《珍妮的肖像》中译本前言，江苏人民出版社1979年版。
③ 弗吉尼亚·伍尔夫：《一间自己的屋子》，生活·读书·新知三联书店1992年版。
④ 瞿世镜：《弗吉尼亚·伍尔夫的小说理论》，载《论小说与小说家》，上海译文出版社1986年版。
⑤ 引自《阁楼上的秘密》的解说，日文版，偕成社1990年版。

钟敲十三下

她是一个干瘪的老太婆，可他就像是在拥抱一个小姑娘

我觉得我们是一个落伍者，至少在译介和评论外国儿童文学上，我们那艘千疮百孔的木船搁浅得太久了。隔几年也许会冒出一个纤夫沿河而上，然而毕竟是体单力薄，没等背上那根绳索抻直就累得气喘吁吁了。几十年来，那船就废弃在河道上……我们需要的是一大批犷悍凛凛的纤夫，需要的是一个千呼百应的气势——十几个人一起吆喝一起拉纤，那船才会溯流直上。

我们的理论家们长久地冷落了西方的儿童文学。

久而久之，连原本犀利的目光也变得呆滞而混浊不堪了。除了陈年老窖的格林、安徒生，似乎这个世界再也没什么能够激起他们的热情。这是一大沉重的损失。我在下面要着重论及的菲莉帕·皮尔斯的《汤姆的午夜花园》和将在下一节讨论的米切尔·恩德的《毛毛》两部世界级畅销书，都曾在我国出版，而且印数不少，比如《汤姆的午夜花园》首版就是20,000册，然而却犹如泥牛下海。我们漏过了它们，就像漏过了秋天的一叶飘零……而它们在西方却引起了轰动，日本的儿童文学理论书中几乎很少不长篇累牍地谈到它们，特别是后者，仅我读过的专门研究书就不下三种。

《汤姆的午夜花园》，是菲莉帕·皮尔斯的第二部长篇小说，初版于1958年。当年即获得了卡内基儿童文学奖，1960年国际青少年图书委员会评奖团又授予这部作品以荣誉奖，推荐给世界各国。菲莉帕·皮尔斯是一位寡作的作家，然而她却是战后英国儿童文学的最重要的代表人物。评论家J.R.汤森特在评论集《对于作品的印象》中写道：如果要推举一篇第二次世界大战后英国儿童文学的杰作的话，我首推《汤姆的午夜花园》。①他还认为它是卡内基儿童文学奖有史以来最优秀的作品。

《汤姆的午夜花园》
Greenwillow Books,1992

这也是一部时间幻想小说。细心的读者还

记得我在前面谈到《珍妮的肖像》时曾说过两者之间有着某种相似之处。

它们拥有一个大致相同的万变不离其宗的骨架——这类时间交叉型的幻想小说，往往展示的是一个人的一生。它需要一个叙述者，而这个守望的叙述者在时间中几乎是僵滞不动的，从容不迫地目睹另一个人在另一个时间的成长过程。

比如，《珍妮的肖像》中的“我”就超越了时间，通过数度对过去世界的访问，看着一个女孩按照顺序从幼女长大成人。虽然《汤姆的午夜花园》也是这样一个故事，但它推陈出新，其深刻的主题远远地超过了《珍妮的肖像》。说到底，《珍妮的肖像》不过是一部爱情小说，而《汤姆的午夜花园》所包容的则是一种人类意义上的爱情。正如日本儿童文学评论家清水真砂子在《儿童书的视线》中所批评的那样：“如人们所指，或许菲莉帕·皮尔斯曾读过《珍妮的肖像》，从这部作品中得到了某种启发，但这丝毫也不能贬低菲莉帕·皮尔斯的作品。我虽然不厌恶《珍妮的肖像》，但它毕竟只是一篇描绘了一个画家和幽灵相爱的幻想式恋爱小说而已。我们可以找出画家和少女置身于不同时间流速这个共通点，但它们是独立的、是完全不同的两部作品……从一个干枯萎缩的小老太婆身上看到了‘价值的人生’，这比《珍妮的肖像》所描写的爱不知要撼人心弦多少倍。”②

汤姆走进了午夜花园

《汤姆的午夜花园》又是怎样一个故事呢？

“我一直在告诉你，汤姆，”巴塞洛缪太太耐心地说，“我是海蒂。”

弟弟患了麻疹，暑假里汤姆不得不一个人住到姨妈家去。姨妈家是一幢旧公寓，底层大厅里有一座老式的落地式大钟。姨妈说：别碰它，这是楼上房东巴塞洛缪太太的……半夜，大钟敲过十二点以后，又连敲了十三下。汤姆朝楼下摸去，他想看看指针停在什么地方。可是太暗了，只有打开后门让月光照射进来才能看清——然而简陋的小小后院变成了一个神秘的小花园。而且他还看到一个女仆，大厅也不再是空荡荡的了。可这一切又像风似地消失了。

一连几个晚上，汤姆都在大钟敲响十三下之后，从后门溜进那个花园里去。只有一个小女孩能够看到汤姆，她叫哈蒂，是一个孤儿，寄人篱下整天遭人气受，他们俩成了一对好朋友。

有一个晚上，汤姆在花园里看到了一个穿着丧服的小女孩，只有哈蒂一半高。她不停地哭泣，告诉他说她无家可归了。小女孩说话的声音和样子很熟悉，很像是……他恍然大悟，这就是哈蒂，只不过是一个更小的哈蒂。汤姆已经习惯了这种错乱的时间，但他以后再也没有见到过小哈蒂。在那之后他们之间爆发了一场争吵，汤姆说哈蒂是鬼，而哈蒂则反唇相讥。最后哈蒂低声抽咽起来：我没死，相信我，我真的没死……

汤姆开始了时间的探求，他明白他倒退了一百年，进入了一个过去的时间。

这其间哈蒂从树上掉下来摔伤了，待她痊愈时已经是一个比汤姆大的姑娘了。打开门，花园外面变成一个寒气逼人的溜冰场，她拉着他在光滑的冰面上飞驰。哈蒂仍在长大，渐渐地对汤姆失去了兴趣，和一个叫小巴蒂的小伙子坠入了爱河。这是汤姆最后一次看到哈蒂了。

回家之前的最后一个夜晚，他又一次向后花园摸去。但花园消失了，他失声大喊：哈蒂、哈蒂——喊声把所有的人都给吵醒了。

临回家之前，楼上的巴塞洛缪太太叫他上来一趟。一进门，巴塞洛缪太太就对他说：你不明白吗，昨晚你喊的就是我啊。她的一双黑眼睛把汤姆降服了，从她的微笑中他也看出了那个花园里的小哈蒂。她给他看了她和小巴蒂的结婚照片。她就是那个哈蒂。她告诉汤姆，她总是在梦中回到过去，今年夏天总是梦见童年的后花园。

该是分手的时候了，姨妈看见已经走到楼下的汤姆又一步两个台阶地冲上去，紧紧地抱住了巴塞洛缪太太。姨妈后来这样对她的丈夫描述道：他们今天早上才第一次见面，却紧紧拥抱着好像是认识多年的老朋友。巴塞洛缪太太是个干瘪的小老太婆，比汤姆高不了多少。不过，你知道吗，汤姆和她拥抱时就像是在拥抱一个小姑娘似的。

整部小说的时间跨度近百年，然而我们丝毫没有一种隔世的距离感。我们和汤姆一样，融入了那个真实的深夜花园里……这是因为作者菲莉帕·皮尔斯就生活在这样一个花园里，她是一个磨坊主的女儿，从小就住在剑桥以南五公里远的一个叫雪福特的小镇。汤姆走进的花园就是她童年时的磨坊花园，所以她描写起花园的景致来得心应手：樱草花开得像一轮轮小月亮、冷杉上坠下一堆奇形怪状的羽毛却原来是一头睡眼迷糊的猫头鹰，还有那在豁口外面的牧场里探头探脑的鹅。于是我们忘记了时间的阻隔，就像走进身边的一块芳草菲菲的草地。作者把花园作为时间中唯一一个固定不变的场所，显然不是偶然的——花园象征着无忧无虑的欢乐，是一种洁静一股清纯，是一片未被污染的圣地，对成长中的孩子来说，这是他们最后的一抹灿烂了。

而对写作此书时已经三十八岁的菲莉帕·皮尔斯来说，这自然是不言而喻的。阳光不会永远地照射在一个斜坡土，被四面大墙所围的院落，是人生中的第一个也是最后一个驿站，旧时就有“被闭锁的庭院”（hortus conclusus）的说法，意思是在这里可以得到一种幼年时代的庇护。驿站不是久留之地，歇完脚，你就要马不停蹄地走上一条不归路了，等待他们的人生不再是一个莺歌燕舞的花园了。菲莉帕·皮尔斯知道这一点，所以她在作品中做了种种暗喻——她没有把花园设置成一个封闭的空间，而是让汤姆攀着梨树翻上了高墙。他极目远眺：小路、还有牧场；再过去是一条蜿蜒曲折的小河，他不知道它流向什么地方。菲莉帕·皮尔斯曾在一篇创作谈中说过：这河就象征着人生，它不断地流淌、不断地变化，把我们带向远方。③汤姆还只是远远地遥望着波光粼粼的小河，而哈蒂却勇敢地离开了花园，沿着小河走向伊和城。一个人终究有一天是要告别少年而走向社会的！在菲莉帕·皮尔斯的笔下，河是冰封的，是一条白花花的冰带在落日余晖照耀下闪闪发光。这是否意味着人生的严峻和美好呢？

成长，也是一种时间。菲莉帕·皮尔斯在《汤姆的午夜花园》里所要告诉我们的就是这样一种“时间”。

时间使人变貌。她在后来追述这部小说的执笔意图时写道：“有想象力也好，有理性也好，最令人难以置信的就是‘时间’给人带来的变化了。孩子们一听说他们终将长大成人、大人过去也曾是孩子，他们就会朗声大笑。我在汤姆与哈蒂的故事里就是试图要探索和解决这个难以理解的问题。”④这篇文章收录在1967出版的《为儿童所选择的书籍》一书中，为我们今天理解她的这部著作提供了一把钥匙。时间是一个复杂而晦涩的哲学命题，菲莉帕・皮尔斯不是想把抽象的时间概念去进行一番图解，而是要探索时间在人类的岁月中刻下了怎样的痕迹。

故事的一切都是围绕着时间展开的。S.A.依考菲在《叙说之力——英语圈的幻想文学：中世纪至现代》一书中开门见山就说道：“时间之谜，是《汤姆的午夜花园》这部作品的核心。”⑤书中出现了两种时间，即过去与现在，这还不能算是新奇，因为伊迪丝・内斯比特先于她五十年就让人们领略了这种时间交叉的魅力。菲莉帕・皮尔斯当然不会炒人家的残羹剩饭，她没有墨守成规地去重复那种呆滞、机械的时间对比，她让时间活了起来——哈蒂的时间，是一个完全不同于汤姆的时间。它时快时慢，但更多时候快于汤姆的时间。昨天还是夏天，而今天已是滴水成冰的冬天了。汤姆困惑了，开始了一场时间的探索。他先是发现哈蒂的时间是一种现实中根本就不存在的时间：大座钟竟敲了十三下，而十二点之后应该是一点！故事进行到大半，汤姆已经悟到哈蒂的时间不仅是一个过去的时间，而且是一个永恒的时间。

这种发现使汤姆束手无策，这已经超越了他对时间的理解极限。正如日本的英美儿童文学研究者猪熊叶子在《追求“时间”之谜的皮尔斯》中所说的那样：“一头钻进这通常时间所不能包容的……‘永远的时间’，汤姆必须解开一个个疑窦。日常生活流过的有限的‘时间’和花园里流过的‘永远的时间’，哪个更真实？能和别人共享同一个‘时间’吗？能永远地留在‘永远的时间’里而不返回到日常世界里来吗？如果可能，又要付出怎样的代价？”⑥

真的，汤姆就像是一头扎进了荆棘丛生的灌木中的獾，他要剔掉身上的一粒粒蒺藜，才能揭开时间的本质。相当多的研究书中都提到了这个概念：永远的时间。这个永远的时间是巴塞洛缪太太的过去，也就是作者本人、或者说是我们每一个大人永远失去的时间。它是快乐的，所以书中才会出现这样的句子：“钟声在黑暗笼罩的旷野上空回荡，使汤姆想起了时间。他思忖着：究竟有没有把握驾驭时间，怎样才能把自己的时间换作哈蒂永远的时间，永远在花园里快活地生活下去呢？”汤姆有了一丝危机感，他已经隐隐约约从成长的哈蒂身上，意识到这种永远的时间将永远离他远去。

这里我们稍微详细地讨论一下“过去”的意义。菲莉帕·皮尔斯是一个有思想深度的作家，她对过去的思考没有停留在肤浅的表面。过去是个人体验的一种积累，而菲莉帕·皮尔斯的贡献在于，把一个纯粹是个人体验的过去，变成了与现代人共同占有的东西。上野瞭在《现代儿童文学》中对此做了充分的肯定：“原本不过是封闭在巴塞洛缪太太心中的体验，超出了个人的圈子而成为一种开放的东西。随着汤姆的进入，禁锢在巴塞洛缪太太心中的‘过去’，就不再单单是一个个人的反刍世界了，变成了一个对汤姆也有价值的世界。”⑦这种过去，对汤姆来说是一种弥足珍贵的经验，因为它让他认识到了他人及自己的价值。

过去是和丧失联系在一起的，时间有时就是丧失的同义语。这样我们就又挖掘出了《汤姆的午夜花园》的另一个隐含的主题：成长的烦恼。

当哈蒂从树上摔下来以后，汤姆最担忧的事情终于发生了：小哈蒂告别了少女时代。这也意味着汤姆与过去的诀别。这一天像预料的那样来到了，哈蒂成了一个完全陌生的女人，而象征少年时代的“深夜里的花园”也杳无踪迹了。接踵而至的丧失，使汤姆看到了有限时间的悲哀。他不禁绝望了——不仅是哈蒂，自己那欢快明朗的少年时代也将终止。这是我们每一个穿过成人门槛的人都经历过的一种青春的颤栗。有评论说，菲莉帕·皮尔斯从汤姆身上听到了“人性的悲伤而沉寂的音乐”。

汤姆的这种悲哀是双重的。

一是从哈蒂的成长中知道自己也将被大人的世界所淹没。他就像堤坝上一头无路可逃的小蟋蟆，只能看着洪水涌来……天真无邪的时光一点一点地被蚕食、被剥夺，这是一种无法忍耐的丧失。还有一个就是孤独。哈蒂的不辞而别，四周大人的不理解……都使他陷入了一种无法摆脱的孤独的困境。时间是残酷无情的，在作品中汤姆一次次地呐喊：没有时间了！然而这一切都是不可能逆转的。汤姆就在这样的孤独和丧失中不知不觉地成长了。松田司郎在《现代儿童文学的世界》里没有把这种丧失认为是一种单纯的、二减一等于一式的丧失，他认为：“汤姆通过这种不可思议的体验丧失了一种时间（哈蒂），但由于这种丧失，他反而获得了另外一种新的时间（自己）。只要时间是有限的，任何一个朝前走的人也无法逃脱这样的丧失感。但有了异质的时间，我们就能把有限的时间变成无限的时间。”⑧

《汤姆的午夜花园》是一个悲剧，也是一篇感人肺腑的爱情故事。这爱，从哈蒂一直延续到苍老的巴塞洛缪太太。汤姆没能挽留住“永远的时间”，但他挽留住了一种永恒的东西，那就是爱。

当代的儿童文学中，已经很少能找到像《汤姆的午夜花园》这样耐人寻味的作品了。

J.R.汤森特在《儿童书籍的历史——英语圈的儿童文学》一书中把菲莉帕·皮尔斯比喻为一位才华横溢的建筑师。⑨这话不假，她用她的才能为我们砌起了一座温馨的花园，打开后门，一个过去的世界就会扑面而来。在那里，你不仅可以找到朋友，还可以找到一个新的自我。

书中快要进入尾声时，哈蒂也就是巴塞洛缪太太回忆最后一次看到汤姆的情景时，有这样一段话：我估计你进楼了，那是我最后一次见到你，我站在窗口，自言自语说：“他走了，可是花园还在，花园会永远留在这里，永远不变。”

是的，花园是不会消失的。

它砌在我们的心里。

我们要对菲莉帕·皮尔斯真挚地道一声Thank you。

---

①引自《世界儿童文学概论》，日文版，东京书籍1981年版。

②清水真砂子：《儿童书的视线》，日文版，JICC出版局1992年版。

③④引自收录于《汤姆的午夜花园》日译本的菲莉帕·皮尔斯《关于〈汤姆的午夜花园〉》，日文版，岩波书店1989年第22版。

⑤S.A.依考菲：《叙说之力——英语圈的幻想文学：中世纪至现代》，日文版，偕成社1995年版。

⑥猪熊叶子：《追求“时间”之谜的珀尔丝》，见她与神宫辉夫合著的《英国儿童文学的作家们——幻想文学与现实主 义》，日文版，研究社1977年版。

⑦上野瞭：《现代儿童文学》，日文版，中央公论社1985年第13版.

⑧松田司郎：《现代儿童文学的世界》，日文版，每日新闻社1981年版。

⑨J.R.汤森特：《儿童书籍的历史——英语圈的儿童文学》，日文版，岩波书店1990年版。

时间窃贼

一个瘦瘦的、蓬头垢面的黑眼睛小女孩的故事

该是结束这种时间旅行的时候了。

我们累了——我们像一个风尘仆仆的陀螺，被人抽着，一次次地掠过时间的边缘。我们只是在现在与过去之间疲于奔命，如果稍有松懈，就会重蹈第四纪猛犸的覆辙，被卡在时间的夹缝里永远回不来了。然而，我们不想永远做一个时间的匆匆过客，我们更渴望走进时间的腹地。

我们想知道什么是时间的本质。

过去这往往成为睿智而迂腐的哲学家们争论不休的问题。时间是一种非物质的、超空间的某种什么……我们的耳朵已经磨出了茧花，这种千篇一律而又玄妙高深的解释像果蝇的嗡嗡声一样让人腻烦了。时间就在我们身边，它没有那么复杂也不可能那么复杂。直到1973年一个叫米切尔·恩德的人才告诉我们说：时间就是生活，就是我们的生命，时间之花就盛开在我们心里。于是我们“啊”了一声，这千古之谜就迎刃而解，于是米切尔·恩德就名声大振，于是一部名叫《毛毛》的时间幻想小说就不胫而走，畅销了全世界，被译成了包括南非语、塞尔维亚克罗地亚语在内的三十多种文字，发行量高达数百万，被人称之为“毛毛现象”。

尽管《毛毛》是作为一部儿童文学的作品在当时的西德出版的，而且在此以前米切尔·恩德已有两部脍炙人口的儿童书《基姆·波塔恩的火车头大旅行》《基姆·波塔恩和十三名海盗》问世，但更多的评论家倾向于《毛毛》不单单是一部儿童文学的作品，更是写给大人看的一部寓意深邃的长篇哲理小说。我记得，小宫彰在一篇文章中就说过这样的话：“《毛毛》之所以获得举世瞩目的成功，一个特征就是和儿童读者站在一起的还有众多的成人读者……《毛毛》在日本已经成为了论述

《毛毛》（MoMo），Thienemann Verlag Gmbh,2010

现代的‘时间’时的最基本的底本。”①德国文学的研究者安达忠夫在他那本作为日本最驰名的教养丛书——“讲谈社现代新书”之一的《米切尔·恩德》中也指出：“不只是儿童文学家，包括社会学者、心理学者、哲学者、小说家、诗人等诸分野的研究家都对《毛毛》和《永远讲不完的故事》表示了极大的兴趣，从各自的角度加以讨论。自然，大人与孩子们的阅读是不同的，尽管是这样，像这样能获得这么多男女老幼喜爱的书自圣埃克絮佩里的《小王子》以来，已经是久违了。”②

而事实上，米切尔·恩德本人根本就不承认自己的作品是儿童文学。

1980年，米切尔·恩德在德国儿童文学学会奖的授奖演说《超越儿童文学》中就提出了这个一直郁悒在胸的疑问：“从根本上来说，我反对为了孩子而存在一种特别的文学的说法……据我们的经验，孩子原则上丝毫也不关心的主题、或是孩子完全不理解的主题，是不存在的。问题是你如何用心、用头脑来叙述那个主题。”③米切尔·恩德并不是一个喜欢危言耸听的人，他的疑虑源于这样一个早已被我们遗忘了一个多世纪的事实：儿童文学本来曾是成人的文学。米切尔·恩德是在呼吁人们找回失落的文学创作的源泉——“童心”，找回一个能让孩子和大人共同参加的文学。《毛毛》作为米切尔·恩德的一次努力，使儿童文学这块坚如磐石的领地出现了裂缝，成功地侵犯了儿童与大人这两个世界。日本著名的儿童文化论学者本田和子在《称之为孩子的主题》一书中心情激动地写道：“它炸翻了境界之壁，像静静的黄色炸药那样显示出自己的威力。”④

米切尔·恩德亲笔画的圆形露天剧场废墟

米切尔·恩德亲笔画的灰先生的灰礼帽和公文包

米切尔·恩德是一位个性十分强烈的作家，对于幻想文学，他自有一套独立的见解，这些我在论及他的另外一部作品《没有结尾的故事》时还要专门谈到。这里，我们先走近他，看看他是一位怎样的作家。

米切尔·恩德出生于德国，父亲是一位著名的画家。他曾画过画，演过戏，1960年和

1962年接连发表了两部儿童文学作品之后，竟像蝉一样沉默了长达十年之久。1971年他离开了德国迁居到意大利的罗马，三年之后厚积薄发，由于《毛毛》的出版而成为二十世纪登峰造极的儿童文学作家之一。

《毛毛》有一个长长的但却极为重要的副标题——“时间窃贼和一个小女孩的不可思议的故事”。正如它的副标题所示，它讲述的是一个时间的故事。这里，抽象的时间概念被分解成一系列鲜明而又具体的形象：时间窃贼、时间储蓄银行、乌龟以及时间之花和时间操纵者霍拉……我们不光明白了一个惊心动魄的时间故事，而且我们开始反思自己迄今为止所走过的一生：“忙死了……”我们总是抱怨时间不够，而这种可以用分秒来度量的时间是真正有意义的时间吗？

有一天，平地冒出来一个自称叫毛毛的小女孩。没人知道她从哪里来、几岁，有点像那首名叫《橄榄树》的歌中低声吟唱的那样：不要问我从哪里来，我的故乡在远方……她瘦瘦的，蓬头垢面，只是一双黑眼睛又大又深邃宛如寒星。让我们随着她来一起听听她的故事吧——

一个名叫毛毛的小女孩出现在圆形剧场废墟的边上。“你几岁了？”有人问她。她迟疑着说：“一百，也许是一百零二岁了……”人们发现她对数字一无所知，但贫困的人们还是决定收留她，他们动手为她拾掇了一间半塌的石屋。很快，人们就发现已经离不开毛毛了。

她极善于倾听，而像毛毛这种真正的倾听世界上很少有几个人能做到。一个再笨拙的人，只要有毛毛那双乌黑的眸子望着，他就会茅塞顿开。她能使不知所措的人变得坚定起来，能使忧虑重重的人萌生希望和愉快。也就是说，毛毛是毫不吝啬地把自己唯一的财富——时间和大伙共有了，她拥有的是一份把时间和人共享的天赋。

可好景不长，一群灰色的男人接踵而至。

这同样是一类不知从何而来的人物。他们乘着灰颜色的汽车，穿着蜘蛛网一样灰颜色的西装，戴的是灰礼帽，吸的是灰色的雪茄，就连脸色也是灰的。只是不知为什么，他们一走近就会带来一股冷飕飕的感觉。

灰先生首先光顾了福斯的剃头店。这是一个阴雨天，福斯的心情同天气一样阴沉。他想：我的生活一直是在剪刀的嚓嚓声、同顾客的闲聊声以及同肥皂泡打交道中度过的，它究竟使我得到了些什么呢？一旦等我死去，不会有人再想起我，仿佛我从没在人间生存过。这时，灰先生来敲门了。他说："我从时间储蓄银行来，是XYQ/384/b号代理人。我们知道您想在我们那儿开个存款账户。"他又进一步解释说，"您把时间都浪费了。就算您能活到七十岁，您所拥有的时间是二十二亿零七百五十二万秒……而您每天要坐在聋子母亲身边闲聊一个小时，这就牺牲了五千五百一十八万八千……您每天花半小时去探望双腿残废的达丽亚小姐，这也是损失……您必须节约时间！您每天节约出两个小时，存入我们的银行，加上利息您就会获得惊人的时间！"

灰先生找到了毛毛

灰先生们无孔不入。随着他们的到来，这个城市也在发生着种种显著的变化：福斯机械地工作，变得冷漠而六亲不认了——把母亲送进了养老院，再也不去看达丽亚小姐了。其他人也和福斯一样，只顾得追求合理化、机械化而置良心于不顾。终于有一天，灰先生向毛毛也伸出了肮脏的魔爪，但没有得逞。而且毛毛还掌握了灰先生的阴谋，她听到他一口气地说：人们节约下来的时间就是他们失去的时间……我们需要它们……我们渴望得到它们……我们知道时间是什么，我们要把你们的时间一直吸尽为止……

毛毛看见了时间之花，只见一朵硕大的花蕾从水中浮现出来……

毛毛因为组织孩子们游行，而成了灰先生们的眼中钉肉中刺。就在他们来捕杀她的时候，一只背上会显出字来的乌龟爬到了她的面前。

它把毛毛带到了位于时间的境界线外侧的一个地方。这里是时间的发源地，在这里她见到了时间的操纵者霍拉和他的钟表们。他告诉毛毛：灰先生不是人，为什么他们的脸色那么灰呢？就是因为靠死去的东西在延长生命，他们在用人的时间维持生存，而时间一旦离开人们就会死去。霍拉抱起毛毛，她看到了绽开在心里的美丽的时间之花。她懂得了“时间就是生命”，生命的诞生让花朵盛开凋谢，而同样的生命也会再度绽开美丽的花朵。

毛毛一觉醒来，才知道城里整整过去了一年。这时城里已经完全处于灰先生的控制之下了。

毛毛简直不敢相信眼前的这个世界了，她第一次感到了真正的孤独。灰先生们把她团团围住，他们吼道：我们已经厌倦从人们那儿一分一秒地收集时间了，我们需要的是所有人的全部时间，霍拉必须把它们交出来！毛毛向霍拉的地方逃去，这时已是危在旦夕了。灰先生们把掠夺来的时间冷冻起来，藏在地下深处。他们摘下时间之花的花瓣，让它们干枯，直到发灰发硬后再用这些花瓣卷成他们的雪茄，时间在他们抽烟的过程中才会彻底死亡。灰色的烟雾快要把天空污染了！而一旦天空被封锁，从霍拉这里发出的时间就会让人中毒……

霍拉决定睡一小时。而当他一闭眼，所有的时间都会在这同一时刻停止。他对毛毛说：没有了时间，灰先生们就会死亡。但他们有存货，我给你一朵一小时的时间之花，你必须在这一个小时里把他们抢来的时间全部释放出来，这个世界才能结束静止状态，我才能苏醒。

灰先生们发现了霍拉的计划，纷纷向他们的时间仓库跑去。然而最后只有几个灰先生逃了进去，其他的灰先生都消失在空气当中了。趁乱，毛毛抢先用时间之花关闭了仓库的大门，剩下的灰先生一个个上西天了！毛毛打开了那扇门，一阵大风吹了起来，毛毛随着时间之花组成的一朵越来越大的云彩，飘过屋顶和塔楼。花朵慢慢地下沉，花朵宛如片片雪花飘落到僵死的大地上，渐渐融化、消失。它们回到了自己的住所——人们的心中去了。

毛毛又重新回到了她的朋友们的中间。

不错，几乎所有的评论家都把《毛毛》当作一本批判社会的读物。它鞭挞现实，犀利的矛头直指现代文明的弊病。字里行间，现代人的物欲、冷酷以及人性的泯灭被刻画得入木三分，它是一种警言，敦促我们这些迷途的羔羊回头是岸。

伴随着经济的发展，在物质主义的风潮中，我们只是一味地追求效率至上而丧失了最纯最美的人性。这是现代文明最惨重的代价之一。我们被物理的时间禁锢在一个漆黑的匣子之中，孤独地构筑起一个唯我独尊的世界。我们拒绝爱，也拒绝付出爱，我们甚至遗忘了明媚的阳光。

是米切尔·恩德提醒了我们。

日本的伦理学者小原信在《幻想文学的发想》中指出："作为一篇故事，《毛毛》是妙趣横生的，但随着阅读的深入，迫使我们开始对时间进行思索，不知不觉地开始反省我们的生活方式。绝不能说它仅是一部面对孩子们的幻想文学。"⑤我们几乎被现代物质文明的浪头打沉，丢失了人性的我们就宛如走在一片荒芜的废墟。是的，我们不知道自己正在走向心灵的牢狱。野村泫在《德国的儿童读物——与大人读物的纽带》中也发出了感叹的声音："正如《毛毛》一书的副标题所暗示的那样，这是一部描写丧失人性的人们追回丧失的人性的故事，主题极其现代的幻想作品。"⑥

在《毛毛》中，现代社会的癌变被浓缩成了灰先生的形象。一个好端端的世界几乎就葬送在这些无孔不入的幽灵手里。那么，米切尔·恩德笔下的灰先生究竟象征着什么哪？米切尔·恩德在《米切尔·恩德如是说》中有这样一段颇有启发的话："灰色的男人们是细切、分解的原理。对他们而言，能够计算、计量以及测定的东西才具有现实性，是计量思考的代言人。"⑦米切尔·恩德在这里已经说得再清楚不过了，曾经甚嚣尘上的物质主义、物量的价值观被比喻成了灰先生。

但是米切尔·恩德不愧为是大手笔，他没有把灰先生这种现代社会的恶瘤表面化或是矮小化，而是循序渐进，逐渐地揭示出了灰先生的丑陋与残酷。灰先生是一群疯狂而惨无人道的时间窃贼，但他们却从不施展暴力，他们仅是凭借着一副和善而又彬彬有礼的假面，巧舌如簧地到处行骗。正因为这样，才使善良的人们一个接一个地落入他们的陷阱。然而，可怕之处也正在这里，灰先生具有相当的隐蔽性。其实现实中的灰先生就像寄生虫一样地潜伏在我们的体内。所以，难怪子安美知子要在她那部《解读〈毛毛〉》——以斯坦纳的世界观作为地下水》中焦虑地振臂高呼了：灰先生就住在我们的身体里！尽管肉眼看不见，但他们是一种现实的存在。注视着他们的是我们魂的眼睛和精神的眼睛。⑧

故事之核是围绕着时间而展开的。

我们振振有词的是：时间就是金钱。可是米切尔·恩德却告诉我们了一个截然相反的答案：时间是生命。我们的确是早已抛弃了这样的说法，在现代生活背景的重压下，利欲熏心的我们考虑的只是钱：一个月的薪水，年薪……

在《毛毛》的第六章的开始与结尾，米切尔·恩德就在反复地告诫我们了：时间就是生命，而生命寄于人们的心中。米切尔·恩德把它形象化地比喻为昂扬着生命力的时间之花。他把这一瓣瓣盛开在人们心中的花朵描绘得光彩照人：当钟摆慢慢接近池边时，黑色的水面露出一个巨大的花蕾。随着钟摆的接近，花蕾逐渐地膨胀，很快地，水面上出现了一朵盛开的花。毛毛从来未曾见过如此美丽的花朵，它不但有灿烂的颜色，更有一种耀人的光彩……钟摆离去了，花儿也凋谢沉到了水底。然而当钟摆又一次回到水池中央时，一朵新的奇葩又露出了娇嫩的花蕾……目睹着动人的一幕，我们还能不幡然悔悟吗——我们不能再丧失时间了！时间被剥夺，也就意味着连同生命也一道被剥夺了。

我们最后再来看一看毛毛的形象。

米切尔·恩德对毛毛的交代是含混不清的，我们对这个女孩及她的背景一无所知。连德文原版书的封面上米切尔·恩德亲笔画的毛毛，也只是一个背朝着我们、衣衫褴褛而头发蓬乱的小女孩而已。但毛毛的人物性格却被米切尔·恩德塑造得十分清晰，她一贫如洗却见义勇为，为了挽救病入膏肓的人类，不顾安危地往复在霍拉与人类两个世界；她不是为自己而是为了人类在与灰先生进行殊死的搏斗。

从这层意义上来说，毛毛是我们人类的一位守护天使。如果不是毛毛挺身而出，早已麻痹的我们就永远不会揭竿而起，而是任凭自己的心中被灰先生的灰渣填满……我们要感谢毛毛。

在故事的结尾，人们又重新获得了失落的时间。然而，这一切又能持续多久呢？我们看到米切尔·恩德的眼睛中升腾起的是一片疑虑。

米切尔·恩德在问，《毛毛》也在问。

---

① 见《儿童文学的魅力——现在阅读的100册（海外篇）》，日文版，文溪堂1995年版。
② 安达忠夫：《米切尔·恩德》，日文版，讲谈社1988年版。
③ 米切尔·恩德：《超越儿童文学》，引自《海》（临时增刊《孩子的宇宙》），日文版，1982年。
④ 本田和子：《称之为孩子的主题》，日文版，大和书房1987年。
⑤ 小原信：《幻想文学的发想》，日文版，新潮社1991年版。
⑥ 野村泫：《德国的儿童读物——与大人读物的纽带》，日文版，白水社1991年版。
⑦ 子安美知子：《米切尔·恩德如是说》，日文版，朝日新闻社1986年版。
⑧ 子安美知子：《解读〈毛毛〉》——以斯坦纳的世界观作为地下水》，日文版，朝日新闻社1991年版。

8 Magic & Transformation 魔法与变身

魔法成为了故事中最具煽动性的一个道具，它把我们的想象延伸到了一个可望而不可及的空间：少年变成了青蛙、一个老婆子坐着树叶飞出了窗口……缺少了魔法，我们的故事也就成为了一具没有灵魂的皮囊。孩子们相信魔法，是因为他们相信这个世界上存在着一种不可思议的力量。

魔法

有人在水面下又一次看到了那丛鹿角

魔法，曾是渺小的人类与天抗争的最初的一声呐喊！

我常为这样一幅想象的画面而掩面抽泣：低垂的积雨云像亿万头狂怒的母狮一样朝地面压来，四周早已成了一片汪洋。最后的一块高地上，一个披头散发的原始人站在那根颓塌的图腾柱下笑傲山河。只见他双臂刺破苍穹，咒语如长鞭在天地之间撕开一道长长的裂口。骤然间，天开了……

人们相信魔法的存在。

在荒蛮的远古，它曾作为一种广泛的信仰而旷日持久——这在神话、洞窟壁画中我们都能找到有力的佐证。今天，呼风唤雨的魔法早已被近代文明所湮没了，就像堰塞湖下的一丛鹿角……然而我们不应该遗忘它。这是因为魔法曾深深地扎根于人们的空想力与创造力之中，宛如萤火，为蠕动在史前暗夜里的一切投下浪漫的光彩。G.杰尼固支在《魔法的历史——黑魔术与白魔术》一书中开篇第一句话就这样动情地写道："魔法与人类本身一样古老。比人的记忆、历史以及传说不知要悠久古老多少。远在神祇出现之前人就开始崇拜魔法了，科学诞生以前魔法被尊敬，人们对它的畏惧远远地超过了对于自然灾害、野兽和敌人的畏惧。"①

然而，我们还是像踩灭一堆篝火一样踩灭了魔法。

魔法是不复存在了。

它被视为一种愚昧无知的迷信而被我们不屑一顾。尽管它仍在非洲的一些原始部落中苟延残喘，但没人相信魔法会死灰复燃。

我们就这样唱起挽歌，告别了魔法。我们以为魔法永远不会起死回生了！可我们错了，许多年前某一个月色皎洁的夜晚，有人在水面下又一次看到了那丛鹿角。被水淹没了那么多个世纪，它却依旧是雄风犹存……他搅碎那一泓月光，把它从水底捞了出来——这是原始人魔法师的鹿角啊，他们就是戴着它在史前灼人的阳光下施展魔法的啊。他把魔法写进了民间传说，而偏偏孩子们又狂热地相信了它！于是魔法又在孩子们的想象中复活了。

魔法成为了故事中最具煽动性的一个道具，它把我们的想象延伸到了一个可望而不可及的空间：少年变成了青蛙、一个老婆子坐着树叶飞出了窗口……缺少了魔法，我们的故事也就成为了一具没有灵魂的皮囊。孩子们相信魔法，是因为他们相信这个世界上存在着一种不可思议的力量。肋明子在《幻想文学的秘密》的第一章《魔法的复活》中认为魔法在民间故事中起到了一种视觉化和能率化的作用，能使故事形象也更加简洁。她写道：被M.琉得赞誉为“拥有其他体裁所看不到的透明性和明快色彩的”民间故事，其魅力正是依赖的这种视觉化和能率化——即以更少的语言传达更多的内容这样一种长久的摸索而大放光彩的。而魔法就是它最便利的道具，魔法的道具。它是使民间故事焕发出不可思议的光辉的根本原理，是这股力量的真髓。②

在现实中，魔法是人类童年时代一种战胜自然的信念和力量。而在民间故事、特别是童话（我这里所说的童话，不是现在广泛使用的概念，而是指格林童话一类现代儿童文学的祖型）中，魔法常常被反面角色所操纵。于是，一提到魔法，我们就会谈虎色变地联想到兴风作浪的魔女。

魔女的魔法，构成了幻想文学的一大特色。

接下来就让我们抬起花轿，请出魔女，掀开蒙在她们脸上的红盖头吧——

---

① G.杰尼固支：《魔法的历史——黑魔术与白魔术》，日文版，社会思想社1985年第13版。

② 肋明子：《幻想文学的秘密》，日文版，冲积舍1991年版。

围剿魔女

一群与恶魔订下契约的女性

魔女传说起源于古老的欧洲。

我们只是从西方的童话中远远地冷眼相觑过她们：这是一类戴着妖冶而迷人假面的女人，只要她们的魔杖一挥，白马王子就会变成一块冰冷的石雕。而在铜版画的插图上，她们又往往被画成矮小狰狞的丑婆子，卑琐的身影永远晃动在散发着魔药苦涩的作坊里。魔女是邪恶的化身！大人轻轻地合拢那本快要翻烂了的几个世纪前的书，而我们也在摇篮里就埋下了一粒恐惧的种子。

然而，魔女真的就仅仅是民间传说的魔瓶中释放出来的一股可怕而不真实的烟雾吗？

魔女（Witches）一词辞典上的释义为："指欧洲古老的信仰中，一类以魔力给人带来厄运的女性，她们用咒语及魔药使人罹难、患病甚至死亡。"乍一看，魔女似乎与那些随风而来的美丽妖精一样，仅是一种想象力的产物。但如果我们走进中世纪，攀上教堂的塔尖向下遥望，就会知道历史上的确存在过魔女一族，而且还曾遭受过一场血腥的大屠杀……漫漫长夜中是一堆堆尚未燃尽的火堆，我们仿佛还能听到魔女们在熊熊烈焰中的嘶嚎。这场被称之为"魔女审判"的声势浩大的镇压，是中世纪欧洲教会最令人发指的罪行之一。这也就能够理解辞典上为什么还有这样一条派生词的解释：比喻一定社会、集团的权利者对异端者的排挤和打击。

一般认为，魔女是与恶魔订下契约的女性。

恶魔在她们的肉体上留下一个噬痕——"恶魔的印痕"，她们就从此永远地堕落为了恶魔的帮凶。而恶魔也是慷慨大方的，首先它赋予了魔女们一种呼风唤雨的魔力，使她们能够随心所欲地施害于人。一个冬季，她们都会埋头在瓶瓶罐罐之间，仅仅是为了调配出一种变身的魔药。恶魔的第二项施舍是，作为助手赠给她们一个叫作因普（imp）的小魔神，而它通常是以黑猫的形象出现的（我们今天读到的魔女故事中，常有一只黑猫相伴，可以看作因普的衍化）。而魔女最让人羡慕的，就是她们腾空而起的本事了。我们常常在书中读到这样的画面：魔女骑着一把笤帚飞出了窗口，消失在漆黑的夜幕中……也有的魔女骑着手杖或骑着猪飞翔。魔女还有一个必须遵守的规定，就是一年要有一次必须远离他乡去参加恶魔及同党的飨宴，地点一般多选在避人耳目的荒原或是山中，时间则是星期五的晚上。这称之为“魔女们的集会”（sabbat）。

井村君江在《妖精之国》一书中，有一个根据世界著名的妖精学权威F.迪兰特错和F.道拉特鲁编撰的专著译出的附录:《妖精小辞典》。在“魔女”一项中我惊愕地发现魔女竟还被分了类，就像沙棘蜈蚣被归为多足纲蜈蚣科而蚰蜒被分在多足纲蚰蜒科一样，科学、划一而一目了然。魔女按黑灰白三色分成三大类，“黑魔女”是指给人类带来致命危害的魔女；灰魔女的危害稍轻，而白魔女则是功大于过，具有占星术、预言以及中草药的知识，常救人于危难之中。①

我之所以没有把魔女纳入妖精的同类，是因为她们不像妖精那样来无影去无踪的。她们不是不食人间烟火的幻想国的住人，她们就在你和我的身边。**魔女的一个重要特征就是她们是我们的邻人。**她们常常是以一个衰老而又安分守己的妇人的面貌出现的。这正是魔女的骇人听闻之处，所以《恐怖的博物志》一书的作者易复团指出：单从外貌是无法辨别魔女的。魔女或许就住在隔壁，或许是一个亲戚。每天擦肩而过时和蔼地微笑，而到了夜里却口念咒语，让人骨折让孩子夭折。魔女是潜伏在内部的敌人，所以魔女才令人感到可怕。②

这种学说倒也解释了魔女几个有趣的特征。比如，魔女为什么总是骑着一把笤帚飞翔。

魔女一族在中世纪遭到了毁灭性的打击。十六至十七世纪的欧洲，魔女被视为一种反社会的存在而遭到了教会史无前例的弹压。这就是有名的“魔女审判”。池内纪在《话说恶魔》一书中的“魔女罪的发明”一段里谈到了这场大虐杀的根源。他认为魔女审判是对异端教派迫害的副产品，一个妄想导致了一种新审判的出现。③这成为了欧洲历史上最黑暗的一个时期，魔女火刑台上的烈火一直到十七世纪中期才渐渐熄灭。

时至今日，在欧洲的一些地方，魔女仍作为一种根深蒂固的信仰而存在着。但我们今天看到的魔女，已与几个世纪前的魔女面目全非了。她们成为艺术家的宠儿，走进绘画、走进文学作品。从这种意义上来说，是艺术家们赋予了魔女们第二次生命。

斩不尽、杀不绝的魔女就这样前赴后继地朝着我们走来。

一步又一步……

风吹乱了她们的发丝。

---

① 井村君江：《妖精之国》，日文版，新书馆1987年版。

② 易复团：《恐怖的博物志》，日文版，工作舍1991年版。

③ 池内纪：《话说恶魔》，日文版，讲谈社1991年版。

魔女新形象

从笤帚上掉下来的魔女

20世纪40年代前后，魔女们一反传统，以一种叛逆的崭新形象赢得了读者的一片叫好声。这种迹象最先出现在儿童文学的营垒中。

我们简直是有些瞠目结舌了——她们判若两人了，尽管还多少残留着往昔的一些陋习，比如照旧拖着一把笤帚满天飞，但身上毕竟是发生了一种深刻的、脱胎换骨般的变化。她们热情、真诚，再也不是邪恶与残酷的化身了。如果不是“魔女”两个字还影影绰绰地透露出过去的劣迹，我们真要误以为她们是一群从天而降的清纯天使了。

是帕·林·特拉芙斯最先攥着一把刷子洗去了泼在魔女身上的污秽。

帕·林·特拉芙斯是爱尔兰血统的英国女作家，作为一名在幻想传说中长大的凯尔特人的后裔，她的作品中流淌着一种梦幻般的诗情。一个叫玛丽·波平斯的魔女，是她在六卷本的“玛丽·波平斯系列”中精心塑造的一个人物。1934年,《随风而来的玛丽阿姨》问世，翌年《归来的玛丽·波平斯》也随之出版。

> 班克斯家的保姆玛丽·波平斯乘风而来。她会魔法，一个用毯子缝成的口袋里能变出肥皂；一个瓶子能倒出牛奶、冰草莓汁。她还有一把柄端雕着鹦鹉的伞，载她像小鸟一样地飞翔……当最后西风来临时，她就是撑着那把伞，越过低矮的樱桃树，飞过屋顶飘过山头，消失在空中的。

帕·林·特拉芙斯的幻想好似透过枝叶投射到地上的光斑，零碎而细密，整个故事没有一个连贯完整的情节，也无严格的逻辑顺序，就像女主角玛丽·波平斯本人一样随心所欲。但，这正是孩子式的幻想。

一个明眼人只要稍稍一瞥，就可以看出玛丽·波平斯脱胎于魔女。

帕·林·特拉芙斯没有交待她是一个魔女，然而她身上魔女的痕迹还是太浓了：离不开人群密集的地方，会飞，而且魔法无边。但她又是一个弃旧图新的魔女新形象，她不再与人为敌，善良、明朗而又助人为乐，我们看到的是一个叫人耳目一新的久违了的魔女。B.休利曼在《儿童书的世界》里说玛丽·波平斯是“一个拥有魔法，但却没有民间传说中的人物的属性”①的魔女，她乐观向上，所以才受到孩子们的欢迎。

但我们也似乎隐约地察觉到，帕·林·特拉芙斯似乎还没有从魔女审判的阴影下走出来，还心有余悸。不然的话，她为什么不直截了当地说出玛丽·波平斯是一个魔女呢？她担心魔女的恶名玷污了她心爱的玛丽·波平斯。

玛丽·诺顿就大胆多了。

她勇敢地接过了帕·林·特拉芙斯手中的刷子。我们对这位英国女作家并不陌生，前几章我曾介绍过她的《借东西的小人》。她没有回避魔女的过去，她相信回头是岸：人们一定会敞开心扉迎接一个新生的魔女的。1945年，她在长篇幻想小说《乘魔毯飞向南方的岛》中创造了一个名叫布莱丝的主人公，而且她毫不犹豫地写上了“魔女”两个字。魔女就是魔女，遮遮掩掩的毕竟欺瞒不了读者。

让我们来看看玛丽·诺顿笔下的魔女布莱丝和玛丽·波平斯有什么不同吧。在书的一开头，我们就几乎跌破了眼镜：天啊，天底下怎么会有这么蠢笨的魔女——

> 一天早上，恰利、查尔斯和保罗三人正要去采蘑菇，忽然看见布莱丝躺在一棵大树底下。这是一个远近闻名的娴静文雅的妇人，一直靠教钢琴为生，可现在却狼狈不堪地央求恰利他们把她扶回家。恰利和查尔斯架起哼哼不止的布莱丝，保罗从地上拿起一把笤帚跟在后面。恰利瞪了他一眼：你拿破笤帚干吗？保罗嘟嘟囔囔地说：这不是我的，是她的。这时布莱丝的脸都青了，原来她是一个正在修炼中的魔女。每天晚上都骑着笤帚在天上练习飞翔，昨晚一不小心从天上跌了下来……

看惯了魔法无边的魔女，这样一个蹩脚的魔女不禁让人涌起一丝失望。然而，随着故事的循序渐进，我们渐渐地喜欢上了这个更有人情味的魔女。

与其说布莱丝是一个魔女，还不如说她是一个我们身边的普通人。我们无须抬头仰望，一个水平的视角就可以把她一览无遗。这使她变得更加亲切了。应该说，玛丽·诺顿的尝试是具有突破性意义的，她开拓了一个新的魔女世界。上野瞭就此评论道：这个人间的魔女要比帕·林·特拉芙斯的玛丽·波平斯更具魅力。玛丽·波平斯拥有魔法，傲慢，俨然如同人们的师长，一直以一种居高临下的眼光看人……相比之下布莱丝则是与读者站在同一个次元的伙伴，她不是一个玛丽·波平斯那样至高无上的魔女，而是一个和读者一样会犯错误的人。这不由得令人平添一股亲近。②

尽管“回归人类”成了魔女们的一种风潮，但魔女的魔法毕竟还是孩子们心仪神往的东西。淡化魔法，也使一部分孩子疏远了毫无神秘可言的魔女。一个玛丽·诺顿，尚无伤全局，然而一百个玛丽·诺顿群起效仿，则使新生的魔女又一次面临了被抛弃的危机。

终于有人挺身而出力挽狂澜了！奥得弗雷德·普鲁士勒来了，这位德国最杰出的儿童文学作家没有盲目地步玛丽·诺顿的后尘，没有让魔女和人类握手，而是从魔女这个特殊的群体内部去挖掘故事，讲了一个貌似古老但却新意迭出的现代故事。《小女巫》发表于1957年，在此之前，奥得弗雷德·普鲁士勒已出版了《小水精》一书。《小女巫》荣获了1958年的德国优秀儿童图书奖，这部作品被列为德国的三大童话之一，发行量逾百万。

《小女巫》是一个绝对原汁原味的魔女故事。

> 从前有一个小女巫，那年才刚刚一百二十七岁。对于女巫来说，这简直算不上有年龄。

《小女巫》中文版封面

它有一个酷似民间传说式的开头和背景，然而故事却绝对是现代的。为了不使孩子们读起来有一种霉腐的隔世感，奥得弗雷德·普鲁士勒仿佛信手拈来似的在故事里掺进了大量的现代用品的名字。比如第一章，“尽管小女巫刻苦钻研，已经把《魔法书》学到二百一十三页了，可还是降不下雨来。头一回降的是小白鼠，第二回下的是青蛙，第三回是冷杉球果，而第四次则是牛奶……”小女巫的“小”是一个耐人琢磨的字眼儿，她实际上是人类社会的一个孩子的缩影。

《小女巫》与《随风而来的玛丽·波平斯》和《乘魔毯飞向南方的岛》不同，女巫不是孤孤单单的一个人，而是一群，她们拥有一个数百人组成的等级森严的社会。小魔女就像一个不谙事理的孩子，一次次地触犯禁律而遭到惩罚。小女巫偷偷地溜去跳舞，被一个老女巫发现，她竟惊呼道：你怎么敢到这地方来？瑟缩发抖的小女巫被揪到了大魔女面前……这尖叫、这场面我们似曾相识，任何一个人都知道奥得弗雷德·普鲁士勒讽喻的是什么。我们的成长过程，不就是在这样一个与固若金汤的大人社会的伦理道德不断撞击的过程吗？“……剔除了传说的要素，奥得弗雷德·普鲁士勒故事的主人公完全被人间化了。正如‘小’这个形容词所暗示的那样，‘小女巫’们和人们的孩子被置身于一模一样的状况之中……”野村泫在《德国的儿童书——与成人书的纽带》里这样分析道。③

小女巫去商店买笤帚

大魔女——女巫的最高首领命令小女巫：“赶快离开这里！否则我就不客气了！”

在书中作者传达了一种反叛精神，这在最后两章里花了许多笔墨来渲染。当小女巫结束了长达一年的惩罚，却在接受大魔女的考试时因为做了好事而遭到辱骂。她深深地失望了，用咒语让女巫们的法术失灵，又烧光了她们的头发，成为世界上唯一一个会使魔法的女巫。考试被认为是一种成长的仪式，一旦违背了成人的意愿，就要遭到修剪和斥责。但我们看到小女巫没有屈服，她勇敢地向一个因循守旧的世界宣战。这会赢得多少心灵倍受压抑的小读者的共鸣啊！一个老掉了牙的女巫的故事，又是表现了一个怎样的现实啊！有人说奥得弗雷德·普鲁士勒的作品脱离生活，但评论家们理直气壮地反驳道：“他的《小女巫》——这也就是他对你们所提出的问题的观点。并且，实际上他已经用他并不脱离生活的童话胜利地解决了争论。我们还要说，他的童话不但没有脱离生活，有些还比当代的生活更先进。”

进入80年代，魔女不再满足于狭小的欧洲地盘了，她们开始登陆日本。

大举进犯的魔女军团，无一例外地继承了玛丽·诺顿的风格，以一种主人翁的姿态走进人们的现实生活。但她们又从奥得弗雷德·普鲁士勒那里讨来了乖巧，没再以半老徐娘的面目出现，而是用一群小魔女稚嫩纯洁的心来征服了日本的小读者。日本的著名儿童文学评论家西本鸡介在书评志《月刊——书的情报志Do book》上的专栏文章《成为让人憧憬的女主角的魔女》中，也表达了类似的看法：“今天的日本作品中所描绘的魔女，漂亮而善良，所谓魔女的性格连片鳞片也丢失殆尽。但她和人之间生的少女，则成为了孩子们一种向往憧憬的存在。比如，虽然稚嫩却能在天上自由地翱翔，拥有一个会施魔法的母亲。这带来的自我解放的乐趣，是恐怖的魔女故事所远远不及的。”④

《魔女宅急便》中文版封面

角野荣子的《魔女的宅急便》就是其中的代表作。

可以这样说，1985年问世的《魔女的宅急便》是近年日本最轰动也是最畅销的作品之一，曾获得国际安徒生奖提名奖、小学馆文学奖、野间儿童文艺奖，1989年由著名的动画片导演宫崎骏拍成同名电影，更是使它家喻户晓。

作者角野荣子20世纪60年代末曾在巴西生活，这段经历左右了她作品的欢快流畅的基调。在她早期作品《大盗贼摇摇晃晃》《裤子船长的故事》中，作家独具一格的幻想性和与众不同的表现手法已初现端倪。而在成名作《魔女的宅急便》中，日常性与幻想性更是被巧妙地融为一体，达到了一个空前完美无缺的高度。应该说，《魔女的宅急便》是角野荣子创作生涯的巅峰之作。

《魔女宅急便》插图，林明子/图

《魔女的宅急便》像美洲的阳光和探戈一样，给日本的儿童文学注入了一股青春的活力。正如《儿童文学的世界——作品介绍与入门讲座》的著者所评价的那样：在弥漫着浓烈的教训性及教育性的日本儿童文学的传统中，它追求儿童书“有趣”这样一个本质性的课题。从这点来说，《魔女的宅急便》的作者的存在显得极有意义。⑤

主人公琪琪是一个十三岁的少女。妈妈是个名副其实的魔女，爸爸却是一个普通的人，是专门从事研究妖精学、魔女学的民俗学者。按照魔女一族的传统，魔女的女儿是要继承母业的，所以在一个月圆的深夜，小魔女琪琪一个人踏上了旅途。她骑着笤帚在繁星缀天的夜幕中越飞越高，笤帚的前端挂着收音机，肩膀上趴着一只黑猫，完全是一个现代少女式的飞天小魔女。她降落在一个被唤作哥利哥的小城市，利用自己能够飞翔的本领，开了一家小小的快递公司。于是，她在每一个少女都会碰到的甜酸苦辣中成长起来……

儿童文学评论家佐藤宗子在一篇论及日本儿童文学中的魔女形象的论文《魔女的选择》中有这样一段话：“魔女”的形象两极分化，一类是像民间传说、民间故事那样一开头就是非日常的世界中，它是作为一个遭人深恶痛绝的个体出现的。如最近绘本《白雪公主》中的继母。……还有另外一类魔女，她们仅是在日常生活中与一般人略有不同，只是这种程度而已。⑥毫无疑问，琪琪就是后一种类型的魔女。宅急便的设置不仅具有一种时代感，而且与魔女飞天的特征十分吻合。一个不受红绿灯限制的小魔女，载着货物飞上蓝天……这是一种怎样奇特而又符合逻辑的幻想啊。角野荣子在作品中流露出来的是一种对孩子的信任，我们说：它是一部幻想作品，同时又是一篇描写少女成长的故事。

写到这里，我们情不自禁地要问一句：魔女们为了延续一族的生命而丢弃了她们的先烈曾抛头颅洒热血捍卫过的魔女戒律，投身到我们的文明社会，对她们来说究竟是一种幸福还是一种不幸呢？

在这个世界的一隅，还有一批死不悔改的魔女不肯退出历史的舞台。

她们憎恨人类，企图称霸整个世界。在罗尔德·达尔的《女巫》和D.W.琼斯的《魔女集会路26号》两部作品中，我们就听到了这样一类顽固不化的魔女的霍霍磨刀声。

《女巫》我们在后面将要谈到。D.W.琼斯在《魔女集会路26号》中描绘了一批疯狂而凶险的魔女。格达琳是一个野心勃勃的魔女，她梦想有朝一日称霸整个世界。故事就在她和懦弱的弟弟之间展开……

小说波澜壮阔，1978年获得了卡特安奖，被评论界认为是汲取了英国幻想文学传统的真正的幻想大长篇。

①B.休利曼:《儿童书的世界》，日文版，福音馆1969年版。

②上野瞭:《现代的儿童文学》，日文版，中央公论社1988年版。

③野村泫:《德国的儿童书——与成人书的纽带》，日文版，白水社1991年版。

④西本鸡介:《成为让人憧憬的女主角的魔女》，载《月刊——书的情报志Do book》1994年1月号，日文版，日本出版贩卖株式会社。

⑤西本鸡介/偕成社编辑部:《儿童文学的世界——作品介绍与入门讲座》，日文版，偕成社1992年版。

⑥佐藤宗子:《魔女的选择》，载《日本儿童文学》1989年第五期“幻想文学的方法”专集，日文版。

变身

兽……男孩女孩……猫……耗子

魔法又玩出了新的花样。

魔法不再是魔女的特权了，魔女小说津津乐道的是如何获取魔法以及施展它的淫威，而在以后的幻想文学作品中魔法迅速退居到了二线，只是一幕过场戏。它的作用遭到削弱。魔法在众多的作品中成了一座浮桥，我们一旦涉过了河，它就被拆毁或被水冲走了……也就是说魔法仅是一种媒介，没人再像傻瓜一样肯为它大花笔墨了。

例如变身小说。

变身是一种人类最本色的愿望。厌世、憧憬或是出于逃避的目的我们每一个人都曾渴望过变身。然而我们却无法冲破上帝赐给我们的躯壳，只能凭想象，获得一种虚构的变身。而魔法就是最简单不过的道具了——只消喊一声“变”，一个人就会在一瞬间变成甲虫或是蝾螈。这类作品中，魔法只是划过书页的一道闪电，我们注重的是它产生的结果。

提到变身，首先浮现在我们脑际的就是卡夫卡的《变形记》。小职员格里高尔·萨姆沙一觉醒来发现自己变成了一条甲虫……作为荒诞派小说的鼻祖，卡夫卡着意表现的是一种非理性的荒谬，不想也不愿强调或是提供一种合乎逻辑的前因后果。这使他几乎摈弃了魔法。这样，我们就看到有一条分水岭横亘在现代荒诞派作品与我们所说的一般的幻想文学作品之间。然而，尽管现代荒诞派是二十世纪文学史上的一个重要流派，但它的读者毕竟是少数。反情节、主题晦涩而抽象、臆病般苍白病态的人物……都使它背离了读者而离群索居。

而在绝大多数的幻想文学作品中，魔法还是没有被抛弃，即使是一笔带过，也还是以一种变形的方式或隐或现地保留在故事当中。

N.乔丹的《兽之梦》就是一部出色的变身小说的杰作。1950年，N.乔丹出生于爱尔兰西北部的一个港口城市斯拉伊哥，曾导演过《狼的血族》等幻想影片。除了拍片，他还从事小说创作，《兽之梦》就是他继长篇《过去》之后于1983年发表的第二部长篇小说。爱尔兰民族是一个涌动着凯尔特人神话的民族，所以评论家川本三郎在一篇题为《冰冷寂静的幻想文学》中说他“本质上是继承了爱尔兰文学的传统，同时作为一个现代人，也有从传统和过去、幻想和梦幻中觉醒过来的地方。N.乔丹是一个‘觉醒型的幻想文学作家’，明知是在做梦却仍旧做梦的幻视者”。①

小说以第一人称的方式加以叙述，有人说这是一个“冰冷的幻想故事”，这恐怕与他冷静得近乎残酷的腔调不无关系。N.乔丹是在讲述一场噩梦，但他没有淹溺在自己的叙述中，没有沉陷在幻想中，而是自始至终睁着眼，像一个旁观者一样从容不迫地讲完一个自己的故事。他追求的是一种更冷、更静的基调，冷静地追着“我的”意识——与其说是在做梦，不如说是在盯着那场梦。

我是一个住在酷似都柏林的城市里的设计师。

宅邸离海很近，有妻子和女儿，是俗称的所谓典型中产阶级。

我住的这个城市正在悄悄地发生着一种异变。不知为何，气温在上升，热浪袭人的道路上裂开了一道道缝隙，铁轨也开始膨胀……是地球的气候发生了异变还是哪个国家爆炸了核弹？没人出来解释，只是这种异常慢慢地覆盖了整个城市。

既不是暗无天日的密林又不是阴森的古堡，一个现代化的都市却让人感到了一种冰冷。我们一个个被孤立地隔绝在混凝土和玻璃中，我和妻子、女儿，甚至和朋友之间都没有富有人情味的语言了。

城市异变的同时，我的体内也在发生着一种显著的变化。手指逐渐变得像野兽的爪子一样，没多久，这种可怕的变化便蔓延到了脸上和全身。我正在变成一个野兽。我静静地接受着这种变身。已经变成兽的我，告别了妻子和女儿，离家出走，像一个鬼魂似的徘徊在城市当中。我找了一个废墟似的大楼的一角安下身来，在这里，我和一个同病相怜的孤独的少年相逢了，我们开始了静静的生活。

这是一个非常英俊的少年，我渐渐地和这个天使一般的少年离开了现实世界，而走向彼岸。变身只是我想从现实中消灭、走向另一个世界的手续或是称之为仪式而已。最后，一直做梦的女儿也从现实中消失了。我的妻子来到我的面前，她对我说，女儿在她的身体里。她也会随我们而来吧，这时在我的心中，一个小小的神圣家族完成了。

作品的主题是深刻而含蓄不露的，它表现了我们人类的一种绝望和悲哀。这里，魔法被幻化成一种气氛的描写。通过对异变的写实般的描写，我们不知不觉、没有设防地就跟进了作者所杜撰的变身的世界。

儿童文学中，以变身为主题的作品更是俯拾皆是。上野瞭在《现代的儿童文学》中指出：……有限的人对无限的人生存在着一种潜在的向往。这种获得多彩人生的愿望，是与一种唤作变身愿望的东西联系在一起的。变身的幻想包括了两种想法：我还是我，同时又开始一种全新的生活。②可以肯定地说，孩子们更容易接受这类作品，因为成长的过程本身就是一个变身的过程。

我的名字叫斋藤一夫，刚上六年级，班里就转来了一个和我的名字只有一字之差的女生斋藤一美。斋藤一美是我幼儿园的同班生，最了解我的底细了，所以我假装不认识她。这却惹恼了她。一天围绕着地藏神像转圈子时我一下子撞到了斋藤一美的身上，结果两个人来了个对调：我钻进了她的身体，她钻进了我的身体……

这是山中恒的变身小说《我是那家伙那家伙是我》的简略梗概，一个男孩和女孩倏忽之间交换了身体，不能不说是荒唐无稽。然而细细一想，这种念头又有哪一个孩子不曾有过呢？山中恒是我十分感兴趣的一位作家，他是日本儿童文学界一个特异的存在。他从不把自己称之为“儿童文学作家”，而是称为“儿童读物作家”，他提倡作品的通俗性，以此来刺激和娱乐孩子们，他还有一句别出心裁的口号：“我希望我的书能摆在点心店里。”③这些被视为异端的学说都收录在他那本题为《复活吧，儿童读物》的书里。

山中恒异想天开地写了人与人的对调，而在儿童文学中被描写最多的，则是向动物的一种变身。

P.恰利这个名字我们还很陌生，他1897年出生于美国，曾作为一名体育新闻记者而闻名遐迩。39岁那一年激流勇退，移居英国以小说写作为职，以作品《七个木偶的恋爱故事》《一片雪》等广为人知。日本曾有文章评述说：

“可以说，儿童文学的爱好者中间是没有人不知道他的名字的。”④《流浪的杰妮》是P.恰利于1950年发表的一部以变身为题材的长篇幻想小说。其发端是，一个男孩倏忽之间变成了一只猫。猫是我们宠爱的动物之一，它娇奢、雍容华贵。然而P.恰利笔下的猫是一只颠沛流离的野猫。作者当然没有哗众取宠地编织一个曲折惊险的故事，他试图通过一只具有人性的猫或者说是一个涉世不深的孩子的眼睛，折射出一个大都市的冷酷和无情以及尚未泯灭的爱。显然，猫的视角和人类是不同的，它低矮，更隐蔽也更客观，因此也就更具有一种揭发力。如果想得更遥远一些，我们可以得出这样一个结论：一个少年读者跟随着一只命运多舛的猫，可以提前走进他即将跨入的社会，这是一次大预演。

整部作品由二十八章构成，除了第一章《事件的开始》和最后的第二十八章《事件的结束》叙述的是8岁少年彼得遭遇车祸的始末之外，余下的二十六章都是围绕着变成了野猫的彼得而展开，讲述了一个他和一只名叫杰妮的雌猫的冒险和爱的动人故事。

故事是由一场飞来横祸而揳入的——

彼得的父亲是一名陆军上校，但他几乎终年在外。母亲漂亮而又年轻，耐不住寂寞，整天打扮得花枝招展地不在家……

8岁的彼得只好寄养在祖母家里。

彼得从懂事那天起，就想养一只猫，可是因为祖母非常讨厌猫而一直没养成。一个风和日丽的春日，彼得远远地就看到了一只可爱的小猫待在公园里，他穿过马路朝它奔去的时候，被一辆高速驶来的大卡车给撞倒了——魔法般的怪事就在这一瞬间发生了：彼得变成了一只猫。

这也是一个弱肉强食的社会。

在一次拼杀中，彼得几乎被一只霸王猫给掐死，幸亏一只叫杰妮的雌描救了他。杰妮十分美丽而又善良，她传授给他一整套猫的技能，两人开始了冒险的生涯……

以上所列举的《我是那家伙那家伙是我》和《流浪的杰妮》，讲述的都是一个现代的故事。因此，作者没有使用民间传说中那种明火执杖式的魔法——

至少小读者很难相信在一个现代化的都市里，一个女巫会站在十字路口口念咒语了。但魔法仍在两部作品中起到了一个“变”的作用。必须有这样一种交代，否则故事就显得唐突而不可信、不符合逻辑。魔法就是魔术师手中的一顶帽子，一个蛋扔进去就会飞出一只白鸽。《我是那家伙那家伙是我》中地藏神像前的碰撞、《流浪的杰妮》中的车祸都可以解释为变身的帽子。尤其是后者，更容易解释得合情合理：在突遭车祸而昏迷不醒时，孩子的灵魂飘荡到了空中——也就是我们俗称的灵魂出窍，而恰巧有一只猫经过，于是便灵魂附体了。

我们叙述变身已经太久，我们似乎已经遗忘了曾经叱咤风云的魔女的魔法。我们在一味地强调现代意识，魔法的地位一落千丈。我们小心翼翼地像绕开雷区似的避开民间传说、童话中的魔女的魔法来变身。但我们无法不顾及这样一个事实：民间传说及童话的昂扬的生命力。我们更不能排斥这样一种事实：真正让孩子们痴迷的还是魔女那种随心所欲、无拘无束式的魔法。这样的僵持过了许久，有一个人拿起一根撬棒撬开了尘封了的冰库。“嘎吱”一声，被憋得面黄肌瘦的魔女们夺路而出——他要复辟，要尝试一下用魔女的魔法来变身。

这位捅蜂窝的人名字叫罗尔德·达尔。

我们是太熟悉他和他的作品了，《女巫》《查理和巧克力工厂》《好心眼巨人》《玛蒂尔达》……

《女巫》电影海报

《女巫》就是一部关于变身的幻想小说。他写变身，用的是民间传说和童话的老一套：魔女的魔法。但我们丝毫也没有听“狼外婆”时的那种“这是一个相当相当久远的故事”的感觉，这就是达尔的本领。正如授予《女巫》1983年英国白面包奖时评奖委员会所说的那样：“滑稽，机智，又有趣又吓人，一本真正的儿童书。从头至尾都使我们觉得是出于大手笔。”

一个小孩被变成了老鼠，这就是《女巫》的全部情节。这是一个俗得不能再俗的题材了，连咿呀学语的三岁小孩也会嚷道：妈妈，我要变成猫变成蛙变成猩猩……这还能推陈出新吗？然而这样一个平淡无奇的构思到了达尔的手中，三捏两捏，一个叫人禁不住拍案叫绝的故事就诞生了。

达尔作品的特征就是奇想天外。但他不是闭门造车，比如《女巫》的灵感就是源于孩提时代的一个恶作剧——《女巫》的日译者之一清水达也在日文版的后记中写道：从达尔的回忆录《少年》及《一个独行》中，可以找到《女巫》的原始风景。而“女巫大王”和“老鼠”的联想，则是来源于他幼时的一段经历。他和伙伴们曾悄悄地把一个老鼠的死骸塞进一个他们十分讨厌的店老板娘的瓶子里。⑤少年时的经验构成了整个故事的轮廓，这也是它让我们感到真实的原因。

《女巫》中文版封面

我第一次接触到《女巫》，是从银幕而不是从书上。1990年《女巫》被好莱坞改变成了电影，其中女演员安杰莉卡·休斯顿还因扮演女巫大王而获得了奥斯卡最佳女演员的提名。但我不喜欢影片的结尾：已经变成老鼠的男主人公，又被一个悔过自新的女巫变成了人。这不能不说是一个败笔，屈从了一种对慰藉的呼声却将原著中最深沉悲怆、也最拨撩人心的东西破坏殆尽。刘绪源在《儿童文学的三大母题》中所赞不绝口的“使我们在作品将了时感受到了沉甸甸的极其温馨迷人的家庭与爱的气氛”⑥被无情地一笔勾销。

达尔的作品群中，我最喜欢的就是《女巫》，没有之一。

这不是一篇故事，讲的是一个真实的女巫。

真实的女巫杀一个孩子所得到的乐趣，就像你吃一盆奶油草莓一样。女巫永远是女的。我不想说女人的坏话。绝大多数女人是可爱的，但所有女巫都是女的，这依然是事实。女巫是危险的，因为她看上去一点也不危险。

我姥姥是位挪威人。挪威人对女巫的事全知道。我7岁那年，爸爸妈妈出车祸摔死在峡谷里。为了使我们两个都能忘记悲痛，我姥姥开始讲女巫的故事。她说，第一，女巫的手难看得像猫爪，夏天也戴着手套；第二，女巫是秃瓢……女巫在黑夜里能嗅出马路对面的孩子。我不相信：我刚洗过澡。姥姥说：越干净女巫就越能嗅出来。对于一个聪明的孩子，一个月洗一次就够了。姥姥说这种话时我就更爱她了。

“我”在听姥姥讲故事

暑假里，我和姥姥去英国的一个海滨城市避暑。旅馆里正在召开“防止虐待儿童王家协会会议”，我溜进空无一人的会场训练小白鼠。突然，门开了，拥进来一大批漂亮的女人。我一闪身藏到了屏风后面。这时我发现她们全戴着假发和手套，台上的一个扒下面具的女人喊道：脱去你们的假发和手套吧！这是一群女巫！女巫大王在演说：我有一个庞大的消灭全英国儿童的计划。我发明了“86号配方慢性变鼠药”，小孩吃了，26秒钟内就会变成一只小老鼠……她们还当场骗来一个馋嘴的男孩詹金斯，把他变成了一只老鼠。

走在街上的任何一个女人，都有可能是一个女巫

我被女巫们发现了。女巫大王把一瓶药水都灌进了我的嗓子眼里，我开始缩小，我注意到地板离开鼻子只有一寸高，手也变成了毛茸茸的小爪子。我逃回姥姥的房间，姥姥差点昏过去，她说：必须阻止女巫们的阴谋。女巫大王的454房间就在我们的554下面，姥姥把我装在一只没织完的袜子里，一点点地放到了下面的阳台上。屋里没人，我从床垫下找到了一瓶药水。

姥姥说：在一个半小时里，所有的女巫都将到下面的餐厅吃饭。我在厨房里发现了一个大汤锅，那里盛着女巫们要喝的汤！我爬上一个架子，把药水倒进了大汤锅里。我成功了！然而我是太得意忘形了，一名厨子发现了我：快看，一只肮脏的小老鼠！一把菜刀砍了下来，我一个倒栽葱掉了下来，但我还是逃掉了。女巫们在喝汤。忽然女巫们全都蹦了起来. 几秒钟女巫们就都不见了，两条长桌上

变成老鼠的“我”和姥姥

趴着许多小棕鼠。戴着白帽子的厨师们冲了出来，高举菜刀向小棕鼠劈去！女巫们被彻底消灭了。

回到家里，姥姥不让任何人进屋，就我们两个人过着日子。

一天晚上在火炉前面，我躺在姥姥的膝盖上，突然想起了一个问题：“姥姥，我们老鼠可以活多久？”

“我在读关于老鼠的书，”她说，“我想知道关于老鼠的所有事情。”

“那你说啊，姥姥。你为什么不告诉我？”

“如果你真想知道，”她说，“我怕老鼠活不了很久。”

“有多久？”我问道。

“一只普通老鼠只活3年，”她说，“但你不是一只普通老鼠。你是一个老鼠人，这完全不同。一个老鼠人几乎可以肯定活一只普通老鼠的3倍，大概是9年。”

“好！”我叫道。“好极了！这是我听到的最好消息！”

“你为什么这样说？”她感到奇怪，问道。

“因为我不想活得比你久，”我说，“别人照顾我，我可受不了。”

又是短短的沉默。她用手指尖抚弄我的耳背。我觉得很舒服。

“你多大岁数了，姥姥？”我问道。

“86岁，”她说。

“你会再活八九年吗？”

“会的，”她说。“只要运气好。”

“你得活，”我说，“因为到那时我将是只很老的老鼠，你是一位很老的姥姥，再过不久，我们就一起死掉。”

“我的宝贝，”她最后说，“你以后一直做老鼠真不在乎吗？”

“我根本不在乎，”我说，“只要有人爱你，就不会在乎你是什么，或者你是什么样子。”

达尔不光送给孩子们一个紧张得让人喘不过气的故事，还让我们的心中弥漫起一种儿时的温情。特别是最后的一段对话，字里行间透出一种催人泪下的感情。这才是这部作品的真谛。而故事的高潮，显然还是魔女——这里姑且还是让我们按照任溶溶的译法称之为“女巫”吧——女巫施展魔法以及倒行逆施反被魔法所杀的过程。魔法，在达尔的故事中焕发了青春。

①川本三郎：《冰冷寂静的幻想文学》，载于《兽之梦》日译本，福武书店1992年版。
②上野瞭：《现代的儿童文学》，日文版，中央公论社1988年第13版。
③山中恒：《复活吧，儿童读物》，日文版，晶文社1979年版。
④引自《儿童文学的魅力——现在阅读的100册（海外篇）》，日文版，文溪堂1995年版。
⑤引自《女巫》日译本“后记”，评论社1987年版。
⑥刘绪源：《儿童文学的三大母题》，少年儿童出版社1995年版。

9 New Myth 新神话

在神话早已久远黯淡的今天，西方仍有一些人出没于湮灭的辉煌中，雄心勃勃地试图重现神话的风采。不是发掘，而是重筑新的神话大系！20世纪中叶，脚手架被拆除了，我们终于看到了它们巍峨的英姿！叙事诗般的新神话第二次让神话唱起了雄浑的歌……

第二世界

我们又一次听到了神话雄浑的歌……

在神话早已久远黯淡的今天，西方仍有一些人出没于湮灭的辉煌中，雄心勃勃地试图重现神话的风采。不是发掘，而是重筑新的神话大系！20世纪中叶，脚手架被拆除了，我们终于看到了它们巍峨的英姿！叙事诗般的新神话第二次让神话唱起了雄浑的歌……

撑起新神话这庞大基盘的是“第二世界”的理论。

J.R.R.托尔金是“第二世界”理论的倡导者。是他第一个走进漫灭残存的神话废墟，他目睹着满目荒夷，悲从中来，神话的悲凉命运唤醒了一个埋藏在心底的宿愿：重写神话！

可以这样说，托尔金是新神话的奠基人之一。

1938年他在圣安得鲁森大学的讲演中首次阐述了“第二世界”的观点，这就是后来补笔增改收录到1947年出版的《Charles Williams纪念论文集》中的《关于妖精故事》(*On Fairy Stories*)。这是他最初也是唯一的一篇论文，1964年再版时加进了一部短篇并被冠之以《树与叶》(*Tree and Leaf*)的书名。日本的托尔金研究者赤井敏夫在专著《J.R.R.托尔金的神话世界》中指出：“从广义上来说，这部作品不单单是作为妖精故事，而是可以作为论述整个幻想文学的批评论来接受的。一个不容推诿的事实是，托尔金在这里所提倡的概念和用语，对日后的幻想文学批评产生了深远的影响。”①

托尔金认为：

第一世界(the Primary World)是神创造的宇宙，即我们日常生活的那个世界。而人不满足第一世界的束缚，他们利用神给予的一种称之为“准创造”的权利，用“幻想”去创造一个想象的世界，这就是所谓的“第二世界”(Secondary World)。但这一切都是对神创造的第一世界的一种模写，所以故事的作者只能被称之为“准创造者”。

第一世界是神创造的世界，是一种“真实”的存在。然而在第一世界中，真实也并不全是一种肉眼看得见的存在。人的“幻想”所“准创造”出来的第二世界，所有的一切则都是以一种看得见的“真实”形象建构起来的。从这层意义上来理解，尽管表面上看起来第二世界是非现实的产物，但绝非“谎言”，而是“真实”，“真实”地反映了第一世界。《关于妖精故事》（日文又译《幻想文学的世界——关于妖精故事》）的日文版译者猪熊叶子是这样看待第二世界的：“所以迈进第二世界，并不像世俗所想象的那样是一种消极的逃避，因为远离第一世界，回望时反而有了新鲜感，反而能重新去确认它的价值。托尔金的这种主张，不光是阐明了文学虚构性的意义，而且是值得我们倾听的一种对近代文明的批判。”②

托尔金“第二世界”的理论，曾引起了广泛的争论。

有人把它简单地看成一个架空的世界，也有人认为它是一个与现实血脉相承的错综复杂的世界。不管怎么说，第二世界为我们提供了一个随心所欲的艺术空间，它催生了一大批包括托尔金本人作品《霍比特人》《魔戒》在内的新神话。人们看重的是第二世界的魔法，第一世界中一切不可能的东西在那里都成为了令人信服的可能。这才是第二世界的魅力所在。第二世界之所以吸引我们，我们还可以从另外一个角度找到答案：它联系着人类最早期也是最原始的幻想——沉睡在我们基因深处的幻想的胚胎。瑞典的玛丽娅·尼古拉叶娃在《西方艺术童话及其研究》一文中就写道：“从发生学原理看，这‘第二世界’是从神话、民间童话中的‘另一世界’演化出来的，更深一层推想，是从先民的宗教思维的冥幻世界中演化出来的。”③

第二世界的理论还引出来一个“High Fantasy”的概念。

最先提出这个概念的，是萨哈罗斯基和波亚。他们在一篇题为《High幻想文学的第二世界》（*The Secondary Worlds of High Fantasy*）的论文中首次使用了“High Fantasy"这一概念。与其相对的还有一个“Low Fantasy”的概念。

“High幻想文学”与“Low幻想文学”是由它们对非合理现象的态度和故事舞台的设定来加以区分的。在此之前，萨哈罗斯基和波亚有了一个大前题，即规定幻想文学取材的是非合理现象。“Low幻想文学”描写的是第一世界所发生的“不可能”，它并不对这种“不可能”做出科学的、合理的解释，直到故事的结局仍然是一个不解之谜。也就是说，“Low幻想文学”着眼的是一种“惊异”——即超自然侵入我们那个受自然法则支配的日常世界时所产生的“惊异”。代表作如伊迪丝·内斯比特的《五个孩子和一个怪物》。

而所谓的“High幻想文学”虽然同样也是描写一种“不可能”，但它的舞台不是我们的现实世界而是一个迥然相异的世界，即托尔金所说的第二世界。在第二世界里，“不可能”被异世界独自的法则——魔法、超自然的因果律给予详尽的说明，魔法成了那个世界的自然法则。所以，它不必像“Low幻想文学”那样去描绘超自然所带来的惊异了。

这样说起来，舞台的设定是区分“High幻想文学”与“Low幻想文学”的一把钥匙。

日本出版的季刊《幻想文学》曾出版过一期特集《High幻想文学最前线》，风间贤二在卷首一篇题目为“High幻想文学的三种样式”的文中对“High幻想文学”进行了细致的分类。他归纳为三大类：一、与现实相距遥远、隔离的异世界。二、与现实世界拥有一条不确定的国境线的异世界。三、包容在现实世界之中的异世界。④

其中第一大类“与现实相距遥远、隔离的异世界”又包括四种类型：**1.拥有独自的宇宙的一个封闭的世界。**它在风俗、年代记以及地质学上与我们的世界有类似之处，但同现实的联系确是极其模糊的。例如托尔金的《魔戒》、毕克卢的《最后的独角兽》。《最后的独角兽》是幻想文学史上一部凄美哀婉的名篇：雪一样纯白的独角兽，孤独地住在紫丁香的森林里。为了追寻失落的伴侣它开始踏上了漫长的旅途。而线索只是一句话：红雌牛……**2.距离我们遥远的过去的世界。**它的舞台往往设定在神话和传说的世界，如斯文以希腊、罗马神话为素材的《蔷薇的庄园》。**3.距离我们遥远的未来的世界。**描绘的是地球毁灭的景象，常常是科学与魔法的手法并用，以至这类作品往往是科学幻想小说境界线上的作品占了多数。**4.模拟中世纪的世界。**尤其是在英美盛行一时，多以阿瑟王的传说为故事的主干。

第二大类与“现实世界拥有一条不确定的国境线的异世界”的作品群也十分庞大，比如我们十分熟悉的C.S.刘易斯的《纳尼亚传奇》就属于这一类型。与第一类相比，它与我们的现实世界有着密切的联系。它存在着一个“入口”或“媒介物”，使得两个世界的往来成为可能。如《纳尼亚传奇》中的壁橱，《爱丽丝漫游奇境》中的镜子，以及《永远讲不完的故事》里的书。

第三大类“包容在现实世界之中的异世界”不需要什么入口，它就潜藏在现实世界的某一个特殊的区域。如《金色楼梯的远方》的沼泽，《消失在地里的少年鼓手》中的洞穴。

由于“第二世界”及“High Fantasy”理论的支持，新神话作品曾经红遍了幻想文学的半边天。

① 赤井敏夫：《J.R.R.托尔金的神话世界》，日文版，人文书院1994年版。

② 见《幻想文学的世界——关于妖精故事》译后记，日文版，福音馆书店1973年版。

③ 玛丽娅·尼古拉叶娃：《西方艺术童话及其研究》，韦苇译，载于《儿童文学研究》1995第1期，少年儿童出版社。

④ 风间贤二："High幻想文学的三种样式"，载季刊《幻想文学》1986年秋季号特集《High幻想文学最前线》，日文版，幻想文学出版局。

《魔戒》

曾经有过这般沉雄壮阔的大神话吗

《魔戒》是一部大河长篇。

面对《魔戒》，就犹如举头仰望高不可攀的喜马拉雅山。它横空出世，以一种气吞山河的雄姿屹立在幻想文学之巅。我们走近它，便被它那惊天地泣鬼神的旷远和博大所震慑——曾经有过这般沉雄壮阔的大神话吗？

《魔戒》如今在世界上已拥有了数千万的读者。它问世于上世纪50年代，一开始只是在科幻迷及幻想文学爱好者的手中争相传阅，但不久就波及到了整个读书界，如猪熊叶子所形容的那样："……这部作品是静静地、但却是稳扎稳打地扩大着读者的队伍……值得注意的是，它惊人的风靡不衰，完全不是像其他畅销书那样依靠新闻媒介连篇累牍的宣传。"①

《魔戒》的读者除了成人，更多的是青少年和儿童。它的作者托尔金的初衷，是创作一部"Adult Fantasy"即"成人幻想文学"。但结果是事与愿违，正如S.A.依考菲在《叙说之力——英语圈的幻想文学：中世纪至现代》中所披露的那样："虽然其文体和主题没有把孩子排斥在外，但托尔金最初是把读者想定为大人的。然而孩子们像喜爱《霍比特人》一样地热衷于《魔戒》，至今仍热浪不减。今天，几乎没有一所藏书丰富的儿童图书馆里没有《魔戒》的吧。"②

那么，它究竟取得了怎样登峰造极的成就呢？

一发表，它就好评如潮。B.W.奥尔丁斯在《十亿年的飨宴——SF，其起源与历史》中把它和戈尔丁的诺贝尔文学奖获奖作品《蝇王》相提并论。他接着写道：由于《魔戒》这座巨大建筑物的耸起，给予幻想文学以及架空世界的小说以深远的影响，使它们完成了一大成长。③F.萨维特在《故事作家的技法》中更是不惜溢美之词地写道："简单地说，《魔戒》是过去的五十年中所创作的幻想文学中最完美无缺的作品。"④

二十世纪六十年代初，它在美国获得了爆发般的人气，这根导火索是由学生和知识分子引爆的。当时正值越战陷入泥沼的混迷状态，人心涣散，而《魔戒》中以弱抗恶的奋起精神和霍比特人的牧歌式的生活方式，无疑起到了一种净化心灵的作用。它也曾遭到种种诸如逃避现实的非难，但托尔金理直气壮地反驳道："现实是这样的丑陋，从那里逃避就是一种勇气。"

托尔金的名字我在本书中已多次提到。

他1892年出生于南非，曾参加过第一次世界大战。1924年至1959年的三十五年间在母校牛津大学从事古代、中世纪英语和英国文学的研究。成绩显赫，著有《中世纪英语的语汇》《莎·喀佤音和绿骑士》《贝奥伍尔夫论》等学术著作。这种研究的成果完全贯穿到了他的创作之中。

《魔戒》是他继《霍比特人》之后，沉默了将近二十年于1954年至1955年之间发表的长篇巨著。全书共分三卷，第一卷《魔戒同盟》，第二卷《双塔殊途》，第三卷《王者归来》。整部书一共出现了600多个人物，正文1300页，此外还配有详尽的地图和134页注释。难怪人们把它称之为二十世纪幻想文学杰作的巅峰。仅在气势和篇幅上，它已是笑傲江湖了。

《魔戒Ⅰ》中文版封面

《魔戒Ⅱ》中文版封面

《魔戒》是《霍比特人》的续篇。《霍比特人》的故事梗概我在第四章中曾做过简单的介绍，这里再稍微花点篇幅来论述一下它的成就和意义。日本的幻想文学评论家荒俣宏甚至认为，应该把《霍比特人》与《魔戒同盟》《双塔殊途》《王者归来》合并到一起统称为《魔戒》。⑤

这是因为，托尔金首先在《霍比特人》中实践了他的第二世界的理论，而在《魔戒》中将其发挥到了无以复加的极致。他以北欧神话中的"中央之国"为模型，发挥神话的想象力，创造了一个"中土世界"。而小矮人彼尔博他们一族就世世代代地生活在那里。这是一个远离现实尘嚣的世界，我们能够看到它的刀光剑影，却无法走近它。《霍比特人》的贡献就在于，它打破了伊迪丝·内斯比特模式——即"在现实世界与非现实世界的冲突下展开故事"这一二十世纪儿童幻想文学公式的一统天下。中野节子在《第二世界的创造》一文中这样写道：

由于《霍比特人》及其续篇《魔戒》的创作，“托尔金运用自己的第二世界理论，构筑了一个‘中土世界’的架空世界。他一手创造了一个拥有独自的气候、地理、住民及语言，并且历史可以从悠远的太古一直追溯到现代的壮大而又致密的世界，从而诞生了一个真正的幻想文学的世界。它不仅仅是30年代儿童文学停滞期的一大收获，而且已成为了二十世纪儿童文学中屈指可数的古典。”⑥S.A.依考菲也言简意赅地道出了《霍比特人》的创新：“在当时其他的仅仅是充斥着单纯的魔法的故事群当中，《霍比特人》作为幻想文学的路标而显得大放异彩，创立了一个白璧无瑕的‘准创造世界’。……他将乔治·麦克唐纳的幻想文学观提到了一个崭新的高度，给叙事诗型幻想文学带来了期望已久的刺激。”⑦

《霍比特人》留下了这样一个伏笔：恶龙被黑箭射中。彼尔博带着一枚可以隐身的戒指返回了日夜思念的故乡。这是他意外捡到的戒指，凭借着它的庇护他避开了一系列厄运而从恶龙手中夺回了宝藏。而在《魔戒》中，便围绕着这枚魔法的戒指展开了一场波澜壮阔的争夺战……

卷帙浩瀚的《魔戒》如同一幅长卷，浓缩了数千年的历史。我们在熊熊战火中体验了壮烈同时又是悲哀的死、爱与献身以及友情，不得不为它的恢宏、磅礴气势而叹为观止。

不言而喻，这是一次旅途，也是一次令人身心解放的逃避。我不禁又想起了托尔金在《关于妖精故事》中所强调的幻想文学的“逃避”作用。在我们的周围日渐变得死气沉沉的同时，一次逃避无疑是一次心灵的洗涤。托尔金这样反问那些批评“逃避”的人：“当人意识到被关闭在现实社会这座牢狱而试图逃回故乡时，为何要成为非难的对象？或者这些无法脱狱的人把视线从看守和监狱的墙壁上移开，而去想点快乐的事，又何罪有之哪……”⑧

《魔戒》是一部神话，赤井敏夫把它的主题说成“禁忌和对其的侵犯”，这牵扯到一个所谓的“不死性”的问题。在考证了托尔金神话成立的轨迹之后，他在《J.R.R.托尔金神话的世界》一书中得出了这样的见解：魔戒三部作中的戒指是“具有支配意义的戒指”，

《魔戒》插图，阿兰·李/画

其所有者是一种不死的存在。但它的所有却是一种对禁忌的侵犯。围绕着戒指故事而展开的是一个反复出现的渴望与堕落的主题。戒指的吸引力在于，人们对于不死的愿望。它的所有者的厄运不是不可避免的宿命，而是一种对禁忌侵犯的结果。⑨

对于《魔戒》这样一部伟大的作品，有着种种不同的解释。而且它的阅读层次极为广泛，青少年读者可以把它当作一部神话式的英雄叙事诗来读，因为它充满了正义和冒险。加上作者本人严谨的一丝不苟的创作态度，更使人忘记了作家的存在而把他当成一位年代记的作者。N.塔卡在《儿童与书籍》一书的第五章《青少年的文学》中对托尔金充满了敬佩之意，他承认没有一个作家能抵得上托尔金这种能满足所有年龄层读者的活力。他感悟颇深地写道："这种类型，即所谓的神话生成型的作品的一个特征，就是它运用活生生的形象和符号，因人而异地得到截然不同的启示，这就是它的力量所在。"⑩

这部作品发表之后，也受到了相当激烈的批评，诸如冗长乏味、善与恶的主题缺少新意等都成为批评家们争论的焦点。自称为"故事的守门人"的西班牙哲学家F.萨维特在《故事作家的技法》中，就这样开诚布公地写道："它的故事极其的单纯，由于道德观以及明与暗、荣誉与卑劣、友爱与憎恶、美与丑等都交代得过于直截了当，不管用什么样的形式来约束它，都会坠入一种类似大脑停止活动似的陈腐中。"⑪ F.英格丽斯在《幸福的约束——英国儿童文学的传统》中也指责道：单单是沉浸在逃避现实的世界、与现实社会没有接点的作品，不论它的构成是如何的雄大，也不过是一种精神麻醉的娱乐而已。⑫

① 见《幻想文学的世界——关于妖精故事》译后记，日文版，福音馆书店1973年版。
② S.A.依考菲：《叙说之力——英语圈的幻想文学：中世纪至现代》，日文版，偕成社1995年版。
③ B.W.奥尔丁斯在《十亿年的飨宴——SF，其起源与历史》，日文版，东京创元社1980年版。
④ F.萨维特：《故事作家的技法》，日文版，美铃书房1992年版。
⑤ 荒俣宏：《另一个世界的通信》，日文版，筑摩书房1992年版。
⑥ 中野节子：《第二世界的创造》，载《英美儿童文学》，日文版，中教出版1984年版。
⑦ S.A.依考菲：《叙说之力——英语圈的幻想文学：中世纪至现代》，日文版，偕成社1995年版。
⑧ J.R.R.托尔金：《幻想文学的世界——关于妖精故事》，日文版，福音馆书店1973年版。
⑨ 赤井敏夫：《J.R.R.托尔金的神话世界》，日文版，人文书院1994年版。
⑩ N.塔卡：《儿童与书籍》，日文版，玉川大学出版部1988年版。年版。
⑪ F.萨维特：《故事作家的技法》，日文版，美铃书房1992年版。
⑫ F.英格丽斯：《幸福的约束——英国儿童文学的传统》，日文版，纪伊国屋书店1990年版。

《地海巫师》

一个穷追不舍的自我的影子

以托尔金的“第二世界”理论为后盾，人们亮出了一块漂亮而直逼视线的招牌：魔法支配的世界，是锁住自我的一个漆黑的宇宙；而与魔法的宣战，则是解脱自我的一场鏖战。受到这种宣传的蛊惑，架空的世界一时间成为作家争先恐后描摹的对象，以至出现了这样一种现象——20世纪60至70年代新神话这种呱呱坠地不久的幻想文学样式泛滥成灾，自然，其中良莠混杂。

而美国作家厄休拉·勒古恩的长篇巨著《地海传奇》则从其中脱颖而出。

同托尔金一样，厄休拉·勒古恩描述的也是一个受到与现实迥然相异的理论和法则支配的架空世界——事实上作家本人并不回避或是说忌讳这一点，她至少在作品的构成上沿袭了《魔戒》的风格；同时，故事也同样是以壮大的传统叙事诗为背景。但《地海传奇》与《魔戒》的侧重点却不同。同是一个在魔法的地理空间放浪、冒险的故事，托尔金以他的睿智与才学描绘的是一个宛如身临其境的实感的世界，山峦、森林及沟壑……他试图恢复的是早已逝去的冒险和浪漫。而厄休拉·勒古恩的笔下的魔法的地理空间却是大海和陆地，这反映了她一贯追求的均衡和秩序的理念；在一系列的冒险中完成了光明与黑暗、生与死以及与影子的辩证法的统一。

《地海传奇》共分四部，第一部初版于1968年，而最后一部竟于1993年才面世，按其发表顺序来看竟跨越了漫长而令人望眼欲穿的二十五年。它以一个虚构的地海为舞台，描写了一个名叫格得的魔法师的成长故事。第一部《地海巫师》（日译《影子之战》），曾获赫恩·布克奖；第二部《地海古墓》（日译《破碎的手镯》），曾获纽伯利奖候补；第三部《地海彼岸》（日译《尽头之岛》），曾获得全美图书奖的儿童文学奖；最后一部即第四部是《地海孤儿》（日译《归还》）。

《地海巫师》，Puffin,2010

虽然《地海传奇》是一部面对儿童的幻想

作品，但因为小说本身独特而优美的文体，加之充满了寓意深邃的故事，以及高度的象征性和对当代社会的尖锐的批判，从而也成为了大人爱不释手的读物之一。

更多的学者、尤其是心理学者则把它解释成一部心灵成长的小说。比如，日本的知名心理学者河合隼雄在《潜藏在人类深层的东西》一书中，就从荣格的理论出发，得出了这是一个自我实现的故事的结论。①而私市保彦也在《幻想物语的文法》一书的第十四章《作为心的记号学的幻想文学》中辟出一整章的篇幅，来探讨这个双重冒险的新神话的涵义。他的主要观点是，《地海传奇》是一部用外冒险与内冒险双重记号写下的著作。外冒险是显而易见的——一个熟得不能再熟的英雄传说故事了，但作为主人公的杰德即后来的雀鹰的冒险，不是《魔戒》那样英雄叙事诗似的冒险，而是一种心灵的冒险。他进一步形象而生动地比喻道：《地海巫师》把故事性完美无缺地贯穿始终。外界冒险和内界心的变容，简直就像一张纸的正反面一样被表现出来。而且雀鹰的冒险一寸一寸地侵入到读者的内心深处，他的这种冒险，是所谓心的变容的一种传言。②

以下我们逐卷来看一下《地海传奇》的艺术特色及思想内涵。

《第一章 雾中战士》题图

在屡遭暴雨狂风袭击的东北海上，漂浮着一座弓忒岛。自古以来它就以曾经诞生过众多的魔法师而闻名于世。在这个岛上出生的牧羊少年格得，拥有一种天赋的魔法才能，十二岁时曾用“集雾”的咒术击溃了邻国的挑衅。魔法师欧吉安预见了他咄咄逼人的未来，在他十三岁时“成人日”那天正式授予这位少年以雀鹰的法名。为了把他培养成出色的魔法师，又把他送进了魔法师之岛的柔克学院。

《第四章 释放黑影》题图

然而，由于傲气和嫉妒心的唆使，

他不顾禁令而与高年级生的贾斯珀一决雌雄。他运用《变形书》上的咒语把禁锢在黑暗世界里的“影子”唤了出来，结果饱尝恶果。他被影子逼得狼狈逃窜，彷徨在地海上。影子呼喊着他的名字，欲把他一口吞下。雀鹰无奈只好请求恩师欧吉安助一臂之力，他变被动为主动，反而撵得影子无处藏身了。

在地海大大小小的岛屿上，雀鹰和影子展开了史无前例的较量。最后，他追到了世界的末端，他和影子狭路相逢了。但他得到的不是胜利也不是失败，因为影子就是他的分身，是黑暗的部分。就这样，雀鹰把自己放走并且依旧叫着自己姓名的“影子”又重新吸回到自己的体内，合为一体。他又变成了一个完整的人，返回到了地海。

第一部《地海巫师》以及后三部作品，都把大背景放在一个起名为“地海”的多岛的海域。这是一个架空的世界，但作者以一种惊人的洞察力把它描绘得栩栩如生，书前还配有带有比例尺的一幅地图。

事实上，我们仅仅是从寥寥数语的故事梗概中就能看出《地海巫师》是一部不同凡响的作品了。它彻底摆脱了横行一世的《魔戒》的模式，叙述了一个极具象征色彩的故事。这还只是大战前的一个序曲，但它比刀光剑影似乎更能让我们攥出一把冰凉的冷汗来——这是一场与巢食在自我内部之敌的一场战斗，也是成长的第一仗。

美国的作家兼评论家艾利诺·卡梅罗是这样评论《地海巫师》的：依据荣格的学说，我们完全有理由认为苦缠雀鹰不放的“影子”，是平常意识不到的我们的负的部分。它就在我们的内部，是一种怂恿我们犯恶的东西，是一种本能的、残酷的、反道德的东西。换言之，就是我们体内被称之为兽性的东西。③他的这番话的确发人深省，我们无时无刻不在同另一个自我进行着角逐。从这个角度上看起来，诚如《地海巫师》的日译者清水真砂子所说：《地海巫师》可以认为是象征地描写了

《地海巫师》地海地图

我们每一个人的内在世界中心的成长的作品。④尽管它的笔触远离现代，但我们这些现代的读者却感到了厄休拉·勒古恩对现代社会辛辣的鞭笞——以地球主人自居的我们，不是也傲慢地放纵了我们的影子吗？雀鹰战胜了自己的影子而挽救了自我，我们又该如何呢？

《地海巫师》是一部咀嚼不完的书，它的寓意极其丰富。有人就把它当作一部被撕裂的人格对立的故事来读。影子被赋予了生命，一个裹挟着灵魂的躯壳隐寓着光明，一个阴影则象征着黑暗，两军对垒……正义与邪恶进行着你死我活的决战。直到它的结尾，二元对立的人格才完成了最后的升华。最后的那个场面是扣人心弦的—— 一瞬之后，太古的寂静被划破了，雀鹰一声清晰的呐喊呼出了影子的名字。几乎是在同时，没有唇和舌的影子却也在重复着同一个名字。“雀鹰！”两股声音合并成了一个声音。雀鹰从手杖中腾出手来，张开双臂，把朝自己扑来的那个自己的影子、那个黑色的分身紧紧抱住，光明与黑暗相会了，融化到了一起，成为了一体。

第二部《地海古墓》，讲述的是一段距离《地海巫师》若干年之后的故事。背景从地面转到了阴森森的地下——

距离弓忒岛遥远的峨团，是地海一个僻静的海岛。

这里的地下是一个沉睡的墓地。

被黑暗和寂静笼罩的峨团，是卡尔卡特帝国的四个岛屿中历史最悠久的一块土地。从地海被创造的时候起，也就是曾支配过人类社会还没有诞生以前的世界的“无名者们”的墓地。

少女恬娜在幼小的时候就被选做“阿儿哈”——作为身裹黑衣的巫女侍奉那些控制着死亡世界的“无名者”。

有一天，阿儿哈在除了自己谁也不可能进来的峨团墓地的地下迷宫里，意外地发现了一个男人。她揪住了他，但与这个男人——雀鹰的相逢，在她的心中掀起了巨大的波澜：是作为阿儿哈活下去，还是作为恬娜活下去呢？是作为黑暗的奴隶，在已经习惯的地方过着囚徒般却安稳的日子呢，还是宁愿冒着困难而到自由光明的世界中去呢？

她不得不对二者做出抉择。

雀鹰对阿儿哈说：自己是为了把厄瑞亚拜之环合成一个而来的。

现在这个手镯成了两半，如果能使这个手镯复原成为一体，就能平息世界上的战争，恢复和平。

崔鹰在墓地迷宫深处的大宝库里找到了追寻的手镯，成功地使它恢复了原状。而阿儿哈也决心复原为恬娜跟随雀鹰逃离此地。他们两人逃脱了“无名者”的凶猛攻击，钻出了墓地，直奔哈布那海而去。因为雀鹰取回了厄瑞亚拜之环，连年战争的地海又恢复了宁静。

上一部作品是描写雀鹰战胜自我的成长故事，而在第二部《地海古墓》中，厄休拉·勒古恩则执拗地为我们讲述了少女恬娜与一个过去的自我诀别的故事。一个奴隶迈出自由的一步，需要付出多么大的努力啊，但自由和明媚的阳光毕竟是诱人的，为了它人们宁可舍生忘死。

主人公当然还是雀鹰，他力克黑暗的使者而夺回了和平。可以把它看成一种对虚妄的解放。

引人注意的是，作者在《地海古墓》中为我们展示了一个阴暗潮湿的地下墓穴和迷宫的世界——死亡、石柱群、黑石、双子神的神殿、黑暗中蠢蠢而动的主人们……克勒宁在《迷宫与神话》中说：迷宫以及牢狱、地下道一起象征着死亡的主题。⑤同时，地下迷宫还被认为是无意识与感情的混沌支配的女性的原质的世界，日本某些学者就把地下迷宫作为女性胎内的一种表现和解释。事实上，地下的冥界在古代人的眼中就是胎内和内脏的形态。只有阿儿哈一个人知道的峨团墓地的地下迷宫，就是女性潜意识中的黑暗。而雀鹰的出现，则无疑是象征着光明，是他将阿儿哈心中最后的黑暗击得粉碎。

现在我们已经发现，厄休拉·勒古恩在每一卷中都在变换着一个故事的主题。在第三部《地海彼岸》中她告诉我们的则是一个生与死的故事——

雀鹰作为魔法师中的大法师以及最伟大的智者统领着柔克岛。

渐渐地，从厄瑞亚拜之环恢复原状以后一直相安无事的地海，开始出现了灾祸的凶兆。不吉之兆相继传到了雀鹰的耳畔。

有一天，一位年轻的王子亚刃出现在雀鹰面前。

他是奉父公之命，来请雀鹰判断各种灾祸前兆而上岛的。雀鹰为负有盛名的魔法师又是国王的莫瑞德的后代亚刃指出了未来的前途。

这时，王位已经空置了八百年了，人们盼望着出现一位能支配整个地海全土的名副其实的国王。

雀鹰为了探求灾祸的根源，带着亚刃从柔克岛出发开始了又一次长途跋涉。他们最后查明了灾祸的根源——原来很久以前死了一位符咒师，他因怕死而祈求长生不死，擅自在生与死两个世界的边境上凿了一扇门。于是破坏了世界的均衡，使地海面临了危机。雀鹰和亚刃一起前往死国，战胜了可以不死的诱惑，成功地关闭了生与死边界的大门，恢复了世界的均衡。

这样一来，地海又从死亡的深渊中复苏了。

雀鹰回到了故乡的海岛。随他而来的是在死国经受了严峻考验的一个年轻人——未来的国王亚刃。

死亡，是人类最终的归宿，而与死亡的搏斗则是一个永恒的话题。

厄休拉·勒古恩在前二卷中强调的均衡，在第三部得到了最大极限的发挥。失去了这种均衡，光明开始被黑暗长驱直入，一切都危在旦夕了。只有把生与死合为一体，才能恢复一种均衡，这就需要一位乱世英雄来关闭生死之界的大门，于是便又引出了雀鹰一段波澜壮阔的故事。

而在间隔了十多年之后发表的第四部《地海孤儿》中，厄休拉·勒古恩又找到了破坏均衡的另外一个因素——男性的暴力。故事紧接第三卷《地海彼岸》，雀鹰的归还和亚刃的登基，并没有给地海带来持久的和平。诸岛又一次风起云涌，这一次是男性暴力在兴风作浪。在早已成熟起来的恬娜的庇护下，异形者的少女恬哈弩挺身而出了……

故事的重心又被移到了“女性自立和解放”上面来了。

剩下的几行我们来看一下作者厄休拉·勒古恩的庐山真面目吧。

厄休拉·勒古恩并非一个初出茅庐的新人——只不过我们多年疏远了主流的科学幻想小说，而变得孤陋寡闻罢了——对国外的科幻迷来说，厄休拉·勒古恩这个如雷贯耳的名字就像我们熟悉的凡尔纳、威尔斯一样。

她早在1962年就已经在科学幻想小说界崭露头角了，然而真正使她声名大震的，还是在1969年发表了《黑暗的左手》之后的事情。《黑暗的左手》使她一举荣获了第二年颁布的“雨果”与“星云”两项大奖。之后她又多次获奖，以至有人把她称为科学幻想小说界的女皇。

厄休拉·勒古恩1929年出生于美国的加利福尼亚，父亲是著名的人类学家，母亲是一位知名的作家，而她在九岁时就已经开始了创作生涯。由于秉承了双亲的血统和聪颖，我们在《地海传奇》中除了可以窥见她优美的文笔，还能够发现她深厚的文化人类学的造诣。

①河合隼雄:《潜藏在人类深层的东西》，日文版，大和书房1979年版。

②私市保彦:《幻想物语的文法》，日文版，晶文社1989年版。

③④见《地海巫师》日文版译后记，日文版，岩波书店1993年版。

⑤见《地海古墓》日文版译后记，日文版，岩波书店1993年版。

《纳尼亚传奇》

搬开横亘在我们与第二世界之间的那扇锈痕累累的大铁门

作为托尔金的同僚，C.S.刘易斯是托尔金“第二世界”理论的积极的支持者和追随者——据说，远在托尔金开始构思《霍比特人》和《魔戒》之前，他们就已经相识了——而且他的《纳尼亚传奇》的完成也早于《地海传奇》之前，但我之所以把他及他的作品排列在厄休拉·勒古恩之后，是因为他构筑的第二世界与众不同，他留出了一个与现实社会的接壤点。

而恰恰是这个接壤点动摇了坚不可摧的第二世界。

于是，我们趁着一抹淡寡的月光，从刘易斯这位建筑师故意留出来的罅缝中窥见了非现实世界的恢宏。原来遥远的、可望不可及的神话般的世界，变得近在咫尺了——像是在现实与非现实之间的地下铺设了一根水泥管，我们的阅读行为不再是一种单纯的逃避，我们从架空世界的故事中发现了现实世界的影子。我终于松了口气，可以告慰地说：“High幻想文学”所叙述的绝不仅仅是一种虚无，一个遥远无涯的地方的传说或是寓言，它所表现的是我们肉眼所无法看得见的现实。刘易斯用它的实践，一个人在高耸入云的脚手架上爬上爬下，为我们及后辈筑起了一座令人叹为观止的辉煌巨塔。

《狮子、女巫和魔衣橱》，HarperCollins,1994

《纳尼亚传奇》不再是像托尔金的《魔戒》那样一个封闭的、自给自足的体系——尽管托尔金颇有微词，这位第二世界的先驱者与巨擘对《纳尼亚传奇》一直持有一种批判的态度——它大门洞开，沟通了读者与故事背景的隔阂。我们就如同推开了屋顶的一扇窗，从那个虚构的国度的兴衰史中也看到了现实社会的过去、现在和未来。正如《世界儿童文学概论》中所指出的那样：“……我们在了解了这个空想的王国纳尼亚的隆盛与终止的同时，也能够看到人类自诞生以来，几度枯荣，而最后走向毁灭的一个过程。”①

纳尼亚国不再自命不凡了，《魔戒》中那样云天雾地的“中土世界”一去不复返了。它不再是铜墙铁壁，它有种种的弱点，需要来自现实世界的帮助。可以认为这是一种对读者介入的邀请，用现在的流行语来说就是一种“参与”。我在本书的第二章中曾经说过，乔治·麦克唐纳的“把读者从现实世界带入幻想世界”的方法，对刘易斯的创作产生过潜移默化的影响。本多英明在一篇题为《〈纳尼亚传奇〉——与乔治·麦克唐纳、伊迪丝·内斯比特、J.R.R.托尔金的比较》中写道：刘易斯本人在他的自传《喜悦的来访》中说，乔治·麦克唐纳的作品*Phantates: A Faerie Romance*（这是乔治·麦克唐纳于1858年发表的一部以成人为对象的长篇幻想小说）对他来说是“一次想象力的洗礼”。而他的另一部描写站在幻想门槛的一个现实少年的作品《北风的背后》，更是对《纳尼亚传奇》起了决定性的影响。②

《纳尼亚传奇》中几个世界大战期间躲避空袭的伦敦的孩子，无疑成了通篇故事的导游（事实上他们远远不只是导游），他们为我们搬开了横亘在我们与第二世界之间那扇锈痕斑斑的大铁门！

别再泛泛而谈了，让我们来看看《纳尼亚传奇》的故事吧。

纳尼亚的入口——大衣橱

露茜不知不觉地跟着这个羊怪向树林走去，仿佛他们已经相识了一辈子

《纳尼亚传奇》全书共分七部，按照写作的时间顺序来说依次是《狮子、女巫和魔衣橱》《凯斯宾王子》《黎明踏浪号》《银椅》《会说话的马和少年》《魔法师的外甥》《最后的战役》，1950年至1956年以一年一本的速度出版。它的规模仅次于托尔金的《魔戒》，中译本的字数竟高达65万字！《纳尼亚传奇》的出版使得刘易斯获得了世界性的声誉，《最后的战役》使他荣获了英国儿童文学的最高奖卡内基奖。但正如猪熊叶子在《追寻幻想耀动的本质的C.S.刘易斯》中所强调的那样：这项桂冠并不仅仅是奖给《最后的战役》的，而是对包括其他六册在内的业绩的褒奖。③

自然，在叙述刘易斯的作品之前，我们不能忘记为他描摹一幅肖像。

刘易斯生于1898年，一生仅活了六十五

年就溘然长逝了。但他在自己的研究领域声名显赫，在任牛津大学马格达伦学院研究员及剑桥大学中古、文艺复兴英国文学教授的期间，发表了诸多的学术著作。如探讨中世纪文学传统的《爱情的寓言》以及《牛津英国文学史》《十六世纪英国文学史》等。

《纳尼亚传奇》是刘易斯唯一的一部儿童文学作品。说起这部幻想小说的创作动机，据刘易斯自己在《致孩子们的复信》称：最初是由几幅画面开始的。④

10岁的时候，他的脑中不断地浮现出一些突如其来的零乱的画面。诸如“撑着雨伞在雪地中奔走的农牧之神”“坐在雪橇上的女王”……到了40岁的某一天，他蓦地想到运用这些画面来写作一部作品，而幻想文学则是他所想到的最好的表现形式了。当时正值第二次世界大战之初，孩子们纷纷被疏散到了乡下……于是，刘易斯便有了这部故事的主人公的最初的雏形。

四个孩子彼得、苏珊、爱德蒙和露茜为了躲避敌机的空袭，被送到住在乡下的一个老教授家里。

一天，露茜无意中钻进了一个大衣橱。她推开层层叠叠的大衣，发现自己竟站在了一片落雪的树林里。这时，她看到一个擎着雨伞、上半身是人而下半身却长着羊蹄的男人，与古罗马传说中的农牧之神一模一样。他告诉她：这里是白女巫统治下的纳尼亚国，白女巫拥有一种可以将人、动物变成石像的法术，为非作歹。

然而，听了露茜的报告，孩子们却未能在大衣橱上找到那个出口。

不久之后，爱德蒙就失踪了。

他们全都从大衣柜的门里滚到空房间里去了，又变回了原来的模样，时间也还是他们躲进大衣橱的同一天、同一个时辰

他从衣橱里像露茜一样进入了纳尼亚国。他遇到了白女巫，白女巫许诺让他当王子，要他将另外三个孩子带进宫殿。衣橱的门又一次朝孩子们敞开了，四个孩子一起进入了纳尼亚国。这时农牧之神已被抓走，海狸领着他们东躲西藏，而爱德蒙却偷偷地溜出去向白女巫报信了。她驾着雪橇赶来捉拿孩子们。

正在这危急时刻，狮神阿斯兰出现了，他破除了白女巫的巫术，给纳尼亚国带来了春天。

由于冰雪融化，白女巫的雪橇无法行驶，她竟以要杀死爱德蒙来要挟狮神，阿斯兰为了挽救孩子而引颈受戮。纯洁与高尚的美德使阿斯兰超越了生与死的界限，复生为一头更加勇猛的神兽。他统率四个孩子杀进白女巫的宫殿，救活了所有被白女巫变成石像的人和动物。经过激战，终于消灭了白女巫及其帮凶。阿斯兰功成身退，四个孩子就任了纳尼亚国的国王和女王。

若干年后，他们长大成人。在一次出游中他们重新找到了那片熟悉的树林，从一扇橱门里回到了房间。不过，他们又变回了原来的模样，还是过去的彼得、苏珊、爱德蒙和露茜，时间也还是他们躲进大衣橱的同一天、同一个时辰。

这是《狮子、女巫和魔衣橱》讲述的故事。

鉴于《纳尼亚传奇》已有了诸多的中译本，其他六部作品的主要情节我就不在此一一赘述了。

我只是在这里提醒读者注意，刘易斯的这七部作品可以按照它们的发表顺序来阅读，因为它们都是独立成章的。但如果沿着刘易斯编排的顺序，即《魔法师的外甥》（1955）、《狮子、女巫和魔衣橱》（1950）、《会说话的马和少年》（1954）、《凯斯宾王子》（1951）、《黎明踏浪号》（1952）、《银椅》（1953）、《最后的战役》（1956）来读，则可以读出纳尼亚国从兴盛走向衰亡的一个全貌。一开始，刘易斯并没有想为《狮子、女巫和魔衣橱》写续篇，然而没有想到一发就不可收拾，竟创作出来一部工程浩大的纳尼亚国的编年史。

李丽安·H.史密斯在《来自纳尼亚的消息》中用一种抒情的口吻说道："如果把七册并在一起读，就会感到这是一部一气呵成的故事。如同我们仰望天空，起先是零零碎碎的一颗颗的星星，看着看着，就汇集成了一个形状成了星座……纳尼亚有仅属于自己的太阳、月亮和星星……"⑤

的确是这样，纳尼亚国不在我们的宇宙之内，它超越了我们的世界，而且它还拥有自己的"纳尼亚时间"。

但我们可以通过一种"通路"进入到这个妖精遍地的世界。刘易斯设置了不止一条通路，这样孩子们就可以易如反掌地进进出出，在《狮子、女巫和魔衣橱》中是一扇时开时闭的大衣橱。一边是战火硝烟的第一次世界大战，一边是白雪皑皑的传说的世界，而四个孩子就通过一个衣橱进出两个不同时空。《银椅》的通路是学校的后门，书上是这样描写这个场面的：门开了，他俩却都站着一动不动了。因为他们看见的跟他们料想中的景象可大不一样。而到了《魔法师的外甥》，通路则摇身一变成了安德鲁舅舅的书房，一戴上他的戒指，人立刻就会闪电般地消失而跌进纳尼亚国。对此，上野瞭在《现代儿童文学》中的《伸向纳尼亚国的通路》一节中写道："读者从自己生活的日常世界里，一步跨进了不可思议的国度。这种两个世界的连续感，促使读者形成了一种对故事世界的亲近感。"⑥

而《纳尼亚传奇》的最大特色还在于，它字里行间所渗透出来的对基督教的虔诚。

《魔法师的外甥》插图

《黎明踏浪号》插图

有人嘲讽刘易斯的《纳尼亚传奇》，是一部基督教的教义。这话不假，七部作品从头至尾弥漫着的都是基督教的精神：天地创造、原罪、复活甚至连最后的审判也原封不动地登场了。有评论家在论及同样醉心于缔造第二世界的托尔金和刘易斯二人的本质区别时，说出了这样一句极有分量而又言之确凿的话：与其说是作为一名作家，刘易斯更想成为的是一个"人、市民、基督教徒"，这正是纳尼亚充满了基督教特质的理由。

刘易斯在作品中精心塑造了狮神阿斯兰的形象。它是纳尼亚国的创世主，是它发出了一个闻所未闻的最低沉最粗犷的吼声：纳尼亚、纳尼亚、纳尼亚，醒过来吧。去爱、去想、去说话。树能走动，野兽说话，还有神圣的水。这头金黄灿烂的狮神阿斯兰，被认为是基督教的神的化身。特别是在最后一部《最后的战役》的结尾，刘易斯没有漏掉凄惨而又辉煌的一笔：几个孩子们在一起鸟瞰着连绵起伏的纳尼亚，这时他们竟看到了自己的父母。露茜对狮神阿斯兰说，我们担心你要把我们送走，你好几次都把我们送回到了我们自己的世界。阿斯兰低声说：发生了一次火车事故，你们的父母及你们都死了，到影子之国去了。《最后的战役》是七册中最具预言、最具启示录似的一部，刘易斯最终还是把纳尼亚国说成了是一个魂的世界，一个永远的安息地。

除此之外，《纳尼亚传奇》遭受最多的批判就是“这是一部未完成的断章”的指责。这倒是切中时弊，刘易斯在创作中并没有一个类似《魔戒》似的严谨而周密的构思，这使得它时不时地露出破绽，整个故事也缺少连贯性。因此有人批判《纳尼亚传奇》是一次尝试超越表现能力的失败。

批评归批评，全世界的儿童读者毕竟还是狂热地接受了《纳尼亚传奇》。而且它还成为第二次世界大战以后英国最伟大的儿童文学作品。日本的一位作家称赞它道：“被唤作幻想文学的作品，在它前后都曾出现，但只有《魔戒》和《纳尼亚传奇》成为了幻想文学的里程碑似的作品。”⑦它被理论界一遍遍地提起，仅据1988年日本出版的《C.S.刘易斯〈纳尼亚传奇〉读本》一书作者的不完全统计，单是在日本发表的有关刘易斯和《纳尼亚传奇》的文章，就有117篇之多，专著有《C.S.刘易斯的世界》《纳尼亚国并不遥远——C.S.刘易斯的幻想世界》等六部之多。可以想见，在英语圈里关于《纳尼亚传奇》的评论就更是不胜枚举了。

①《世界儿童文学概论》，日文版，东京书籍1981年版。
② 本多英明：《〈纳尼亚传奇〉——与乔治·麦克唐纳、E.内斯比特、J.R.R.托尔金的比较》，收录于《C.S.刘易斯‘纳尼亚传奇’读本》，日文版，国研出版1988年版。
③ 猪熊叶子：《追寻幻想耀动的本质的C.S.刘易斯》，载《英国儿童文学的作家们——幻想文学与现实主义》，日文版，研究社1977年版。
④《致孩子们的复信》，载于日本C.S.刘易斯协会会报第2号，日文版，1988年。
⑤ 李丽安·H.史密斯：《来自纳尼亚的消息》，收录于《理想的连缀——儿童文学评论选》，日文版，岩波书店1979年版。
⑥ 上野瞭：《现代儿童文学》，日文版，中央公论社1988年第13版。
⑦ 见《儿童文学的魅力——现在阅读的100册（海外篇）》，日文版，文溪堂1995年版。

《永远讲不完的故事》

现实的“虚伪”与幻想的“虚无”

20世纪末，我们找一座岿梁回眸俯瞰二十世纪的“High幻想文学”时，可以在狼烟四起的地盘上，看到三足鼎立的局面。这三面不倒的旌旗就是托尔金的《魔戒》、刘易斯的《纳尼亚传奇》及后来居上的米切尔·恩德的《永远讲不完的故事》。

米切尔·恩德以《毛毛》一举成名，而《永远讲不完的故事》的问世更为他奠定了德国儿童文学第一人的地位。

米切尔·恩德是幻想文学阵营的一名斗士，可谓甘洒热血写春秋。他一生都在孜孜不倦地谱写着幻想文学的乐章——米切尔·恩德在为庆祝他五十岁生日而出版的纪念文集中道出了他一生的追求：“一个名叫米切尔的孩子同一个供人娱乐的表演者恩德去寻找一个新的世界。恩德对米切尔说：‘如果找不到新世界，我们就凭幻想来创造一个。”①的确，米切尔·恩德构筑了一个又一个浸渍着哲学理念的幻想世界。

他对幻想文学的挚爱已经到了偏执的程度。他对写实主义的作品嗤之以鼻，一贯持以一种批评的态度。对外见的现实进行摹写或是照搬照抄，相反会失去了原来的真实，如同海市蜃楼那样反而远离了现实。米切尔·恩德提倡的并不是像鸵鸟一样一头扎进一座与世隔绝的象牙塔，他从来也没有主张过无视现实、单纯逃避似的幻想。事实上正如他的作品所显示的一样，他的《毛毛》《永远讲不完的故事》中处处透露出一种对现实社会的批判。

《永远讲不完的故事》，Thienemann,1979

这里不能不提一笔的是，在德国，米切尔·恩德曾遭受过一场声势浩大的围剿。在众多评论家的眼中，米切尔·恩德的作品是对变革的现实的漠视与抵抗，是一种对现实的逃避，是一种无责任的政治回避。而这时的米切尔·恩德就犹如一名孤军作战的勇士，他在四面楚歌中为自己及作品辩解道：文学及艺术没有直接变革世界的必要。偏激的人们忽略了一个事实，米切尔·恩德的作品世界是一个与现实社会息息相关的世界，因为他是一位批判现实的旗手。安达忠夫在《米切尔·恩德》中做出了一个恰如其分的评说：“初看上去，米切尔·恩德的一系列作品显示出逃避现实的特征，然而，它们却恰如一个围绕两个中心点运动的椭圆似的描绘出一个巨大的弧线，不断地回到现实中来，而且更深入地逼向现实，充满了一种这样强韧的活力。”②

曾有人这样质问米切尔·恩德：为什么而写作？他简单而干脆地回答道：为了想象力自由的游戏，绝不是为了现实的变革。

这句貌似随意的回答，却牵扯到了米切尔·恩德一个重要的而且是深思熟虑的创作理念。米切尔·恩德认为：对幻想文学的艺术来说，“自由的游戏”及“游戏的规则”这两点是十分重要的。

他在《米切尔·恩德——自传及作品自叙》中阐述了自己的这一观点：“我牢牢地把握着游戏的决定权……在幻想文学的故事中，另一个重要的问题是必须确立一个读者也要服从的明快的游戏规则。也就是说，当故事无法再屹立在那个外在的、即真实性上的世界的一瞬间，内面的理论就必须要展开了。……如果使游戏以一种形式持续下去，音乐也好，故事也好，其游戏的内在的构造是必须的。对我而言，那个构造要比作品中同时诞生的人物更为重要。”③

游戏一旦没有了一个贯穿始终的规则，就会草草地不了了之。为了使游戏变得兴趣盎然，作者、登场人物及读者必须遵守其严密的规则。这就是说，作者要构建一个新的小宇宙。由此也可见它的举足轻重。野村泫在《德国的儿童读物——与大人读物的纽带》一书中对自由的游戏及规则的意义进行了升华：“游戏的最高形式是艺术与文学。在自由的创造性的游戏中，米切尔·恩德注视着的是人的全体性的恢复和人的健全发展的活动。”④

《永远讲不完的故事》是在《毛毛》发表之后偃旗息鼓了整整六年才问世的长篇大作。米切尔·恩德是一个寡作的作家，其创作态度严谨到了几近刻薄的程度。他为了《永远讲不完的故事》，几乎绞尽了脑汁，为了寻找到小说主人公返回现实世界的一个入口，他竟夜不能寐。他事后回忆起来还是一身冷汗：“为了写作《永远讲不完的故事》，我几乎把半条性命搭进去。这个故事险些把我送进精神病院。”在这一点上，米切尔·恩德与《魔戒》的作者托尔金的创作风格很是接近。

在《永远讲不完的故事》里，米切尔·恩德构筑了一个既不同于《魔戒》也不同于《纳尼亚传奇》的“第二世界”——幻想之国。

一个细雨淅沥的日子，又矮又胖的十一二岁小男孩巴斯蒂安在旧书店里找到了一本封面上写着《永远讲不完的故事》的书。

他躲进了学校的储藏室，用灰毯子裹住身子，翻开了书页。这是他梦寐以求的一本书，自他有了书瘾以来一直在盼望的：一个永不结束的故事，众书之王。他已经忘记了上课那回事。

……死亡迫在眉睫了，幻想国正在被一股虚无吞噬。虚无是一种可怕的力量，它开始时只是一个小圆点，但接着就愈长愈大，湖、森林都成片成片地消失了。而天真女皇却病倒了。女皇的灭亡就意味着硕大无边的幻想国的末日。这时，女皇呼唤着一个名字：阿特莱尤！女皇把护身符奥林交给这位骑士，只有他才能找到一位挽救幻想国的救世主。一只沼泽龟莫拉告诉阿特莱尤，只要有人给天真女皇起个新名字，她就能康复。不过，幻想国里所有的人都不能给她起名字了……

巴斯蒂安在阁楼上叫出了声。怎么会呢，他就可以毫不费劲地为她起个名字。遗憾的是自己不在幻想国。钟声响了，上午的课程结束了。他饿得要命，但想到阿特莱尤还在探险，就又继续看下去。

……阿特莱尤发现无底洞的蛛网上粘着一条白龙，正在同一个由亿万头小虫组成的怪物搏斗。阿特莱尤向怪物扑去，怪物转过脸来，独眼中一个垂直的瞳孔正邪恶地凝视着阿特莱尤……巴斯蒂安尖叫了一声……一声尖叫掠过那深谷。这声惊叫不是阿特莱尤发出来的……难道他们听到了我的叫声，巴斯蒂安恐惧地猜想。龙带着阿特莱尤来到了女皇面前，女皇说：人类是我们的希望，他们当中的一员必须给我取个新名字。你已经把他带来了，你经历的

《第十五章 格劳格拉曼，彩色的死神》章首图

艰苦的一切就是为了把救星带进我们的幻想国。可他为什么不开口呢……“我已经给你想出了一个名字。”巴斯蒂安的心咚咚直跳，可他不知道女皇说的救星是不是他。

……只有请漫游山老人帮忙了。女皇看到了一本名叫《永远讲不完的故事》的书。里面讲到一个细雨淅沥的日子，又矮又胖的巴斯蒂安在旧书店里找到了一本封面上写着《永远讲不完的故事》的书。他躲进了学校的阁楼，用灰毯子裹住身子，翻开了书页。还讲到阿特莱尤怎样听到了他的惊叫……故事讲到这里，又被流浪山爷爷重新开始，一遍又一遍地反复重复着……巴斯蒂安知道自己必须做点什么，否则也会被卷进这种循环往复中去。无限循环是没有结尾的。他快要昏倒了，他突然喊出了口：“月亮仙子，我来了——”钟楼上敲响了十二下，深夜十二点了。

巴斯蒂安跌进了幻想国。女皇月亮仙子迎接了他的到来：“幻想国将从你的愿望中获得新生。”

而在这之后，他得到了幻想国的统治权，他渐渐地把那个现实中的自我给忘到了脑后，他不知道使用一份权力，就会抹杀掉一份记忆，到最后他甚至与阿特莱尤也决裂了……在那个时刻，巴斯蒂安有关自己在人类世界是一个孩子的记忆，已被彻底抹去了！

直到最后他才明白：我错了，月亮仙子给予了我这么多的礼物，而我却用来为非作歹，危害了自己也危害了幻想国。一个好心的女人告诉他：不不，你走的是愿望之路，那条路永远都不是平坦笔直的。你绕了一个极大的圈子，但那是你的路。你知道为什么吗？有些人要找到喷出生命的甘泉才能返回人类，而你就是其中一个，那是幻想国最秘密的地方。到那儿没有捷径。

在阿特莱尤和白龙的帮助下，巴斯蒂安找到了生命的甘泉，他为爸爸捧着一把生命泉水跑出蛇门，冲进了一片黑暗之中。

“爸爸，我是巴斯蒂安——”在尖叫声中，他发现自己还是站在阁楼里。他搜遍了毯子，但没有收获，那本《永远讲不完的故事》已经不见了。这是第二天的上午。他逃回家，平时对他冷漠的爸爸抱起了他。他给爸爸讲了所发生的一切。天渐渐地黑了，他讲到了生命泉水。他告诉爸爸，他是多么想给爸爸带些回来呀，可惜都洒掉了。厨房里几乎黑了，他的爸爸一动不动地坐着。巴斯蒂安站起来拉开了电灯，这时他看见爸爸落泪了。

他意识到他已经为爸爸带回了生命之泉。

米切尔·恩德首先在《永远讲不完的故事》中采取了双线结构，即一条线叙述的是现实，而另一条则叙述的是幻想——这倒没有什么新鲜，在米切尔·恩德之前或米切尔·恩德之后，都有人尝试这种表现形式。譬如，S.赫库的《沙漠之宝》就比《永远讲不完的故事》走得更远，这部连获了第二德国电视"书虫"奖、奥地利儿童图书奖、第38回日本产经儿童出版文化奖等多项大奖的长篇幻想小说也采用了双线结构，故事里套故事，一边一个少年与商队在沙漠冒险，一边却是一个充满魔法的传说——但在《永远讲不完的故事》里，两条线却是时时刻刻在互相胶合着的，你无法割裂。

这本书还别出心裁地使用了红字与绿字间隔印刷。巴斯蒂安在现实世界的故事是红字，而幻想之国的故事则是绿字，当巴斯蒂安进入了幻想之国之后，则全部使用了绿字。

此外，米切尔·恩德在时间的对比上也颇下了一番功夫。他首先在储藏室外面设置了一架大钟。早晨9点，巴斯蒂安开始阅读《永远讲不完的故事》，而在半夜12点连结两个世界的大门訇然一声打开了，巴斯蒂安进入了幻想之国。直到次日的9点，巴斯蒂安才结束了幻想之国的旅途返回到出发点的那间储藏室。

如同书名一样，米切尔·恩德这部《永远讲不完的故事》也是一部读不完的书。它没有像刘易斯的《纳尼亚传奇》那样露骨地挤进基督教的教义，但它所要表现的思想却远远地超出了《纳尼亚传奇》。至少在哲学意义上，两者不可相提并论。我们说，与其说《永远讲不完的故事》是一部关于幻想的故事，不如说它是一部使幻想本身发生作用的故事，是使我们经历幻想过程本身的一个故事。

在《永远讲不完的故事》中，米切尔·恩德为我们描绘了一个骇人听闻的恶魔：虚无。这是一个毫无形象性可言而又冷僻的词汇。但经他一点缀，我们仿佛看到虚无这个空洞的概念被赋予了生命：它慢慢地聚拢而来，如果谁不小心踏入一只脚或伸进一只手，某个部分就消失掉了……这种虚无其实是一种丧失。虚无如蛀虫一样腐蚀着幻想之国，伴随着它的扩张，一个世界就变成了尸骸般的死城。与此相对应的，则是现实社会的虚伪。当这种虚伪与虚无联结到一块时，就形成了一种可怕的恶性循环。

这在主人公巴斯蒂安的性格上就得到了反映。作品的前半部，他是作为一个千呼万唤始出来的英雄登场的。而在后半部，则由于他的欲望而险些堕落。显然，米切尔·恩德的着眼点是在于巴斯蒂安的成长上，这与他一贯追求的“幻想文学的目的是为了恢复人性”是一致的。在幻想国，巴斯蒂安窥见了自己，面对虚伪而最后终于找到了一种所谓的真正的姿态。人的两面性在米切尔·恩德的笔下鲜明地凸现出来了。

到此，我们还能说米切尔·恩德的作品仅是一种逃避吗？

---

①转引自中文版《毛毛》的“作者介绍”，湖南少年儿童出版社1986年版。

②安达忠夫：《米切尔·恩德》，日文版，讲谈社1990年版。

③《米切尔·恩德——自传及作品自叙》，载《米切尔·恩德的幻想文学——神话与现代》，日文版，人智学出版社1986年版。

④野村泫：《德国的儿童读物——与大人读物的纽带》，日文版，白水社1991年版。

《猫头鹰图案的盘子》及其他

一部部纵横捭阖的史诗般的英雄神话

讲到新神话，还有两位作家的名字是无论如何不能不提的：一位是英国的艾伦·加纳，还有一位是日本的古田足日。

艾伦·加纳在我国似乎还鲜为人知，但他在现代的英国儿童文学史上已是一个独领风骚的人物了。他的作品几乎无一例外的都与神话有着瓜葛：一个神话大背景下现代少年的幻想故事，构成了艾伦·加纳的小说最基本也是最独特的模式。他的每一部作品都可以直接或间接地找到威尔士的神话传说的投影。评论家普遍认为，作品中暗耀着的关于神话的思考，撑起了艾伦·加纳的作品的半壁江山。

在1960年出版的处女作《宝石少女》中，艾伦·加纳的艺术风格就已初露端倪了。

因为父母出国，科林和苏姗兄妹被送到了他们过去的保姆家。从保姆的丈夫高特嘴里，他们头一次听到了奥尔德莱的传说。

在遥远的过去，黑暗之王纳斯特隆在一次大战中败在了国王手下，他蜕去人形，逃进了世界末日拉格纳勒克的深渊，他发誓总有一天要亲手毁了这个世界。为了防备这一天的到来，国王挑选了一百四十名骑士和他一起来到了地下的一个洞穴里，用咒语沉睡过去，以便在世界的末日时醒来，与黑暗之王纳斯特隆一决雌雄，拯救世界。这个洞穴被用魔法宝石“火之霜”封住，由伟大的魔法师卡德林守卫着。然而，有一天他却把这颗宝石给弄丢了。

那宝石转来转去，竟然镶在了现代的少女苏姗的手镯上。

于是，梦想成为黑暗魔王的格林尼尔、女巫摩利甘以及黑暗的魑魅魍魉们纷纷盯住了苏姗，妄想让黑暗之王纳斯特隆的预言变成现实。兄妹俩在魔法师卡德林、两个小矮人以及“黄金之手”安吉拉德的帮助下，冒险钻入噩梦一样的地下，终于把“火之霜”返还给了魔法师卡德林……

整部作品以威尔士神话为素材，使现代的两个孩子卷入自太古传说至今的神话之中，令壮阔的北欧神话在二十世纪的今天得以再生。

这还只是他的一次练笔。之后他又连续发表了续篇《苏姗的月亮手镯》及《独角兽之歌》，而直到1967年第四部长篇《猫头鹰图案的盘子》（又译《猫头鹰恩仇录》）问世，他才真正走向了成熟。这部标志着他的创作日臻完善的作品，获得了卡内基奖的荣誉。该书日译本的译者、日本知名的外国儿童文学研究者神宫辉夫指出：这是一部误解与不理解的悲剧。虽然写明了是儿童文学，但实际上是很难这样归类的。主人公的年龄，以及他们所面对的问题，远远超越了儿童的范畴，作者的创作态度也不只是面对着儿童。但它将一个如此复杂的题材处理得这样单纯，以及在神话、传说切入现实世界的幻想性上，都使年轻人远比大人更能理解它。①

《猫头鹰图案的盘子》因为它的难解而引起了一场广泛的辩论。猪熊叶子在一篇题为《将人的悲剧性融进幻想文学的艾伦·加纳》的文章中追述了当时的情景：它一诞生，儿童文学的专门书评杂志《儿童书架》就评价它道“这是一部应该贴上‘引起图书馆馆员混乱’标签来加以分类的书”。这是因为它将迄今为止儿童文学界从未有人触及过的人的悲剧性，在构造极其复杂的幻想文学中来加以展开的缘故。他们甚至还预想，没有一定阅读能力的孩子是会把它抛弃在一边的。②

艾莉森是一个出身上流社会的英国少女，她和再婚的母亲玛格丽特以及继父克莱、继父的儿子罗杰一起来到威尔士山谷中的小村庄度假。

这幢老宅是艾莉森死去的父亲遗留给她的遗产。

他们一行的到来，受到了包括厨娘南西、长工“半条培根”老休的欢迎，南西和老休是长年生活在这片传说中的土地上的人。南西的儿子葛文与同岁的艾莉森和罗杰成了好朋友。

一切都是由一个偶然的发现引起的：一天，葛文和艾莉森在阁楼里翻出了一大堆不可思议的盘子。艾莉森把盘子上的图案一一用纸拓了下来，发现拼成了一只首尾完整的猫头鹰。可随后不久，怪事就发生了，盘子上的图案不但会自己消失，还会自己飞起来，碎裂成一地！与此同时，罗杰也在河边发现了一块有一个圆洞、名叫葛荣之石的岩石。接着，少年们又发现了一幅隐藏在墙壁里头的画。而那个被人称为傻子的老休，也在怪言怪语地试图向葛文传递着什么。这一切使得厨娘南西怒火中烧，她鬼鬼祟祟地试图在隐藏着什么，村人们也恐慌起来，在这些威尔士人中间似乎埋藏着一个不可告人的秘密。

就这样，三个孩子一步步地与遥远的威尔士神话时代连结到了一起，卷入到了一场爱和恨的旋涡中。

原来，被封闭在盘子里的一种力量，使湮没在这个山谷里的传说又复活了。

村子里在许多许多年前，围绕着一个魔法师用鲜花变成的女子，有过一段悲情而又凄美感人的故事：魔法师葛旺狄翁施魔法变出了女人布劳狄薇，并且将她赐给了里奥克劳，可布劳狄薇却爱上了另一个男人葛荣，于是，酿成了一场血腥的杀戮，残酷冷血的里奥克劳投出一根长矛，射穿了葛荣抱在胸前的一块巨石，长矛贯胸而过；葛荣被魔法师葛旺狄翁救活，又杀死了里奥克劳；而那个女人布劳狄薇也遭到了惩罚，被变成了一只猫头鹰。

这不单单是传说，从那以后，这个三角恋爱的悲剧就在这片土地上一遍又一遍地重演着。

少年们的上一代，也就是在艾莉森的堂叔伯川与葛文的母亲南西以及老休之间就上演过，葛文其实是母亲南西与老休所生，然而年轻甜美的南西却抛弃了老休，爱上了富家子弟伯川，结果嫉火中烧的老休把伯川的摩托车的刹车给扯了下来，让他死于一场车祸。

多少年之后，艾莉森、葛文和罗杰这三个不同出身的少男少女，又陷入到了同一个轮回的悲剧当中……

艾伦·加纳在这部以威尔士神话为主轴的幻想作品里，试图向我们固执地传递着他的一个理念：古老而正在被人遗落的传说中，潜藏着一种即便是在现代的今天也没有丧失真实性的人际关系。他唯恐神话中的“结晶的经验”终有一天被世人所抛弃，像一个宣教者，不断地在他的作品中向我们聒噪着。但艾伦·加纳不是“再话”意即重写古老的传说，他没有选择一条为了让现代人去理解传说中的美与力量而改写再话的道路。因为艾伦·加纳看重的仅是传说的精神，他只想让这种精神长存下去——于是我们看见一种古老而又熟悉的东西在现代的故事中萌动了，它在今天重新翻版，我们目睹的是三个孩子的青春期的苦恼以及对现代社会的重压、等级观念、人种差异等等的困惑，想到的却是一个人类应该如何去爱去生存的根源性的问题。比起处女作《宝石少女》来，《猫头鹰图案的盘子》的主题要沉重了许多，正如《幻想文学导游人》一书的作者所言："虽然它排列在儿童书的书架上，但它的故事既重又大，拥有着一大片发人深思的天地。"③

《猫头鹰图案的盘子》还有一个鲜明的艺术特色，就是它时间的重层化。传说的三人悲剧叠化上现代的三人悲剧，此外在故事的结尾又加上了厨娘南希过去的一个三角悲剧，悲剧中套着悲剧。

艾伦·加纳为儿童幻想文学谱写了最新的一页，使神话中的魔法获得了第二次生命。他在收录于《被解放的SF——SF连续讲演集》中的《内时间》一文中明确地阐述了自己的创作追求："我所有的作品中一个共通的要素就是，今天我在神话中所扮演的角色。与被称为'重写'不同的是，重写是像纪念品一样被悬挂在墙壁上，而我要做的是使神话复活。如果把这看成一种剽窃或是对贫弱想象力的一种补充行为，则大错而特错了。进一步说，我觉得与其说是我选择了神话，还不如说是神话选择了我；与其说是我写，还不如说是神话写了我。"④

接下来我们再掉过头来，看看一位叫做古田足日的当代日本作家。

上野瞭在《战后儿童文学论》一书中把古田足日的文学创作称之为"旗手的文学"，古田足日的《鼹鼠原野的小伙伴》《一年级大个子和二年级小个子》早已被译成了中文。

他在1987年发表的《蛇山的爱子——红色的箭与蓝色的火焰的故事》，是一部以神话与现实双线并进的结构来展开故事的长篇新作。

> 一条线上——遥远的过去的一个大旱无雨的日子，一个女人突然一阵腹疼生下一个婴儿。随着"哇"的一声嘹亮的啼哭，天空中出现了一块漆黑的雨云。可半路上却杀出一条青龙，它要吞掉这块雨云，这时婴儿又是两声"哇哇"，云竟变大了，闪射出红色的光芒，大雨从天而降……

而在另一条线上，也就是今天的某一个住宅区里，却有一个无论干什么都比别人慢半拍叫爱子的孩子……

《蛇山的爱子》插图，田畑精一/图

在这部作品中，舞台被划分成了两块，过去与现代被巧妙地编织到了一起，一种潜伏在无意识中的梦及力量被唤醒了，我们看到爱子竟和蛇化到了一起，一部纵横捭阖的史诗般的英雄神话诞生了。作者把强烈的现代意识和一种俯仰天地的气势融为一体，构成了《蛇山的爱子——红色的箭与蓝色的火焰的故事》这部新神话的独特的审美特质。

我还想附带着介绍其他几部类似的作品。

帕特里夏·赖特森是澳大利亚的一位女作家，1986年IBBY为了表彰她"确立了澳大利亚儿童文学、扩大了儿童文学的表现范围"，而把国际安徒生奖的荣誉授予给她。从1972年起，帕特里夏·赖特森的创作风格急遽地一转，开始以一种新的视点来创作扎根于澳大利亚本土的幻想小说。

然而，她的第一部作品《最古老的魔法》却几近绝唱。但她并不气馁，1973年又以一种深厚的文化底蕴，写出了一部浩然而哀的传世之作《纳冈和星星》。她曾以《异文化的相逢——作家这样响应》为题做过这样的发言，表述了自己为何立足于传统而写作幻想文学："传统是'人在自身所处的环境中对人生神秘的一种反映'，其中包括着为写作'独创而且又是现代的幻想文学'所必要的'从经验和信念中诞生的强大力量'。"⑥

纳冈是一个住在洞窟里、一旦吃了人就会害怕土著人的岩石怪物。

故事从1880年纳冈一路北上，终于在1970年左右抵达了一个叫旱达的地方开始讲起。

象征着地球诞生的纳冈，从一个火的梦中惊醒，它记起了地球诞生时的苦痛，对着星河发出了一阵阵的嘶叫。纳冈代表着时间的永恒，同时它袭击人及动物的特点又暗示着自然界无情的另一面。

故事的主人公西蒙，在父母双双死于一次交通事故之后，被送到了一个乡下的亲戚家里。在都市长大的沙蒙为大自然的静谧而惊愕，然而第二天，这种宁静就被推土机的声音给搅破了。西蒙在灌木丛和沼泽中遭遇了树精与沼泽精，它们对破坏自然的人们显示出了强烈的愤慨。

而这时怪物纳冈也被沙蒙发现了。它抹去了西蒙涂在身上的字，还吃了牧场的羊。一场声势浩大的驱赶纳冈的作战开始了。在精灵们的配合下，西蒙终于找到了怪物的一个弱点：它也憎恶推土机的轰鸣。他们把推土机开进一个洞穴，引来了狂怒的纳冈，怪物对怪物的决战打响了！推土机爆炸了，地动山摇，怪物纳冈被永久地关在了洞穴里。

如牟田织绘在《隐没在灌木丛中的孩子们——澳大利亚儿童文学》一书中所指出的，帕特里夏·赖特森又一次提起了土地所有的问题。⑦《纳冈和星星》之所以取得了成功，是因为帕特里夏·赖特森勇敢地正视了一个现实。她作为一个白人，一方面自觉到西方文化的传统，而另一方面又强调了白人应对这片土地原来的住人的文化的尊重。正是由于两种文化的融会贯通，才使得故事充满了生命力。

《纳冈和星星》中文版封面

此外，苏姗·库帕的《黑暗在蔓延》、汤尼丝·丽的《死之王》、荻原规子的《空色勾玉》以及久美沙织的《石之剑》也都堪称新神话的鸿篇巨制。

① 引自《猫头鹰图案的盘子》日译本“译后记”，评论社1992年版。
② 猪熊叶子：《将人的悲剧性融进幻想文学的艾伦·加纳》，载《英国儿童文学的作家们——幻想文学与现实主义》，日文版，研究社1977年版。
③《幻想文学导游人》，日文版，新纪元社1992年版。
④ 艾伦·加纳：《内时间》，收录于《被解放的SF——SF连续讲演集》，日文版，东京创元社1981年版。
⑤ 上野瞭：《战后儿童文学论》，日文版，理论社1967年版。
⑥ 引自《纳冈和星星》的“译后记”，日文版，评论社1988年版。
⑦ 牟田织绘：《隐没在灌木丛中的孩子们——澳大利亚儿童文学》，日文版，中教出版1989年版。

10 Replication & Maze 分身、迷宫及其他

分身曾是德国浪漫派最钟爱的一个主题。
自古以来，以“自我之外或自我之内的‘另一个自我’”为题材的作品可谓屡见不鲜。但从未像19世纪浪漫派登场以来那样地开花结果——人类自己所面临的一个二元性问题成为了幻想文学最热门的话题。又是一个世纪逝去了，但我们仍能感到它的余温犹存。

分身

双重人格及影子、镜像

分身曾是德国浪漫派最钟爱的一个主题。

自古以来，以“自我之外或自我之内的‘另一个自我’”为题材的作品可谓屡见不鲜。但从未像19世纪浪漫派登场以来那样地开花结果——人类自己所面临的一个二元性问题成为了幻想文学最热门的话题。又是一个世纪逝去了，但我们仍能感到它的余温犹存。

随着心理学的发展，诸如镜子、肖像画、双生儿、双重人格以及变身等等相关的题目都被归纳为了一个门类，即“二”的文学。

这里需要看一些例子。本书的第二章中我曾叙述过“双子神话”的模式，在最早的史诗《吉尔伽美什》中，双子英雄已和分身的主题一脉相承了。它由此而成为了“二”或称之为“对”的观念中最古老的范本。在以后的日子里，人们纷纷趋之若鹜地一遍遍重复着分身的主题。帕瓦路在《巨人》里，渲染了一个骇人的“自己与自己的分身遭遇而恐怖死亡”的故事。霍夫曼的《魔鬼的万灵液》，也是以双重人格或是说人格的分裂撑起了小说的骨架。

这种对立，用弗洛伊德的学说可以解释为“意识面对受到自我压抑的无意识时而陷入的一种困惑状态”。

而用法国的精神分析学家拉坎的说法，这是一种“镜像阶段”。幼儿是通过镜子来认识自己的。他原先看到的只是一双手或一对臂膀，从镜子中第一次看到了一个完整的身体。自己与镜子之间存在着一个差距。而这种“镜像阶段”不只是到一岁半就宣告终止，它将持续到人的整个一生结束。而人之所以需要这种镜像似的分身，是因为人在成长过程中需要通过一个“他者”来确定自己。不仅是这样，只要人还一息尚存，那个“他者”就紧追不舍。所以有人说：人就如同一个被割成两半的没有壳的未熟的蛋。两个半片又总是不能忍受残缺，总要试图恢复所丧失的另外一半而合二为一，但当两者拥抱时只能是一幕蛋白蛋黄乱糟糟一团的惨剧。①这种“主体”与“他者”的关系被形容为“主人”与“奴隶”，分身的作品就把这种关系抬到了高潮。

分身主题的根源在于差异，而为了消灭这种差异就必定要上演一幕幕如拉坎所描绘的悲剧。

① 转引自《什么是新哥特=超近代的哥特》，载于《幻想展览会I》，日文版，福武书店1992年版。

迷宫

徘徊在世界末日的灵魂

迷宫象征着谜一样连续的人生，幻想文学的作家们不屈不挠地挖掘出一座座迷宫，使我们的想象穿梭其中。

没有什么人比得上现代派文学健将博尔赫斯更酷爱构筑迷宫了。博尔赫斯曾声称道：他几乎每夜都被噩梦惊扰，而噩梦最基本的内容就是“迷宫、写作（读书）和镜子”。他描绘了他梦中那个怪诞的迷宫：“于是我从一个房间进入另一个房间，但好像都没有门。我总是不自觉地走到院子里。然后过了一会儿我又在楼梯上爬上爬下。我呼喊，可是没有人。那座巨大的不可思议的建筑物空空荡荡。于是我就对自己说：怎么回事，我当然是梦见了迷宫。”

迷宫与迷路、圆环、自我探究等主题交错而成构建了幻想文学的一个最重要的作品群落。

无疑，迷宫是反现实的，博尔赫斯就是用他那博大精深的幻想构起了一座座扑朔迷离的迷宫。事实上，博尔赫斯不仅是在作品的主题上，他的作品本身在形式上就是一座座难解的迷宫。

博尔赫斯不是迷宫文学的先驱。迷宫的主题我们甚至可以上溯到古希腊神话里的地下宫殿。

在古希腊神话中，太阳神赫利俄斯之女帕西法厄在阿佛罗狄忒的作用下，与牛产生了爱情，而生下了一个牛头怪物弥诺陶罗斯。一气之下，牛头怪物被她的丈夫克里特国王弥诺斯关进了地下宫殿即今天我们所说的迷宫之中。

许多个世纪之前的神话被提炼浓缩，而再次升华，终于从十九世纪开始形成了一个蔚为壮观的文学样式。作家们把人生、都市甚至连整个世界都隐喻为一个巨大而无法脱出的迷宫，表达了一种对日渐颓废的世界的思考，以及对命运的迷惘。卡夫卡的《城堡》、麦尔维尔的《白鲸》被公认为是反映在这种“世界即迷宫”中遭受挫折、进行自我探索的代表作。

这里，我想选择一部当代人的作品，来看看20世纪80、90年代，人们是如何以一个崭新的视角来描绘迷宫这座虚幻的建筑的。

村上春树是当代日本文学青年的偶像，他以描写青春丧失的“我与鼠”

的系列三部曲《听风的歌》《1973年的弹珠玩具》《寻羊冒险记》而轰动文坛，稍后问世的《挪威的森林》，更是以创记录的四百三十万部的惊人数字打破了日本畅销书记录。而他的获得“谷崎润一郎奖”的异色作《世界末日与冷酷异境》，就是一部寓意深刻的长篇迷宫小说。

在“我与鼠”的最后一部《寻羊冒险记》中，因为鼠的自爆而使村上春树追认了自己成长的60年代与近代的诀别。如深海遥在评论集《村上春树的歌》中所说的那样：《寻羊冒险记》是60年代的一首镇魂曲及与其诀别的故事……他以哀婉而依依不舍之情用《寻羊冒险记》厚葬了60年代，而告别了初期的三部作品迈向了一个新的地平线。①这种昂首阔步的结果就是诞生了《世界末日与冷酷异境》(又译《世界尽头与冷酷仙境》)。其实，《世界末日与冷酷异境》还是“我与鼠”系列三部曲的一种延续，黑古一夫在《村上春树——丧失的世界》一书中指出：“我与鼠”的系列是对过去开始到现在的“我”的精神状况的一种探求，而《世界末日与冷酷异境》则是一部出于澄清“我”的现在的动机而写成的作品。②确切地说，这是一部主人公在迷宫彷徨，最后被迷宫吞噬的悲剧。

“冷酷异境”： 我是一个离婚的三十五岁的男人。计算士，受雇于一个老博士，我的工作是把他研究所取得的数字输入右脑，完全转换成别种记号之后转移到左脑，变成与输入之初截然不同的电脑计算用的数字再取出。这称为“洗脑”，我资料洗入的口令是“世界末日”。

组织曾把我冷冻了两个星期，从我的脑里抽出了应该称为我的意识之核的东西，把它定为我洗资料时的口令，又输回我的脑里。这样，我的意识变成了双重构造。也就是从整体上来说先有混沌的意识存在，然后其中正如酸梅干的核一样，有了一个归纳那混沌的意识之核。

但我除了知道一个口令以外，对被命名为“世界末日”的自己的意识之核的内容却是茫然一无所知。

这是在“冷酷异境”中发生的故事。《世界末日与冷酷异境》由两条线索即“冷酷异境”与“世界末日”互相交错而构成。“冷酷异境”是一个现实的故事，而“世界末日”叙述的是一个主人公意识下的世界。都是采用的第一人称，但在“冷酷异境”中使用的是“我”，而在“世界末日”里使用的是“俺”。

> **“世界末日”**：这是一个被高墙所围的地方。它与外界完全隔绝，唯有成群结队的金色的兽在角笛中奔涌而来。一进门，俺的影子就被守门人剪掉了，俺成了一个没有名字也没有过去的人。终日所做的就是在图书馆里阅读刻在一角兽头骨上的梦。
>
> **“冷酷异境”**：站在我们计算士的“组织”的相反立场上的，是记号士们的“工场”，他们从事的工作是窃取情报。记号士及帮凶、生活在地底下的黑暗之鬼发起了袭击，老博士逃出地下实验室不知去向了。而我和老博士的侄儿一起徘徊在地下迷宫，并发现我的脑中有一条“第三思考回路”。当他应老博士的请求打开第三思考回路时，实验室突然遭到了破坏——第三回路再也无法关闭了，我只能永远地待在“世界末日”的意识里了。这也就意味着现实中的我已经死去。
>
> **“世界末日”**：鹅毛大雪中，俺和影子一起逃到了世界末日的出口。影子对我说：水潭对面就是外面的世界了。影子跃入了水中，但俺却没走。
>
> 雪中有一只白色的鸟向南飞去。

村上春树在布局谋篇上充分发挥了迷宫的魅力，在平行交叉的两条线索中一步步地把故事推向了迷宫的尽头。在第一章开始的奇数章里，展开的是“冷酷异境”；而在第二章开始的偶数章里，则讲述的是“世界末日”的故事。有人评论道：这就有点像一边看电视剧，一边又在惦记着另一个频道的棒球实况转播。读到“冷酷异境”时，“世界末日”处于OFF状态；而“世界末日”ON的时候，“冷酷异境”则又是OFF了。如同棒球结束一样，“冷酷异境”的故事终止了，便进入了永久的OFF之中了。③

至于双线结构中的“我”与“俺”，则是一个被议论较多的问题。

整部作品表现了作者的一种绝望情绪。“冷酷异境”里“我”的死及“世界末日”中陷入迷宫绝境而不能自拔的“我”，也可以说是一种虚无主义的反映。从另外一层意义上来看，这也是作者对现代文明的一次讨伐。黑古一夫是这样来看待《世界末日与冷酷异境》中的“我”的：“我”的消灭无疑是对这个时代的某种暗喻。即便是离“人”远去的工业文明现在可以保障人们过上更加平稳的日子，但那也只能是处于自我意识之下的“另一个世界即无意识的世界”，充分显示出了绝望的现状。④

也有评论家把它看成一个关于“我”的再生的故事。比如藤泽秀幸就觉得《世界末日与冷酷异境》从头至尾都浸透着两个字“再生”。⑤首先，作为最典型的例子，“我”从迷宫中的脱出尝试就是再生的一个仪式，尤其是水潭，更是被看作再生的形象。而最具象征意义的，则是最后一行所描绘的那只越过高墙，得到再生的白鸟了。

有“日本的卡夫卡”之称的安部公房，则在《砂女》中为我们描述了一个陷入迷宫而无法逃脱的寓言。

安部公房的作品通常以一种与日常生活相悖的荒谬模式，对人类的现代处境和异化图景加以描述。《砂女》叙述的是一个令人难以置信却又不能不信的故事：某学校教员“他”，为采集昆虫而来到了一处沙漠，被当地居民用软梯送进一个寡妇的砂穴。他从此陷入了一个不可能脱出的困境。而最后当绳梯垂下来时，他却麻木地放弃了逃跑的机会。这部小说曾获“第十四次读卖文学奖”及法国最佳外国文学奖，它的主题十分隐晦，有人认为它暗喻的是战后日本的异化现象，也有人断言它是对人类生存的整体状态的抽象。我们完全有理由把砂穴看成一座迷宫，至少它是迷宫的一个结果——它使一个人丧失了方向，而最终成为一个卑微的浑浑噩噩者。人类的弱点，在迷宫面前被暴露无遗。

① 深海遥：《村上春树的歌》，日文版，青弓社1990年版。
② 黑古一夫：《村上春树——丧失的世界》，日文版，六兴出版。1989年版。
③ 宫川健郎：《未登出的一行》，载于《幻想文学的手帖》，日文版，“国文学”1988年3月临时增刊号。
④ 黑古一夫：《村上春树——丧失的世界》，日文版，六兴出版。1989年版。
⑤ 引自《现代小说10l篇的阅读方法》，日文版，“国文学”1992年9月临时增刊号。

抒情短歌

从狐狸的窗口飘出来的忧伤

最后的篇幅，我想留给我最挚爱的安房直子。

英年早逝的安房直子，一生淡泊，却留下了一山坡静静野山菊似的作品。她的主要作品集有《风与树的歌》《遥远原野的村子》《手绢上的花田》《白色鹦鹉的森林》《风的旱冰鞋》《南方之岛的魔法》等。其中《风与树的歌》曾获“小学馆文学奖”，《遥远原野的村子》获“野间儿童文艺奖”，《风的旱冰鞋》获“新美南吉儿童文学奖”。

安房直子的作品都很短，连偶尔的几个中篇也仅仅是勉强够得上一个中篇的篇幅。但都极为精致，如一首首含蓄隽永的短歌。作家三木卓在一篇谈及安房直子的文章中指出：安房直子的童话写得极为细致，如同刺绣一般。①这形容的确恰如其分，从遣词造句到谋篇布局，处处流露出作者作为一个女人的纤巧和细腻。安房直子的作品不仅短，而且总是静静地淌着一股恬淡的幽香。山室静评价她的作品道：文如其人……只差一步之遥，如果有目的地把时代的问题融入到作品中的话，就会引起世间的瞩目，然而她决不招摇过市，而只是像院子一隅默默开放的花朵一样。这就是她的品质和作风。这样的作家才是值得信赖的作家。②

而安房直子作品的最大特征是“将现实沉入幻想世界的底层”。

她的作品给人一种脱逸现实但又不舍弃现实的印象，我们无法找到一条明晰的现实与幻想的分界线。

安房直子在一篇创作谈中曾写到过自己这种追求：“我之所以喜爱幻想文学的写作，是因为写到幻想与现实之间的境界之间的微妙的犹如逐渐移动变化的彩虹般的颜色时，有一种难以遏制的喜悦。孩提时代，醒来与梦乡之间的境界就令我着迷，一边想着今晚一定要记住睡着的一瞬间，一边爬上床去，然而醒来后却怎么也记不起那一瞬间。所以那境界线的一瞬让我格外地憧憬。”③

幻想文学的生命，在于现实与幻想是一种连续的存在。如何联结两个迥然相异的世界，是作家们最棘手的问题。《永远讲不完的故事》一书的作者米切尔·恩德就曾为书的尾声一时找不到幻想与现实的出口而痛不欲生。如何获得一种完美无缺的联结，一直是作家们苦心孤诣地追求的目标。根本正义在《幻想文学教材的位相》一文中就坦言不讳：“提及幻想文学，围绕着现实与非现实的二重构造，联结这两个截然不同的次元的手法，或是说如何从一方过渡到另一方，是最成问题的了。”④

安房直子的成功在于，她极为出色地模糊了现实与幻想之间的境界。

比如，在《狐狸的窗户》的开头她这样写道：

> 是什么时候了呢，是我在山道上迷路时的事。我要回自己的山中小屋去。一个人扛着长枪，精神恍惚地走在走惯了的山道上。是的，那一刻，我是彻底地精神恍惚了。我不知怎么会胡思乱想起过去一个特别喜欢的女孩子来了。
>
> 当我在山道上转过一个弯时，突然间，天空一下子亮得刺眼，简直就好像是被擦亮的蓝玻璃一样……于是，地面上不知为什么，也呈现出一片浅浅的蓝色。
>
> “哎？”
>
> 一刹那间，我惊呆了。眨了两下眼，啊呀，那边不是往常看惯的杉树林了，是一片一眼望不到头的原野。而且，还是一片蓝色的桔梗花田。

寥寥几笔，就把我们引入到了一个幻想的世界。时空的转换显得极其自然，不能不说这是作家的一种潜在的天分。日本著名作家、评论家安藤美纪夫在一篇评论安房直子的文章《其幻想世界的构造》中赞不绝口：“安房直子的本领在于把握现实世界与非现实世界之间的交流。……这里全然不见《纳尼亚传奇》《汤姆的午夜花园》中那些被用过分夸大的道具组成的时间隧道。”⑤

安房直子追求的是一个唯美的世界，她的文体调和而安定，但在甘美的幻想中却不知为什么飘荡着一种淡淡的悲伤。

我不知道安房直子是否有着忧郁情结。从整体来看，她作品的基调透出浅浅的，然而却是清晰可辨的一种孤高而凄绝的美感。天泽退二郎在《悲伤与亲和力》中对她的创作风格总结道：“……几乎所有的安房直子童话中，都飘溢着哀愁；但这不是廉价的眼泪、因滑稽可笑而淌出的眼泪。也不是让人嚎啕大哭、痛恨人生命运不平的虚张声势的东西。安房直子童话中的悲伤，之所以催人泪下绝不是因为一目了然的死或与所爱的人的死别；是一种扎在胸口的疼痛。”⑥死、温情及缱绻的怀念都是安房直子作品中最常见的主题。

她是怎样用幻想编织出一个个凄美的世界的呢——《花椒娃娃》是一篇具有浓郁日本美意识的故事，一个青梅竹马的女孩被迫远嫁他乡，而抛下痛不欲生的男人。紧接着情节就围绕着一个爱着这个男人的花椒妖精展开了……《雪窗》的笔触伸向了天国，一个雪花满天的夜晚，有个女孩敲开了一家叫雪窗的小店的门，她告诉店主她从大山那边来。店主觉得她极像自己死去的女儿，当夜关了店门，翻山越岭去找女儿去了……安房直子作品的思想及寓意是深刻的，它们不仅描绘出现实以上的人生，而且让我们窥见了人生的深渊。评论家西本鸡介在《儿童书的作家们——现代儿童文学》中指出：“虽然是甘美的幻想故事，却与伤感的星堇派童话（指日本明治时代歌咏爱情的浪漫派——笔者注）及逃避现实的民间童话有着本质区别。幻想的世界没有停止在憧憬中，而是以深刻而敏锐的洞察力，探讨了人究竟是什么的哲学命题。看上去是一个不可思议的架空故事，却不是荒唐的谎话而是象征着真实的人生。因此连大人也唤起了共感。”⑦

我搭起了一扇菱形的窗户，窗户里，映出了一个少女的身姿

评论家还注意到了安房直子作品的另一个鲜明特点，即以颜色来构成形象。如《狐狸的窗户》中的蓝色、《鸟》中的海水色、《花椒娃娃》中的绿色以及《夕阳之国》的橘黄……

还剩下的大半页的篇幅，我想把它留给我最喜爱的《狐狸的窗户》。

我迷路了，眼前是一片蓝色桔梗花的花田。

一头白狐狸在跑。我在后面紧追不放，忽然我被它甩掉了，像是看丢了白天的月亮。身后传来招呼声，一个围着围裙的小店员站在一家挂着“印染·桔梗”招

雾雨深处，一个我一直怀恋的院子出现了

牌的店铺门口。我一看就明白了，他就是那头小狐狸变的。

“我给您染染手指头吧？”

狐狸说着，用四根染蓝的手指组成一个菱形的窗户，然后架到我眼前，快乐地说：“您往里瞅瞅吧。”在小窗户里，能看到一头美丽的狐狸妈妈。“这是我的妈妈……很早以前，‘砰’地挨了一下。”

狐狸接着说：“后来，也是这样的秋天的日子，风唰唰地吹着，桔梗花齐声说道：‘染染你的手指头吧，再组成窗户吧！’从此我就不再寂寞了，因为从窗户里我什么时候都能看得见妈妈。”

我也染了手指。

在窗户里我看到了一个从前特别喜欢、而现在绝不可能见面的少女。我想付钱，可一分钱也没带。狐狸说：“请把枪给我吧。”他接过枪，又送给我一些蘑菇。我高高兴兴地往回走。

一边走，我一边又用手搭起了小窗户。这回窗户里下着雨，朦胧中我看见了我怀恋的院子，还扔着被雨淋湿了的小孩的长筒靴。妈妈就要出来捡了。家里点着灯，传出两个孩子的笑声，一个是我，另一个，是死去的妹妹的声音……我放下手，我太悲哀了。那院子早就没有了，被火烧掉了。我想，我要永远珍惜这手指头。

可我回家干的第一件事，就是洗手。

一切都完了！

我一连好几天都在林子里徘徊，但没有出现那片桔梗花田，也没看见那头小狐狸。

---

① 引自《手绢上的花田》的“解说”，日文版，讲谈社1979年版。
② 引自《被北风遗落的手绢》的“解说”，日文版，旺文社1971年版。
③ 安房直子：《关于自作的记录》，载于《儿童文艺》，日文版，1976年夏季增刊号。
④ 根本正义：《幻想文学教材的位相》，载于《文学与教育协会会报》，日文版，第11号。
⑤ 安藤美纪夫：《其幻想世界的构造》，载于《日本儿童文学》，日文版，1981年9月号。
⑥ 天泽退二郎：《悲伤与亲和力》，引自《白色鹦鹉的森林》的“解说”，日文版，筑摩书房1986年版。
⑦ 西本鸡介：《儿童书的作家们——现代儿童文学》，日文版，东京书籍1988年版。

绝唱：圣埃克絮佩里和他的遗作《小王子》

或许他早已化作了一片片星尘

已经到了本书的最后一节。

我之所以要把圣埃克絮佩里的《小王子》(日译《星王子》)作为压轴之卷，是因为它在几十年后的今天又一次声誉鹊起。没有任何一部儿童文学的作品会像《小王子》那样令大人、尤其是令女性爱不释卷了。它的透明及不透明性的种种象征，至今仍是人们喋喋不休地猜测的对象；而关于它的研究书，早已是铺天盖地了。还有一个原因，就是圣埃克絮佩里的《小王子》是我迄今为止唯一一本百读不厌的诗一般的幻想作品。每次一翻开它，我的心就会与手一起颤抖：这是一个怎样清淳、感伤而又净化心灵的世界啊。

1944年7月，圣埃克絮佩里在一次飞行任务中未能返航，或许他早已化作了一片片星尘，但他留给我们……

《小王子》是一座难解的金字塔。

《小王子》，Harcourt,2000

一个谜团是，圣埃克絮佩里究竟是写给谁看的呢？他在导言中写到：这是一部献给曾经是一个孩子的大人的书。书中充满的意象，远不是一个孩子所能理解的，所以为数众多的研究者认为，这是一部写给儿童同时又是写给大人的作品。但圣埃克絮佩里对成人读者有一个附加条件：大人不能以大人的身份来阅读此书。导言中的那句“大人原先都曾是个孩子（可是他们当中能记得这一点的人已经不多了）”，可以看作这种推测的一种注脚。

《小王子》弥漫的情绪是悲哀的，绝非一般儿童文学中欢快明朗的色调，它给人一种悲观主义的印象。然而它的调子却不灰冷，有点像在秋风瑟瑟但却极美极美的季节里漫步。首先扑面而来的是一种孤独——飞行员迫降在撒哈拉大沙漠里，一个人。但在这背后作者所要叙说的则是一个失去童年的成年人的悲伤及成熟的孤独。小王子是孩子的象征，无垢而水一样的清纯，而在他的反衬下一个大人却是那样的龌龊。这种忧伤，随着小王子的离去而达到了顶点。这种情绪与当时作者所置身的第二次世界大战这样一个特殊的环境也不无关系。

小王子

小王子的离去，曾遭到了出版社的强烈抵制，但圣埃克絮佩里还是选择了这样一个让人泪水沾衣的结尾。但他却把“诀别”处理成高调，淡化了一种撕心裂肺式的悲哀。

“如果你能再下午四点来，那么我在三点就会有一种幸福的感觉。”

只见他脚腕旁闪出一道黄色的光。他一动不动地站了一会儿。他没有叫喊一声，就像一棵树一样慢慢地倒在了地上。因为是在沙地上，没有发出一点儿声响。小王子的的确确回到他那星球上去了，因为第二天天刚亮时，我再也没有看到他的躯体。他的躯体并不很重……

冢崎干夫在他的论述《小王子》的专著《小王子的世界》中指出：归根结底，圣埃克苏佩里所要表现的还是一个爱的主题。①

而《小王子》中最为人们津津乐道的则是书中的象征性了。

寻找湮没在沙漠中的水井，是整部作品的一个中心话题。水自然是生命得以延续的象征，而水井则是一个十分复杂的象征。对飞行员的行动来说，无疑是神一样的发现，对于小王子带来的是水的分配的喜悦。六个小行星则嘲讽的是视野窄小的人。但圣埃克絮佩里还是在《小王子》中留下了一些让人猜不透的谜一样的象征。比如，带着四根刺的花、不知何时爆发的休眠火山，就如同数学上的哥德巴赫猜想，叫人费尽了心思。

作为一部儿童文学作品来说，《小王子》显然是过于优秀了。梅子涵在一篇题为《几点断想》的发言中说道：“其实埃克絮佩里是一位写成人文学的作家，写儿童的文学只是偶尔。但是我读《小王子》能感到，他写这个故事时，全部的感觉和状态是儿童文学的，走在一种真正的儿童文学的趣意里。”②正是这种趣意，才令成人们找回了失落的童年。

我以圣埃克絮佩里的《小王子》作为全书的终章，还因为我喜欢书中的一段温馨感人的话：

> 既然我就住在其中的一颗星星上，既然我在那里笑，那么当你夜间抬头仰望天空时，你就仿佛听到所有星星的笑声，但只有你才能认得出那颗笑醉了的星。……当你悲伤时（悲伤是不会永远持续下去的），你会因为认识我而感到高兴。你永远是我的朋友。你会希望和我一起欢笑的。有时你会打开窗户，对，高高兴兴的……你的朋友见你仰天欢笑，一定都会非常惊讶。那时你就对他们说：是的，星星永远使我欢笑……

① 冢崎干夫：《小王子的世界》，日文版，中央公论社1993年第14版。
② 梅子涵：《几点断想》，载《文艺报》1996年11月8日。

附录及后记

后记

我是在去年夏天一个燠热而溽暑蒸人的日子动笔写这部书的，而开始酝酿它，则要追溯到八九年前一个同样闷热无风的夏季了。

“真的夏天来到了，你在树下捡到一个蝉的壳了吗……”一个住得相当近，却总是默默无言的女孩在一封短短的信笺上问我。

我无言愧答。

还是我在日本第一次接触到幻想文学时，我就萌发了写一部西方幻想文学论著的愿望。我知道这对我这个本该攥着捕虫网的人来说，无疑是过于奢侈了，但它像一片蠓虫似的咬着我……一个梦会撑起一个人的一生，至少我在日本的七年里，是它伴我走出了那些个风风雨雨的日子。然而我却迟迟未能动笔，我总是徘徊在树下兜着圈子，问自己：我真的能捡到一个蝉的壳吗？

又是一个蝉鸣的季节。

我终于开始了耕耘。我听到那个女孩喃喃地对我说：你的夏天一定会有许多美丽，去收获吧……

作为我国的第一部幻想文学的理论，我试图做了如下的尝试：第一，将西方众多的理论及流派糅和到一起，并按照幻想文学的种类诸如妖精、幽灵……分章一一加以叙述，这在国外也无先例。第二，打破了成人文学与儿童文学的框架，以所谓的“成人–儿童”双逻辑支点来构建整个骨架。第三点，因为文中提及的绝大部分书目没有译成中文，为了便于读者理解，我使用了较为详尽的内容梗概。第四点，也就是我自诩最大胆也是最成功的实验：让枯燥乏味的理论弥漫出一种小说或是散文的色彩。我想，这一点我是做到了，我不想让我的书在别人的抽屉里蒙尘，我要让我的读者像读一本畅销小说似的爱不释卷……此书出版之前，我先在《儿童文学研究》上试探性地发表了若干章节，想不到好评如潮——远远近近的朋友们打来疑惑的电话：“理论还可以这样写？”

在本书酝酿以及写作的过程中，我在日本攻读学位时的导师、东京学艺大学教授根本正义先生对我倾注了极大的热情。此外，日本著名的作家古田足日、前川康男、秦敬以及翻译家中由美子、青年学者河野孝之等为我提供了大量的资料，在此表示我深深的谢意。我还要感谢北京大学教授曹文轩及好友班马对我的鼓励。更要感谢戴臻和魏滨海两位挚友，我一个电话，他们就汗流浃背地寄来一摞摞译成中文的理论书籍。

这是我迄今为止写得最累也是最苦的一部书。本来想写得更长一些，但因为是一个书系中的一部，不能过厚，许多篇幅也就只能忍痛割爱了。写完它，我足有半年没有拿笔，直到今年夏天又不期而至时，我才开始了一部新的长篇幻想小说的写作。但它给我带来的刺激，则远远地超过了我写小说的感觉。

去年夏天，几只麻雀在我家排烟灶的管道里筑起了一个小巢，因为我半年没有起油烟。今年，我又一次听到了它们叽叽喳喳的叫声，但我还能像去年一样捡到一个蝉的壳吗……

彭　懿

1997年5月写于上海

我与幻想文学

1. 我的童年往事

我上小学的时候，正好赶上中国发生了“文化大革命”。

那是一个既疯狂又可怕的年代，像噩梦一样，一夜之间所有的书都成了禁书，都被狂热的“红卫兵”给一把火烧光了。

我一上小学就戴了眼镜，可是我白戴了好几年的眼镜，因为我无书可读，我读不到格林童话，读不到安徒生童话，更不要说什么幻想文学了。

那时的书店里除了一本《欧阳海之歌》之外，就没有什么小说卖。《欧阳海之歌》说的是一个名叫欧阳海的英雄，把一匹惊马推下铁轨而自己却被火车撞死的故事。这本砖头一样厚的书，不夸张地说，我至少看了十几遍，不说倒背如流也差不多了。如果不是我们小学的一个小孩学欧阳海下河救人淹死了，我可能还会看上十几遍。那条河的名字叫浑河，就在我们家的房子后头，穿过一片玉米田和白桦林就到了。

那个小孩死的时候，只有11岁。

我不想死，不敢再看《欧阳海之歌》了，我开始寻找起别的书来了。

有一天，一个同学告诉了我一个秘密，说我们班上有个叫张红旗的矮个子男孩家里有非常多的旧童书。

我当天就去了。

张红旗就住在浑河边的堤坝下面，很好找，一根高耸入云的大烟囱下边有一座小小的锅炉房，那就是他的家，他没有妈妈，和烧锅炉的爸爸住在锅炉房边上的小屋里。传说小屋里堆满了引火用的书，全是“红卫兵”抄家抄来的旧书。

我问他借书，他站在高高的煤山上冲我一伸手：“拿一罐头瓶子洋火虫来换！”洋火虫是一种指甲盖大小的黑颜色的甲虫，鸡特别爱吃，这小子家里养了十几只老母鸡。于是，一放学，我就爬到榆树上去抓洋火虫，抓得满手都是洋火虫的绿水。还好张红旗没说要刺毛虫，否则我会被活活蜇死。

就这样，我每天都会抓一罐头瓶子的洋火虫，再走很远的路，到张红旗的家去换书看。像《木偶奇遇记》《爱丽丝漫游奇境》什么的，都是我用洋火虫换来的。

这样的日子持续了有多久呢？至少有一个夏天吧，后来，我们那一带榆树上的洋火虫都被我抓光了，加上张红旗又出了一件事——他和我们班上的另外一个孩子玩飞梭，把那孩子的眼睛戳伤了，我就再也没有去过他的家。

但我与张红旗的故事并没有结束。

半年之后我就因为一项莫须有的罪名，和张红旗彻底地闹翻了。

那一年的冬天，我们全班在一所大学的图书馆“学工”。所谓的“学工”，就是不上课，在图书馆里帮助整理图书。没干几天，我就发现张红旗他们一伙子人总是鬼鬼祟祟地进进出出。一天，我瞅见他捂着肚子从书库里溜出来，又一闪身，钻进了厕所。等他走了，我在厕所的暖气片后面找到了好几本小说，原来他们在偷书！到了最后的一个星期，他们偷得更厉害了。这让我害怕了。我怕自己也卷进去，最后几天索性装肚子疼不去了。后来张红旗他们果然被抓住了，但这小子居然怀疑是我告的密，半夜里竟用石头砸碎了我们家的窗户。

这不是小说，是我童年的亲身经历。

这是我们那一代人的童年悲剧。

或许正是因为我童年几乎没有读过什么幻想文学，才埋下了一粒种子，让日后幻想文学对我有那么大的引吸力吧！

2. 我为什么会留学日本

1987年4月的一天，我收到了一个寄自远方的邮件。

是一本书，一本薄薄的淡黄色封面的书。

当我把它从信封里抽出来的时候，完全没有想到这本书竟会改变了我的命运，九个月后我竟会去了日本。

是翻译家安伟邦寄来的新译作。

这是一本名叫《谁也看不见的阳台》的书，是一个名叫安房直子的日本女人写的。就是在那一天的黄昏，我读到了她的名篇《狐狸的窗户》——怎么形容当时的感觉呢？我有点透不过气来了，我问自己：世界上怎么会有这么凄美、伤感而又温情的作品呢？当时童话正写得走火入魔的我，突然就写不下去了。

安伟邦在这本书的前面写下了这样一段话：五十年代末期，日本学习欧洲，兴起了一种童话——“空想故事”（或叫空想童话、幻想故事），描写人物、描写现实和空想，以及结构都采用小说的手法。一般地说，这些奇怪的故事，大多是从现代生活中的现实出发的。现实和非现实交混在一起，别具一种风格。

在这段话里，有几个词是极为重要的：空想故事、空想童话、幻想故事、小说的手法……是不是可以这样说，尽管安伟邦没有提及幻想文学，但是这段话简直就是在为幻想文学下了一个简明扼要的定义呢？我们完全可以做出这样一个推测，精通日文的安伟邦一定是读到了“ファンタジー”这个词，不然，就不会有空想故事、空想童话及幻想故事的译法了。

我怎么也写不下去了。

尽管当时我的童话约稿不断，但我的内心却无比苦闷，因为我知道，我的那种类似于nonsence风格的童话其实已经走到了尽头。

我需要寻找一种新的文学样式。

透过安房直子，透过安伟邦的那段话，我隐隐约约地感觉了一种新的文学样式的存在。换句话说，我感觉到了幻想文学对我的召唤。

于是，连一句日语也不会的我决定去日本留学。

这一年，我已经30岁了。

3. 我写了《西方现代幻想文学论》

1997年11月，也就是我从日本留学回国后的第三年，我出版了一本关于幻想文学的理论著作《西方现代幻想文学论》。

这是一本很厚的书，一共有409页，近27万字。

但我只写了半年。

听上去似乎短得不可思议，然而实际上，从我开始留学日本的第一天起，我就在开始写作这本理论书了。

在开篇，我用诗一般美丽的语言表达了我对幻想文学迟到的敬仰：

“我在黄昏时走近了古堡。它耸立在悬崖之上。爬过最后一丛灌木林，我终于看清了梦中的古堡。在暮色苍茫中仰望着这座孤兀的塔形建筑，一种难以遏制的冲动使我的双脚颤栗不已——它在夕阳中是那样的辉煌。幻想文学，就是这座最后的精灵古堡。”

我所以要说我在黄昏时才走近了古堡，是因为幻想文学已经诞生了那么久、存在了那么久，而我才刚刚发现它，我发现得太晚了。我所以要把它形容为一座古堡，是因为古堡是西方的象征，古堡里住着幻想文学的精灵们……

这是中国大陆第一部关于幻想文学的理论著作，我做了如下的尝试：第一，将西方众多的理论及流派糅和到一起，并按照幻想文学的种类诸如妖精文学、幽灵文学……分章一一加以叙述。第二，打破了成人文学与儿童文学的框架，以所谓的“成人—儿童”双逻辑支点来构建整个骨架。第三点，因为书中提及的绝大部分书目没有译成中文，为了便于读者理解，提供了较为详尽的内容梗概。第四点，我让枯燥乏味的理论弥漫出一种小说或是散文的色彩。我想，这一点我是做到了，我不想让我的书在别人的抽屉里蒙尘睡大觉，我要让我的读者像读一本畅销小说似的爱不释手。

尽管这本书写得很好看，但毕竟是一本理论书，只印了2000册，卖了七年，一直卖到2004年的5月才全部卖完。

如果是仅靠这本《西方现代幻想文学论》，恐怕直到今天，还不会有那样多的人知道幻想文学吧?

然而，我完全没有想到，这本书却让两个人找上门来。

这不是两个一般的人。

一个是安波舜。

远道而来的安波舜是东北一家名叫春风文艺出版社的编辑，后来成为了这家出版社的总编，曾经策划出版过著名的“布老虎丛书”。他找到我，开门见山地就说要出一套给孩子们看的幻想小说，叫“小布老虎丛书”。我们找到了陈丹燕，这时的陈丹燕自从写完《女中学生之死》后，已经有许多年没有写过儿童文学了。不过她还是答应了，不知是不是安波舜许诺的首版100,000册的印数诱惑了她，反正不久之后她就写出了一部名叫《我的妈妈是精灵》的幻想小说。

书是出来了，不过遗憾的是，安波舜在书里书外并没有旗帜鲜明地提出幻想文学这个主张。

另外一个人是张秋林。

张秋林就不同了，张秋林是二十一世纪出版社的社长兼总编，用别人的话来说，“他是一个喜欢干大事的人”。他敏锐地感觉到幻想文学是一个突破口，他当机立断，把大陆当时最红的十几位儿童文学作家诸如曹文轩、陈丹燕、班马、秦文君全部请到了江西的一座名叫三清山的山上，听我讲了三天三夜的幻想文学。到了最后那一天，张秋林用充满了煽动性的语调说:“我们每个人都来写一本幻想小说吧！”

这样，就有了后来那十几本被称之为“大幻想文学”的幻想小说。

张秋林与安波舜不同的地方，就是他不甘心默默出书，还要为这套书造声势，他不单说要高高地扬起“幻想文学”这面大旗，策动儿童文学新潮，还说要用三五年的时间，把二十一世纪出版社建设成中国幻想文学的重镇，就是专门出版幻想文学的出版社。确实，当时大陆就像刮过了一场幻想文学的旋风。这个举动实在是太大了，以至于大陆官方新闻出版署主办的一张报纸《新闻出版报》，竟用一个整版的篇幅刊登了一篇长文《中国儿童文学的世纪“日出”——关于“大幻想文学”及出版观念的梳理与未来指向的评析》。尽管副标题念起来有点拗口，但大标题说得是再清楚不过了，把幻想文学比喻成了新世纪的日出！

即使是在今天看来，这个说法也是够吓人的了！

我自己也因为《西方现代幻想文学论》这本书，被大陆出版业最具影响力的《中国图书商报》评为了“十大新锐作者”。

4. 我被一个评论家说成了文学的弱智

就这样，幻想文学在一片叫好声中成功地登陆中国大陆。

尽管相当多的评论家因为对它感到陌生而保持了沉默，但它似乎并没有遭遇到什么特别的诋毁。

不过，我作为一个“新锐作者”，我的那些“新锐”而又时常偏激的主张，却不断地成为批评的对象。

对我的第一种指责，是说我把幻想文学与

现实主义作品人为地对立起来了。

1998年底，也就是我的那本《西方现代幻想文学论》出版一年之后，二十一世纪出版社又出版了我的第二本关于幻想文学的理论著作《世界幻想儿童文学导读》。严格地说起来，这不能称之为第二本理论著作，因为它实际上是第一本书的一个删节本，删掉了原来关于成人文学的部分。

这本书的内容提要是这样写的："幻想儿童文学，是当今世界儿童文学的主潮，然而我们却对它是那样的陌生，始终徘徊在它的门外……长久以来，我们的创作被所谓的'写实主义'所垄断、所主宰，我们的创作陷入了一片想象力日渐贫瘠的泥沼。而彭懿在这部充满激情的理论著作中，为我们系统而全面地介绍了西方现代幻想儿童文学的理论、流派与现状……幻想儿童文学的崛起，必将使我们的儿童文学重新回归到它的本质，与当今的世界儿童文学站到同一条地平线上。彭懿为我们推开了一扇久闭的窗……"

这一大段文采飞扬而又充满激情的文字，尽管里面一次又一次地出现了我的名字，但它实际上不是出于别人之手，正是我的杰作。

这立即就引来了一片斥责之声：你提你的幻想文学就是了，为什么一定要否定现实主义的作品呢？

这种声音更多的来自作家。

对我的第二种指责，是因为我竟然喊出了要颠覆童话的口号！

我在北京的一张报纸上发表了一篇题目为《"大幻想文学"：童话的颠覆与超越》的文章，我在文章里面写到：长久以来，没有人怀疑，除了小说与童话，我们的儿童文学还会有其他的类型。我们似乎早已习惯了这种分法，即小说代表写实、童话代表幻想。我们的童话，太陈腐也太包容。说它陈腐，是因为它僵化、缺乏活力，与现实世界隔绝。说它包容，是因为只要是略微带有一点幻想色彩的东西，都可以随心所欲地冠上童话的头衔。幻想文学绝对是对童话的一次彻底的颠覆与超越……

我的这个观点，又得罪了不少人。

至少是一北一南有两位老先生生气了，不，是愤怒了。北方的老先生语重心长写文章开导我，你为什么一定要把童话打倒呢？童话与幻想文学不是可以并存吗？南方的老先生一气之下，干脆在他写的一本童话史中，把我这个当年童话创作的领军人物从他的书中给永远地抹去了。

如果说这些批评还都是善意、还都是学术之争的话，后来则不对了。

2000年9月，《哈利·波特》的中译本出版了。

我开始在报纸上为它叫好，一方面是因为我喜欢这个魔法的故事，一方面是因为我已经看出来了，它会让幻想文学这种类型更加深入人心，让那些不相信有幻想文学这种文学样式的人，相信这种文学样式的存在。

我大声疾呼。

这又让一些人不满意了。

其中，北京的一个从事成人文学评论的评论家写了一篇题为《两个神话，永恒与速朽》的文章，这实际上是一篇宣扬一本名叫《美德书》如何如何之好的书评，但他把《美德书》比喻为永恒，把《哈利·波特》比喻为速朽，就是迅速地腐朽之意，还顺带着把我给骂了一通。

他这样写道：

一个叫彭懿的人，对这本书的歌颂简直发了疯，"既然世界上所有的儿童都为之疯狂，为什么我们就不会疯狂呢？英国的孩子喜欢它，美国的孩子喜欢它，译成了35种文字，35种文字的孩子都喜欢它，难道我们会不喜欢吗？"，"幻想文学的一部经典诞生了，它让世界所有的孩子都着迷”。这种语调不是被人收买就是法西斯似的变态，或者是对文学的弱智。实在是不值得一驳。《哈里·波特》这种巫师和魔法又臭又长的故事，只是胡编乱造的神魔故事而已，它几乎没有什么文学审美价值，更无想象力，虽然它号称幻想文学。我们有一种误会，以为这种所谓的幻想文学是最有想象力的文学，这是一个天大的误会。其实它是最没有想象力的东西，最无想象力价值的东西。它无益于人的精神生活，它搞乱了孩子们阳光般纯洁的世界，和对美的世界的向往，对孩子的清纯童贞是一种残酷的伤害，对孩子的想象力更是一种颠覆性打击。这样的文学只能是文学垃圾。

在这里，我不想与他争论谁对谁错，我只是想说，他的声音代表了许多人的观点，所以在中国大陆，幻想文学可能还有很长的一段路要走。

5.《哈利·波特》来了

这几年，我的耳边再也听不到质疑幻想文学的声音了。

因为《哈利·波特》来了。

我们叫它幻想小说，不过也有的人把它叫做魔幻小说，还有的人把它叫作奇幻小说，但不管叫它什么，我就是没有听到一个人把它叫作童话。

因为它与我们的那些童话太不一样了。

恐怕连J.K.罗琳自己也没有想到，它的一部《哈利·波特》，竟会让几亿中国人在短短的时间里就接受了幻想文学这种文学样式，而且爱得那么疯狂！

我再也不用为幻想文学而奔走呐喊了。

可是，我们还来不及高兴，因为意想不到的是，突然间竟然会冒出来那么多《哈利·波特》，《哈利·波特》像洪水一样泛滥成灾了——首先是一家出版社出版了一部SF加神话的小说《走马神灯》，这本明明与《哈利·波特》毫无关系的书，却被说成“中国的哈利·波特来了”。一家出版社出版了意大利人写的《第六月球的小魔女》，这本书被说成“意大利的哈利·波特来了”。一家出版社出版了美国人写的《少年魔法师》，这套书又被说成“美国的哈利·波特来了”。

值得庆幸的是，我还没有看到日本或是韩国的哈利·波特来了。

我自己也没能逃脱。

1999年我写了一部名叫《妖孽》的幻想小说，说的是一个叫妖湖的地方，流传着一个古老的神话，说是有一个名叫鹅耳的少年将一头凶残的妖孽压到了湖底。几千年过去了，这头妖孽复活了，它开始寻找投胎转世的那个少年，它要血耻。面对怪物的挑战，一个10岁的人类男孩挺身而出了……直到写完这部小说，我还不知道世界上有《哈利·波特》这样一部小说，可是当这部小说出版时，大陆已经有了《哈利·波特》的中译本，于是出版社就要求在腰封上加上“中国的哈利·波特来了”的字样，我坚决反对，但最后出版社还是写上了一句我最不想看到的话：“挑战《哈利·波特》。”

扑天盖地来了这么多的哈利·波特，如同一场灾难，因为它让许多的作家都丢失了自我，都去追逐J.K.罗琳，都去写类似《哈利·波特》式的魔法小说了。

这对才刚刚起步的大陆的幻想小说来说，不能不说是一个倒退。

6. 我在报纸上开了一个专栏叫《幻想教室》

这时，我很想挺身而出，大声疾呼——

不要去追风！除了《哈利·波特》，我们还有很多幻想小说可以写！世界上还有许多优秀的幻想小说！

恰好这时《书评周刊》的一位编辑来信，说是请我在他们的报纸上开一个个人专栏。这是一张在大陆阅读面很广的报纸，所以我当即就答应了，我说就开一个聊幻想小说的专栏吧！对方同意了，又说，请把新专栏的导语也一起写了吧！

我先是绞尽脑汁地给专栏起了一个名字，叫《彭懿幻想教室》，然后，又写下了下面一段话：

几年前，当“幻想小说”这个闯入者一头扎进我们的视野里时，我们还有些惊愕。但今天，当它再次踏进我们的门槛时，我们已经能够从容不迫地面对它了。

不是吗？

《女巫》《永远讲不完的故事》《哈利·波特》……它们一个个鱼贯而入，我们已经是见惯不怪了。但如果细细追究起来，我们对幻想小说这种在西方大红大紫的文体，又知道多少呢？它还是像一个异乡人一样远远地站在那里，它太矜持了，它需要有一个人把它推到我们的面前。

好吧，我们就请彭懿把它推过来吧！

从明年第一个月开始，我们将请幻想小说研究者彭懿来开一个栏目，叫《彭懿幻想教室》，不多，每月一期。彭懿说，这不是一个单纯的书评的栏目，几乎不带一点广告色彩，不唱颂歌，每期只是想对一本书做一次纯粹是技术上的解读，是文本上的解读，其间穿插进幻想小说的理论或是技巧。对经典，绝不一味赞美，一定要说出它“经”在何处“典”在何处；对原创，更是要说三道四，绝不护短，不是都说我们原创的幻想小说不好吗？那不好在什么地方呢？明年请听彭懿的一家之言。

不过，我们相信彭懿会开出一个让人耳目一新的栏目。

我们将对幻想小说不再陌生。

可是见报的时候，我发现编辑删掉了两个字，就是把“彭懿”两个字删掉了，只剩下了《幻想教室》，可能是觉得个人色彩太浓烈了一点吧？

不过，我还是非常喜欢这个名字。

后来，这些专栏文章还结集出了一本书，名字还是叫《幻想教室》。这本书里不仅讲到了伊迪斯·内斯比特的《五个孩子和一个怪物》、C.S.刘易斯的《纳尼亚传奇》、米切尔·恩德的《毛毛》、罗尔德·达尔的《女巫》，还讲到了宫泽贤治的《风又三郎》、松谷美代子的《阁楼的秘密》、矢玉四郎的《晴天有时下猪》，以及大陆作家的幻想小说。

这本书首版印了5000册。

不过，我却意外地拿到了10,000册的版税，我想，这可能是出版社对我这么多年来热情提倡幻想文学的一种奖励吧！

我又想，如果每一家出版社都能这样的话，那我们作为一个幻想文学的研究者该是多么幸福啊。

7. 我的创作

除了理论和书评，我也写幻想小说。

这么些年来，我先后出版了《与幽灵擦肩而过》《疯狂绿刺猬》《半夜别开窗》《怪物也疯狂》《妖湖传说》《魔塔》《妖孽》《湖怪》《九命灵猫》《三条魔龙》《爸爸怪兽怪兽爸爸》等十多部幻想小说，其中《疯狂绿刺猬》，还被研究者称之为“中国作家自觉创作的第一部幻想文学”。

不过，今天我不想去说我的那些幻想小说了。

不是它们写得不好，它们都是非常好看的幻想小说，在我自己看来，它们一点都不比《哈利·波特》差。

今天，我想给大家介绍一种我自己独创的幻想文学。

这就是我的摄影旅行笔记。

大家可能不知道，我除了写书、译书之外，我还有一个更疯狂的爱好，就是摄影。我曾经这样描述过自己："一个命中注定的旅人，一个徘徊在人妖之间的幻想小说作家。"我去过许多地方，拍过许多照片，已经出版了《独去青海》《三上甘南路》《约群男人去稻城》《很远很远的地方有片树》《背相机的旅人》《租辆废车上天堂·我的西藏之旅》《邂逅白狐·我的新疆之旅》等十来本摄影集。

其中的《独去青海》《三上甘南路》《约群男人去稻城》《很远很远的地方有片树》四本书还被北京的《时尚旅游》杂志评为"环游中国的66本书"，他们还写了一段让我非常得意的评语："文字与摄影皆佳的人并不多，可是作者例外。游记的文字幽默风趣，朴素自然。跟随他的文字与图片，我们仿佛也站在了绝美的雪山前，感受到了浓郁的藏族风情，目睹了千年不倒的胡杨。这套游记丛书在实用方面或许比不过其它的旅游手册，但是它一定能触及你的心灵，使你停不下自己的脚步。"

既然是把它们叫作了摄影旅行笔记，当然就是除了照片，还有文字了。

我的这些文字，就是一篇篇幻想文学。我就是用幻想文学的形式，记录下了我在旅途中的所见所闻。

下面，就是我从《三上甘南路》中摘出的一段文字：

我们究竟是误入了一条什么样的路呢？
是迷路，还是绝路？
亦或是条天路？

一切都是从这个晦暝阴雨的早上，一个扑朔迷离的藏族女孩搭上了我们的车子以后开始的。

当我们上路时，发现车里多了一个藏族女孩。

女孩长得还算姣美，红衣红袄，还系着一块红头巾。诗人问她："我们去郎木寺，你去哪儿？"女孩含笑不语，只是用手往前面一指。

我们没觉出什么不祥，就上了路，其实这时我们已经走错了路。

一开始走得还顺，但走着走着，就不对了，这路崎岖坑洼得简直像是一百年没有车走过了。等我们清醒过来，发现已经在这条路上走了五个小时了，按理说，玛曲距离郎木寺只有80来公里，至多，三个小时也跑到了，可现在郎木寺连个影子也不见，而且越走越有一种远离人世的感觉。诗人终于嚷嚷起来："我们这是走哪儿来了？"

还有更蹊跷的呢！

这一路上我们不知碰到了多少条旱獭，数都数不过来。开始，它们还在车边逃来逃去，后来干脆不逃了，这些肥硕的小东西不是在它们自己的窝边，就是在路边用后腿踮起身子，排成一排向我们张望。吓得我们头皮都发麻了，旱獭成精了吗？

不过，我必须承认，景色是越来越美了。

花田一片接着一片，还出现了五颜六色的水沼。但这景色美得有点离谱，有点让人发瘆，有点让人疑心这不是人间的景色。

车外的雨逐渐大了起来。

当雨雾中显现出一个小村庄的轮廓时，一直沉默不语的女孩突然叫了起来。她下了车，冲我们笑吟吟地招招手，就消失在了滂沱大雨中。我想追出去，把她拽回来，把这一切都问个明白，可倏忽之间，不单是她，连那个海市蜃楼般的小村庄都不见了！

小村啊小村，莫非说你是一个天堂小村？

女孩啊女孩，莫非说你把我们带到了天堂的门口？

……

我们瘫在了那里。

接下来发生的事情，就更让我笃信我是窥见了仙女了——

雨戛然而止，道路左面的天空升起了一道彩虹。它长久地悬在那里，美得炫目，我仿佛看到一个光艳照人的女孩正在冉冉升天。它一消失，道路右面的天空一下子烧着了，燃起了熊熊大火似的，我从没见过那般瑰丽得近乎诡异的色彩……

（2004年8月4日在日本第7届亚洲儿童文学大会上的主题讲演）

这个时代，我们呼唤少年英雄

1. 归来吧，我们的英雄

很久很久以前，康维尔住着一个农夫，他有一个独生子，名叫杰克。那时康维尔山被一个可怕的巨人霸占着，他身高十八英尺，面目狰狞，人们只要一听说他来了，就会纷纷离家逃命。

“让我去把它干掉吧！”

有一天，杰克带上螺号、铁锹和鹤嘴镐出发了……”

这是英国民间故事《巨人终结者杰克》的一个开头。

少年出发了，离开家，一个人勇敢地踏上了讨伐巨人的征程。前途凶险莫测，等在他前面的是人迹罕至的森林、巨人、狮身鹰面兽以及比巨人更加恐怖的双头巨人。然而少年义无反顾，因为他知道，这是命中注定，命中注定他要成为一个终结巨人的英雄！

在民间故事中，这样的少年英雄太多了，比比皆是。一旦听到了命运的召唤，他们一个个就会告别父母，就会出发，就会面无惧色地远走他乡，遍走天涯，去屠龙，去出生入死，最后成为一名可歌可泣的英雄，为后人所歌诵传颂……

可这毕竟是民间故事里的少年。

民间故事离我们太遥远了，遥远得我们甚至都不知道它发生在几百年之前，还是几千年之前。从叙事学上来讲，那一句著名的开端语“很久很久以前……”，一下子就拉开了故事与我们之间的距离，它明白无误地告诉我们：这个故事发生在一个遥不可及的世界里，你永远也不可能抵达那里。

今天，已经没有人在漫漫长夜的篝火边上讲述民间故事了。

今天，我们忘却了英雄。

今天，我们没有了叱咤风云的英雄。

在今天的这个世界上，我们都变得太现实了，我们追求安逸，贪图享乐，我们不会选择一个北风怒吼的日子，血脉喷涌地对家人说一句“让我去把它干掉吧”，就舍弃一切走出家门，像少年英雄杰克一样去气吞山河地讨伐巨人！人们会讥笑你，会苦口婆心地劝阻你。是的，这个世界上早就没有了魔法，没有了巨人和邪龙。是的，我知道，所以我们就只能苟且偷安，任残酷而乏味的现实一点点地蚕食掉我们心中的英雄主义，最后风干成一个没有半点血性的男人。连我们都没有了幻想，都不想成为一个上天入地的神话英雄，我们的后代又能怎样呢？看看今天的孩子吧，还会有一个孩子渴望成为拯救人类的英雄吗？不要说别人了，如果有一天，我的孩子突然一脸悲壮地对我说：“让我去把它干掉吧！”我也一定会紧紧地搂住他，摸摸他的额头，用颤抖的声音问他：“儿子，你不是神志不清了吧？”

我们的精神祖先都是气吞山河的英雄：大禹、后羿、夸父……我们的血脉中流淌着英雄的基因，但是我们今天都在想些什么？当美国的好莱坞大片中的英雄一次次在最后关头拯救世界的时候，我们的荧屏上都在教唆和宣扬着什么？

我们已经成了一代精神的侏儒。

我们的孩子不再崇拜英雄。

我们的孩子崇拜明星。

忘却英雄，没有英雄都不可怕，可怕的是在如今这个物欲横流的时代，孩子们不再需要英雄了。

这是一个没有神话的时代。

这是一个英雄黯然失色的时代。

这是悲剧。

一个没有英雄的世界，是一个沉沦的世

界，是一个死气沉沉的世界。只有英雄重生，我们的世界才会大放异彩，才会重铸神话。

所以，我们才要放声呼唤：归来吧，我们的英雄！

2. 让我们来创造一个少年英雄

我们为什么需要英雄？

英雄是光明，是力量，是一腔热血，是凛然正义，是一种在我们的身体里延续了几万年的高昂向上的精神，是激励我们活下去的不老动力。

谁是英雄？

英雄不仅仅是那些抛头颅、洒热血的神话人物，还有凡人，其实就包括了我们。神话学大师坎伯有一句至理名言：每一个人在出生时都是英雄，英雄就是把自己的生命，奉献给比他伟大的事物的人。

我们就永远成不了英雄吗？

我们生不逢时，我们没有赶上民间故事所讲述的那个遍地英雄的年代，我们没有办法像少年杰克一样去与巨人对决。但是，在我们的内心深处，对像英雄一样所向披靡去冒险的渴望从来就没有泯灭过。是的，我们看上去不强悍，不威武，不像一个身高八尺、惊天地泣鬼神的英雄，可你要知道，哪怕是一个最最窝囊的男人（当然也包括一个最最窝囊的女人），都曾幻想过自己是一个顶天立地的英雄！

我们回忆自己的童年，当我们还是一个孩子时，又有哪一个少年不曾幻想自己走进一个奇幻的世界，遭遇邪恶，历尽磨难，最终凯旋而归呢？没有一个少年不曾幻想自己成为一个英雄，没有，一个都没有，因为这是人类一代一代传承下来的一个梦，它已经孕育在了我们的血脉之中，亘古久远。

那么好，既然我们的少年还有英雄之梦，既然他们成为不了现实中的英雄，那么就让他们在幻想中扮演一次下龙潭、闯虎穴的英雄吧！

我们的少年必须踏上征程——生命因你不去承担自己应有的冒险，就会变得干枯。

不是没有神话了吗？

那我们就创造一个神话的世界！

不是没有英雄了吗？

那我们就创造一个横空出世的英雄！

于是，我就用纸和笔，为孩子们创造了一个幻想的舞台，这是一个比民间故事还要充满挑战的舞台。一个个少年英雄登场了，月黑风高，危机四伏，世界在等待着他们来拯救，可是他们能够击败邪恶的力量吗？《鹅耳与妖孽》里有死不瞑目的妖孽；《魔塔》里有黑暗之神；《妖湖怪谭》里有三条魔龙；《我捡到一条喷火龙》里有烈火黄焰；《疯狂绿刺猬》里有满天飞舞的绿刺猬……孩子们一翻开这些书，还没读完第一页，我听到他们就像少年杰克一样在心底里叫了起来："让我去把它干掉吧！"

其实，读这些书的孩子们才是真正的英雄。

在那一刻，他们已经与小主人公心心相印，融为了一体。那一个个少年英雄，不过是他们的投影。是他们自己在呐喊，是他们自己在前仆后继地战斗，是他们自己在主宰着书里的那些英雄的灵魂，同命运，共呼吸。

他们在体验英雄！

他们在扮演英雄！

今天，他们是精神上的英雄！

明天，他们就是现实中的英雄！

于是，少年英雄——每一个读着这些幻想小说的孩子——就这样诞生了！

3. 我幻想小说里的少年英雄

我幻想小说里的少年英雄，一开始，都不是气贯长虹的英雄，都是现实中一个个普通得不能再普通的孩子，不完美，有缺陷，甚至还很严重。

比如，《魔塔》里的小主人公，一个名字叫吴所谓（即“无所谓”的谐音）的小男孩，就平常得不能再平常了，瘦弱不说，而且还有点斜视，用他自己的话来说，就是“我斜视，所以，你看，我与你说话时，眼睛总是瞟着另外一个人。你别生气。其实我是在看你。我要是不看另外一个人，而是看你了，你再生气。”

不但普通，还常常是遭人白眼，遭人欺凌的孩子。

比如，《疯狂绿刺猬》里的夏瀛，就是一个饱受校园暴力之害的少年，差一点被三个恶少打死。再比如，《鹅耳与妖孽》里的10岁男孩鹅耳，命运更是不公，父母离异，和奶奶相依为命，住在一个别人都不敢去的叫妖湖的地方。一个雨夜，班上的几个混混用一块大石头砸碎了他家的玻璃窗……其实，这些都是我的童年经历，我童年就曾经遭遇过校园暴力，一个人，莫名其妙就打了我一个耳光；还有一个人，砸过我家的玻璃窗。

我喜欢写这样的人物，普通，渺小，不伟大，不光彩照人，身上弱点多多，没有一点点英雄气概。我这样写，一方面是为了让小读者迅速找到一种认同感，把这些孩子看成自己的投影；另一方面，是我坚信当这样的人物成为了英雄之后，才会让人热血沸腾，才会让人振奋，才会让人为他们喝采叫好。

选定了英雄，接下来，就应该让他们出发，去冒险，去挑战邪恶的黑暗了！

像所有的民间故事一样，我幻想小说中的英雄之旅就是四段旅程——1.“跨越”：主人公进入另外一个陌生的世界（例如《魔塔》里的“我”，推开一扇别人看不见的蜥蜴之门，闯入了一个有魔塔巍然耸立的魔法大陆），他也可能还留在我们这个现实世界，但另外一个世界的怪物已经不请自来（例如《妖湖怪谭》里的湖怪、九命灵猫和三条魔龙）。2.“遭遇”：主人公面对邪恶的对手。3.“征服”：主人公与这些邪恶的对手殊死搏斗。4.“欢庆”：这是故事的终点站，欢庆胜利。主人公或是重返现实世界，或是击退了侵入现实世界的邪恶力量。

有人说，神话是诗，不是谎言。套用这句话，我要说，幻想小说是诗，不是谎言。幻想小说不是信口开河，《魔戒》的作者托尔金说过一句话，你所创造的那个第二世界一定要让读者觉得有真实感和熟悉感，他才会相信那个世界的存在，他才会毫不犹豫地走进去。所谓的第二世界，就是英雄大显身手的舞台，那是一个有魔龙、有妖孽、有遍地精灵、有魔法的的世界，一个光明与黑暗厮杀的世界，一个我们还肉眼看不见的世界。

我幻想小说写得最用心的地方，就是这个第二世界。

因为我知道，当你建构的那个第二世界栩栩如生地耸立在读者的面前时，你所塑造的那个少年英雄也就呼之欲出了。

4. 阅读幻想小说的意义在哪里

我们为什么要给孩子看幻想小说呢？

有人说，幻想小说荒诞不经。

不对，好的幻想小说都是成长小说，像民间故事一样，它长久不衰的魅力，在于它能帮孩子处理成长过程中必须面对的内心冲突。

它是一面镜子，能照出孩子的自我。

它是孩子们演练内心冲突的一个舞台。

它是一次孩子们自我发现之旅。

幻想小说更不是逃避现实，故事里的一切，都是对现实的折射。

所以才会有孩子这样说：在幻想小说里，你可以做任何你想做的事，因为那是你的故事。虽然你不一定真的去做那些事情，但这是你的故事。

所以才会有读书推广人这样说：幻想小说能带给孩子们新奇的意象、激发他们思考。更重要的是，它也让他们能够以一种令人振奋、创新的方式，来塑造和重建他们的世界。它带领孩子远离他们所处的世界，给予他们探索和创造的自由，并用全面和表现的方式来释放他们的想象力。孩子需要幻想，如果我们忽略了孩子的这个需求，就等于关闭了进入孩子世界的大门，我们将永远无法了解孩子世界里的秘密。

所以才会有心理学家这样说：没有经历一个相信魔力的阶段，青少年就经受不起成人生活的艰苦磨难。

（发表于《中国儿童文学》2008年第2期）

日中关于Fantasy（幻想小说）一词的翻译比较研究

——兼谈英国《牛津世界儿童文学百科》及日本《儿童文学事典》的有关条目

1. 问题的提起

Fantasy这个词，在日本被作为外来语音译成了ファンタジ－（中文发音为“泛达袭”），而并没有被译为童话或幻想文学，尽管童话与幻想文学这两个概念在日本早已有之。近些年来，Fantasy被引介进中国，译为“幻想文学”。但至2000年以来，又有学者撰文建议改译为“幻想小说”。

究竟应该如何翻译Fantasy呢？

Fantasy又是怎样的一类文体呢？

Fantasy进入日本之后，发生了怎样的变化？特别是在进入中国之后，又发生了怎样的变化呢？

2. Fantasy是什么

关于Fantasy，有种种不同的解释与阐述，这里，我们来看一下1995年版的《牛津世界儿童文学百科》（《*The Oxford Companion to Children's Literature*》）（日文版 原书房1999年2月版）中关于“Fantasy”一词的解释：在儿童文学的范畴中，Fantasy是指与口头传承的作品不同，由特定的作家创作、通常具有长篇小说的长度，包含着超自然、非现实要素的虚构文学的文学用语。Fantasy与口头传承的妖精故事有着深刻的关系，在英国，Fantasy作品的诞生与十九世纪，对口头传承的妖精故事的关心的复活、并获得高度评价的时期是一致的。一般而言，这一文学类型最初的作品是F.E.佩奇特（F.E.Paget）的《卡兹考卜夫王家的希望之星》（*The Hope of The Katzekpfs*，1844）。1851年，拉斯金（John Ruskin）的《黄金河的国王》（*King of The Golden River*）登场，两年之后，萨克雷（W.M.Thackeray）的《玫瑰与戒指》（*The Rose and The Ring*）出版，接着1863年，查尔斯·金斯莱（Charles Kingsley）的小说《水孩子》（*The Water-Babies*）出版。《水孩子》是对想象力产物的诸作品的有力辩护，也包含了对彼得·帕利（Peter Parley）以及其一派作家的攻击（金斯莱嘲讽他们是“死抠课本的孩子”和“唠唠叨叨的伯母”）。帕利认为，孩子们只应该读关于现实的书。

《水孩子》出版两年之后，《爱丽丝漫游奇境》（*Alice's Adventures in Wonderland*，1865）出版。这部作品（从显示了Fantasy的无限的可能性这一点上来说），是具有革命性的，而且尽管它是一部不可模仿之作，但在卡罗尔（Carroll）之后还是有相当数量的作家纷纷效仿。这其中有吉恩·英格洛（Jean Ingelow）、克里斯蒂娜·罗塞蒂（Christina Rossetti）、查尔斯·E.卡丽尔（Charles E. Carryl）、艾莉斯·考科拉（Alice Corkran）、爱德华·艾博特·帕里（Edward Abbott Parry）、G.E.法罗（G.E.Farrow）和《大卫·布莱兹的蓝色之门》（《*In Dnvid Blaize and Blue Door*》）的E.F.本森（E.F.Benson），但就其完成度而言，几乎都没有超过《爱丽丝漫游奇境记》。另一方面，乔治·麦克唐纳（George Macdonald）以一种与他们截然不同的方法，写出了略带一点安徒生的风格的Fantasy作品。在像《轻轻的公主》（*The Light Princess*，1864）这样的短篇作品、以及以《北风的背后》（*At The Back of The North Wind*，1871）为代表的后期长篇作品中，麦克唐纳将丰富的想象力与教训巧妙地糅和到了一起。只有维多利亚时代后期的作家奥斯卡·王尔德（Oscar Wilde），以作品集《快乐王子》（*The Happy Prince*，1888），取得了与他相近的成就。

F.安斯蒂（F.Anstey）在《反过来的故事》（*In Vice Versa*，1882）中，为了增加幽默的效果，使用了Fantasy。而且，他的作品（特别是《铜瓶》（*The Brass Bottle*，1900），是伊迪丝·内斯比特（E.Nesbit）的Fantasy的灵感来源之一。内斯比特的第一部作品是《五个孩子和一个怪物》（*Five Children and It*，1902）。这部作品和它的续篇形成了一个模式，即魔法侵入到现实社会，使人惊异，而最后一般又迎来了一个愉快的结尾，这一模式被后来的儿童书的作家们一用再用。与内斯比特同时期的J.M.巴里（J.M.Barrie），以《彼得·潘》（*Peter Pan*，1904）创造了一个长不大的孩子的神话。

与英国比起来，Fantasy在美国扎根则花了相当长的时间。弗兰克·斯托克顿（Frank Stockton），是十九世纪七十年代首批尝试Fantasy写作的美国作家中的一位。查尔斯·E.卡丽尔（Charles.E.Carryl）的《大卫和考卜林》（*Davy and the Goblins*，1884）、《提督的调查队》（*The Admiral's Caravan*，1891），是对《爱丽丝漫游奇境记》的有意识的模仿之作。相比之下，尽管技巧上较为粗糙，但更具原创性的是弗兰克·鲍姆（Frank Baum）的不朽的《奥茨国历险记》（*The Wonderful Wizard of Oz*，1900）。

英国是在两次世界大战的间隙，迎来了Fantasy的黄金时代，它成为那一时期儿童小说占主导地位的文学样式，这段时期也是儿童书最繁盛的时期。当时，是一个众多的英国作家巧妙地避开了现实主义的时代，更是一个因为社会状况的变化使得儿童的现实主义小说变得难写的时代．休·洛夫汀（Hugh Lofting）的《多立德医生的故事》（*Doctor Dolittle Stories*）系列（1920年以后），充满了幽默，但同时又静静地流淌着忧郁的气氛。另一方面，约翰·梅斯菲尔德（John Masefield）的《出没在午夜的人们》（*The Midnightght Folk*，1927）、《欢乐之盒》（*The Box of Delights*，1935），洋溢出一股活力。帕·林·特拉芙斯（P.L.Travers）的《随风而来的玛丽阿姨》（*Mary Poppins*，1934），为孩子们创造了一个不灭的人物。J.B.S.霍尔丹（J.B.S.Haldane）在《魔法师里奇先生》（*My Friend Mr Leakey*，1937）里，鲜活地使用了魔法。T.H.怀特（T.H.White）的《石中之剑》（*The Sword in The Stone*，1938）中，出现了一连串少年沃特变成各种各样的动物的精彩场面。然而，这一时期，与丰富的想象力结合的，只有J.R.R.托尔金（J.R.R.Tolkien）的《霍比特人》（*The Hobbit* 1937）。

二十世纪四十年代，英国还诞生了若干Fantasy的作品。其中有两部作品,埃里克·林克莱特（Eric Linklater）的《变身动物园》（*The Wind on The Moon*，1944）、沃恩·威尔金斯（Vaughan Wilkins）的《沐浴之后》（*After Bath*，1945），显示出了这一体裁的作品是多么地容易失控。与其形成对照的，是C.S.刘易斯（C.S.Lewis）的《纳尼亚传奇》（*Narnia*）（自1950年起）系列，是由拥有出色想象力的作家继承了内斯比特、麦克唐纳的传统，创作出的没有破绽的作品。

刘易斯作为英国20世纪50年代的Fantasy的旗手的位置，到了60年代，让位给了艾伦·加纳（Alan Garner）。加纳的《布里斯恩卡梅的魔法的宝石》（*The Weirdstone of Brisingamen*，1960），虽有瑕疵不尽完美，却与以前的《五个孩子和一个怪物》同样，在艺术方面具有重要的意义。所以这么说，是因为它暗示了崭新的Fantasy的形式。现代的孩子遭遇了原始的魔法之力，经历了（与其说是喜剧性的，不如说是）惊异的经验。加纳本人在《艾丽达》（*Elidor*，1965）中又进一步追求了这种可能性。他的这种新的形式，立刻就引来了其他作家的效法。这里面有，苏珊·库帕（Susan Cooper）的《光的六个记号》（*The Dark is Rising*，1965年以后）五卷、彼得·狄肯特（Peter Dickinson）的《变幻》三部曲（*Changes Trilogy* 1968～1970）、彭妮洛普·利文利（Penelope Lively）的以*Astercote*（1970）为第一卷的系列。但是，有人主张，这一时期的英国儿童文学中最优秀的Fantasy作品，是菲莉帕·皮尔斯（Ann Philippa Pearce）的《汤姆的午夜花园》（*Tom's Midnight Garden*，1958）。该书的创作没有受到加纳的影响，是一部从爱德华七世时代开始任何时期都有可能写出来的作品。

20世纪60年代，美国在受到了托尔金与刘易斯的一定影响下开始发展Fantasy的写作。代表作有劳埃德·亚历克山大（Lloyd Alexander）的《波力颠故事》（*Prydain Cycle*），马德琳·L' 英格利（Madeleine.L' Engle）的系列作品（最引人注目的是《岁月的皱纹》（*A Wrinkle in Time*，1962），以及厄休拉·勒古恩（Ursula Le Guin）的《地海传奇》（*Earthsea*）系列。同时，受到鲍姆和《奥茨国历险记》的某些影响，偶尔还诞生了一些更具美国本土特征的Fantasy，如卡尔·桑德伯格（Carl Sandburg）的《陆得帕卡故事》（*Rootabaga Stories*，1922）和罗伯特·麦克洛斯基（Robert Mccloskey）的《愉快的郝马》《*Homer Price*，1943）。

1945年后，这种幽默风格的Fantasy，被威廉·Pene Du Bois（William Pene Du Bois）在《21只气球》（*The Twenty-One Ballooons*，1947）中进一步地挖掘。其它作品还有：西德·弗兰芒人（Sid Fleischman）的大量滑稽小说，E.B.怀特（E.B.White）的《精灵鼠小弟》（*Stuart Little*，1945）和《夏洛的网》（*Charlotte's Web*，1952），以及罗素·霍本（Russell Hoban）最著名的《老鼠和他的孩子》（*The Mouse and His Child*，1967）。

1914年以前欧洲的优秀的Fantasy，还有卡洛·科洛迪（Carlo Collodi）的《皮诺曹》（*Pinocchio*，1833），赛·拉盖洛夫（Selma Lagerlof）的《尼尔斯骑鹅旅行记》（*The Wonderful Adverntures of Nils*，1906～1907）。

澳大利亚作家对这一文体的贡献有：埃塞尔·C.佩德利（Ethel C.Pedley）的《小不点和大袋鼠》（*Dot nad The Kangaroo*，1899），诺曼·林塞（Norman Lindsay）的《魔法的布丁》（*The Magic Pudding*，1918）。以及近年来帕特里夏·赖特森（Patricia Wrightson）创作的大量取材于土著传说的小说。在现代欧洲幻想小说中，阿·林格伦（Astrid Lindgren）的《长袜子皮皮》（*Pippi Longstocking*，1945）获得了巨大的成功。最初在挪威出版的阿尔弗·不辽逊的《调羹大婶》（*Mrs Pepperpot*）系列，被广泛传读。德国的米切尔·恩德（Michael Ende）和奥得弗雷德（Otfried Preussler）创作了独具特色的作品。而芬兰作家托芙·杨松（Tove Jansson）的《姆咪》（*Moomin*），始终是最受欢迎的幻想小说之一。

3. Fantasy在日本

日本至少是在1958年之前，未将Fantasy译成ファンタジ－（“泛达袭”）在儿童文学的领域里普遍使用。

在此之前，与Fantasy相对应的，似乎是“空想物语”这样一个概念。

日本最鲜明提出“泛达袭”这个概念的，是濑田贞二。

他在发表于《日本儿童文学》1958年7月号上的论文《空想物语之必要》中，这样写道：“童话”这个词，既有“民间故事”（如格林童话）的意思，又有“创作物”（如安徒生童话）的意思，作为两个方面来使用。而“创作物”的场合，又是用来指“生活童话”“幼年童话”“创作童话”以及“无国籍童话”等种种形式，事实上，童话一词所代表的意义已经变得含混不清了。

于是，濑田贞二提议道：作为我个人的意见，……应该避免使用“童话”这一称呼。对于空想性的创作童话，暂以“空想物语”一词明确地定义、使用。阅读英美儿童文学的评论时，像他们将Fairy tales（妖精故事）归类于民间故事，而将空想物语意义上的童话称之为“泛达袭”（Fantasy）一样，我们也应该给“泛达袭”一个文类的名称。如果加以仿效，就将现在的“空想物语”这个称呼给予它，将其定义为一种文类，或许是消除暧昧模糊的方法吧？

濑田贞二选择了Fantasy一词的音译，没有使用汉字，自然有他的道理。一是“泛达袭”这个外来语给人耳目一新的感觉，可以赋予它全新的定义，二是日本固有的儿童文学的概念，诸如童话等等，都已经无法包容它的意义了。

1960年，石井桃子、乾富子、铃木晋一、濑田贞二、松居直、渡边茂男六人在中央公论社出版了《儿童与文学》一书，七年后，改由福音馆出版。这是一部在日本儿童文学史上占有特殊地位的论文集。它以世界儿童文学为基准，对日本的近代儿童文学进行了批判，对战后的日本儿童文学理论界产生了巨大的影响。在这部书的第二部分即《儿童文学是什么？》的“泛达袭”一节中，作者更是正式将Fantasy一词译成了“泛达袭”，引入了儿童文学的概念之中。

需要指出的是，这六人当中，有三人即石井桃子、濑田贞二、渡边茂男是英美儿童文学的翻译家或研究家，其中，濑田贞二是Fantasy的经典作品——C.S.刘易斯的《纳尼亚传奇》、J.R.R.托尔金的《霍比特人》及《魔戒》（*The Lord of The Rings*）的译者。稍后的几年里，这三人还合译了李丽安·史密斯（Lillian H.Smith）的《儿童文学论》（*The Unreluctant Years*）。

1964年，李丽安·史密斯的《儿童文学论》（岩波书店）日译本出版，自然，译者将这本书的第十章《Fantasy》译成了“泛达袭”。它成了儿童文学的一本入门书、必读书，李丽安·H.史密斯是这样描述“泛达袭”的：“所谓的泛达袭，是从独创性的想象力中生成的，这种想象力就是超越了从我们用五官所能了解的外界事物所引导出的概念，形成更为深刻的概念的一种心灵的力量。”

但在《儿童与文学》与李丽安·H.史密斯的《儿童文学论》日译本问世以后相当长的一段时间里，日本儿童文学界在对“泛达袭”一词的接受与使用上，相当一部分人表现出了一种迟疑与犹豫。

一个典型的例子是，著名的儿童文学评论家上笙一郎在1973年出版的《儿童文学概论》（东京堂）（中译本改名为《儿童文学引论》四川少年儿童出版社1983年10月）中，就依然固执地坚持使用“空想物语”这一概念，而不是已经被提出了十多年的“泛达袭”。在《Ⅱ世界儿童文学的历史》一章中，就有《空想物语的成立》与《空想物语的发展》这样两小节。其中，《空想物语的成立》中有如下这样一段阐述：“到了1860年代，由于《水孩子》与《爱丽丝漫游奇境》的问世，才打破了这种状态，确立了空想物语的牢固地位。”

文中提到的《水孩子》与《爱丽丝漫游奇境》，现在一般被认为是“泛达袭”的开山之作。

还有一个例子，则是安藤美纪夫，这位著名的作家型学者在他1975年出版的《世界儿童文学笔记》（偕成社）一书中，巧妙地采取了一种中间的态度，对“泛达袭”既不排斥，又表达了对“空想物语”这一行将就木的概念的依依不舍。在《新的空想物语的诞生》一章的短序部分，他这样写道：“当在儿童文学中称呼‘美露亨’（德Márchen一词的日语音译）或是‘泛达袭’时，从严格的意义上来说，这两个词的概念，现在未必就全部是十分明晰的了。然而，粗略地说起来，如果将安徒生所展开的世界称之为‘美露亨’的话，那么考虑到刘易斯·卡罗尔的《爱丽丝漫游奇境》的世界与其异质这一点，则充许将其称之为新空想物语了吧？”

显而易见，虽然增加了一个新字，但其实被安藤美纪夫称之为“新空想物语”的，不过还是上笙一郎所说的“空想物语”。

与上笙一郎、安藤美纪夫等人的犹疑、徘徊形成鲜明对照的是，在一批欧美儿童文学研究者的论著或是译作中，则是旗帜鲜明地亮出了“泛达袭”这一口号。1973年，《霍比特》及《魔戒》的作者J.R.R.托尔金的随笔集《关于妖精故事》（*On Fairy Stories*）的日译本出版时，译者猪熊叶子干脆将书名改成了《泛达袭的世界》。在稍后1975年出版的、她与神宫辉夫合著的《英国儿童文学的作家们——泛达袭与现实小说》（研究社）中，序论的题目就叫《泛达袭的方法》。

1976年，日本儿童文学学会编的《世界儿童文学概论》（东京书籍）面世。在这本概论中，不仅使用了“泛达袭”一词，而且以整整10页的篇幅，论述“泛达袭”的起源、形成及走向。

随后，在1977年出版的高杉一郎编著的《英美儿童文学》（中教出版）、1978年出版的吉田新一著《英国儿童文学论——其传统及特质探究》（中教出版）以及1982年翻译出版的《儿童书的历史——英语圈的儿童文学》（*Written For Children — An Outline of English-language Children's Literature*）（岩波书店）等书中，都明确使用了“泛达袭”一词。

进入80年代之后，空想物语这个概念渐渐地销声匿迹了，终于彻底地被“泛达袭”取而代之了。

1988年，日本出版了厚达千页的辞典《儿童文学事典》（东京书籍）。应该说，这是一部权威性的辞典，它对“泛达袭”的解释是：

在儿童文学的领域使用这个词的场合，是指区别与从各国的口头传承文学中发现的作为惊异故事的妖精故事，由个人的作家创作的故事，通常包含着超自然或是非现实的要素。在欧洲，到了18世纪末，出于对合理主义精神的反抗，诞生了憧憬神秘与不可思议的浪漫主义的文学。在这一潮流里，作为口头传承的形态之一的妖精故事尤其引起了人们的关心，开始收集它们。特别是像以格林童话集为代表的，本来并不属于儿童的故事，面向儿童出版也变得普遍起来。安徒生正是诞生在这样的文学风土中，他一方面重写口头传承文学，一方面又为儿童创作了独特的幻想故事，成为近代儿童文学的先驱者，同时也成为了泛达袭的先驱者，给各国的泛达袭带来了巨大的影响。其后约半个世纪里，尽管以传统的妖精故事为蓝本、创作新的惊异故事的倾向还在持续着，但刘易斯·卡罗尔依据nonsense理论写出了一个异次元的的惊异故事《爱丽丝漫游奇境》（1865），开拓了历史的新局面。这个故事，完全从支配现实的理论中解放出来了。而世纪末出现的内斯比特的《五个孩子和一个怪物》，则是在现实世界中体验惊异，即所谓的“日常魔法”，后来这种类型的泛达袭日渐增多。但由于随着现实性的浓重，作为泛达袭的特质，同时又是其存在的理由的惊异的实现，却变得困难了。所以，第二次世界大战之后的作家们，为了开辟一条新的途径，又重新开始接触口头传承文学，加纳、赖特森等人就是好例。概括地来看，优秀的泛达袭作品，还是以英语圈及北欧的儿童文学为多。

如果说，《儿童文学事典》中对于“泛达袭”的解释还显得过于冗长的话，那么，英美儿童文学专家神宫辉夫在《儿童文学的主役们》（日本放送出版协会1998年）一书中所下的定义，则就是异常简明的了：“包含着超自然的要素，以小说的形式展开故事，给读者带来惊异感觉的作品。”

从神宫辉夫等人对“泛达袭”的定义上，我们不难发现，日本的儿童文学学者并没有完全机械地照办西方“泛达袭”的概念，而是更强调它的小说性了，“泛达袭”这一文体在日本得到了进一步的界定，成为了一个源于西方但又不完全同于西方的全新的概念。比如，在日本出版的关于“泛达袭”的论著中，就鲜有人提到《皮诺曹》《奥茨国历险记》《长袜子皮皮》及《夏洛的网》，而更多的是把诸如《五个孩子和一个怪物》《纳尼亚传奇》《汤姆在深夜的花园里》这样一类具有明显现代小说特征的作品奉为“泛达袭”的经典。

4. Fantasy在中国

而在中国，又是如何翻译Fantasy这个词的呢？

毋庸讳言，在中国，长久以来，Fantasy这一体裁的作品都被归类于童话。至少是在20世纪90年代之前，几乎所有的Fantasy的代表作，诸如菲莉帕·皮尔斯的《汤姆在深夜的花园里》、C.S.刘易斯的《纳尼亚传奇》都被当作了童话。

但显然，这些典型的Fantasy作品让童话这个概念显得多少有点捉襟见肘了。

最先将Fantasy这个词引介进中国的，应该是谁呢？

1986年，一本薄薄的小书问世了，这是一本名叫《谁也看不见的阳台》（辽宁少年儿童出版社）的译作，作者是日本女作家安房直子，译者是安伟邦。安伟邦在“写在前面”里写下了这样一段话：五十年代末期，日本学习欧洲，兴起了一种童话——“空想故事”（或叫“空想童话”“幻想故事”），描写人物、描写现实和空想，以及结构都采用小说的手法。一般地说，这些奇怪的故事，大多是从现代生活中的现实出发的。现实和非现实交混在一起，别具一种风格。

这段话里，有几个词是极为重要的：空想故事、空想童话、幻想故事、小说的手法……是不是可以这样说，尽管安伟邦没有提及Fantasy，但这段话简直就是在为Fantasy下了一个简明扼要的定义。我们完全可以这样推测，精通日文的安伟邦一定是读到了“泛达袭”这个词，不然，就不会有空想故事、空想童话及幻想故事的译法了。

1989年，日本儿童文学学会编的《世界儿童文学概论》中译本（湖南少年儿童出版社）问世。

上面曾经提到过，这本书的日文版中有整整一节论及了Fantasy，日文中使用的是“泛达袭”。中译本将“泛达袭”对译为“幻想小说”。这恐怕是国内第一次将Fantasy译成了“幻想小说”。不过，同样是一本书里，尽管此处被译成了“幻想小说”，但在前面一段论及英语圈的儿童文学时，还是将原书中“泛达袭”译成了“童话”。比如，“J.R.R.托尔金的《霍比特人》是本世纪获得评价最高的一部泛达袭”这样一句话，本应统一译成“幻想小说”，却译成了“J.R.R.托尔金的《霍比特人》是本世纪获得评价最高的一部童话。”译文的前后表现出了一种混乱。

1990年，洋洋90万字的《中外童话大观》（东北师范大学出版社）出版，这是一部辞典式的童话百科全书。在前面的《童话理论知识》篇中有这样一个辞条：童话小说。它对“童话小说”的解释是：“我们这里所说的童话小说，是指以真实的小说笔法，写成的幻想故事，说得明确一点，作品本身是童话，写法上很像小说，也就是说这类童话的小说味很浓。”不言而喻，这里的“童话小说”，指的就是Fantasy。在这本辞典的“编撰者名单”中，出现了朱自强的名字，不知道该条的释义是不是出自他之手？

1992年，留日学者朱自强在东北师范大学学报上发表了题为《小说童话：一种新的文学体裁》，但是，他没有将Fantasy对译成“童话小说”，而是颠倒了一下，译成了“小说童话”，并首次在论文中将Fantasy作为一种文学体裁来认识和加以提倡。让人略感遗憾的是，这篇极为出色且功不可没的Fantasy的宣言似的论文，没有能够发表在当时极有影响的《儿童文学研究》一类的杂志上，读到它的人可以说是寥寥无几。

1995年，彭懿在《儿童文学研究》第1期（少年儿童出版社1995年11月）上发表了一篇题为《泛达袭的方法》的译文。这篇译文，实际上就是上面提到过的猪熊叶子在与神宫辉夫合著的《英国儿童文学的作家们——泛达袭与现实小说》一书中，为泛达袭部分写的一篇序论。他在《译者的话》中这样写道：“……朱自强在东北师范大学学报上撰文，提出拟将此词译为‘小说童话’。作者意在提出一种既不同于小说又有别于童话的崭新的文体，但我仍觉得值得商榷，因为我们对于小说、童话已经有了一种潜移默化、先入为主的既成概念，将二者捏合起来，拼凑成一个词汇，似乎仍然没有给人一种耳目一新的感觉。何况有些作品，并不是同时具有小说或是童话的双重风格的。所以，我想不妨用音译的方法，把它直译为‘泛达袭’。”

有趣的是，在同一期杂志上，还发表了韦苇的一篇译文，这是瑞典学者玛丽娅·尼古拉叶娃为韦苇《外国童话史》写的一篇题为《西方艺术童话及其研究》的书评。这是一篇十分耐人寻味的论文，其中不止一次地提到了Fantasy，韦苇将其同样译成了“小说童话”。不知是不是受到了朱自强的影响？

玛丽娅·尼古拉叶娃在文中是这样叙述Fantasy的：多数西方研究专家还分出“作家童话”与Fantasy“纯幻想故事”“以纯幻想为特点的小说性童话”。……最先指出“小说童话”同一般童话的区别的是英国作家、牛津大学的哲学教授J.R.R.托尔金，他给研究者引进了“第二世界”（Secondary World）这样一个概念……

这是一篇极为重要的文章，深入浅出地论述了Fantasy这一文学样式的种种特点，可惜同样没有得到应有的重视。

1997年，作为“跨世纪儿童文学论丛”的一种，彭懿推出了他厚达409页的专论《西方现代幻想文学论》（少年儿童出版社），1998年，又出版了《世界幻想儿童文学导读》（二十一世纪出版社）。这本书同年在台湾出版时，更名为《世界幻想儿童文学导论》（天卫文化图书有限公司）。在这三部专论中，彭懿没有再将Fantasy一词译成“泛达袭”，而是译成了“幻想文学”。

2000年，朱自强的博士论文《中国儿童文学与现代化进程》（浙江少年儿童出版社）出版。在这部论著的《幻想文学的崛起》一节中，朱自强已经不再坚持“小说童话”的译法了。他这样写道：检验一个国家的儿童文学的现代化水平，最主要的指标之一是看其幻想力的发达程度和幻想儿童文学文体的发展程度。世界幻想儿童文学的文体发展史，经历了从民间童话（Fairy tale）到文学童话（Literary fairy tales）再到幻想文学（Fantasy）这样三个阶段。……根据以上关于幻想文学的阐释，我们给幻想文学归纳出这样几个要素：1.幻想文学表现的是超自然的即幻想的世界；2.采取的是“小说式的展开”方式，将幻想“描写得如同发生了一样”；3.幻想文学与童话不同，其幻想世界具有“二次元性”，有着复杂的组织结构。

至此，Fantasy的中译似乎已成定论，然而，正当“幻想文学”这一概念逐渐被儿童文学界接受的当口，作为“幻想文学”的引入者的朱自强与彭懿，却又发现“幻想文学”遭到了“童话”这一概念前所未有的抵制。与西方及日本不同，我们的童话这个概念实在是太大了，大到它可以把所有的幻想类作品都包括在内。尽管他们试图阐述它们的不同，但童话的概念早已深入人心，而“幻想文学”这种译法又更容易使人产生“幻想类作品总称”的感觉，于是，两人又提出了一种对Fantasy的新译法，即“幻想小说”。

彭懿又在2001年1月25日出版的《中国图书商报·书评周刊》成长版的专论《2000年低幼童书众人谈》中，发表了如下的见解：关于“幻想文学”的争论一直见诸报刊，它之所以引起歧义，恐怕还在于它的译法上。这个词来源于英文的“Fantasy”，在《牛津世界儿童文学百科》（1995年版）中它被解释为：“与口头传承的文学不同，它是指由特定的作家创作的、通常拥有一个长篇小说的长度，包含了超自然、非现实要素的虚构文学。”从这个定义来看，“幻想文学”这个译法显然是显得过大了。日本这类题材的作品方兴未艾，日本对“Fantasy”采取了音译，引进这个概念之初，我在一篇论文中也曾把它按日文音译过“泛达袭”，可惜未能流传开去。现在看来，如果把“Fantasy”译为“幻想小说”，可能更接近它的精髓，就不会产生那么多的争议了。同时，也就不会让人把童话与它混为一谈了。

2001年9月，对话形式的论著《中国儿童文学五人谈》（新蕾出版社2001年9月）出版。虽然这本书的第四章的题目叫作《关于幻想文学》，但彭懿在文中表达了与《中国图书商报·书评周刊》上相近的观点，即将“Fantasy”改译为“幻想小说”。朱自强尽管没有刻意强调将“Fantasy”改译为“幻想小说”的观点，但在谈及有关幻想文学的数千字的篇幅中，没有再使用“幻想文学”这个词，而是全部使用了“幻想小说”。

“幻想小说”这种译法，最终会被普遍接受吗？这还尚须时间的检证。

————

说明：

① 本文中出现的书名，是根据日文版译出或使用了约定俗成的书名，有些并没有根据英文原书名译出。

②《牛津世界儿童文学百科》关于Fantasy的条目，系根据日文版（原书房1999年2月版）及英文版译出。

（发表于日本大阪国际儿童文学馆《外国人客座研究员2001年度研究报告集》）

幻想小说

幻想小说是由儿童文学作家创作的长篇小说，它虚构了一个幻想世界，尽管这个世界充满了超自然或是非现实的要素，但作家却根据幻想小说独有的法则，运用小说的写实主义的手法，把一个不曾发生过的故事描绘得像真的发生了一样，给读者带来惊异。

三个关键词

关于幻想小说，几乎每一个研究者都可以给出自己的定义。尽管表述不同，但下面几个关键词却总是不会缺少的：

超自然（super natural）

非现实（unreal）

小说（novel）

超自然，即超越自然法则，是一种违背常识、不可解释的现象。非现实，是说这一切在现实的世界中并不存在，比如说妖精，比如说魔法……而幻想小说作家的任务，就是要用小说这种文学技巧，创造出一个世界来，不但要让在现实中不可能发生的事情发生，还要把它写得真实可信，变成肉眼可见的现实。

阅读幻想小说的第一法则

当孩子长大了，就会告别童话，开始阅读幻想小说了。

幻想小说是写给大孩子看的书。当孩子还小的时候，分不清故事里的现实和幻想，可当他们长大了，就会知道天上的月亮根本不会说话了。

幻想小说就是写给这些已经分得清什么是现实、什么是幻想的大孩子看的书。

虽然幻想小说和童话一样说的都是一个幻想故事，但童话不需要你相信它，它一上来就会吵吵嚷嚷地告诉你：“我是童话噢！”例如以“很久很久以前，有一个地方”开头。幻想小说却不是这样，它会尽量隐蔽，不暴露自己的身份，故事往往就从现实世界的一件平凡而又琐碎的小事开始写起，让你丧失警惕，然后慢慢地把你引入到一个又一个的幻想事件中，陷入故事的沼泽，拔不出来，不知不觉就读到了最后一页。好的幻想小说，就是有这个本领，它能让你至少在阅读它的几个小时里，以为它说的一切都是真的。

可是我们会发现，有的孩子喜欢看幻想小说，有的孩子却不喜欢看幻想小说。这是为什么呢？

首先，这与一个孩子的想象力有关，想象力越是发达的孩子，越是喜欢阅读幻想小说。一个没有想象力的孩子，是很难接受幻想小说的。其次，喜欢看幻想小说的孩子，多半都掌握了一种阅读技巧，即从翻开第一页开始，就驱走脑海中那个“这不是真的”的声音，站到故事一边，相信故事里的一切都会发生，然后跟随作者的讲述，用自己的想象力，把书中的那个幻想世界想象成一个真实的世界。而不喜欢看幻想小说的孩子，是因为从一开始，就拒绝它，排斥它，不相信它说的事情会真的发生。

幻想小说是一种特殊的类型小说，它要求读者必须用一种特别的方式来阅读它，即相信它，那怕是暂时相信它，假装相信它。

这是幻想小说对读者的最起码的要求，是阅读幻想小说的第一法则。

孩子们为什么要读幻想小说

我们为什么要给孩子看幻想小说呢？

有人说，幻想小说荒诞不经。

不对，好的幻想小说都是成长小说，像民

间童话一样，它长久不衰的魅力，在于它能帮孩子处理成长过程中必须面对的内心冲突。

它是一面镜子，能照出孩子的自我。

它是一次孩子们的自我发现之旅。

它更是孩子们演练内心冲突的一个舞台。

幻想小说不是逃避现实，故事里的一切，都是对现实的折射。

所以才会有孩子这样说："在幻想小说里，你可以做任何你想做的事，因为那是你的故事。虽然你不一定真的去做那些事情，但这是你的故事。"

所以《狮子、女巫和魔衣柜》的作者C. S. 刘易斯才会这样说："既然在现实生活中，他们很有可能遇到凶残的敌人，那就至少让他们得知有勇敢的骑士和英雄的气魄。否则，他们的生命中就不会有光明，只会有黑暗。"

所以长年从事儿童文学阅读研究的妮娜·米可森在《童书中的神奇魔力》一书中才这样说：幻想小说能带给孩子们新奇的意象，激发他们思考。更重要的是，它也让他们能够以一种令人振奋、创新的方式，来塑造和重建他们的世界。它带领孩子远离他们所处的世界，给予他们探索和创造的自由，并用全面和表现的方式来释放他们的想象力。孩子需要幻想，如果我们忽略了孩子的这个需求，就等于关闭了进入孩子世界的大门，我们将永远无法了解孩子世界里的秘密。

我们前面在说到儿童文学的基本故事模式时，说幻想小说的主人公是英雄，说幻想小说的故事就是一段英雄的旅程。可是，英雄可不仅仅存在于书里，也存在于书外，书外的孩子都是英雄。当他们投入地阅读一本好看的幻想小说时，他们会产生一种错觉，把书中的小主人公看成自己，与小主人公心心相印，融为一体。当小主公面对危险时，他们也会面对危险；当小主人公呐喊时，他们也会呐喊；当小主人战斗时，他们也会战斗……一句话，他们主宰了书中英雄的灵魂，同命运，共呼吸。

他们在书中体验英雄，扮演英雄。今天，他们是幻想中的英雄。明天，他们就是现实中的英雄。

于是，少年英雄——每一个读着这些幻想小说的孩子——就这样诞生了！

幻想小说的类型：
1. 一个可以抵达的世界

在这一类幻想小说中，另外一个世界与现实世界之间虽然耸立着一堵看不见的高墙，严禁入内，但只要找到了秘密入口，就能穿越分界线，抵达那片奇异的土地。

一个梦，一扇门，一个大衣柜，一个站台，都可能是一个秘密入口。

《狮子、女巫和魔衣橱》
一扇最经典的门

这种类型的幻想小说，好认，一眼就能认出来，因为它一定会设置一个入口，好让主人公穿越国境，来往于两个世界之间。

说起连接两个世界的入口，我们首先想到的就是C. S. 刘易斯的《狮子、女巫和魔衣橱》里的那个大衣柜。

这个大衣柜竖立在一个空荡荡的房间里，看上去很普通，就是门上有面镜子的那种，里面还挂着一排排的皮大衣。可是一旦穿过去，就不对了，就是一个名叫纳尼亚的奇幻大陆了。虽然只有薄薄的一墙之隔，却已经是另外一个时空。与我们这个世界相比，它似乎更古老，更神奇，不但有羊怪、小矮人、白女巫、狮子王一类的魔法人物出现，还拥有自己的时间、历史和地理景观。

不过这个大衣柜，也不是什么时候想穿就能穿过去。一是要下雨天，二是要看它乐意不乐意放行。比如，小女孩露茜第一次穿过去之后，跑回来激动地告诉哥哥姐姐："这是——这是一个有魔法的衣柜。里面有片树林，那儿在下雪。还有一只羊怪和一个女巫，那地方叫纳尼亚。来看看吧。"可是，当她拉开柜门，呈现在哥哥姐姐们面前的，却是一个普通的衣柜。里面没有树林，没有雪，只有背板，上面还有一只只衣钩。魔法大衣柜跟露茜看了一个玩笑，让她出了丑。

《狮子、女巫和魔衣橱》是《纳尼亚传奇》系列中的一本。七个故事，五个有入口，而且每个入口都是不一样的。《狮子、女巫和魔衣橱》的入口我们上面说过了，《魔法师的外甥》是一黄一绿两枚戒指，它们在转瞬间就能把人送进和送出纳尼亚；《凯斯宾王子》是火车站那把能产生奇异力量，把人拉进纳尼亚的长椅；《黎明踏浪号》是墙上的一幅能涌出海浪，把人送到纳尼亚的一艘船上的画；《银椅》是实验学校石墙上的一扇门，走过去，就进入了纳尼亚。

《永远讲不完的故事》
红字和绿字

前面我们在说到儿童文学的基本故事模式时，曾以米切尔·恩德的《永远讲不完的故事》为例，详尽地说过它的故事了。

这是一部双线结构的幻想小说。一条线讲的是男孩巴斯蒂安在旧书店里发现了一本《永远讲不完的故事》，他把它偷出书店，在学校屋顶的储藏室里一直读到半夜。还有一条线是书里的故事，说的是黑暗的虚无入侵幻想王国，只有找到一个人类的小男孩，给天真女皇起一个新名字，才能让幻想王国免遭覆灭的下场。故事过半，两条线终于交叉到了一起——巴斯蒂安从现实世界跌进了幻想世界。

它的入口，就是那本书。

有意思的是，《永远讲不完的故事》的文字，还被别出心裁地印成了红绿两种不同的颜色。巴斯蒂安在现实世界的故事是红字，幻想王国的故事是绿字，当巴斯蒂安进入幻想王国之后，则全部都变成了绿字。

《鬼妈妈》
另一个妈妈，另一个世界

《鬼妈妈》是移居美国的英国作家尼尔·盖曼的一部幻想小说，它的原名叫《考罗琳》，听上去没有那么恐怖惊竦。尼尔·盖曼被恐怖小说大师斯蒂芬·金称为一个"装满了故事的宝库"，他写得最好看的幻想小说，是运用大量人们耳熟能详的民间童话、童谣，甚至是神话传说元素写成的《星尘》，只可惜那是一个充满了魔法和奇迹的爱情小说，不是一部纯粹的童书。

《鬼妈妈》的开头一句话就十分抓人："他们搬进这座房子才一会儿，考罗琳就发现了这扇门。"

哪一扇门呢？

考罗琳是一个古灵精怪的小女孩。她发现她家住的这层公寓，一共有十四扇门，十三扇开着，一扇关着。关着的这扇门，是客厅最远角的一扇雕花的棕色木头大门，上着锁。她问妈妈："它通向哪里？"妈妈回答她："不通向哪里。"妈妈用一把最旧、最大、最黑、最锈的钥匙打开了那扇门，妈妈说得对，这扇门确实不通向什么地方，它只通向一面砖墙。

可是第二天，当考罗琳自己再次打开那扇门时，不对了，那面砖墙不见了，它通向一个黑暗的走廊。她走了进去。真是太奇怪了，这里的一切都让她感觉非常熟悉，地毯、墙纸，

“她知道她在什么地方了：她在她自己的家里。她并没有离开过。”这令她困惑，但最令她困惑的是，在这个几乎就是自己家的地方，她还有另外一个妈妈，只不过这个妈妈的眼睛是两个黑色的大纽扣，而且这个对她十分亲切的妈妈要把她永远地留在这个家里。为了逃出魔爪，为了拯救自己，逃回到门那边真正的妈妈身边，她必须运用自己的智慧了……

这个门背后的世界，不大，更像是对考罗琳家的一个镜像复制，既完全相同又完全不同，它都是那个怪物妈妈一手创造出来的。

尼尔·盖曼自己说：“我原本打算为我的女儿写一个五到十页的短故事，但是故事自己有了生命……孩子们会把它当成一个有趣的冒险，大人看了却会做噩梦。”

它获得过2003年“世界科幻协会”的雨果奖和“美国科幻与幻想作家协会”的星云奖。

幻想小说的类型：2. 一个无法抵达的世界

在这一类幻想小说中，另外一个世界与现实世界之间没有接口，它完全是一个封闭隔离的宇宙。故事的舞台，一般多设定在遥远的过去，那是一个还有篝火、精灵、魔法、神话和英雄的伟大时代，它的地质地貌可能与我们很接近，但生活在那里的种族却完全不同。人类世界发生的事情，它那里都会发生，只是更气势磅礴，更魔幻。

除了过去，它的故事也可能发生在现在，或是很久以后的未来。但不管怎样，都是一个我们无法进入的世界。

《魔戒》
托尔金和他的中土世界

J.R.R.托尔金的《魔戒》，可以说是这类幻想小说的鼻祖。

这个由一枚足以掌控天下的戒指展开的浩瀚长卷，说的是一段发生在距今五千四百余年的中土世界里的故事：霍比特人比尔博·巴金斯在一百一十一岁生日那天突然失踪，他把一枚可以隐身的魔法戒指装在信封里，留给了养子佛罗多。年轻的佛罗多不知道这是黑暗王国的魔王索伦锻造的一枚至尊魔戒，在完全不知情的状况下继承了拯救世界的重任，成为善恶双方全力争夺的对象。几经波折，他才得知必须携带这枚戒指深入魔王的领土，才能在末日火山摧毁这一切邪恶的根源。于是，在巫师甘道夫的主导下，一支由精灵、小矮人、霍比特人、游侠和人类组成的魔戒远征队出发了……

英雄史诗般的《魔戒》故事极其复杂，光是有名有姓的人物就有上百个，托尔金不但根据北欧神话创造了一个中土世界，还为它创造了自己的年代、历史、神话、风俗民情和语言。这本书，不算构想，光是写，托尔金就写了十三年。

不过，《魔戒》实在不是一本给小学生看的书，是给初中以上的孩子和大人看的书（喜欢幻想小说的男孩子一定看得废寝忘食，连呼过瘾）。既然厚厚的《魔戒》啃不下来，我们就推荐孩子们先看《霍比特人》吧。

《霍比特人》的故事，发生在《魔戒》之前。主人公就是在《魔戒》一开头消失的那个霍比特人比尔博·巴金斯，那时他才五十多岁，按照霍比特人的年龄来推算，正值壮年。这个故事往简单里说，就是一个英雄斗恶龙的故事。它最大的特点，就是比尔博是一个最不想成为英雄的英雄，最不像英雄的英雄。如果用我们说过的儿童文学的基本故事模式来衡量它，离家，经历考验，遭遇邪恶的敌人……每一段都不走样。

喜欢看英雄冒险故事的孩子，没有一个不为它走火入魔的。

有一个男孩看完《霍比特人》，竟说出这样一句发人深醒的话来："冒险不一定就是战争，而是你心里的一个特别的地方。"

《地海巫师》

勒古恩和她的地海

可以与别的幻想小说擦肩而过，但美国作家厄休拉·勒古恩的这本《地海巫师》是绝对不能错过的。

它可不是一本简单的童书，世界上有无数的大人为它着迷，着迷的程度不亚于《魔戒》——你想得到吗，日本最著名的动画片导演宫崎峻就是它的头号fans。

它的故事不复杂，一本专门写给孩子看的故事，又能复杂到哪里去呢。它说的是一个绰号叫雀鹰的少年，本来是一个平凡的牧羊童，但因为拥有魔法天赋，就被名叫欧吉安的大巫师收去做了徒弟。可是有一天，为了成为一名真正的巫师，他还是离开了师父，一个人独自面对邪恶的力量……这样的故事，我们似曾相识，但问题是，书里的英雄不是一个传统意义上的英雄，而且是一个不断遭受挫折失败的英雄。书里的邪恶的力量也不是恶龙、怪物或是魔王，而是一个影子，是他在骄傲与野心的驱使下，滥用魔法，从黑暗之地召来的一个影子。而且还不是别人的影子，是他自己的影子。所以，所有的追逐和厮杀，都是他自己在与自己追逐和厮杀。最后，他战胜了自己的影子，也就是说，战胜了自己。

说到这里，你一定知道这本薄薄的童书里蕴含的思想有多深了。

它是一本会让人思想的书，是一本会让许多人抛弃对幻想小说偏见的书。虽然它不会像一般的魔法故事那样给你带来刀光剑影的快感，但是当主人公九死一生，逃脱影子的追杀逃回到师父欧吉安那里，听到欧吉安对他说"你必须转过身去，你必须去追逐那个追逐者"，而说出"师父，我去追逐了"那句话时，你还是会热血沸腾的，那个荡气回肠的声音，会永远回响在你今后的生命当中。

像托尔金创造了中土世界一样，勒古恩创造了地海。只不过这不是一片连绵的大陆，而是一片密密麻麻的岛屿，是一个由岛屿和海洋构成的世界。它运行的动力是魔法，而维持这个世界的均衡，就是地海魔法师的职责。

原书里有一张地海地图——幻想小说里常常都会配有一张地图，比如《狮子、女巫和魔衣橱》里有一张纳尼亚的地图，《魔戒》里有一张中土世界的地图——正文前面是全图，到了正文里，则被切割成一张张局部的小图。当故事中出现一个又一个难记的岛屿的名字时，对照着地图来看，东南西北一目了然，绝对不会一脑子糨糊。

可惜的是，中文简体字版里连一张地图也没有。

《鬼磨坊》

普鲁士勒和他的鬼磨坊

德国作家奥得弗雷德·普鲁士勒写过许多轻松、简单而引人发噱的童书，如《小水精》《小女巫》《小幽灵》和《大盗贼》。但是在《鬼磨坊》里，他却变换了一种文风，用传说般古老而悲凉的口吻，为我们讲述了一个有点黑暗的故事。

相比他的那些快乐、明亮的童书，《鬼磨坊》的主题要深刻得多了，简直就不像是同一个人写的。看看作者是怎么说自己这本书的吧:“这里讲述的是一个年轻人的故事，他一度与黑暗势力为伍并为之迷惑，直到他从危险的处境中觉醒。这也是我本人的故事，或者说是整整一代人的故事，这是所有的与邪恶打交道并为之迷失本性的青年人的故事。”

故事没有交待具体的年代，但从内容来推测，应该是发生在十七、十八世纪，地点应该是德国的东部。

这是一个比中土，比地海要真实得多的世界——

十四岁的少年克拉巴德是个流浪儿，一天晚上他做了一个奇怪的梦，梦见十一只乌鸦蹲伏在一根横杆上，左边的位置是空的，有人喊他的名字，命令他:“到施瓦茨科尔姆的磨坊去吧！”他在森林里的黑水河边，找到了这个磨坊。就这样，他成了磨坊主、一个左眼蒙着一块黑眼罩的大块头男人的第十二个徒弟。

可他慢慢发现，这个磨坊实际上是一所秘密学校，每个礼拜五的晚上，师傅就会让十二个学徒变成十二只乌鸦，站在黑室的杆子上，学习魔法。这不可怕，可怕的是每年新年来到的前一天，他们当中就会有一个人神秘地死去，然后，又会有一个新来的孩子顶替空缺。佟达，他最好的一个朋友，临死前送了他一把遇到危险就会变黑的折刀，还警告他:如果有一天你爱上了一个女孩，千万不要让师傅知道。

磨坊四周有一堵肉眼看不见的鬼墙，没人逃得出去。一晃两年过去了，第三个年头开始了。磨坊里的一年，等于外边的三年，也就是说克拉巴德快二十三岁了。今年，该轮到谁死了呢？又是谁在玩这种死亡游戏呢？傻子尤诺告诉了他真相:师傅和教父大人订有协议，每年都得向他献上一条学生的生命作为祭品，不然师傅本人就得死。而要自救，就必须有一个真正爱你的姑娘在一年的最后一天到师傅那里去，请求他给你自由。只要她通过了师傅的考验，从十二只乌鸦里认出了你，师傅就会在除夕之夜死掉。

这一年，克拉巴德恰好爱上了邻村一个名叫康多尔佳的姑娘，而且她明知危险，也愿意救他一命。

这一天终于来到了。师傅用一块黑色头巾蒙住康多尔佳的眼睛，把她引进黑室，让她从十二只乌鸦面前一一走过。走到第三遍，她伸手指着克拉巴德说:“就是他。”当他们离开这个磨坊的时候，克拉巴德问她:“你怎么把我从这么多伙计中认出来的？”她说:“我感觉到了你的恐惧，你在为我担惊受怕，就凭这，我认出了你。”

是不是很好看？

这本书的写作也很有特点，在叙述主人公一步一步解开鬼磨坊之谜的同时，还用另外一种字体，穿插了他的八段梦境。每一段梦境都很清晰、写实，都是一个完整的故事，都是对后面即将发生的事情的一个预告。

《鬼磨坊》是作者的巅峰之作，获得过1972年德国青少年图书奖。

《黄金罗盘》

普尔曼和他的平行世界

幻想小说，有时候还真是挑战我们想象的边疆。例如，你想象得出来有这样的世界吗——它就在我们的身边，是一个时间、地貌，甚至连城市和大学都与我们相仿的平行世界。只是，它有它的运行轨道，我们有我们的运行轨道，互不干涉。当然，偶尔会有那么少数几个人，能穿透一个窟窿，从一个世界进入另外一个世界。

英国作家菲利普·普尔曼在《黄金罗盘》里，就创造了这样的一个世界，只是他没有像托尔金或是勒古恩那样为它起一个特殊的命字。它就叫地球，里边有英国，有北极，有牛津大学，只是这个世界的文明进程似乎比我们要迟上一些年，还处于一个蒸汽机车的时代。当然，它也有我们没有的东西，比如，会飞的女巫，会打仗的披甲熊，但要说最让人稀罕的，还是人的精灵（dæmon）。按照我们这边的说法，人的灵魂是和肉体结合在一起的，而且没有形状。它不是。在它那个世界里，每个人的灵魂都有一个化身，称为精灵，它们以动物的形式出现，有的是蛾子，有的是乌鸦，有的是雪豹，儿童的精灵可以变来变去，一会是蛾子，一会是白鼬，但成年人的精灵则不会变化。这些精灵有思想，会说话，总是与自己的主人并肩而行。

书里的主人公叫莱拉，是一个十三岁的小女孩。她没有父母，按照大人们的说法，他们双双死于一次飞艇事故。莱拉从小就被叔叔阿斯里尔勋爵托付给了牛津大学乔丹学院的院长，她在这里自由自在地长大，长成了一个“一半野性、一半文明”的小丫头。她最要好的朋友，是厨房里的小学徒罗杰，他们一起爬屋顶，偷苹果和打架。一天，她发现院长朝葡萄酒里下毒，要毒死她的叔叔。还有一天，罗杰失踪了，他和许多孩子一样，都被称为“饕餮”的人给绑架了。事情慢慢地不对了，她发现一个极其美丽的女人、刚刚收养了她的库尔特夫人，其实就是“饕餮”的一份子。别无选择，她只能带着院长送给她的那个黄金真理仪，逃出了库尔特夫人的家。在逃亡的路上，她知道原来她的父母并没有死，叔叔阿斯里尔勋爵就是她的父亲，库尔特夫人就是她的母亲。为了营救父亲和好朋友罗杰，在众人的帮助下，她勇敢地踏上了去北极的路……

《黄金罗盘》是《黑质三部曲》的第一部，另外两部分别是《魔法神刀》和《琥珀望远镜》。虽然第一部里有些术语的解释，如尘埃什么的，对一个孩子来说可能略嫌艰涩，但还是数它最吸引人，最好看，就是稍微厚了一点。

它获得了1996年英国卡内基儿童文学奖。

> ### 幻想小说的类型：
> ### 3. 现实世界里的魔法
>
> 在这一类幻想小说中，没有另外一个世界，魔法人物不请自来，就在我们的身边，所有的魔法事件都发生在我们的这个现实世界里，故事的舞台就是孩子们的日常生活。
>
> 它又被称为“everyday magic”，即“日常魔法”。
>
> 相比另外两种类型，它给人的感觉更真实，更容易让人相信，因为它不用大兴土木地去凭空筑起一个幻想世界。

《五个孩子和一个怪物》
内斯比特是开山鼻祖

英国作家伊迪丝·内斯比特是这类幻想小说的首创者。

她1902年发表的《五个孩子和一个怪物》，没有像刘易斯·卡罗尔的《爱丽丝漫游奇境》那样，通过一个兔子洞把主人公送进幻想世界，而是直接把幻想世界里的魔法人物请进了现实世界。

西里尔、安西娅等五个孩子去乡下过暑假。距离山顶他们住的白房子不远的地方，有个采掘沙砾留下来的大沙精。第一天，他们就从沙坑里挖出来一个会说话的怪物。它说它叫桑米阿德，是个古老的沙精。它说它一直就住在这个世界上，有好几千万年了，在它那个时代，人人都拿翼手龙当早饭吃。人们总是在一大早还没吃早饭的时候，叫他们的小男孩到海滩上来找沙仙，许愿得到一条翼手龙、一头大地獭或是一条鱼龙。它会魔法，可以实现孩子们的愿望，只是天一黑，它的魔法就会失效……

因为这种类型的幻想小说更容易被孩子们接受，内斯比特后来就有了众多的追随者。像帕·林·特拉芙斯的《随风而来的玛丽阿姨》、玛丽·诺顿的《借东西的小人》、菲莉帕·皮尔斯《汤姆的午夜花园》以及罗尔德·达尔的《女巫》等作品，都是沿用这种手法创作的幻想小说。

《晴天下猪》
天上下起了猪雨

这是一本让人爆笑的书，没有一个孩子不喜欢它的——

我战战兢兢地从窗口伸出头，朝天上看去。

“啊——”

猪猪猪猪。

几百头、几千头猪布满了天空。

猪猪猪猪，全是猪。

就要下猪了。

天上会下雨，可你相信天上会下猪吗？日本作家矢玉四郎的《晴天下猪》讲的就是这样一个荒诞不经的故事。这个故事最适合老师在教室里读给孩子们听，几十个孩子们会一起笑破肚皮。

则安是一个三年级的小男孩，老师教他记日记，还告诉他：“日记，不是给别人看的东西哟！”可有一个人专门偷看他的日记，对，就是他的妈妈。于是，则安决定在日记里写点怪事情，好让妈妈大吃一惊，他管它叫“明天的日记”。可是让他意想不到的是，他写厕所里有条蛇，第二天厕所里就真的出现了一条蛇。他写爸爸吃油炸铅笔，第二天妈妈就真的给爸爸炸了油炸铅笔，爸爸还咔嚓咔嚓地吃得好开心。这太不可思议了。接下来的星期六，他写了这样一篇“明天的日记”：

6月7日　星期日　晴天有时下猪

今天的天气，一开始是晴天，午后下起猪来了。全家一起吃丸子时，丸子卡在了妈妈的嗓子眼儿里。一拉妈妈的脖子，妈妈的脖子一下子伸得老长。

第二天一早事情真的不对头了，电视里的天气预报说：“虽然是晴天，但从下午起，局部地区有时会下猪。”下午点心时间吃丸子时，妈妈的嗓子眼也真的被丸子卡住了，则安和爸爸一拉，妈妈的脖子变得像蛇一样长。而且，天上还传来了猪叫声，满天飘满了猪。还算好，则安及时地反应过来：“乱成这个样子，全是日记惹的祸。”他抓起橡皮，把日记上的“猪”字给擦掉了。天上的猪不见了，一切都恢复了正常。

是不是够荒诞？《晴天下猪》是幻想小说中的一个特殊类型，被称为“荒诞故事”（nonsence）。它的鼻祖是刘易斯·卡洛尔的《爱丽丝漫游奇境》。它就是像这样，通过对一连串在日常生活中根本不可能发生的事情的描写，制造出一种可笑和游戏的感觉，看似无意义，但实际上却有意义。

这本书的开本很大，文字不多，译成中文也不过就是两万多字。因为作者曾经是一位漫画家，所以他为这本书画了好多插图，而且图放得都很大，有时占一页，有时占两页，这让它看上去更像是一本介于图画书与文字书之间的书。

《晴天下猪》后来发展成了一个系列：《晴

天有时下猪》《明天是猪日》《我有时是猪》……一本接一本，一共有七本。不过要说最好看的，还是第一本《晴天下猪》和第二本《明天是猪日》。《明天是猪日》的故事就更加荒唐了，则安甚至出了张《猪报》，说明天是猪日，结果第二天爸爸拉开壁橱的门，跑出来的是猪；妹妹打开冰箱，跑出来的是猪；妈妈拧开水龙头，流出来的是黄豆般大的小猪；消防车水管里喷出来的，还是猪……

《不老泉》

家门口不远的地方，有一口青春永驻之泉

“what if you could live forever？”

“如果你可以长生不老？”——这是美国作家纳塔莉·巴比特的《不老泉》的封面上印着的一句话。

如果有人告诉你，喝一口汩汩流淌的泉水，你就会长生不老，你会喝吗？《不老泉》里就有这样一眼魔法之泉。

可是，书里一个喝过不老泉的人物却劝你千万不要喝它：“阳光将从海洋中吸收的水分变成云，风将云吹到各处，变成雨，落进溪流。河水不停地流，再流回大海。这种轮回就像轮子，转呀，转呀，永不停息。青蛙、虫子、鱼、森林、花草，都是生命轮回的一部分，人也是。每一次轮回都不一样，都是开始新的生命，然后成长，变化……可我们一家被卡住了，不能往前走。我们不再是轮子的一部分，被甩掉了。”他这么说，是因为八十七年前，他们一家人在森林里喝了一口泉水之后，就再也没有长大变老。“死亡是轮子上的一部分，紧接着的是新生。你不能只挑你喜欢的部分，不要其他。能属于生命的轮回是上帝的赐福。但我们一家，眼看着轮子在转，却望尘莫及。”虽然他长生不老，但这对他来说更像是一种惩罚，他的内心充满了痛苦：“如果我知道有什么办法再攀上轮子，我马上去攀。没有死亡也就没有新生。像我们这样永远不再成长，失去活力，不能称为活着。我们像路边的石头，没有生命力。”

正如《纽约时报》的一篇书评所评述的那样：《不老泉》是一本让你无法放下和忘怀的好书。真的，这么多年过去了，它对读者的吸引力从来没减弱过，就好像它曾经在不老泉的泉水中浸泡过一样。美国知名童书评论家安妮塔·西尔雅在《给孩子100本最棒的书》里这样夸张地赞美它：“就我个人而言，如果只能带一本儿童文学作品到荒岛上的话，那应该就是《不老泉》。”

长生不老题材的幻想小说并不少见，但《不老泉》超凡脱俗的地方，就在于它跳出了这类故事的窠臼，没有围绕那眼魔法之泉展开故事，而是让一个个获得了永恒生命的人向你敞开心扉，为你讲述他们对生命的感悟。

《不老泉》的字数不多，薄薄的一本，但它的故事写得极其好看，每一个情节都设置得恰到好处，文字也洗练，删一句不行，添一句累赘。

它的开头，最为人称道，已经成为儿童文学的一个经典的开头了——

不久前，就在这样的日子里，同一天发生了三件看起来毫不相干的事。

早上，梅·塔克驾起马车去树间村的丛林，她每十年去一次那里，去看她的两个儿子，迈尔斯和杰西。

中午，温妮·福斯特，她家拥有树间村的那片丛林，烦闷难忍，决定离家出走了。

下午，一个陌生人出现在温妮家大门口。他在找人，但没说找谁。

你看这三件事毫不相干吧？事情偏偏来得蹊跷。那片丛林是中心，也就是轴；所有轮子都得有轴，如同太阳是太阳系的轴；一切都围

着轴转。可惜等人们明白过来什么是轴，为时晚矣。

故事就这样拉开了大幕。你想知道这三个人的命运是被什么给串连到了一起吗？对，就是那眼魔法之泉。八十多年前，梅·塔克一家四口喝了它，从此长生不老。温妮，一个10岁的小女孩，无意中撞见梅·塔克归来的小儿子杰西跪在一棵盘根错节、足有十几米的巨树下喝泉水。而那个陌生人，就是一直没名没姓、被唤作穿黄衣服的人，从小就从奶奶嘴里得知有一家人永远不变老，不能自拔，决定用一生去寻找这一家人。

这天，温妮因为发现了不老泉，被梅和她的两个儿子绑架，带回到了他们位于湖边的一个秘密小屋。在这里，温妮不但受到亲切对待，还从两个男孩迈尔斯、杰西和他们的母亲梅之口，知道了他们一家八十多年来从未对别人说过的秘密。但他们谁也没有发现，那个穿黄衣服的人，一路跟踪而来，躲在灌木丛中偷听到了所有的对话。黄昏时，两个男孩的父亲塔克划着小船，在湖上对温妮说出了自己对长生不老的恐惧。也是这天晚上，杰西，塔克家那个年龄永远停留在十七岁的英俊男孩，屈膝跪在她面前求她："能不能等到你长到十七岁，和我一样大，再去喝那泉水——嗨，只要等六年——然后我们一起远走高飞。我们可以结婚，你和我，永远快乐幸福地生活在一起，永远，永远。"

七十年过去了，当杰西的父母塔克和梅再次回到温妮生活的小村时，温妮家的房子已经不在了，加油站的店员告诉他们，那棵巨树也被雷暴劈成了两半，整片林子都烧光了。塔克在墓地里找到了一块石碑，上面写着：

永远怀念
亲爱的妻子
亲爱的母亲
温妮·福斯特之墓
1870—1948

温妮没有喝下不老泉，她放弃了永生，选择了死，像一个普通人一样走完了生命轮回中属于自己的那个部分。《不老泉》的尾声写得极为克制，不着痕迹，但却让人感动，特别是读到"塔克擦干泪水，又整整衣服，挥手行了个礼，大声说：'好孩子！'然后转身大步走出墓地"时，我们实在是无法控制住自己的眼泪。

作家本来是一个画家，一开始她为丈夫写的童书画插图，后来丈夫不写了，她只好自己来写故事，用她自己的话来说，就是"毕竟非得先有故事才可能画插图，不是吗？"想看她画的插图吗？请看她自写自画的《尼瑙克山探险》。

但是她没有为自己这本《不老泉》画插图，只是在多年以后为那个穿黄衣服的人画了一幅画，发表在美国的儿童文学杂志《号角》上。

《波西·杰克逊与神火之盗》

"你是说希腊诸神现在在这儿？在……在美国？"

你读过希腊神话吗？如果有一天，一个人突然找到你，说奥林匹斯诸神还活着，就在美国，说你是某一位天神的儿子，说你是一个半神半人的混血者，你一定以为这个人是个疯子。可是，这就是美国作家雷克·莱尔顿的《波西·杰克逊与神火之盗》里说的故事。

这本书的前四章，没有半句废话，情节推进快得都让人喘不过气来了——

我，十二岁的少年波西·杰克逊，是个问题儿，就读于纽约北部一所专为问题儿童开设的私立学校，这天，我们二十八个精神问题儿童在坐电动轮椅的布伦纳老师和陪护多兹夫人的带领下，前往大都会博物馆进行校外实践。中午，当别的孩子都坐在博物馆外边时，我因为和一个女孩闹出点小状况，被多兹夫人又带进了博物馆空空荡荡的大厅里。突然，她的眼睛冒出红光，她不是人类，她变成了一个干瘪枯缩的老太婆，有着巨大的蝙蝠翅膀和尖利的爪子，满口尖牙，正打算扑过来把我撕成碎片。这时，一分钟前还在博物馆外面的布伦纳老师转动着他的轮椅冲进来，扔给我一支笔。我接过来，它变成了一柄青铜剑，我一剑把多兹夫人劈成了两半，她炸成了黄色的粉末。我出来问我最好的同学格洛弗和布伦纳老师："多兹夫人在哪里？"他们居然告诉我，我们学校从来就没有什么多兹夫人。但我知道他们在撒谎，他们有什么事瞒着我。

接下来发生的事就更加匪夷所思了。暑假里我和妈妈去海边小木屋度假，雨夜，门被敲开了，"那东西追来了！"我的同学格洛弗站在门外，他身上应该长着脚的地方，却长着两只前端分岔的动物蹄子，他是一个半羊人。妈妈开车带我们出逃，但闪电把我们的车从公路上劈到了沟里。紧接着，一只头上长角的怪物追了上来，他有两米高，鼻孔上镶着一个闪闪发亮的大铜环，妈妈为了保护我，被它掐住了脖子，在我眼前融化了。我愤怒了，引它撞树，然后拔下它的一只角，刺进了它的胸膛。等我醒过来，我才知道，我已经躺在混血者夏令营里了……

后面的故事说的是，波西·杰克逊得知自己是海神波塞冬的儿子之后，便和智慧与战争女神雅典娜的女儿安娜贝丝、好朋友格洛弗一起接下了一个危险重重的任务，必须在夏至之前的短短十天里，找回天神宙斯失窃的武器闪电火，否则神界大战一触即发。你知道他们后来去了哪里？坐电梯上了纽约帝国大厦的第六百层。为什么去那里？因为那里已经成了奥林匹斯的神界。

《波西·杰克逊系列》一共有五本，是会让男孩子看得热血沸腾的超级畅销书。

（摘自《世界儿童文学：阅读与经典》，接力出版社2012年9月版）

彭懿学术研究年表

1982年02月 本科毕业于复旦大学生物系昆虫专业

1994年03月 硕士毕业于日本东京学艺大学研究生院国语教育专业

1997年11月《西方现代幻想文学论》，少年儿童出版社

1998年11月《世界幻想儿童文学导读》，二十一世纪出版社

1998年12月《世界幻想儿童文学导论》，台湾天卫文化图书有限公司

1999年09月 日本大阪国际儿童文学馆客座研究员

2001年09月《中国儿童文学五人谈》(合著)，新蕾出版社

2003年05月《宫泽贤治童话论》，少年儿童出版社

2003年09月《幻想教室》，湖北少年儿童出版社

2004年08月 第7届亚洲儿童文学大会（日本）主题讲演《我与幻想小说》

2006年05月《图画书：阅读与经典》，二十一世纪出版社

2006年12月《遇见图画书百年经典》，信谊基金出版社

2008年02月《图画书：阅读与经典》获“第一届中国出版政府奖”

2008年03月《遇见图画书百年经典》获“第一届香港书奖”

2008年06月 博士毕业于上海师范大学中国现当代文学专业

2009年12月《图画书与幻想文学评论集》，接力出版社

2010年02月《走进魔法森林——格林童话研究》外语教学与研究出版社

2011年09月《世界图画书：阅读与经典》，接力出版社

《世界儿童文学：阅读与经典》，接力出版社

2012年02月《图画书应该这样读》，接力出版社

2012年11月 日本国际儿童图书馆讲演《我眼中的中国儿童阅读现状》

2013年10月《童书如何说故事》，接力出版社

2015年12月《世界儿童文学：阅读与经典》获“第七届高等学术科学研究”优秀成果奖（人文社会科学）成果普及奖

2016年06月《我的纸上奇幻之旅》，明天出版社

2016年08月《遇见宫泽贤治——孤高而浪漫的儿童文学巨匠》，信谊基金出版社

2017年04月《幻想之门》，青岛出版社

彭懿幻想小说创作年表

1996年01月《与幽灵擦肩而过》，作家出版社

1997年01月《半夜别开窗》，作家出版社

1998年01月《怪物也疯狂》，作家出版社

1996年08月《疯狂绿刺猬》，江苏少年儿童出版社

1996年09月《妖湖传说》，二十一世纪出版社

1999年05月《星虫》，甘肃少年儿童出版社

1999年08月《魔塔》，二十一世纪出版社

2000年06月《爸爸怪兽 怪兽爸爸》，安徽教育出版社

2001年08月《妖孽》，二十一世纪出版社

2002年06月《三条魔龙》，少年儿童出版社

《九命灵猫》，少年儿童出版社

《湖怪》，少年儿童出版社

2008年01月《我捡到一条喷火龙》，江苏少年儿童出版社

2009年01月《我把爸爸养在鱼缸里》，江苏少年儿童出版社

2009年06月《戴牙套的青蛙王子》，明天出版社

《爸爸变成甲虫飞走了》，明天出版社

2009年07月《小河花妖》，明天出版社

2010年01月《欢迎光临魔法池塘》，明天出版社

2010年06月《小人守护者》，明天出版社

2012年05月《老师,操场上有个小妖怪叫我》，明天出版社

2013年01月《信箱里掉出一个小精怪》，接力出版社

《蓝耳朵》，接力出版社

2013年06月《千万不要得罪蚊子》，接力出版社

《魔法花袜子》，接力出版社

2013年08月《大鱼成精》，接力出版社

《我们变成了一群喷火……猪》，接力出版社

2015年05月《灵狐少年》，晨光出版社

彭懿幻想小说翻译年表

1999年08月《阁楼的秘密》（松谷美代子著），二十一世纪出版社

《风的旱冰鞋》（安房直子著），二十一世纪出版社

《一号街的幽灵猫》（木暮正夫著），二十一世纪出版社

2002年09月《晴天下猪》（矢玉四郎著），二十一世纪出版社

《明天是猪日》（矢玉四郎著），二十一世纪出版社

《我有时是猪》（矢玉四郎著），二十一世纪出版社

《我连肚脐眼儿都是漫画》（矢玉四郎著），二十一世纪出版社

《梦里来的梦孩儿》（矢玉四郎著），二十一世纪出版社

《搬家机器人》（矢玉四郎著），二十一世纪出版社

2003年03月《花香小镇》（安房直子著），少年儿童出版社

《风与树的歌》（安房直子著），少年儿童出版社

《白鹦鹉的森林》（安房直子著），少年儿童出版社

《遥远的野玫瑰村》（安房直子著），少年儿童出版社

《银孔雀》（安房直子著），少年儿童出版社

《黄昏海的故事》（安房直子著），少年儿童出版社

2003年08月《遭遇异人的夏天》（山田太一著），上海文艺出版社

2004年04月《我的小鸟》（江国香织著），接力出版社

《与幸福的约定》（江国香织著，与周龙梅合译），接力出版社

2004年10月《消失在月夜》（佐佐木赫子著），接力出版社

《两个意达》（松谷美代子著），接力出版社

《两个人》（赤川次郎著），接力出版社

2005年04月《宝石少女》（艾伦·加纳著，与杨玲玲合译），少年儿童出版社

《苏姗的月亮手镯》（艾伦·加纳著，与杨玲玲合译），少年儿童出版 社

《独角兽之歌》（艾伦·加纳著，与杨玲玲合译），少年儿童出版社

2006年01月《直到花豆煮熟——小夜的故事》（安房直子著），接力出版社

《手绢上的花田》（安房直子著），接力出版社

2006年06月 《红玫瑰旅馆的客人》（安房直子著，与周龙梅合译），接力出版社

《兔子屋的秘密》（安房直子著，与周龙梅合译），接力出版社

2007年07月 《魔女宅急便》（角野荣子著，与周龙梅合译），南海出版社

2007年08月 《壁橱里的冒险》（古田足日著），南海出版社

2007年10月 《车的颜色是天空的颜色1 白色的帽子》（阿万纪美子著），二十一世纪出版社

《车的颜色是天空的颜色2 春天的乘客》（阿万纪美子著），二十一世纪出版社

《车的颜色是天空的颜色3 星星出租车》（阿万纪美子著），二十一世纪出版社

2008年06月 《风又三郎》（宫泽贤治著，与周龙梅合译），贵州人民出版社

2011年10月 《河童咕咕的暑假》（木暮正夫著，与周龙梅合译），中信出版社

2013年06月 《梦的尽头——安房直子的十七个故事》（安房直子著，与周龙梅合译），二十一世纪出版社

2014年05月 《晴天有时哈哈哈》（矢玉四郎著），二十一世纪出版社

《晴天有时拧劲儿鬼》（矢玉四郎著），二十一世纪出版社

修订版后记

上一篇后记，是1997年5月写的。

现在是2015年8月，掐指一算，整整过去十八年了。

十八年前的我，真是意气风发啊，真是激情四射啊，真是胆大妄为啊，别人一鼓动，毕业于昆虫专业的我、从来没有写过一篇像模像样的文学理论文章的我，居然就写出了这样一本厚厚的“大书”！

还别说，还真是歪打正着，从此，我就一本正经地走上了学术研究之路，成了“著名”的“学者”。坦率地说，我在个人简历中，最爱写的不是作家，而是学者，有一种特别了不起的感觉。

让我没有想到的是，这么多年过去了，依然还有那么多的人喜欢它，有人写信跟我要它，有人整本整本地复印它……还有那么多的出版社希望能够再版它。我犹豫了好几年，其中的一个原因，就是我现在的文风早已发生了变化，我有点不敢面对自己早年那些“凄美”而“诗意”的文字。但，我最终还是下定了决心，一是想让更多的人读到它，二是想对自己的学术研究做一个生涯性的总结，毕竟，幻想文学是我研究的一个重要版块（另外两个，分别是图画书与格林童话）。

花了几个月的时间，我对它逐字逐句地做了修订。不过，改动并不多，因为我还是想让读者看到它的原貌。

这一次，我还加上了附录，以便帮助读者了解我对幻想文学的认识的转变和研究的成果。

最后，我想为我自己鼓一下掌，喝一声彩。十八年前，中国还没有幻想文学或是幻想小说这个概念（我不确定，也可能我说错了，反正先吹起来再说），《魔戒》《地海传奇》还没有被译成中文，J.K.罗琳的“哈利·波特”系列的第一本《哈利·波特与魔法石》还没有出版……而我，已经写出了《西方现代幻想文学论》，也就是这本《幻想文学：阅读与经典》。

我不是很了不起吗？

没有人表扬我，我只好自己表扬自己。

谢谢。

彭懿

2015年8月22日

推荐给孩子们阅读的幻想小说

A

阿甘先生和大狗杰克（六部曲）
〔英〕安迪·斯坦顿／著
柳杉／译
南海出版社，2011年11月

爱德华的奇妙之旅
〔美〕凯特·迪卡米洛／著
王昕若／译
新蕾出版社，2014年3月

爱丽丝漫游奇境
〔英〕刘易斯·卡罗尔／著
王永年／译
接力出版社，2012年5月

B

变身
〔新西兰〕玛格丽特·梅喜／著
胡显耀／译
湖南少年儿童出版社，2009年1月

彼得·潘
〔英〕詹姆斯·巴里／著
杨静远／译
接力出版社，2013年5月

北风的背后
〔英〕乔治·麦克唐纳／著
任溶溶／译
春风文艺出版社，2004年1月

宾克的魔法
〔美〕皮尔斯·安东尼／著
李克勤／译
四川科学技术出版社，2005年9月

波西·杰克逊与神火之盗
（“波西·杰克逊”五部曲）
[美]雷克·莱尔顿／著
薛白／译
接力出版社，2013年3月

不可思议的钥匙奶奶（八部曲）
〔日〕手岛悠介／著
陈文潇／译
东方出版社，2014年1月

不老泉
〔美〕娜塔莉·巴比特／著
吕明／译
二十一世纪出版社，2013年5月

C

草原精灵小矮人
〔德〕保罗·马尔、赛普·施特鲁普／著
湘雪／译
北京少年儿童出版社，2014年1月

长袜子皮皮
〔瑞典〕阿斯特丽德·林格伦／著
李之义／译
中国少年儿童出版社，1999年3月

D

大盗贼

〔德〕奥德弗雷德•普鲁士勒/著

程玮/译

二十一世纪出版社，2014年6月

大海之上，巨石之下（“黑暗在蔓延”五部曲）

〔美〕苏珊•库珀/著

姚翠丽/译

湖南少年儿童出版社，2008年10月

大象画家的杰作

〔美〕蜜雪儿•库瓦斯/著

钱飚/译

中国轻工业出版社，2014年2月

大鱼

〔美〕丹尼尔•华莱士/著

宁蒙/译

北方妇女儿童出版社，2013年6月

蛋壳里出来的奶奶

〔捷〕伊娃•普洛查兹科娃/著

王泰智 沈惠珠/译

新蕾出版社，2013年5月

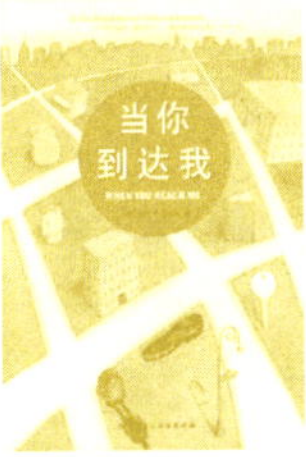

当你到达我

〔美〕丽贝卡•斯戴德/著

陈平、吕越平/译

北京科学技术出版社，2011年1月

地海巫师（“地海传奇”六部曲）

〔美〕厄休拉•勒古恩/著

蔡美玲/译

江苏文艺出版社，2013年10月

地狱之门

〔爱尔兰〕约翰•康诺利/著

李慧、蒋万青、刘雅彬/译

百花洲文艺出版社，2015年8月

冬日的蟋蟀

〔美〕菲利斯•赫尔曼/著

李冉/译

北京少年儿童出版社，2013年6月

动物远征队

〔英〕柯林•丹/著

范晓星/译

北京少年儿童出版社，2013年1月

F

放学后的课程表

〔日〕冈田淳/著

邱博/译

少年儿童出版社，2013年9月

飞马少年

〔英〕保罗•斯图尔特/著

孙淇/译

浙江少年儿童出版社，2011年7月

坟场之书

〔英〕尼尔•盖曼/著

胡雅倩/译

四川科学技术出版社，2010年3月

风与树的歌（六部）

〔日〕安房直子/著

彭懿/译

少年儿童出版社，2004年3月

弗罗拉与松鼠侠
〔美〕凯特·迪卡米洛/著
丁冬/译
新蕾出版社，2014年8月

G

古堡里的月亮公主
〔英〕伊丽莎白·古吉/著
马爱农/译
人民文学出版社，2003年1月

古都护符（“巨灵”三部曲）
〔英〕乔纳森·史特劳/著
吕奕欣/译
长江文艺出版社，2013年10月

怪天使斯凯力
〔英〕大卫·阿尔蒙德/著
蔡宜容/译
安徽少年儿童出版社，2014年5月

怪物任务
〔英〕伊娃·伊博森/著
隋宜军/译
外语教学与研究出版社，2013年8月

鬼妈妈
〔英〕尼尔·盖曼/著
杨玲玲/译
少年儿童出版社，2005年7月

H

哈尔的移动城堡（“哈尔的移动城堡”三部曲）
〔英〕戴安娜·韦恩·琼斯/著
何蕤和/译
上海文艺出版社，2015年1月

哈利·波特与魔法石（“哈利·波特”七部曲）
〔英〕J.K.罗琳/著
苏农/译
人民文学出版社，2000年9月

好心眼儿巨人
〔英〕罗尔德·达尔/著
任溶溶/译
明天出版社，2009年3月

河童咕咕的暑假
〔日〕木暮正夫/著
周龙梅、彭懿/译
中信出版社，2011年10月

呼唤野性（“猫武士”六部曲）
〔英〕艾琳·亨特/著
赵振中/译
中国少年儿童出版社，2009年3月

荒野丛林
〔美〕科林·梅洛伊/著
蔡一鸣/译
上海文艺出版社，2014年11月

黄瓜国王
〔奥地利〕克里斯蒂娜·涅斯玲格/著
赵燮生/译
明天出版社，2011年2月

黄金罗盘（“黑质”三部曲）
〔英〕菲利普·普尔曼/著
周景兴/译
上海译文出版社，2006年6月

灰矮人
〔英〕皮•皮/著
徐朴/译
湖南少年儿童出版社，2009年3月

回到星星上的女孩
〔日〕末吉晓子/著
岳远坤/译
少年儿童出版社，2016年1月

回忆中的玛妮
〔英〕琼•G.罗宾逊/著
孙张静、李玲/译
青岛出版社，2015年1月

霍比特人
〔英〕J.R.R.托尔金/著
吴刚/译
上海人民出版社，2013年5月

J

杰作
〔美〕爱丽丝•布洛奇/著
周琰/译
二十一世纪出版社，2012年5月

借东西的小人（五部曲）
〔英〕玛丽•诺顿/著
肖毛/译
译林出版社，2009年12月

精灵鼠小弟
〔美〕E.B.怀特/著
任溶溶/译
上海译文出版社，2004年6月

K

看不见的小人（三部曲）
〔德〕克劳斯-彼得•沃尔夫/著
张佩芬、舒雨/译
浙江文艺出版社，2008年9月

肯尼和大怪龙
〔美〕托尼•迪特利齐/著
任溶溶/译
贵州人民出版社，2012年1月

L

兰心的秘密
〔德〕米切尔•恩德/著
陈俊/译
二十一世纪出版社，2005年9月

蓝熊船长的13条半命
〔德〕瓦尔特•莫尔斯/著
李士勋/译
人民文学出版社，2002年1月

浪漫鼠德佩罗
〔美〕凯特•迪卡米洛/著
王昕若/译
新蕾出版社，2011年1月

莉莉的月光狐狸
〔美〕朱莉娅•格林/著
荣向欣/译
中国轻工业出版社，2014年2月

灵力
〔英〕英格丽德•劳/著
徐海帼/译
南海出版社，2014年1月

柳林风声
〔英〕肯尼斯·格雷厄姆/著
〔英〕大卫·罗伯茨/绘
杨静远/译
贵州人民出版社，2013年8月

鹿男
〔日〕万城目学/著
涂愫芸/译
上海人民出版社，2009年8月

M

马提与祖父
〔意〕普密尼/著
张莉莉/译
新蕾出版社，2007年9月

玛蒂尔达
〔英〕罗尔德·达尔/著
任溶溶/译
明天出版社，2009年3月

麦凯林复仇（“最后的学徒”三部曲）
〔英〕约瑟夫·德拉尼/著
龚美君、白建辉、李云伟/译
现代教育出版社，2006年8月

猫女咪妮
〔荷〕安妮·M.G.施密特/著
李剑敏/译
上海译文出版社，2014年4月

猫头鹰恩仇录
〔英〕艾伦·加纳/著
蔡宜容/译
少年儿童出版社，2005年4月

毛毛
〔德〕米切尔·恩德/著
李士勋/译
二十一世纪出版社，2006年12月

梦的尽头
〔日〕安房直子/著
彭懿、周龙梅/译
二十一世纪出版社，2013年6月

魔法的颜色
〔英〕特里·普拉切特/著
马爽/译
四川科学技术出版社，2007年6月

魔法人家族
〔英〕玛格丽特·梅喜/著
孙法理/译
湖南少年儿童出版社，2008年5月

魔法生活
（“克里斯托曼历代记”六部曲）
〔英〕戴安娜·韦恩·琼斯/著
丁剑/译
上海文艺出版社，2015年11月

魔法许愿
〔美〕盖尔·卡森·列文/著
李露/译
明天出版社，2013年5月

魔幻城堡
〔英〕戴安娜·温尼·琼斯/著
何宁/译
人民邮电出版社，2005年6月

魔戒（三部曲）
〔英〕J.R.R. 托尔金／著
邓嘉宛、石中歌、杜蕴慈／译
上海人民出版社，2014年5月

魔灵禁地（三部曲）
〔美〕布兰登・马尔／著
童趣出版社有限公司／编译
人民邮电出版社，2011年6月

魔女宅急便（六部曲）
〔日〕角野荣子／著
彭懿、周龙梅／译
南海出版社，2007年7月

墨水心（“黑水世界”三部曲）
〔德〕柯奈莉亚•芳珂／著
刘兴华／译
人民文学出版社，2009年6月

姆咪谷的慧星（“姆咪谷”八部曲）
〔芬〕托芙•杨松／著绘
徐朴／译
明天出版社，2010年4月

木偶奇遇记
〔意〕科洛迪／著
〔意〕英诺森提／绘
张鹏、叶晶／译
明天出版社，2009年1月

木屋下的守护者
〔美〕凯西•阿贝特／著
〔美〕大卫•司摩／绘
邹嘉容／译
南海出版社，2012年4月

N

纳冈和星星
【澳】帕特里夏•赖特森／著
赵欣／译
湖南教育出版社2014年1月

脑袋里的小矮人
〔奥〕克里斯蒂娜•涅斯特林格／著
〔德〕尤塔•鲍尔／绘
夏阳／译
浙江少年儿童出版社，2011年7月

女巫
〔英〕罗尔德•达尔／著
任溶溶／译
明天出版社，2009年3月

女巫新娘
〔英〕伊娃•伊博森／著
姜淑芹／译
外语教学与研究出版社，2013年5月

P

匹克威克太太（四部曲）
〔美〕贝蒂•麦克唐纳／著
张歌／译
福建少年儿童出版社，2013年8月

苹果树上的外婆
〔奥〕米拉•洛贝／著
〔奥〕祖西•魏格尔／绘
张桂贞／译
新蕾出版社，2007年3月

Q

奇风岁月
〔美〕罗伯特•麦卡蒙／著
陈宗琛／译
译林出版社，2012年12月

晴天下猪（十部）
〔日〕矢玉四郎/著、绘
彭懿/译
二十一世纪出版社，2014年5月

R

如何驯服你的龙（“驯龙高手”十部曲）
〔英〕克蕾西达·考威尔/著
罗婉妮/译
青岛出版社，2014年4月

S

少年克拉巴德（又名《鬼磨坊》）
〔德〕奥尔弗雷德·普鲁士勒/著
陈俊/译
二十一世纪出版社，2004年8月

神奇的收费亭
〔美〕诺顿·贾斯顿/著
〔美〕朱尔斯·费弗/绘
张加楠/译
南海出版社，2012年1月

失物之书
〔爱尔兰〕约翰·康诺利/著
安之/译
人民文学出版社，2009年4月

狮子、女巫和魔衣橱
（“纳尼亚传奇”七部曲）
〔英〕C.S.路易斯/著
吴培/译
浙江少年儿童出版社，2014年1月

石中剑（“永恒之王”四部曲）
〔英〕T.H.怀特/著
谭光磊/译
人民文学出版社，2016年1月

时代广场的蟋蟀
〔美〕乔治·塞尔登/著
〔美〕盖斯·威廉姆斯/绘
傅湘雯/译
二十一世纪出版社，2014年3月

手绢上的花田
〔日〕安房直子/著
〔日〕岩渊庆造/绘
彭懿/译
接力出版社，2006年1月

兽之奏者（五部曲）
【日】上桥菜穗子/著
林涛、刘争/译
中国少年儿童出版社，2014年6月

谁也不知道的小小国
〔日〕佐藤晓/著
朱自强/译
接力出版社，2004年10月

随风而来的玛丽阿姨
（“玛丽阿姨”五部曲）
〔英〕帕·林·特拉芙斯/著
任溶溶/译
明天出版社，2012年7月

T

汤姆的午夜花园
〔英〕菲莉帕·皮尔斯/著
马爱农/译
人民文学出版社，2015年1月

通往特雷比西亚的桥
〔美〕凯瑟琳·佩特森/著
陈静抒/译
新蕾出版社，2014年12月

w

外公的13号古宅
〔德〕沃尔夫冈·霍尔拜恩、海克·霍尔拜恩/著
王泰智、沈惠珠/译
人民文学出版社，2006年6月

韦波拉拉
〔荷〕安妮M.G.施密特/著
〔荷〕M.洛赫纳/绘
冯琪/译
北京科学技术出版社，2009年9月

我爸爸的小飞龙（三部曲）
〔美〕鲁思·斯泰尔斯·甘尼特/著
邢培健/译
南海出版社，2010年10月

五个孩子和一个怪物
（“内斯比特幻想小说系列”四部曲）
〔英〕伊迪丝·内斯比特/著
任溶溶/译
长春出版社，2010年6月

雾中的奇幻小镇（三部曲）
〔日〕柏叶幸子/著
〔日〕杉田比吕美/绘
赵玉皎/译
南海出版社，2015年5月

无字书图书馆
〔西〕法布拉/著
李竟阳/译
新蕾出版社，2012年8月

x

夏洛的网
〔美〕E.B.怀特/著
任溶溶/译
上海译文出版社，2004年6月

想变成飞鸟的公主
〔英〕艾娃·伊宝森/著
杨海霞/译
中国轻工业出版社，2014年2月

橡树上的逃亡（二部曲）
〔法〕蒂莫泰·德·丰拜勒/著
〔法〕弗朗索瓦·普拉斯/绘
刘英华/译
新蕾出版社，2011年1月

小茶钥匙老太太
〔挪威〕普廖申/著
任溶溶/译
湖南少年儿童出版社，2010年12月

小河男孩
〔英〕蒂姆·鲍勒/著
麦倩宜/译
新蕾出版社，2007年4月

小巨人曼卡（二部曲）
〔英〕珍妮特·福克斯雷/著
〔英〕史蒂夫·威尔斯/绘
钱飏/译
江苏少年儿童出版社，2013年8月

小女巫
〔德〕奥得弗雷德·普鲁士勒/著
张捷鸿/译
二十一世纪出版社，2005年9月

小乔治的神奇魔药
〔英〕罗尔德·达尔/著
任溶溶/译
明天出版社，2009年3月

小水精
〔德〕奥得弗雷德•普鲁士勒/著
任庆莉、蔡鸿君/译
二十一世纪出版社，2005年9月

小王子
〔法〕圣埃克絮佩里/著
周克希/译
上海译文出版社，2012年7月

小熊帕丁顿（十二部）
〔英〕迈克尔•邦德/著
〔英〕佩姬•佛特南/绘
谢芳群/译
接力出版社，2010年12月

小幽灵
〔德〕奥得弗雷德•普鲁士勒/著
吴裕康/译
二十一世纪出版社，2005年9月

新木偶奇遇记
〔奥〕克里斯蒂娜•涅斯特林格/著
〔德〕尼克劳斯•海德巴赫/绘
蔡鸿君/译
浙江少年儿童出版社，2011年7月

星尘
〔英〕尼尔•盖曼/著
龚容、李琳/译
人民文学出版社，2008年8月

Y

洋葱头历险记
〔意〕贾尼•罗大里/著
〔意〕玛努埃拉•桑提尼/绘
任溶溶/译
新蕾出版社，2011年1月

妖怪公寓（三部曲）
〔日〕香月日轮/著
〔日〕佐藤三千彦/绘
红色/译
当代世界出版社，2009年8月

一百个橱柜（三部曲）
〔美〕威尔逊/著
吴雪/译
吉林出版集团有限责任公司，2012年1月

一只会开枪的狮子
〔美〕谢尔•希尔弗斯坦/文图
任溶溶/译
南海出版社，2006年11月

意外抽得幸运签
〔日〕森绘都/著
罗嘉/译
重庆大学出版社，2013年1月

银河铁道之夜
〔日〕宫泽贤治/著
周龙梅/译
少年儿童出版社，2014年7月

影子森林
〔英〕迈特•海格/著
商晓芳/译
人民文学出版社，2009年12月

永远讲不完的故事
〔德〕米切尔•恩德/著
杨武能/译
二十一世纪出版社，2013年6月

盂兰盆节的邀请

〔日〕富安阳子/著

邱博/译

少年儿童出版社，2013年9月

浴室里来了一条龙（“家有狐仙”五部曲）

〔日〕富安阳子/著

〔日〕大庭贤哉/绘

林涛/译

中国少年儿童出版社，2013年11月

Z

在那遥远的森林里

〔德〕保罗•马尔/著

〔德〕瓦琳娜•巴尔豪森/绘

湘雪/译

北京少年儿童出版社，2014年1月

最后的独角兽

〔美〕彼得•S.毕格/著

刘宗迪/译

吉林文史出版社，2004年1月

昨天晚上爸爸回来晚了，那是因为……

〔日〕市川宣子/著

〔日〕秦好史郎/绘

彭懿、周龙梅/译

贵州人民出版社，2012年9月

其他

13号站台的秘密

〔英〕伊娃•伊博森/著

姜淑芹/译

外语教学与研究出版社，2013年8月